Leslie Marmon
Silko

Gestohlenes Land wird ihre Herzen fressen

Zu diesem Buch

Der Laguna-Indianer Tayo kehrt aus dem Zweiten Weltkrieg mit einem psychischen Schock nach Hause zurück. Er hat im Südpazifik seinen Halbbruder sterben sehen und war an der Hinrichtung japanischer Kriegsgefangener beteiligt. Die Ärzte in einem Veteranenhospital können ihm nicht helfen. Er wird mit einer Bahnfahrkarte nach New Mexico entlassen.

Nach einer ziellosen Wanderschaft begegnet er in Gallup einem Kenner indianischer Medizin, Old Betonie, der versucht, die quälenden Geister aus Tayos Vergangenheit zu vertreiben. Die Zeremonie mit Sandmalereien und Gebetshölzern und der Aufenthalt in der Steinwüste der Plains zwingen Tayo, der Wirklichkeit ins Auge zu sehen, sich den Erfahrungen des Unterbewußten auszusetzen, sich nicht dem Unbegreiflichen und Zerstörerischen zu entziehen, das die Welt erfaßt hat.

Die Autorin

Leslie Marmon Silko wurde 1948 in Albuquerque, New Mexico, geboren. Ihre Wurzel hat sie in der Kultur der Laguna-Pueblo-Indianer. Sie studierte an der Universität von New Mexico, unterrichtete an einem Navajo Community College. 1974 wird sie mit dem Award for Poetry der »Chicago Review« ausgezeichnet. 1977 veröffentlicht sie ihren ersten Roman, »Gestohlenes Land wird ihre Herzen fressen«. Sie zieht nach Tucson und lehrt an der Universität von Arizona Englisch und Creative Writing. 1991 erscheint ihr Roman »Almanach der Toten«. Heute ist Leslie Marmon Silko neben Louise Erdrich die bekannteste Autorin der »Native American Literature«.

Leslie Marmon Silko

Gestohlenes Land wird ihre Herzen fressen

Aus dem Amerikanischen von
Ana Maria Brock

Unionsverlag
Zürich

Die amerikanische Originalausgabe erschien 1977
unter dem Titel *Ceremony*
bei Viking Press, New York.
Die deutsche Erstausgabe erschien 1981
im Verlag Rogner & Bernhard, Hamburg.

Unionsverlag Taschenbuch 82
Diese Ausgabe erscheint mit freundlicher Genehmigung
des Verlags Rogner & Bernhard, Hamburg

Rieterstrasse 18, CH-8059 Zürich, Telefon 01-281 14 00

Umschlaggestaltung: Heinz Unternährer, Zürich
Umschlagillustration: Jaune Quick-to-see-Smith,
»Indian Horse«, 1992 (Ausschnitt)
Druck und Bindung: Clausen und Bosse, Leck
ISBN 3-293-20082-6

Die äußersten Zahlen geben die aktuelle Auflage
und deren Erscheinungsjahr an:

1 2 3 4 5 - 99 98 97 96

Dieses Buch
ist gewidmet
meinen Großmüttern,
Jessie Goddard Leslie
und
Lillie Stagner Marmon,
und meinen Söhnen,
Robert William Chapman
und Cazimir Silko

Ts'its'tsi'nako, die Denkerin,
sitzt in ihrem Haus,
und alles, was sie denkt,
das erscheint.

Sie dachte an ihre Schwestern,
Nau'ts'ity'i und I'tcts'ity'i,
und gemeinsam schufen sie das All –
diese Welt
und die vier Welten darunter.

Die Denkerin, die Spinne,
benannte Dinge und
wenn sie sie nannte,
dann erschienen sie.

Jetzt eben sitzt sie in ihrem Haus
und denkt sich eine Geschichte.

Und ich erzähle euch die Geschichte,
die sie denkt.

Zeremonie

Ich will dir zu den Geschichten was sagen
(sprach er).
Sie dienen nicht nur zur Kurzweil.
Täusche dich nicht.
Sieh, sie sind alles, was wir besitzen,
alles, was wir haben,
um Tod und Krankheit abzuwehren.

Du hast gar nichts,
hast du nicht mehr diese Geschichten.

Die böse Kraft der Anderen ist mächtig,
aber sie kommt nicht an gegen unsere Geschichten.
Drum wollen sie die Geschichten vernichten,
wollen sie durcheinandermengen
oder sie uns vergessen lassen.
Das möchten sie gern,
froh wären sie,
weil wir vor ihnen dann wehrlos wären.

Er rieb sich den Bauch.
Hier sind sie verwahrt
(sprach er).
Hier, leg deine Hand darauf.
Spüre, es bewegt sich.
Hier steckt das Leben
für das Volk.

Und im Bauch dieser Geschichte
wachsen noch immer
die Riten und die Zeremonie.

Was sie gesagt hat:

Die einzige Heilung
die ich kenne
ist eine gute Zeremonie,
das hat sie gesagt.

Sonnenaufgang.

In dieser Nacht schlief Tayo nicht gut. Er wälzte sich auf der alten eisernen Bettstelle, und die Federn quietschten noch nach, wenn er schon wieder still lag, und riefen feuchtheiße Träume von tiefschwarzer Nacht und lauten Stimmen in ihm wach, die ihn wieder hin- und herwarfen wie Treibholz in der Flut. Heute nacht war zuerst das Singen gewesen, kam aus dem Eisenbett hervorgequietscht, ein Mann sang auf Spanisch die Melodie eines vertrauten Liebesliedes, immer wieder die zwei Worte: »Y volveré«. Manchmal kamen zuerst die japanischen Stimmen, wütend und laut drängten sie das Lied weit zurück, und dann konnte er den Traum umschlagen hören, wie ein leichter Nachmittagswind die Richtung wechselt, immer schwächer von Süden weht und nach Westen dreht, und die Stimmen wurden Laguna-Stimmen, und er konnte hören, wie Onkel Josiah ihn rief, Josiah, der ihm die Fiebermedizin brachte, als er vor langer Zeit krank gewesen war. Aber bevor Josiah kommen konnte, wirbelten wieder die Fieberstimmen heran, drängten sich aus dem Strudel hervor – japanische Soldaten brüllten ihm Befehle zu, feuchte Stimmen, die ihm den Atem benahmen, in den Dampf des Dschungels hinauswehten, und dann hörte er die Frauenstimmen; an- und abschwellend mischten sie sich dazwischen, bis er rasend wurde, weil er meinte, die Laguna-Worte kämen von seiner Mutter, aber eben als ihm der Sinn der Worte klarwerden wollte, schlug die Stimme plötzlich in eine Sprache um, die er nicht verstehen konnte; und genau dann gingen all die Stimmen in der Musik unter – laute, laute Musik aus einer riesengroßen Musikbox, und ihre blitzenden roten und blauen Lichter zogen die Dunkelheit enger um ihn zusammen.

In der Morgenfrühe lag er da und beobachtete die schmale Luke über dem Bett; dunkles Grau wurde nach und nach heller, bis es bei Sonnenaufgang ein weißes Quadrat auf die gegenüberliegende Wand warf. Dann sah er zu, wie es im Zimmer heller wurde, während die aufsteigende Sonne dem Lichtquadrat immer wärmere, immer kräftigere Gelbtöne verlieh. Er hatte schon so lange nicht mehr richtig schlafen können – seit alle Dinge so verknüpft waren wie die Fohlen, wenn er und Josiah sie in einer Reihe zum Berg geführt hatten, jedes Fohlen mit dem Halfter an den Schwarz des Fohlens davor gebunden, und das Halfter des vordersten Fohlens um das breite Horn von Josiahs mexikanischem Sattel geschlungen. Er sah sie jetzt noch vor sich – den sahnefarbenen Hellfuchs, den tiefroten Braunen und den grauen Rotschimmel –, das hinter den gelben Mesas hervorbrechende Sonnenlicht glänzte, spiegelte auf dem glatten Sommerfell der Tiere, die wie ein Packzug aus alter Zeit Josiahs Pferd in einer Reihe folgten. Er konnte keine Ruhe finden, solange die Erinnerung so mit der Gegenwart verheddert war, verheddert wie das bunte Garn aus dem Nähkorb der alten Großmutter, als er klein war und es zum Spielen nach draußen mitgenommen hatte und es ihm aus den Armen in das Sommergras gerutscht und in alle Richtungen davongerollt war, und dann hatte er es schleunigst aufgelesen, bevor Tantchen ihn erwischte. Er konnte es in seinem Schädel spüren – die Spannung von Fädchen, an denen etwas zog, und wie es mit verhedderten Sachen zuging, mit verknoteten Dingen: wenn er sie zu entwirren und ordentlich aufzuwickeln versuchte, verwirrten und verhedderten sie sich noch mehr. So mußte sich Tayo durch diese Nächte schwitzen, wenn die Gedanken sich verwickelten; es brachte ihn in Schweiß, an etwas zu denken, das nicht verschlungen oder an die Vergangenheit gekettet war – etwas, das ganz für sich existierte, das allein stand wie ein Hirsch. Wenn er sich diese Vorstellung des Hirsches nur lange genug vor Augen halten könnte, würde das Flattern im Magen vielleicht abflauen und ihn eine Weile schlafen lassen. Es wirkte auch, solange der Hirsch allein war, solange es irgendein grauer Hirsch auf einem Hügel blieb; aber sobald er sein Bild nicht festhielt, entwischte er ihm und wurde der Hirsch, den er und

Rocky gejagt hatten. Der Faden dieser Erinnerung führte dann jedesmal zum letzten Tag, als sie im Dschungel irgendeiner namenlosen Pazifikinsel beieinandergesessen und ihre Gewehre geölt hatten. Während sie das letzte Öl aus Rockys Marschgepäck verbrauchten, sprachen sie über den Hirsch, den Rocky gejagt hatte, und der Corporal neben ihnen schüttelte den Kopf und sagte immer wieder, er hätte geträumt, heute würden die Japse sie kriegen.

Die feuchte Luft wurde zu Schweiß, der dem Corporal übers Gesicht gelaufen war, als er ihnen seinen Traum erzählte. Damals war es Tayo zum ersten Mal aufgegangen, daß die Haut dieses Mannes sich gar nicht so sehr von seiner eigenen unterschied. Die Haut. Immer wieder sah er die Haut der Leichen in den Gräben zu beiden Seiten der langen verschlammten Straße – Haut, die sich glänzend und dunkel über gedunsenen Händen spannte; sogar weiße Männer waren nach dem Tod dunkler. Wenn sie aufgetrieben und von Fliegen bedeckt waren, gab es keine Unterschiede mehr. Das war für Tayo das schlimmste geworden: sie sahen ihm zu wenig fremd aus, selbst wenn sie noch lebten. Als der Sergeant ihnen befahl, all die japanischen Soldaten umzubringen, die mit den Händen auf dem Kopf vor der Höhle aufgereiht standen, konnte Tayo nicht abdrücken. Er schauerte im Fieber, der Schweiß brannte ihm in den Augen, und er konnte nicht klar sehen; in diesem Augenblick sah er Josiah dort stehen; sein Gesicht war dunkel von der Sonne, und die Augen waren zusammengekniffen, als wollte er Tayo im nächsten Moment zulächeln. So stand Tayo vor Übelkeit stocksteif erstarrt da, als sie auf die Soldaten schossen, und er sah seinen Onkel fallen, und er *wußte*, daß es Josiah war; und auch als Rocky ihn an den Schultern rüttelte und ihm sagte, er solle aufhören zu weinen, war es immer noch Josiah, der da lag. Gewaltsam flößten sie Tayo Medizin ein, und Rocky stieß ihn zu den Leichen hinüber und befahl ihm hinzusehen, durch das Blut, das schon dunkel war wie der Dschungelschlamm, bloß ein paar Flecken helles Rot schimmerten noch darin. Rocky zwang ihn, die Leiche anzusehen, und sagte: »Tayo, das ist ein

Japs! Das ist 'ne Japsuniform!« Und dann wälzte er die Leiche mit dem Stiefel herum und sagte: »Sieh doch hin, Tayo, sieh dir das Gesicht an«, und da schrie Tayo los, weil es kein Japs war, es war Josiah, und seine Augen waren in den Schädel eingesunken, und all ihr glänzendes schwarzes Licht war im Tod glasig geworden.

Der Sergeant hatte nach einem Sanitäter gerufen, und jemand rollte Tayos Ärmel hoch; sie befahlen ihm zu schlafen, und am nächsten Tag taten alle, als wäre nichts gewesen. Sie nannten es Frontkoller, und sie sagten, Halluzinationen kämen bei Malariafieber häufig vor.

Rocky hatte ihm alles klargemacht: der Tote konnte unmöglich Josiah sein, denn Josiah war ein alter Lagunamann, viele tausend Meilen weit weg vom Dschungel auf den Philippinen und von den japanischen Truppen. »Wahrscheinlich ist er eben jetzt auf einer Mesa und schlägt Holz«, sagte Rocky. Er lächelte und schüttelte Tayo an den Schultern. »He, ich weiß ja, daß du Heimweh hast. Aber Tayo, wir müssen doch hier sein. Das muß eben sein.«

Tayo nickte, klatschte mechanisch nach den Insekten und starrte vor sich hin, starrte durch die erstickende Feuchtigkeit des grünen Dschungellaubs hindurch. Er ging immer wieder die Tatsachen und die logischen Beweise durch, wie Rocky es ihm erklärt hatte; die Tatsachen machten das, was er gesehen hatte, zur Unmöglichkeit. Dann spürte er wieder das Erschauern; es fing an den Fingerspitzen an und pulsierte in die Arme hinauf. Er erschauerte, weil alle Tatsachen, alle Vernunftgründe nichts mehr ändern konnten; er konnte Rockys Worte hören, er konnte der Logik seiner Worte folgen, aber zu fühlen vermochte er nur einen schwellenden Druck im Leib, eine gewaltige quellende Trauer, die ihn bis in den Hals hinauf beengte.

Er mußte sich immerzu beschäftigen; er mußte sich in Bewegung halten, damit die straffgespannten Fasern hinter seinen Augen nicht nachgaben und seine Augen zum Schädelinneren herumschnellen ließen, wo die Bilder auf ihn warteten. Er stieg rasch aus dem Bett, solange er noch das gelbe Sonnenquadrat auf der Wand gegenüber dem Bett sehen konnte, und zog seine Jeans an und die ausgetretenen braunen Stiefel, die er vor dem Krieg getragen hatte, und das rotkarierte Westernhemd, das ihm die alte Großmutter an dem Tag geschenkt hatte, als er aus dem Krieg heimkam.

Die Luft draußen war noch kühl; sie roch nach nächtlicher Feuchtigkeit, ein bißchen nach Regen. In dem Wasser des Eisentrogs am Windrad, kalt wie Stahl, wusch er sich das Gesicht. Während er sich kämmte, strich die gelbgestreifte Katze schnurrend um seine Beine. Sie rannte vor ihm her zum Ziegenstall und schob den Kopf unter seinen linken Arm, als er hinkniete, um die schwarze Ziege zu melken. Er goß ihr Milch in den Deckel einer alten emaillierten Kaffeekanne, dann öffnete er den Stall und ließ die Ziegen laufen, die schon nach den durch den Sand stoßenden zarten grünen Sprossen der Kullerdisteln gierten. Das Zickel war schon fast zu groß zum Säugen, es kniete neben der Ziege und duckte sich zusammen, um die Zitzen zu erreichen, stieß mit dem Kopf, damit die Milch schneller kam, und trank unter heftigem Schwanzwedeln, bis die Ziege zur Seite sprang und das Zickel von sich stieß. Schon seit Wochen ging die Entwöhnung so vor sich, aber die Muttergeiß war mehr auf die Kräuter erpicht als auf die Erziehung, und als Tayo wegging, war das Zickel schon wieder an den Zitzen, diesmal ein bißchen vorsichtiger.

Die Sonne stieg jetzt immer höher und sah in diesem leeren Morgenhimmel klein aus. Er wußte, er sollte etwas essen, aber er hatte keinen Hunger mehr. Er setzte sich in der Küche an den kleinen viereckigen Tisch, wo auf dem Deckel einer Kaffeebüchse die Reste einer weißen Kerze zu einem Stummel zusammengeschmolzen waren; er überlegte, wie lange die Kerze wohl schon da war, er hätte gern gewußt, ob es Josiah war, der sie zuletzt angezündet hatte. Da war ihm, als müßte er weinen, weil er an Josiah dachte und daß er hiergewesen war und all diese Sachen berührt, auf diesem Stuhl gesessen hatte. Deshalb wendete er den Kopf mit einem Ruck von der Kerze weg und starrte auf den Ruß rings um den Boden des Kaffeetopfes. Er würde kein Feuerholz verschwenden, um den Kaffee von gestern aufzuwärmen, oder vielleicht war es auch der Kaffee von vorgestern. Er hatte hier die Übersicht über die Tage verloren.

Die Dürrejahre waren wiedergekommen, wie damals nach dem Ersten Weltkrieg und in den zwanziger Jahren, als er noch ein Kind war und sie das Wasser für die Schafe mit dem alten Karren in großen Holzfässern heranfahren mußten. Der Brunnen mit dem Windrad am Schafcamp war versiegt, deshalb zogen die grauen Maultiere den Wagen von den Quellen herüber, ganz langsam, damit das Wasser nicht über den Rand schwappte. Er saß damals eng an seinen Onkel gedrückt auf dem Wagenbrett über den knochigen grauen Leibern der Maultiere. Nachdem sie den Schafen Wasser gegeben hatten, gingen sie die Stacheln vom Feigenkaktus abbrennen. Dann blieben sie abseits neben dem Wagen stehen und sahen zu, wie die Kühe sich vorsichtig den Kakteen näherten und von der glimmenden Asche niesen mußten. Die Kühe warteten geduldig, bis das versengte grüne Pflanzenfleisch abgekühlt war, dann streckten sie die breiten gefleckten Zungen heraus und fraßen diese ungewohnten Rückstände, denn die Hügel waren in diesem Jahr kahl, und nur der Kaktus konnte wachsen.

Jetzt gab es keinen Karren und keine Holzfässer mehr. Eins der grauen Maultiere hatte bei Acoma ein giftiges Kraut gefressen, das andere war blind; es hielt sich auf der Ranch immer nahe am Windrad und weidete das gelbe Reisgras ab, das in dem Flugsand wuchs. Es trat eine schmale Spur, zog in blinden Kreisen vom Gras zum Wassertrog, wo es das Maul eintauchte und das Wasser wieder herausrinnen ließ, sich vier-, fünfmal am Tag das Maul spülte, um sich zu überzeugen, daß das Wasser noch da war. Die trockene Luft hatte die Holzdauben der Fässer schrumpfen lassen; sie waren auseinandergefallen, und jetzt lagen die rostigen Eisenreifen auf der Erde hinter dem Korral herum, unregelmäßig verstreut wie von einem der farbenprächtigen Kiowa-Reifentänzer bei den Zeremonien in Gallup, der seine Reifen über den Boden warf, mit dem Fuß wieder auffing und in die Luft schnellen ließ, und sie wirbelten über seinen Kopf und die Schultern bis zu seinen tanzenden Füßen hinab wie Zauberwerk. Tayo trat in einen Reifen, der im rötlichen Flugsand halb vergraben lag; er hob ihn mit der Stiefelspitze am Rand an, dann ließ er ihn wieder in den Sand zurückfallen.

Der Wind wehte seit Ende Februar und hatte sich bis April nicht gelegt. Sie sagten, so sei es die ganzen sechs Jahre gewesen, als er fort war. Und die ganze Zeit hatten sie den Himmel erwartungsvoll nach Regenwolken abgesucht. Jetzt war Ende Mai, und als Tayo zum Abort ging, ließ er die Tür weit offen und schaute auf die trockenen, kahlen Hügel und den hellblauen Himmel hinaus. Er musterte den Himmel über den fernen Black Mountains wie viele Jahre vor ihm Josiah, denn manchmal kam der Regen, wenn er endlich kam, von Südwesten.

Der Dschungelregen hatte weder Anfang noch Ende; er wucherte wie Laubwerk als vielverzweigtes Gewölbe vom Himmel auf die Erde herab, manchmal als undurchdringliches Dikkicht, das die Inseln verschlang, dann wieder in zarten Ranken blauen Sprühregens, die sich aus den Küstenwolken herausringelten. Der Dschungel atmete ein ewiges Grün, das den Menschen Fieber brachte, bis sie vor Schweiß troffen, so wie gummiähnliches Dschungellaub vom Monsunregen troff. Dort begann Tayo zu verstehen, was Josiah gesagt hatte. Nichts war ganz und gar gut oder auch ganz und gar schlecht; es kam immer darauf an. Dschungelregen hing schwer in der Luft, benahm ihren Lungen beim Marschieren den Atem; er durchnäßte ihre Stiefel, bis die Haut an ihren Zehen sich schälte und Wunden sich grün verfärbten. Das war nicht der Regen, um den er und Josiah gebetet hatten, das war nicht das grüne Laub, nach dem sie in sandigen Cañons als Anzeichen des Frühlings gesucht hatten. Als Tayo auf dem langen, schlammigen Weg zum Gefangenenlager betete, betete er um trockene Luft, trokken wie hundert aus gelbem Sand gepreßte Jahre, Luft, um die nässenden Wunden an Rockys Bein zu trocknen, das zerrissene

Fleisch und die gebrochenen Knochen atmen zu lassen, den Schweiß aufzusaugen, der Rocky in die Augen lief. Dieser Regen füllte die Reifenspuren aus und machte den Schlamm so tief, daß der Corporal mit seinem Ende der dreckstarrenden Decke, in der Rocky lag, ins Rutschen und Stolpern kam. Tayo haßte diesen unaufhörlichen Regen, als wäre es dieser dschungelgrüne Regen, der Rocky umbrachte, und nicht der viele Meilen lange Marsch oder die japanische Granate. Er gäbe dem Regen die Schuld, wenn die Japse sahen, wie der Corporal taumelte; wenn sie sahen, wie schwach Rocky geworden war, und ihm mit einem Gewehrkolben den Kopf einschlugen, dann hätten der Regen und das ganze Grün ringsum ihn umgebracht.

Tayo ging hinter dem Corporal am anderen Ende der Armeedecke, die als Trage diente, und redete fast ununterbrochen auf ihn ein, versicherte ihm, jetzt wäre es nicht mehr weit, und von jetzt an ginge es immer bergab. Er erdachte sich eine Geschichte für sie alle, eine Geschichte, die ihnen Kraft geben sollte. Die Worte der Geschichte quollen aus seinem Mund, als hätten sie Substanz, als wären es Geröll und Steine, aufgeschichtet, um den Corporal aufrechtzuhalten, um zu verhindern, daß seine Knie nachgaben, daß seine Hände die Decke losließen.

Der Regen wurde lauter, trommelte auf die Blätter, rauschte in die tiefen Fahrspuren; er klatschte ihm auf den Kopf, und das Geräusch hallte in seinem Schädel wider. Er strömte ihm über das Gesicht und den Hals hinab wie Dschungelfliegen mit krabbelnden Beinen. Er wollte die Decke loslassen, um sich den Regen abzuwischen; nur einen Moment loslassen. Aber solange der Corporal noch aufrechtblieb, sich noch vorwärtsbewegte, mußten sie weitergehen. Dann hörte er es von irgendwoher durch das Prasseln des fallenden Regens wie eine sommerliche Sturzflut näherkommen, das Grollen noch schwach und fern, Flutwasser, das eine enge Schlucht heruntertoste. Er konnte das schäumende Flutwasser riechen, mulmig und stinkend von dem fauligen Abfall, den es an jedem Dorf vorbeitrug, dessen Abwasser mitreißend, seine Abfälle, die toten Tiere. Er versuchte es aufzuhalten, aber der Wind fegte von den grünen Küstenbergen herab und peitschte den Regen zu grauen Wellen, die ihn blind machten. Der Corporal stürzte und riß ihm dabei die Zipfel der Decke aus den Händen, und er spürte, wie Rockys Fuß an seinem Bein entlangstreifte. Er sank auf die Knie, versuchte die Zipfel der Decke wiederzufinden und begann vor sich hinzumurmeln, immer wieder und wieder: »Scheiße, verfluchte!« Es brach aus dem letzten warmen Kern in seiner Brust hervor und hallte in seinem Kopf wider. Er verfluchte den Regen, bis die Worte zu einem Bittgesang wurden, und er sang ihn, während er durch den Schlamm kroch, um den Corporal wiederzufinden und auf die Beine zu bringen, bevor die Japse sie sahen. Er wollte, daß die Worte einen wolkenlosen blauen Himmel machten, blaß von einer Sommersonne, die über weite, leere Horizonte strich. Die Worte sammelten sich in ihm und gaben ihm Kraft. Er zerrte den Corporal am Arm; er zog ihn auf die Knie, und die ganze Zeit konnte er seine eigene Stimme hören, wie sie gegen den Regen betete.

Es war Sommer
und Iktoa'ak'o'ya, Schilfrohrfrau,
badete immerzu.
Sie verbrachte den ganzen Tag
im Flusse sitzend
und verspritzte den Sommerregen.

Doch ihre Schwester,
Maisfrau,
sie arbeitete schwer den ganzen Tag,
in der Sonne schwitzte sie,
ihre Hände wurden wund
im Maisfeld.

Und Maisfrau bekam es satt,
sie wurde zornig,
und sie schalt
ihre Schwester,
weil sie nur badete,
früh bis spät.

Iktoa'ak'o'ya, Schilfrohrfrau,
zog darauf fort,
sie kehrte zurück
zum Ursprungsort,
tief da unten.

Und dann gab es keinen Regen mehr.
Alles verdorrte,
alle Pflanzen,
der Mais,
die Bohnen,
alle verdorrten sie
und verwehten
im Wind.

Die Menschen und Tiere
waren durstig.
Und sie hungerten.

So hatte er den Regen fortgebetet, und zum sechsten Mal war das Jahr trocken; das Gras wurde gelb und wuchs nicht. Wohin Tayo auch schaute, konnte er die Folgen seines Gebets erkennen; das graue Maultier wurde dürr, und die Ziege mit dem Zickel mußte jeden Tag weiter streifen, um Kräuter und trockenes Strauchwerk zum

Fressen zu finden. Abends warteten sie wiederkäuend an der Schuppentür auf ihn, und das Maultier stand mit blinden Marmoraugen am Gatter. Er warf ihnen ein bißchen staubiges Heu vor und streute etwas zerquetschten Mais darüber. Die Muttergeiß drängelte das Zickel vom Mais weg. Das Maultier wieherte und lehnte sich gegen das schiefhängende Gatter; Tayo langte in die Kaffeebüchse und hielt ihm eine Handvoll Mais unter die zuckenden Lippen. Als der Mais alle war, leckte das Maultier den Salzgeschmack von seiner Hand; die Zunge fuhr rauh und feucht, aber auch warm und fest über seine Finger. Tayo betrachtete die langen weißen Haare, die wie Fühler aus den Lippen wuchsen, und in seinem Hals würgte es wieder, und er weinte um sie alle und um das, was er angerichtet hatte.

Lange Zeit war er nur weißer Rauch gewesen. Er merkte das erst, als er das Krankenhaus verließ, denn der weiße Rauch hatte kein Bewußtsein seiner selbst. Er verflüchtigte sich in der weißen Welt ihrer Bettlaken und Wände; er wurde von den Worten der Ärzte aufgesaugt, die mit dem unsichtbar ringsum verteilten Rauch zu sprechen versuchten. Er hatte Umrisse von grauen Stahltischen gesehen, Umrisse der Nahrung, die sie ihm in den Mund schoben, der auch nur ein Umriß war wie alle schemenhaften Umrisse, die er sah. Sie sahen seinen Umriß, aber sie erkannten nicht, daß er innen hohl war. Er ging Korridore entlang, die nach altem Wachs und Desinfektionsmitteln rochen, und betrachtete dabei die Umrisse seiner Füße; beim Gehen sah er aus den Augenwinkeln die Tage und Jahreszeiten in einem Dämmerlicht verschwinden, einem Dämmerlicht, das er nur mit einer jähen Bewegung erwischen konnte, wenn er den Kopf mit einem Ruck zur Seite drehte, um einen flüchtigen Eindruck von grünen, die Fenstergitter streifenden Blättern aufzufangen. Er wohnte in einem grauen Winternebel auf einem fernen Elchberg, wo die Jäger sich für immer verirren und mit ihren Gebeinen die Grenzen markieren.

Er stand in Los Angeles vor dem Bahnhof und spürte den Sonnenschein; er sah Palmen mit vergilbten Blattspitzen, über den Boden verstreut lagen abgeblätterte tote graue Palmwedel, und in dem Augenblick hatte sein Körper wieder Dichte, die Welt war wieder sichtbar, und ihm wurde klar, wieso er hier war, und er erinnerte sich an Rocky und fing an zu weinen. Die roten spanischen Dachziegel auf dem Bahnhofsgebäude verschwammen vor seinen Augen, aber er rührte sich nicht und wischte auch die Tränen nicht ab, denn es war lange her, daß er um jemand geweint hatte. Der Rauch war dicht gewesen; Visionen und Erinnerungen an die Vergangenheit drangen da nicht durch, und er war in Rauchfarben dahingetrieben, wo es keinen Schmerz gab, nur das blasse, blasse Grau der Nordwand an seinem Bett. Die Medizin jener Leute saugte die Erinnerung aus seinen dünnen Armen ab und ersetzte sie durch eine Wolke aus Dämmerlicht hinter seinen Augen. Auf dem fernen nebligen Berg war es nicht möglich zu weinen. Wenn sie ihn nicht angezogen und zum Auto geführt hätten, wäre er immer noch dort und triebe an der Nordwand entlang, unsichtbar in dem grauen Dämmerlicht.

Der neue Doktor fragte ihn, ob er jemals sichtbar gewesen sei, und Tayo flüsterte ihm zu, es täte ihm leid, aber niemand dürfe einen Unsichtbaren ansprechen. Aber der neue Arzt ließ nicht locker; er kam jeden Tag, und seine Fragen lösten den Rand des Nebels auf, und jedesmal, wenn er kam, klang seine Stimme lauter. Nach und nach löste die Sonne den Nebel auf, und eines Tages hörte Tayo eine Stimme dem Arzt antworten. Die Stimme sagte: »Er kann nicht mit Ihnen reden. Er ist unsichtbar. Seine Worte werden von einer unsichtbaren Zunge gebildet, sie haben keinen Klang.«

Er griff sich in den Mund und befühlte seine Zunge; sie war trocken und tot, der Kadaver eines kleinen Nagetieres.

»Hier ist es leicht, unsichtbar zu bleiben, nicht wahr, Tayo?«

»Es war leicht, bis Sie kamen. Alles war weiß, alles hatte die Farbe von Rauch, von Nebel.«

»Tayo, ich schicke dich jetzt heim; morgen fährst du mit dem Zug nach Hause.«

»Er kann nicht fort. Er weint immerzu. Manchmal muß er brechen, wenn er weint.«

»Warum weint er, Tayo?«

»Er weint, weil sie tot sind und alles stirbt.«

Da konnte er den Doktor deutlich sehen, das dichte dunkle Haar auf den Handrücken des Doktors, als sie sich ihm entgegenstreckten.

»Nur los, Tayo, du darfst ja weinen.«

Da wollte er den Doktor anschreien, aber die Worte schnürten ihm den Hals ab, und er hustete seine eigenen Tränen aus und spürte ihren Salzgeschmack im Mund. Da roch er das Desinfektionsmittel, den Urin und das Erbrochene, und es würgte ihn. Er hob den Kopf vom Waschbecken in der Zimmerecke; er hielt sich an beiden Seiten fest und sah zum Doktor auf.

»Verfluchter Hund«, sagte er leise, »sehen Sie, was Sie angerichtet haben.«

Am Griff des Koffers, den er trug, hing ein Pappschild; er konnte es mit den Fingerspitzen fühlen. Sein Name stand auf dem Schild und auch seine Erkennungsnummer. Es war lange her, seit er zuletzt daran gedacht hatte, daß er einen Namen hatte.

Der Mann am Fahrkartenschalter sagte ihm, der Zug würde in fünfundzwanzig Minuten von Gleis vier abfahren; er wies auf die großen Türen zu den Bahnsteigen und sagte, Tayo könne draußen warten. Tayo fühlte sich schwach, und je länger er ging, desto mehr fühlten sich seine Beine an, als wollten sie wieder unsichtbar werden; dann würde die obere Hälfte seines Körpers umkippen, und wenn sein Kopf auf dem Boden lag, würde er wieder im Rauch, im Nebel verschwinden. Er atmete die Luft draußen vor der Tür, und sie roch nach Zügen, Dieselöl und kreosotgetränkten Schwellen unter den stählernen Schienen. Da lehnte er sich an die Bahnhofsmauer; er schwitzte, und die Geräusche wurden in seinen Ohren wieder zu vagen und dumpfen Schemen, und er wußte, er würde vom Fleck weg unsichtbar werden. Es war zu spät, um Hilfe zu rufen, und er wartete darauf zu sterben, so wie Rauch stirbt, in Luftströmungen davontreibt, in feinen Kräuseln davonwirbelt, verblaßt, bis er nicht mehr da ist. Sein letzter Gedanke war, wie großzügig sie geworden waren, ihn allein zum Bahnhof von Los Angeles zu schicken, ihm endlich das Sterben zu erlauben.

Er lag auf dem Beton und horchte auf die Stimmen, die ihn umgaben, Stimmen, die entweder leise waren oder von weither zu ihm drangen. Sie sprachen auf Englisch zu ihm, und als er nicht antwortete, diskutierten sie miteinander, und er hörte ganz deutlich die japanischen Worte. Er war sich nicht mehr sicher, wo er war, vielleicht wieder im Dschungel; er fühlte einen krankhaften Schweiß über sich hinschauern wie den Schatten des Engels, von dem Tantchen immer sprach. Er kämpfte sich an die Oberfläche und erwartete, man werde ihm einen Gewehrlauf vors Gesicht halten, sobald er die Augen öffnete. Das alles war schlimmer, als er es je geträumt hatte: all diese Monate lang in weißem Rauch dahingetrieben zu sein, nur um wieder im Gefangenenlager aufzuwachen. Aber er wollte nicht unsichtbar sein, wenn er starb, deshalb riß er sich heraus, ein letztes Mal.

Die japanischen Frauen hielten kleine Kinder an der Hand, und sie hatten Bündel und Koffer um sich herum. Eine von ihnen stand direkt neben ihm und sah auf ihn herab.

»Sind Sie krank?« fragte sie.

Er versuchte ihr zu antworten, aber seine Kehle brachte nur einen hustenden, würgenden Laut hervor. Er blickte sie an und bemühte sich, die übrigen klarer zu sehen.

»Wir haben Hilfe geholt«, sagte sie und beugte sich dabei leicht vor; dabei schwang der Saum ihres blumengemusterten Kleides tiefer über ihren Knien. Ein Weißer in Eisenbahneruniform trat heran. Er sah Tayo an, dann sah er die Frauen und Kinder an.

»Was ist mit ihm?«

Sie schüttelten den Kopf, und die Frau sagte: »Wir haben ihn hinfallen sehen, als wir vom Zug kamen.« Dann ging sie weg, zurück zu ihrer Gruppe. Sie beugte sich vor und hob mit jeder

Hand einen Einkaufsbeutel auf; sie schaute noch einmal zu Tayo hin. Er stemmte sich auf einen Arm hoch und sah die Frauen weggehen; er spürte einen Luftzug von der Bewegung ihrer Röcke und Füße und Gepäckstücke. Ein Kind starrte zu ihm zurück, hielt sich an einer Hand fest, ging aber halb herumgedreht, um Tayo sehen zu können. Der kleine Junge trug eine Armeemütze, die ihm zu groß war, und als er Tayo zu ihm hinschauen sah, lächelte er; dann verschwand das Kind durch die breiten Bahnhofstüren.

Der Eisenbahner half ihm auf; er sah auf dem Kofferanhänger nach.

»Soll ich lieber das Militärkrankenhaus anrufen?«

Tayo schüttelte den Kopf; er fing am ganzen Leibe an zu zittern.

»Diese Leute«, sagte er und wies in die Richtung, in die die Frauen und Kinder gegangen waren, »ich dachte, die haben sie eingesperrt.«

»Ach, das ist schon ein paar Jahre her. Gleich nach Pearl Harbor. Aber jetzt haben sie die alle wieder laufenlassen. Heimgeschickt. Ihr habt im Krankenhaus wohl nicht alles so mitgekriegt.«

»Nein.« Seine Stimme kam ihm selber schwach vor.

»Na, wird's jetzt wieder gehen?«

Er nickte und sah die Gleise entlang. Der Eisenbahner sah auf eine goldene Taschenuhr und ging weg.

In ihm quoll es hoch und drückte gegen die Kehle, und er lehnte sich gegen die Ziegelmauer und erbrach sich in den großen Abfallkübel. Der Geruch seines eigenen Erbrochenen und des fauligen Abfalls füllte ihm den Kopf, und er würgte, bis sein Magen nichts mehr hergab und sich nur noch in verzweifelten trockenen Krämpfen hob. Er konnte noch das Gesicht des kleinen Jungen sehen, wie er lächelnd zu ihm zurückblickte, und er versuchte, sich dieses Bild aus dem Kopf zu würgen, denn es war Rockys lächelndes Gesicht von ganz früher, als sie beide noch kleine Kerlchen waren. Er konnte nicht mehr brechen, und das kleine Gesicht war immer noch da, deshalb weinte er darüber, daß die Welt aus den Fugen geraten war, daß tausend Meilen, hohe Ozeanwogen und grüner Dschungel die Menschen nicht an ihren Plätzen festzuhalten vermochten. Die Jahre und Monate waren schwach geworden, und die Menschen konnten sie verschieben und in der Zeit vor- und zurückwandern. Vielleicht war es schon immer so gewesen, und er durchschaute es bloß zum ersten Mal.

Er saß auf dem Bett, den Rücken an die geweißte Wand gelehnt, und beobachtete, wie die winzigen Kristalle im Gipsverputz im Strom des vom Fenster hereinflutenden Sonnenlichts glitzerten. Jetzt, wo die Ziegen frei herumliefen und die gelbe Katze ihre Milch hatte, entspannte er sich. In dem Maße, wie die Sonne höherstieg und den Osthimmel verließ, wurde das Sonnenlichtquadrat an der Wand größer und verwaschener, und die hellgelbe Farbe des frühen Morgens war fort. Die winzigen Kristalle verschwanden allmählich, so wie die Sterne im Morgengrauen.

Er wußte, an einem Punkt würde das Sonnenlicht von der Wand abgleiten und wie blasse graue Spinnweben in seine Gedanken einfallen, an allen Dingen in seinem Inneren haften, und dann würde sein Magen zu krampfen anfangen, und er würde beide Hände gegen den Leib pressen müssen, ein Versuch, das Beben zurückzuhalten, das inwendig heranwuchs. Er ging hinaus, bevor es passierte.

Der Wind übte erst mit kurzen Böen heißer Luft, die an der Ulme im Hof die Blätter zum Flattern brachten. Der Wind spielte sich für den Nachmittag ein, und in wenigen Stunden würde der Himmel über dem Tal von rotem Staub verschleiert sein, und auf dem Boden würde der Wind den rötlichen Sand packen und in Wellen über die trockenen roten Lehmflächen jagen. Der Himmel war dunstig blau und wirkte fern und ungewiß, aber er konnte sich noch daran erinnern, wie er und Rocky früher die Bone Mesa bestiegen hatten, hoch über dem Tal südwestlich von Mesita, und damals hatte er das Gefühl, daß der Himmel nahe sei und er ihn hätte berühren können. Er glaubte damals, um den Himmel zu berühren, komme es darauf an, wo man steht und wie die Wolken an diesem Tag beschaffen sind. Er hatte geglaubt, in bestimmten Nächten, wenn der Mond voll und breit wie ein Stück Himmel aufging, könnte man, wenn man auf dem Rand des hohen Steilhangs dieser Mesa stand, den Mond erreichen. Entfernungen und Tage existierten damals in sich selbst; sie hatten alle eine Geschichte. Sie waren keine Hindernisse. Wenn jemand auf den Mond wollte, gab es einen Weg; es hing bloß davon ab, ob man die Hinweise kannte – wohin genau man sich wenden mußte und was zu tun war, um dorthin zu kommen; es hing davon ab, ob man die Geschichte kannte, wie andere es vorher gemacht hatten. Er hatte lange an die Geschichten geglaubt, bis die Lehrer in der Indianerschule ihn lehrten, nicht an diesen »Unsinn« zu glauben. Aber sie hatten unrecht. Josiah war dort gewesen, im Dschungel; er war gekommen. Tayo hatte zugesehen, wie er starb, und er hatte nichts getan, um ihn zu retten.

Tayo saß im Schatten unter der Ulme, als Harley auf dem schwarzen Burro, dem kleinen Lastesel, angeritten kam. Der Burro drängte hart nach rechts, wollte umkehren und in die entgegengesetzte Richtung gehen; Harley hatte den Strick, der als Zügel diente, ganz nach links gezogen, so daß der Kopf des Burros nach Norden gewendet war, aber seine Beine und sein Rumpf bewegten sich seitwärts und trieben nach Osten ab. Alle paar hundert Meter mußte Harley anhalten und die Richtung korrigieren. Mit einer kurzen Peitsche aus schwarzem Roßhaar, wie sie die alten Mexikaner zum Antreiben benutzten, zog er dem Biest eins über; Staub wirbelte aus dem Fell des Burros auf und hüllte Harley ein. Harley sah Tayo und versuchte den Burro zum Baum zu lenken, aber der nahm von der Richtung, in die sein Kopf gedreht war, überhaupt keine Notiz, ging seitwärts zum Wassertrog und blieb stehen. Er stand mit erhobenem Kopf und hochmütig blickenden Augen da; er wartete, bis Harley unter der Ulme war, bevor er das Maul ins Wasser steckte.

»Der Burro da hat aber 'nen Haß auf dich, Harley.«

Harley lachte. »Den hat noch keiner geritten, außer vielleicht ein paar von den Gören, als mein Vater ihn noch in Casa Blanca hatte.«

»Bockt er?«

»Er versucht's, aber ich glaube, ich bin ihm zu schwer. Er springt nicht allzu hoch.« Harley war groß und stämmig. »Ich reiche sowieso mit den Beinen fast bis zum Boden.«

Tayo lächelte wieder. Es spannte ihm in den Mundwinkeln. Harley war mit Leroy Valdez und Emo auf Wake Island gewesen. Sie waren alle mit Purple Hearts, den Verwundetenabzeichen, zurückgekommen, aber es sah nicht so aus, als hätte der Krieg Harley verändert; er war immer noch etwas dicklich, und er brachte sie immer noch mit Witzen und Albereien zum Lachen.

»He, du hast nicht zufällig ein Bier da, oder?«

Tayo schüttelte den Kopf. »Auf dem Herd steht noch Kaffee.«

»Nein, Kaffee soll schädlich sein.« Er lachte, und Tayo lächelte, weil Harley früher überhaupt kein Bier mochte, und vielleicht war das etwas, worin er sich jetzt, nach dem Kreig, verändert hatte. Er trank jetzt viel Bier. Aber Tayo konnte sich an damals in der achten Klasse erinnern, als sie dem alten Benny nachgeschlichen waren, um herauszukriegen, wo er seinen Wein versteckte. Sie beobachteten, wie er torkelnd durch die Salzmelde zu den Weiden und Lärchen am Fluß hinabschwankte und die ganze Zeit seinen braunen Einkaufsbeutel fest an die Brust gepreßt hielt. Sie beobachteten, wie er einen letzten Schluck Wein trank und den Korken fest hineindrückte, bevor er die Flasche in den Beutel zurücksteckte, dann behutsam ein Loch in der sandigen Flußböschung aushob und sorgfältig weißen Sand zusammenschob, um die Tasche zu verdekken. Sie lagen in Deckung, das Kinn auf dem Sand und den herabgefallenen Weidenblättern, und spähten durch die Büsche, während er noch einen letzten Blick zurückwarf, als wollte er sich das Versteck gut einprägen, und dann in Schlangenlinien den Hügel hinaufstieg, weg vom Fluß. Dann standen sie auf, und als Benny über den Hügel verschwand, rannten sie zu dem Versteck, wo der Fluß einen Teich bildete. Rocky und Tayo nahmen die Weinflasche, weil nur eine Flasche Bier da war.

»Nimm du das, Harley«, sagte Rocky. »Bier schmeckt scheußlich.«

»Ach, was weißt denn du. Hast ja nie welches probiert«, antwortete Harley und mühte sich ab, den Kronenverschluß mit der kurzen Klinge seines Taschenmessers abzuhebeln.

»Er hat recht, Harley. Josiah hat uns mal kosten lassen.«

Der Wein war süß und klebrig, ein bißchen wie Hustensirup, aber sie tranken ihn trotzdem, weil sie mußten, wenn sie sich betrinken wollten. Harley bekam schließlich das Bier auf, und weil er sie unbedingt einholen wollte, trank er einen großen Schluck. Er schnitt ein fürchterliches Gesicht, rümpfte die Nase und rollte mit den Augen. Den Rest des Nachmittags über spuckte er in den Fluß, und sie mußten immer wieder lachen, weil er dauernd sagte: »Äh! Ekelhaft! Das schmeckt ja wie Gift!« Und dann spuckte er jedesmal wieder und versuchte sich den Mund mit dem Hemdärmel auszuwischen.

Harley hockte sich neben Tayo. Er malte kleine Figuren in den Staub zu seinen Füßen. Tayo schloß die Augen und lehnte sich an den Baumstamm; er streckte die Beine aus. Sie schwiegen eine Weile. Der Wind wurde stärker; er kam mit einem sausenden Geräusch um die Südwestecke des Ranchhauses gefegt. Ein Stück altes Blech auf dem Schuppendach begann zu klappern. Tayo war es, als könnte er jetzt schlafen und vielleicht die vergangene schlechte Nacht nachholen. Hinter den Geräuschen des Windes lag friedliche Stille; es war eine Stille ohne jede Spur von Menschen. Es war die Stille harten, trockenen Lehms und alten, weißgebleichten Wacholderholzes.

Aber Harley war ruhelos; Tayo spürte es. Harley wischte immer wieder die Umrisse aus, die er in den Sand malte, und fing von vorn an, gereizt, weil er sie nicht so hinbekam, wie er wollte. Tayo zog die Knie an und gab sich Mühe, wachzubleiben. Harley grinste ihn an.

»Wir schieben eine ruhige Kugel, was? Das ganze Vieh unten im Montaño, und wir Kriegshelden haben weiter nichts zu tun als bloß den ganzen Tag rumliegen und schlafen.« Als er »Kriegshelden« sagte, langte er hinüber und stupste Tayo in die Rippen. »Ich wollte nämlich mit da runter und helfen, als sie sich einig wurden, die ganzen Rinder und Schafe da runterzutreiben. Du warst da noch krank.« Harley schüttelte den Kopf. »Wirklich wahr, Mann, ich wollte helfen. Ich hab meinem Alten gesagt: ›He, laß mich das machen. Ich versprech dir, ich mach keinen Quatsch. Ehrlich.‹« Harley malte jetzt ein kompliziertes Muster in den Staub und bewegte den Zeigefinger ohne Pause. »Aber du weißt ja, was passiert ist, drum wollen sie mich da unten nicht mehr haben. Sie haben gesagt, ich kann mich hier draußen um die Ranch kümmern. Wie du.« Harley blickte rasch auf, um zu sehen, was Tayo für ein Gesicht machte. »Tayo, du weißt, was ich meine«, sagte er schnell, »du warst ja wirklich krank, als du zurückkamst, aber mir fehlt doch verdammt nochmal gar nichts.«

Tayo nickte, aber er dachte gerade daran, was passiert war, als Harley im Montaño Schafe hütete, und er war sich nicht sicher, ob Harley recht hatte.

Der Montaño war von der Dürre nicht so schwer betroffen, darum brachten Leute mit Rindern und Schafen ihre Tiere aus den Teilen der Reservation, die kein Gras oder Wasser hatten, zum Montaño, wo sie bleiben sollten, bis der Regen kam oder solange das Gras vorhielt. Harley hatte es übernommen, für seine Familie die Schafe zu hüten. Sie stellten ihm ein kleines viereckiges Lagerzelt auf und brachten ihm alle zwei, drei Tage Nachschub an frischen Lebensmitteln. Er hatte einen Hütehund zur Hilfe und ein Pferd, um den ganzen Tag hinter den grasenden Tieren herzureiten. Seine Familie war heilfroh, daß er das machen wollte, denn Harley hatte nach der Rückkehr aus dem Krieg eine ganze Weile gebraucht, bis er zur Ruhe kam. Mit Emo und noch ein paar ehemaligen Kriegsteilnehmern hatte er sich herumgetrieben, gesoffen und Krawall gemacht.

Aber nach einer Woche da unten ließ Harley die Schafe einfach grasen, nur der Hütehund blieb zum Aufpassen da, und ritt zur Fernstraße hinüber. Als sie das Pferd fanden, stand es noch an den Zaun gebunden da, bloß hatte jemand im Vorbeigehen den Sattel gestohlen. Harley war weg, und zwei Tage später schrieb er aus dem Gefängnis in Los Lunas. Als sie zum Montaño hinunterkamen, hatten sich die Schafe über alle Hügel zerstreut. Im Lager fanden sie den Hütehund tot vor, von den wilden Tieren zerfetzt, die auch dreißig Schafe gerissen hatten.

»Schlimm, das mit dem Hund und den Schafen«, sagte Tayo.

Aber Harley lachte; er schüttelte den Kopf und lachte überlaut. »Die waren sowieso nichts wert. So dürr und zäh, daß die Kojoten die halbe Herde reißen mußten, bloß um einmal satt zu werden.« Er lachte wieder.

Tayo lief ein Schauer über den Rücken; in Harleys Lachen war etwas, das er vorher noch nie wahrgenommen hatte. Irgendwie schien Harley überhaupt nichts zu fühlen, und er verdeckte das mit großmäuligem Gerede und Gelächter. Dann stand Harley auf, aber Tayo wußte nicht, ob er bloß nicht über die Schafe reden wollte, oder ob ihm vom langen Hocken die Beine steifgeworden waren.

»Ich würde sonstwas für ein kaltes Bier geben«, sagte er und sah sich um, musterte das Haus, den Schuppen, die Korrals. »Den Laster haben sie dir wohl nicht dagelassen, oder? Ich seh nicht mal Josiahs Karren.«

»Der steht unter dem Schuppendach am Korral. Aber es ist ja sowieso nichts zum Ziehen da.«

»Was ist mit dem grauen Maultier da?«

»Das ist blind.«

»Junge, die haben dich ordentlich festgenagelt. Dich wollen sie wohl auch nicht rumlaufen lassen.«

Tayo wußte, daß er auf den Vorfall in der Dixie Tavern anspielte, als er Emo fast umgebracht hatte. Jetzt waren sie quitt. Tayo hatte nach den Schafen gefragt, die gerissen worden waren, während Harley weg war, und Harley brachte die Schlägerei zur Sprache.

»Ich wollte allein sein. Dafür ist es hier gerade richtig.«

»Yeah, nichts für mich. Meine alte Dame hat ihre Phillips-Straßenkarte 66 rausgeholt und die ganze Nacht studiert, bis sie die Stelle in der Reservation gefunden hatte, die am weitesten von jeder Bar weg ist. Da wär ich jetzt auch, würde auf irgendeiner Mesa rumhocken, wenn mein Vater sie nicht rumgekriegt hätte, mich auf die Ranch zu schicken.« Harley sah nach Südwesten in Richtung der Ranch. »Scheiße, ich glaub, es ist sowieso die Stelle, die am weitesten weg ist.«

Tayo zuckte die Achseln. Sie waren fünfundzwanzig oder dreißig Meilen von den Bars jenseits der Reservationsgrenze entfernt. Das hieß »die Reihe abklappern«, und die Bars standen dicht an dicht entlang der Fernstraße 66, zogen sich von Budville ausgehend sechs oder sieben Meilen weit an San Fidel vorbei bis zur Tankstelle der Brüder Whiting in der Nähe von McCartys.

»Die können mich sowieso nicht halten, drum weiß ich nicht, warum sie's überhaupt versuchen. Wie damals, wo sie mich hier draußen abgesetzt haben und vergaßen, den Sprit aus dem Traktor abzulassen. Ich habe ihn kurzgeschlossen und bin die ganze Strecke bis San Fidel gefahren. Ich wär auch zurückgekommen, aber bei Paraje war der Sprit alle.« Harley lachte. Seine Augen leuchteten. Für ihn war es ein Sieg gewesen; er hatte sie alle aufs Kreuz gelegt – seine Eltern, seine älteren Brüder, jeden, der sich abmühte, ihn vom Bier abzuhalten und zu verhindern, daß er in Teufels Küche kam.

»Aber das ist das erste Mal, daß ich auf einem Esel die Reihe abklappere, Tayo, und« – er unterbrach sich und rieb sich den Hintern – »ich glaub, es ist auch das letzte Mal.« Er kam heran und stieß Tayo gegen die Stiefelsohle. »Los. Steh auf. Du willst doch unter diesem Baum nicht eingehen. Auf geht's, Mensch!«

Tayo schüttelte den Kopf und streckte abwehrend die Arme aus, als wollte er den Gedanken von sich schieben.

»He, los doch. Wir können so eine Art Weltrekord aufstellen, weißt du, der längste Eselritt, der jemals für ein kaltes Bier gemacht wurde oder sowas. Ein Indianer-Weltrekord.« Wenn Harley so redete, schien alles, was passiert war – die toten Schafe, die Schlägerei in der Bar, sogar das Gefängnis –, schien das alles sehr fern zu liegen. Harley streckte die Hand aus, und Tayo griff danach; er zog sich daran auf die Beine.

Tayo ging hinein, um seine Brieftasche zu holen. Als er herauskam, sah er Harley am Windrad; der Wind hatte ihm die Hutkrempe gegen die Stirn gedrückt, aber er hatte das graue Maultier und zog ihm gerade den Zaum über die langen grauen Ohren.

Das Maultier war schon knochig; seine Hüftknochen sahen so spitz aus, als wollten sie sich durch das graue Fell bohren, so wie Knochen aus einem Kadaver hervorstechen. Dürrejahre ließen das Fell bis auf die Knochen schrumpfen; die Schafe warfen kraftlose Lämmer, und die Kühe bekamen im Frühjahr keine Kälber. Wenn es nicht bald zu regnen anfing, würde man den ganzen Viehbestand verkaufen müssen wie in den dreißiger Jahren, als die Viehhändler aus Albuquerque und Gallup kamen und die Rinder und Schafe für fast nichts aufkauften. Aber verkaufen war besser als zusehen, wie sie eingingen, wenn das Gras weg war und keine Kakteen mehr da waren, die man für sie absengen konnte. Emo wies gern auf den rastlosen staubigen Wind und den wolkenlosen Himmel, auf die knochigen Pferde, die neben der Fernstraße an Zaunpfählen herumkauten; Emo sagte gern: »Seht, was wir hier haben. Seht doch. Das ist die gute Mutter Erde der Indianer! Alte vertrocknete Vettel!« Tayos Hände zitterten vor Wut. Emo hatte unrecht. Ganz und gar unrecht.

Der Wind peitschte dem Maultier den dünnen Schwanz zwischen die Hinterbeine, als Harley Tayo die Zügel gab. »Hast du keinen Sattel?« fragte Harley. Tayo schüttelte den Kopf. »Wie sieht's mit einer alten Satteldecke aus? Dieses Maultier quetscht dir mit dem Rückgrat deine edlen Teile kaputt.« Sie lachten, Harley verschwand in der alten Garage, und Tayo hörte leere Wannen, Ölkanister und Kettenstücke klappern; Harley kam heraus und schüttelte den Staub aus vier Jutesäcken, indem er den Wind daran zerren ließ wie an Drachen. Er grinste. Tayo sah die ganze Zeit bloß zu, und außer, daß er lächelte oder lachte oder sprach, wenn Harley etwas sagte, tat er überhaupt nichts. Er stand mit dem Wind im Rücken, wie das Maultier, und ihm war, als könnte er endlos dastehen, vielleicht für immer, wie ein Zaunpfahl oder ein Baum. Es brauchte eine ganze Menge Energie, ein Mensch zu sein, und je mehr der Wind blies und die Sonne nach Südwesten wanderte, desto weniger Energie hatte Tayo. Harley war unverdrossen bei der Sache; er stand am Kopf des Maultiers, während Tayo sich bäuchlings auf den Rücken des Maultiers warf und ein Bein darüberschwang; Harley hielt die Jutesäcke fest, bis Tayo saß. Tayo fühlte sich wie ein kleiner Junge. Er fühlte sich wieder wie acht, und Josiah half ihm auf den Rücken von Siows Schecken.

Harley knotete ein Leitseil an den Zaum des Maultiers, aber das graue Maultier folgte dem Burro ohne weiteres, hielt den Kopf aufmerksam aufgerichtet und die Hasenohren gespitzt, die Nüstern weit gebläht, um mögliche Gefahren vor sich zu wittern. Tayo machte sich nicht einmal die Mühe, die Zügel zu halten; er verknotete sie so, wie Josiah es ihm gezeigt hatte, als er ein kleiner Junge war, so, daß die Zügel auf dem Hals des Pferdes zusammenhielten. Auf diese Weise konnte sie ihm das Pferd nicht aus den Händen reißen, und er konnte auch nicht aus Versehen einen fallenlassen. Wenn man so klein war, daß man an die Steigbügel nur herankam, indem man auf einen Zaun oder einen großen Steinbrocken kletterte, waren diese Kleinigkeiten wichtig.

Der Wind kam aus Südwesten und drückte gegen Tayos rechte Schulter. Er toste so laut, daß man sich nicht unterhalten konnte, deshalb schloß Tayo die Augen. Er entspannte die Schenkel und ließ die Beine baumeln; er hing krumm über den knochigen Schultern des Maultiers. Es hatte ihn müde gemacht, die Träume und Stimmen abzuwehren, sich vor Orten und Dingen vorzusehen, die in ihm die Erinnerung weckten. Er überließ sich der Bewegung des Maultiers, schwankte bei jedem Schritt vor und zurück, spürte das Ein- und Ausatmen des Maultiers zwischen den Schenkeln. Durch den Wind hörte er manchmal, wie Harley den Burro anbrüllte, ihm zu verstehen gab, was er täte, wenn er ein Gewehr hätte.

Die böigen Winde hatten den Himmel staubig rot verfärbt. Nach zwei, drei Stunden zog sich Harley den Hut tief über die Augen, um ihn nicht zu verlieren; dann nickte er ein, die gestreckten Arme am Hals des Esels, damit er seine Richtung beibehielt. Der Burro mußte wohl die Veränderung in Harleys Griff an seinem Hals gespürt haben, denn er begann ganz allmählich von der rechten Straßenseite zu dem spärlich bewachsenen Sandhöcker in der Mitte abzutreiben, wo er rasch den Kopf senkte, um ein Maulvoll Kräuter zu packen, wobei er aber immer in Bewegung blieb, damit Harley keine Veränderung wahrnahm. Auf diese Weise gelangte er auf die linke Straßenseite und schritt gleichmäßig vorwärts, aber nur gerade so lange, um Harley zu täuschen, dann verließ der Burro die Straße ganz und vollendete das weite Wendemanöver, an dem er seit fast einer halben Stunde arbeitete. Tayo beobachtete die zielbewußten Winkelzüge des Burros, aber dessen Sturheit machte ihn berechenbar, und alle fünfzehn Minuten riß Harley den Kopf des Burros scharf nach rechts, zog ihm eins mit der Roßhaarpeitsche über und brachte sie wieder auf Kurs. So kamen sie in weiten Bögen vorwärts und bewegten sich nach und nach in Richtung Norden. Tayo dachte jetzt über Tiere nach, Pferde und Maultiere, und wie sie mit dem Wind zogen. Josiah hatte gesagt, nur Menschen hätten zu dulden, denn nur Menschen widersetzten sich dem, was sie außerhalb von sich sahen. Tiere widersetzten sich nicht. Aber sie beharrten, weil sie ein Teil des Windes wurden. »Innen drin, Tayo, innen drin im Bauch des Windes.« So zogen sie mit dem Schnee, wurden ein Teil des Schneesturms, der gegen die Bäume und Zäune wehte. Und wenn sie starben, an einen Zaun festgefroren, bis zum Kopf in einer Schneewehe? »Ach, Tayo«, hatte Josiah gesagt, »der Wind hat ihnen klargemacht, daß sie das Eis waren.« Er wünschte, Josiah wäre da, nicht für immer, wie er es sich bisher gewünscht hatte, sondern nur so lange, daß Tayo ihm erzählen könnte, wie er sich in letzter Zeit gefühlt hatte, daß er beinahe überzeugt gewesen war, er sei mürber roter Ton, der mit dem Wind davontrieb, jeden Tag ein bißchen mehr.

Da oben wehte der Wind nicht so stark wie auf den Lehmebenen. Harley hielt auf der Hügelkuppe an und ließ Wasser. Der Burro nagte die dürren Grasbüschel bis auf die graue Erde ab und stemmte sich gegen die Zügel, um noch ein mageres Fleckchen Gras mehr zu erreichen. Aber das Maultier blieb wachsam stehen, die milchigen starren Augen weit offen. Sie waren sich gleich – das Maultier und die alte Großmutter, die im Winter in der Zimmerecke am bauchigen Ofen saß und im Sommer auf einer Apfelkiste unter der Ulme; sie war so blind wie das graue Maultier und genauso hartnäckig. Sie mahnte sie immer wieder, Rocky hätte versprochen, ihr von seinem Armeesold einen Ölofen zu kaufen, und hörte damit auch nicht auf, als Tayo aus dem Krankenhaus nach Hause kam und sie wußte, daß er weinen mußte, wenn er Rockys Namen hörte.

»Weine nicht, Tayo, weine nicht. Er wollte, daß ich einen kriege, das weißt du. Und er wollte nicht, daß du weinst.« So nahm Tantchen schließlich vierzig Dollar von dem Versicherungsgeld und schickte Robert in die Stadt, und er brachte einen gebrauchten Heizofen mit einem automatischen Thermostaten mit, für den sie, wenn er erst einmal angezündet war, nur noch ein Faß Heizöl draußen auf dem Holzgerüst brauchten. Sie bestellte so einen, weil sie keinem von ihnen auferlegen wollte, sich um ihren Ofen zu kümmern. Im vorigen Jahr, am kältesten Tag des Winters, als der San José Creek bis auf den Grund gefroren war und die alte Großmutter ganz allein zu Hause saß, weil Tantchen zum Kaufladen mußte, ging das Holzfeuer im Ofen aus. Bei dieser Geschichte unterbrach Tantchen jedesmal ihre Arbeit, ganz gleich, was sie gerade tat, und sagte: »Mama, die Asche war noch warm, als wir heimkamen«, und die alte Großmutter tat immer, als ob sie das nicht hörte, und redete weiter von all den Dingen, die Rocky noch für sie tun würde. Sie alle trauerten auf diese Art um Rocky, indem sie ganz nebenbei, ganz unversehens auf seine Pläne für das College und seine Football-Karriere zu sprechen kamen. Tayo brauchte nicht lange, um zu erkennen, welches Mißgeschick hinsichtlich Raum und Zeit eingetreten war: Rocky war derjenige, der noch lebte, Großmutter ihren Heizofen mit der runden Reglerscheibe kaufte; Rocky stand auf der Sportseite des »Albuquerque Journal« bei den Spielresultaten des Colleges. Gestorben war er, Tayo, aber irgendwie hatte es zwischen den Leichen eine Verwechslung gegeben, und die seine war eben noch nicht begraben.

Er fing an zu weinen, und als Harley sich zu ihm umsah, wischte er die Tränen nicht weg und tat auch nicht so, als kämen sie vom Staub und Wind in seinen Augen. Er war plötzlich hohl; die Finger wurden schlaff und fielen von den Zügeln, schlüpfrig vor Schweiß. Die Schwerkraft schien zu ihm emporzuwogen und ihn herabzuziehen. Er umklammerte mit beiden Armen den Hals des Maultiers, aber er wurde erfaßt und mitgerissen. Wirbelte der Länge nach in einer Sturzflut in einem großen Arroyo dahin. Nachdem seine Hände losgelassen hatten, schlugen seine Knie in schlammige Wagenspuren, und er hörte schrille Schreie und das Geräusch zermalmter Knochen, hohler weißer Schädelknochen, die der Dschungelregen zu Bajonettschneiden hämmerte und schliff. Das Wasser der Flut hatte die Farbe der Erde, ihrer Haut, des Blutes, seines im Verband braun getrockenten Blutes.

Harley half ihm auf; er wischte Sand und Grashalme von Tayos Hemd und gab ihm seinen Hut. Er führte ihn zum Schatten am Fuß der Mesa. Er fesselte dem Maultier die Vorderbeine, band den Burro an einen langen Strick und ließ sie die schmalen, bläulichgrünen Blätter der Salzmelde abweiden, die am Eingang des Cañons wuchs. Der Sand fühlte sich kühl an. Er preßte ihn in beiden Fäusten, bis er zwischen seinen Fingern hervorrieselte. Harley setzte sich neben ihn und wischte sich mit dem Hemdärmel das Gesicht ab. »Sonnenstich. Davor haben sie mich immer gewarnt, Tayo. Wir hätten schon früher Rast machen sollen.« Er sah Tayo prüfend an. »Bist du okay?«

Tayo nickte. Er wollte über sich selbst witzeln, wollte etwas sagen wie: »Quatsch, Sonnenstich. Der Wind hat mich runtergeblasen«, aber er hatte nicht die Kraft, die Lippen zu bewegen, auch nur die Worte zu formen. Außerhalb des Schattens schimmerte alles in Wellen von Hitze und Wind. Die Klippen jenseits des kleinen Bachbetts, die Wacholdersträucher, die zwischen den großen orangefarbenen Felsblöcken wuchsen, und der rötliche verschleierte Himmel waren leuchtende Farben eines Traumes, und je länger Tayo sie anstarrte, desto stärker merkte er, daß er sich gleich übergeben mußte. Da scharrte er ein Loch in den trockenen Sand neben sich, und als dieses grelle Licht ihn schließlich blendete, dreht er sich nach rechts und erbrach sich in das Loch.

Als er in New Laguna aus dem Zug gestiegen war, waren seine Beine wacklig, und seine Mantelärmel rochen nach Erbrochenem, obwohl er im Zug versucht hatte, den Mantel im Waschbecken auszuspülen. Sie sollten nicht merken, wie schlecht es ihm gegangen war, daß er sich die ganze Nacht an die Metallwand der Männertoilette gelehnt hatte, um zu spüren, wie die Muskelschichten in seinem Magen sich entkrampften, bis das Wogen schließlich ein Kräuseln und dann ein leises Zittern wurde.

Aber Tantchen starrte ihn auf ihre alte Art an, drang mit den Augen in ihn ein, rief die Vergangenheit herauf, als wäre sie auch seine Zukunft, als würde es mit ihm immer dasselbe bleiben. Sie wußten beide, daß sie ihn aufnehmen und monatelang pflegen würde, solange er im Bett liegen müßte, zu schwach zum Gehen. Diesmal würde sie ihn aufnehmen, weil er alles war, was ihr noch blieb. Vor vielen Jahren hatte sie ihn aufgenommen, um die Schande ihrer jüngeren Schwester zu verheimlichen. Jetzt stand sie am Bett und blickte auf ihn herab, und er wußte, wenn er die Augen öffnete, würde er sehen, wie sie bohrend nach neuer Schande forschte, erfüllt von einer Vorahnung, was sie wohl finden werde. Was würde es diesmal sein? Sie dachte daran, was Josiah, der alte Narr, gemacht hatte; es war nicht anders als die Sache mit Kleiner Schwester und dem Weißen. Sie hatte sie verbissen vor dem Dorfklatsch beschützt. Aber sie ließ sie nie vergessen, was sie deswegen ertragen hatte, was sie getan hatten. Darum wußte Toya auch, sie würde ihn nicht in das Krankenhaus für Kriegsteilnehmer zurückschicken.

Er lag da und preßte das Gesicht ins Kissen. Ihn hatte sie immer schärfer beobachtet als Rocky, denn Rocky war ihr eigener Sohn, und es war ihre Pflicht, ihn großzuziehen. Jene, die das Leben nach der Zahl der auferlegten Kreuze maßen, würden ihr die Opfer für Rocky nicht so hoch anrechnen wie die Opfer für das Mischlingskind ihrer toten Schwester. Als Rocky starb, wurde er in seinem Bilderrahmen auf ihrer Kommode für immer unangreifbar; sein Tod gab ihr neue Vorteile vor den Leuten; sie hatte so viel gegeben. Aber Vorteile nutzen sich ab; sie brauchte einen neuen Kampf, brauchte eine neue Gelegenheit, den Klatschbasen zu zeigen, daß sie noch immer eine Schicksalsbürde zu tragen hatte, als Beweis dafür, daß sie vor allem anderen eine gute Christin war. So würde es sein; er bekam es am ersten Nachmittag heraus, als er wieder daheim war.

Am Ende der ersten Woche kam sie ins Zimmer und zog die Laken und Decken von allen Betten ab, und er merkte, daß sie die Betten frisch bezog, als ob Josiah und Rocky noch hier schliefen; sie schlug die dunklen Wolldecken um die Kanten der frischen Laken, stopfte die Kissen in gestärkte weiße Bezüge, die sie am Tag vorher gebügelt hatte. Schließlich hörte er sie dicht an sein Bett treten und den Deckel vom Eimer heben, um nachzusehen, ob sie ihn leeren mußte.

»Wie fühlst du dich?«

Er wußte, daß sie ihn aus dem Bett haben wollte, damit sie die Laken wechseln konnte. Er setzte sich auf und schwang die Beine auf den Boden. Er stand unsicher auf und schlich zu dem

Stuhl am Fußende des Bettes, aber sie nahm seinen Arm und führte ihn an Rockys Bett. Er wollte sich losreißen und zum Stuhl gehen, aber er schwankte vor Übelkeit. Sie schob ihn in das Bett und brachte den Eimer. Er zog die Knie an den Bauch und wand sich, gegen das Würgen ankämpfend, im Bett. Da spürte er die alte Matratze, wo all die Jahre von Rockys Leben Umrisse und Eindrücke hinterlassen hatten, in die Tayos Knochen nicht paßten: wie sich pralle, atlasbezogene Polsterung in einem Sarg einem Leichnam anpaßt, um ihn für immer festzuhalten. Er rief um Hilfe, hielt Arme und Beine steif ausgestreckt und bog den Rücken von der Matratze weg. Sein Herz hämmerte lauter als seine Hilferufe; er hörte die alte Großmutter antworten, aber Tantchen kam nicht. Endlich kam sie von der Veranda herein. Sie hatte die Ärmel ihres Kleides aufgekrempelt, ihre Hände waren feucht und rochen nach Bleiche. Sie zerrte ihn aus dem Bett, ihr Gesicht war starr vor Zorn.

Er wies auf die Fenster. »Von dem Licht krieg ich Brechreiz.«

Sie zog die Rollos herunter, und er wußte, daß sie ihn anstarrte, fast als könnte sie im gedämpften Licht die Umrisse seiner Lüge ausmachen. Aber sein Vorteil waren die Armeeärzte, die ihr und Robert erklärt hatten, die Ursache des Schockzustandes, den man Frontkoller nenne, sei ein Rätsel, sogar für sie. Im Dunkeln fühlte er sich besser, weil er die Betten nicht sehen konnte, wo die Decken fließende konkave Umrisse nachzeichneten; er konnte die Fotos in den Rahmen auf der Kommode nicht sehen. Im Dunkeln konnte er um all die Träume weinen, mit denen Rocky aus seinem Foto zum Collegeabschluß gestarrt hatte; er konnte um Josiah und die gescheckten Rinder weinen, die inzwischen alle zerstreut, alle verlorengegangen waren, inmitten der allgemeinen Auflösung fortgerissen, die ihm alles genommen hatte. Die alte Großmutter saß an ihrem Ofen, auch ihr war es im Dunkeln wohler. Er wußte, daß sie horchte, wenn er weinte; er wußte, daß sie auf das Scheppern des Emaildeckels horchte, als er ihn abhob und sich über den Eimer beugte, um zu brechen.

Zu Anfang hielten sich die alte Großmutter und Robert von ihm zurück, gerade, daß sie »Guten Morgen« oder »Gute Nacht« sagten; seine Übelkeit und sein Weinen waren zuviel für sie. Tantchen hatte seine Pflege in die Hand genommen. Mit leiser, deutlicher Stimme, die Tayo hören konnte, ermahnte sie die beiden, sie sollten darauf achten, Rocky und Josiah mit keinem Wort zu erwähnen. Tayo merkte, was sie vorhatte.

Als er Robert von einer Fahrt zur Ranch zurückkommen hörte, setzte er sich im Bett auf und rief nach ihm.

»Die Braune hat gefohlt. Ein Hengstfohlen. Rotfuchs mit Blesse. Steht schief im Gesicht, so.« Robert sprach langsam und leise und deutete die Zeichnung auf der Stirn des Fohlens auf seinem eigenen Gesicht mit dem Finger an.

Da wurde Tayo klar, solange Josiah und Rocky noch am Leben waren, hatte er Robert in dem Haus, das der alten Großmutter und Tantchen gehörte, nur als einen sehr ruhigen Mann erlebt. Wenn Tantchen und die alte Großmutter und Josiah sich stritten, wieviel Lämmer verkauft werden sollten, oder wenn Tantchen und die alte Großmutter Josiah den Skandal mit seiner mexikanischen Freundin vorhielten, saß Robert still dabei. Diese Taubheit hatte er in all den Jahren entwickelt, seit er mit Tantchen verheiratet war. Seine Miene war gelassen; er hatte Geduld mit ihnen, weil er nichts zu sagen hatte. Die Schafe, die Pferde und die Felder – alles gehörte ihnen, den guten Ruf der Familie inbegriffen. Jetzt hing an Robert alles, wofür Josiah verantwortlich gewesen war. Er sah müde aus.

»Ich hab meinem Schwager auf unseren Feldern geholfen. Aber sie erwarten jetzt nicht soviel Arbeit von mir. Sie wissen, daß ich hier ziemlich zu tun habe.«

»Wenn es mir besser geht, helfe ich dir.«

Robert lächelte und nickte. »Das wäre schön«, sagte er leise, »aber beeil dich nicht. Laß dir nur Zeit. Werd erst mal gesund.« Er stand auf. Er war ein kleiner, schmächtiger Mann mit einem kantigen dunklen Gesicht. Er legte Tayo die Hand auf den Arm. »Ich freu mich, daß du wieder daheim bist, Tayo«, sagte er. »Ich freu mich wirklich.«

Er erwachte weinend. Er hatte geträumt, Josiah hielte ihn fest an die Brust gedrückt, wie früher, als Tayo noch klein war, und im Traum roch er Josiahs Geruch – nach Pferden, Holzrauch und Schweiß –, den Geruch, den er bis zu dem Traum vergessen hatte; und er war von all der Liebe überwältigt, die einmal war. Er weinte, weil er beim Erwachen zu dem zurückmußte, was geblieben war: das abgedunkelte Zimmer, leere Betten und ein Märzstaubsturm, der das Blech auf dem Dach zum Klappern brachte. Er lag da mit dem Gefühl, daß es hier keinen Platz mehr für ihn gab; er würde keinen Frieden in diesem Haus finden, wo in der Stille und Leere das Echo des unwiederbringlich Verlorenen widerhallte. Er wollte ins Krankenhaus zurück. Jetzt sofort. Er mußte dahin zurück, wo er sich in den Wänden und der Decke, schimmernd weiß, auflösen konnte, weit weg von allem. Er setzte sich auf und warf die Decken ab; er schwitzte. Er schaute zur alten Großmutter hinüber, die an ihrem Platz neben dem Ofen saß; er wußte nicht, ob sie schlief oder nur mit geschlossenen Augen auf den Wind horchte. Seine Stimme zitterte, als er sie rief. Er wollte ihr sagen, sie müßten ihn ins Krankenhaus zurückbringen. Er sah zu, wie sie schwerfällig aufstand; mit alten Knochen, nichts als Röhren aus zerbrechlichem Glas, schlurfte sie in ihren Tuchpantoffeln über das Linoleum, ganz behutsam, als traute sie ihrem Gedächtnis nicht, sie an sein Bett zu bringen. Sie setzte sich auf den Bettrand und streckte die Arme nach ihm aus. Sie hielt seinen Kopf in ihrem Schoß, und sie weinte mit ihm und murmelte wieder und wieder: »A'moo'oh, a'moo'oh.«

»Ich hab nachgedacht«, sagte sie und wischte sich mit dem Rand ihrer Schürze über die Augen, »die ganze Zeit hier in meinem Sessel. Diese weißen Doktors haben dir überhaupt nicht geholfen. Vielleicht lassen wir lieber jemand anders kommen.«

Als Tantchen aus dem Kaufladen zurückkam, sagte ihr die alte Großmutter: »Dieser Junge braucht einen Medizinmann. Sonst muß er fort. Sieh ihn dir an.« Tantchen stand da, eine Tasche voll Eßwaren in den Armen. Sie stellte die Tasche auf den

Tisch und legte Mantel und Kopftuch ab; sie sah Tayo an. Sie hatte eine ganz bestimmte Art an sich, wenn sie Schwierigkeiten voraussah; sie runzelte die Stirn und legte sich ihre Antwort für die alte Dame zurecht.

»Ach, ich weiß nicht, Mama. Du kennst sie doch. Du weißt, was die Leute sagen werden, wenn wir einen Medizinmann kommen lassen, damit er ihm hilft. Irgeneiner sagt bestimmt, es wäre nicht recht. ›tu das nicht. Er ist sowieso kein Vollblut‹, werden sie sagen.« Sie hängte ihren Mantel auf und legte den Schal darüber. »Dann fängt alles wieder von vorn an. Der ganze Klatsch über Josiah und über Kleine Schwester. Jetzt kriegen die Mädchen hier dauernd Babies von weißen Männern, und keiner sagt was. Die Männer treiben sich mit Mexikanerinnen rum und noch Schlimmerem, und niemand redet. Aber sowie es in unserer Familie passiert . . .« Die alte Großmutter unterbrach sie, wie immer, wenn Tantchen auf dieses Thema kam.

»Er ist mein Enkel. Wenn ich nach dem alten Ku'oosh schikke, kommt er. Laß sie doch reden, wenn sie wollen. Was kümmert's dich, was sie reden? Laß sie reden. Bis zur Pflanzzeit haben sie es vergessen.« Die alte Großmutter stand aufgereckt vor Tantchen, als sie das sagte, und starrte sie mit ihren milchigen Staraugen an.

»Du weißt, was der Armeedoktor gesagt hat: ›Keine Indianermedizin.‹ Der alte Ku'oosh bringt seinen Beutel mit Kräutern und Pulvern mit. Dem Doktor wird das nicht gefallen.« Aber nach dem Ton ihrer Stimme gab sie sich einstweilen geschlagen und dachte schon voraus an eine mögliche Genugtuung, später, wenn etwas schiefgegangen und sie es auf diesen Entschluß zurückführen könnte. Wie an dem Abend, als sie die anderen hatte dazu bringen wollen, Sis nicht mehr den kleinen Jungen abzunehmen; inzwischen trieb sich Sis sogar schon mit Schwarzen herum und war immerzu betrunken. An dem Abend war sie gekommen, um den kleinen Jungen bei ihnen zu lassen. Damals hätten sie sich weigern können. Damals hätten sie ihr sagen können, sie dürfe nicht mehr zu ihnen kommen. Aber damals hatten sie auch nicht auf sie gehört; später sahen sie es freilich ein, und sie sagte ihnen dann immer: »Seht ihr wohl, ich hab's euch doch gesagt.« Aber denen war das egal. Ihrem Bruder Josiah und ihrer Mutter. Denen war es egal, was die Leute über ihre Familie redeten, oder daß die Dorfältesten einmal zusammenkamen und davon sprachen, Sis für immer aus der Reservation zu verjagen.

Die alte Großmutter zog den Stuhl vom Fußende des Betts heran, und der alte Mann setzte sich. Er nickte Tayo zu, sagte aber kein Wort. Tayo begriff nicht, worauf er wartete, bis er sah, daß die alte Großmutter ihren Mantel und Wollschal schon anhatte und Tantchen ihren Mantel gerade anzog. Sie gingen, und der alte Ku'oosh wartete, bis die Stimmen der Frauen nicht mehr zu hören waren, dann rückte er den Stuhl näher ans Bett. Er roch nach Hammeltalg und Bergsalbei. Er sprach leise, bediente sich des alten Dialekts, und seine Sätze waren verwoben mit Erläuterungen ihres eigenen Ursprungs, als wäre nichts, was der alte Mann sagte, sein eigen, sondern alles wäre schon früher gesagt worden, und er wäre nur hier, um es zu wiederholen. Tayo mußte sich anstrengen, um den Sinn seiner Worte zu erfassen, prallvoll mit Ortsnamen, die er nie gehört hatte. Seine Sprache war kindlich, mit englischen Worten durchsetzt, und Tayo spürte, wie ihm vor Scham der Hals eng wurde; aber dann hörte er den alten Mann die Höhle beschreiben, eine tiefe Lavahöhle nordöstlich von Laguna, wo an Sommerabenden die Fledermäuse herausgeflogen kamen. Er schob sich auf den Kissen höher und spürte die Eisenstäbe des Bettgestells im Rükken. Er kannte diese Höhle. Die Klapperschlangen lagen da gern im Vorfrühling, wenn die Tage noch kühl waren und die Sonne zuerst den schwarzen Lavafels wärmte; die Schlangen kamen dorthin, um sich wiederzubeleben. Der alte Mann wies nach Nordosten, und Tayo drehte den Kopf in diese Richtung und erinnerte sich an das weite runde Loch, so tief, daß er, auch wenn er sich neben Rocky auf den Bauch legte, nie bis auf den Grund hatte sehen können. Er erinnerte sich daran, wie sie Steine über den Rand geschubst und auf das Geräusch gewartet hatten, wenn die Steine auf den Grund auftrafen. Aber die Höhle war tiefer als der Schall. Tantchen drohte ihnen mit einer Tracht Prügel, wenn sie noch einmal da hingingen, denn da oben gebe es Schlangen, und am Ende fielen sie noch hinein. Aber sie gingen doch, an Sommerabenden nach dem Essen, wenn die Grillen die Kühle witterten und zu singen anfingen. Sie sahen sich vor den Schlangen vor, die nach Sonnenuntergang hervorkamen, um zu jagen, und sie schlichen sich ganz leise zur Höhle hinauf und warteten darauf, daß die Fledermäuse ausflogen. Er nickte dem alten Mann zu, denn diesen Ort kannte er. Die Leute sagten, in alter Zeit hätten sie die Skalpe hingebracht und dort hineingeworfen. Tayo wußte, wozu der alte Mann gekommen war.

Ku'oosh fuhr fort, langsam, mit leiser, singender Stimme: »Manches davon weißt du vielleicht nicht«, womit er vage auf den fernen Umstand eines abwesenden weißen Vaters anspielte. Er nannte Josiah bei seinem indianischen Namen und sagte: »Wenn er es damals gewußt hätte, hätte er es dir vielleicht erklären können, bevor du in den großen Kreig der Weißen gezogen bist.« Dann zögerte er und blickte Tayo in die Augen.

»Aber du weißt, mein Enkel, diese Welt ist verletzlich.«

Das Wort, das er wählte, um »verletzlich« auszudrücken, war von der Kompliziertheit eines fortdauernden Vorgangs erfüllt und von einer Stärke, wie sie Spinnweben eigen ist, die quer über die Pfade durch die Sandhügel gewoben sind, wo sich früh am Morgen die Sonne in jedem Faden des Geflechts verwickelt. Es brauchte viel Zeit, die Verletzlichkeit und Kompliziertheit zu erklären, denn kein Wort existiert für sich allein, und der Grund für die Wahl jedes Wortes mußte mit einer Geschichte erklärt werden, in der es darum ging, weshalb es auf diese bestimmte Weise gesagt werden mußte. Das war die Verantwortung, die darin lag, ein Mensch zu sein, sagte der alte Ku'oosh, die Geschichte mußte erzählt werden, damit es keinen Irrtum über die Bedeutung dessen geben konnte, was gesagt worden war; und das verlangte große Geduld und Liebe. Mehr als eine Stunde verstrich, bevor Ku'oosh ihn fragte.

»Du warst mit den anderen«, sagte er, »mit denen, die in den Krieg der Weißen gezogen sind?«

Tayo nickte.

»Sie haben mich geschickt, dich etwas zu fragen. Etwas, das du vielleicht brauchst, jetzt, wo du daheim bist.«

Tayo horchte auf den Wind draußen; spät am Nachmittag würde er langsam nachlassen.

»Du verstehst doch, ja? Es ist wichtig für uns alle. Nicht nur für dich, sondern für diese verletzliche Welt.«

Er wußte nicht, wie er erklärten sollte, was geschehen war. Er wußte nicht, wie er ihm sagen sollte, daß er keinen Feind getötet hatte oder es jedenfalls nicht glaubte. Aber er hatte viel schlimmere Dinge getan, und die Auswirkungen waren überall, am wolkenlosen Himmel, auf den dürren braunen Hügeln, spannten Haut und Fell straff über spitzen Knochen. Der alte Mann wartete auf seine Antwort.

Tayo langte nach dem Eimer und zog ihn näher zu sich heran.

»Ich bin krank«, sagte er und wandte sich von dem alten Mann ab, um zu brechen. »Ich bin krank, aber ich habe nie einen Feind getötet. Ich habe sie nicht mal berührt.« Zitternd und schwitzend richtete er sich wieder auf.

»Vielleicht kannst du mir trotzdem helfen. Tu etwas für mich, so wie du es für die anderen getan hast, die zurückgekommen sind. Denn was ist, wenn ich nicht weiß, ob ich einen getötet habe?«

Aber der alte Mann schüttelte langsam den Kopf und brachte einen tiefen, summenden Ton aus der Kehle hervor. Beim Krieg nach der alten Art konnte man im Kampf einen anderen Menschen nicht töten, ohne es zu wissen, ohne die Folgen zu sehen, denn sogar ein verwundeter Hirsch, der wieder aufstand und davonlief, ließ große Klumpen Lungenblut oder Eingeweide auf der Erde zurück. So wußte der Jäger, der Hirsch würde sterben. Bei Menschen war es nicht anders. Aber der alte Mann hätte Berichten über die Kriegführung der Weißen nicht geglaubt – über weite Entfernungen zu töten, ohne zu wissen, wer und wie viele umgekommen sind. Es war alles zu fremdartig, um es zu begreifen, die Granatwerfer und die großen Geschütze; und sogar wenn er den alten Mann in die Zielgebiete hätte mitnehmen können, sogar wenn er ihn durch die umgestürzten Dschungelbäume und die schlammigen Krater aufgerissener Erde hätte führen können, um ihm die Toten zu zeigen, hätte der alte Mann so etwas Ungeheuerliches nicht geglaubt. Ku'oosh hätte die zerfetzten Leichen und die Schattenrisse des Atomblitzes betrachtet, wo menschliche Körper verdampft waren, und der alte Mann hätte gesagt, etwas Nahes und Furchtbares habe diese Menschen getötet. Nicht einmal Hexen aus alter Zeit töteten auf solche Weise.

Wie ich es
vernommen habe
hatten sie
in den alten Tagen
vor langer Zeit
eine Skalpgemeinschaft
für Krieger
die getötet hatten
oder tote Feinde
berührt hatten.

Sie mußten
bestimmte Dinge tun
sonst
erschien K'oo'ko ihnen im Traum
mit ihren schrecklichen Fängen und
allem drohte Gefahr.
Vielleicht kam der Regen nicht
oder das Wild zog fort.

Deshalb
mußten sie
bestimmte Dinge tun.
Die Flöte und den Tanz
blaues Maismehl und
Haarwaschen.

All diese Dinge
mußten sie tun.

Das Zimmer war fast dunkel. Tayo fragte sich, wo Tantchen und die alte Großmutter die ganze Zeit geblieben waren. Der alte Mann nahm seinen Beutel auf den Schoß und tastete mit beiden Händen darin herum. Er holte ein Bündel trockene grüne Stengel heraus und eine Papiertüte voll blauem Maismehl. Er legte Tayo das Bündel Indianertee auf den Schoß. Dann stand er auf und stellte die Tüte Maismehl auf den Stuhl.

»Manche Sachen können wir nicht mehr so heilen wie früher«, sagte er, »nicht, seit die Weißen kamen. Die anderen, die eine Skalpzeremonie hatten, einige von ihnen sind auch nicht besser dran.«

Er zog sich die blaue Wollmütze über die Ohren. »Ich habe Angst, was aus uns allen wird, wenn du und die anderen nicht gesund werden«, sagte er.

Der alte Ku'oosh ging, und sobald er die Tür zugemacht hatte, rollte sich Tayo auf den Bauch und warf dabei die Stengel Indianertee auf den Boden. Er preßte das Gesicht ins Kissen und drückte den Kopf hart gegen das Bettgestell. Er weinte, um sich von dem großen Druck zu befreien, der in seiner Brust anschwoll, aber das Weinen brachte ihm keine Erleichterung mehr. Der Schmerz war stark und beständig wie das Klopfen seines Herzens. Der alte Mann hatte ihm nur etwas bestätigt, das er die ganze Zeit befürchtet hatte, etwas aus den alten Geschichten. Ein einziger Mensch genügte, um die zarten Fäden des Gewebes wegzureißen, so daß die Sonnenstrahlen im Sand verrannen und die verletzliche Welt Schaden nahm. Es war einmal ein Mann gewesen, der hatte die Regenwolken verflucht, ein Mann mit gräßlichen Träumen. Tayo schrie und krümmte sich unter dem Schmerz.

Tantchen weckte ihn und gab ihm eine Tasse Indianertee, dunkel wie Kaffee gebraut. Es war spät, und sie hatten schon zu Abend gegessen. Robert saß am Küchentisch und rieb einen Zügel mit Sattelwichse ein. Die alte Großmutter döste an ihrem Ofen. Der Tee war mild, schmeckte wie die Luft nach einem Wolkenbruch, wenn Gras und Pflanzen grün duften und die Erde feucht ist. Sie brachte ihm einen Napf mit Brei aus blauem Maismehl. Er schüttelte den Kopf, als er ihn sah, aber sie setzte sich auf den Stuhl neben dem Bett und fütterte ihn Löffel um Löffel. Während sie ihn fütterte, sah er sie an; er wußte, daß sie Ku'oosh gebeten hatte, nicht über den Besuch zu sprechen, außer mit den alten Männern. Er wußte, sie hatte Angst, die Leute würden herauskriegen, daß er verrückt sei. Der Maismehlbrei schmeckte süßlich; sein Magen krampfte sich nicht um den Brei zusammen wie bei anderem Essen. Sie nahm den leeren Napf und die Tasse mit. Er glitt unter die Decken und wartete auf den Brechreiz. Wenn das hier nicht half, dann würde er sterben, das wußte er. Er ließ sich erschlaffen; er spannte seinen Körper nicht mehr an, um der Übelkeit zu widerstehen. Jetzt war es ihm gleich, ob sie kam; jetzt war es ihm gleich, ob er starb.

Er saß draußen vor der Gazetür in der Sonne, als sie in den Hof gefahren kamen. Er hatte auf den Apfelbaum neben dem Holzschuppen geschaut und versucht, die winzigen grünen Früchte zu erkennen, die den ganzen Sommer wachsen sollten, bis sie Äpfel wurden. Er hatte darüber nachgedacht, wie leicht es war, am Leben zu bleiben, jetzt, wo es ihm gleich war, ob er noch am Leben blieb. Auf die gleiche Art hielten auch die winzigen

Äpfel aus; sie schienen nicht zu fallen, auch nicht bei starkem Wind. Er konnte normales Essen vertragen. Er erbrach sich nur noch selten. Manchmal schlief er sogar die ganze Nacht ohne die Träume durch.

Er fuhr mit ihnen in dem alten Ford Coupé los. Er legte den Kopf auf die staubige Lehne zurück und spürte die Sonne heiß auf Hals und Schultern. Er hörte nicht hin, was sie lachend darüber schwatzten, wie Emo den Wagen gekauft hatte. Er bekam nicht mit, wohin sie unterwegs waren. Es war ihm gleich.

Es wurde schon heiß, dabei war es noch Frühling. Der Himmel war leer. Die Sonne war zu heiß, und daher wirkte die Farbe des Himmels zu blaßblau. Er ging als letzter durch die Gazetür der Dixie Tavern.

Harley schob eine Flasche Bier vor ihn hin. Harley sagte etwas zu Tayo, und alle anderen lachten. Dieses gute Leben war der US-Regierung und dem Zweiten Weltkrieg zu verdanken. Bargeld auf Invalidenschecks, verdient mit Schrapnell im Hals auf Wake Island oder Bombenneurose auf Iwo Jima; Lohn für das Überleben des Todesmarsches von Bataan.

»He, Tayo, deinen Scheck schon kassiert?«

Tayo schob einen Zehndollarschein über den Tisch. »Mehr Bier«, sagte er.

Emo betrank sich mit Whiskey; sein Gesicht war rot angelaufen und seine Stirn schweißnaß. Tayo sah zu, wie Harley und Leroy Vierteldollarmünzen warfen, um zu entscheiden, wer die nächste Runde zahlte, und er trank das Bier in großen Schlucken wie Medizin. Er konnte fühlen, wie sich innerlich etwas löste. Er hatte Tantchen über die ehemaligen Kriegsteilnehmer reden hören – immerzu betrunken, sagte sie. Aber er wußte, warum. Es war etwas, das die alten Leute nicht verstehen konnten. Schnaps war Medizin gegen den bohrenden Zorn, gegen den Schmerz des Verlustes, Medizin gegen den Krampf im Magen und das Würgen in der Kehle. Er fühlte schon allmählich eine tröstliche Stelle in sich, nahe an seinem klopfenden Herzen, dicht an seinem warmen Magen; er kroch hinein und sah zu, wie draußen der Sturm wirbelte, während er hier in Sicherheit war; die Winde des Zorns konnten nicht an ihn heran.

Jetzt waren sie alle betrunken, und sie wollten, daß er sich mit ihnen unterhielt; sie wollten, daß er ihnen seine Geschichten erzählte. Jemand klopfte ihm immer wieder auf den Rükken. Er griff nach der nächsten Flasche Bier.

Weiße Frauen haben mich nie angesehen, bis ich diese Uniform anzog, und dann war ich ein US-Mariner, das walte Gott, und sie kamen haufenweise angerannt. Den ganzen Krieg über hieß es: »He, Soldat, siehst du aber gut aus. Soviel schwarzes, dickes Haar.« – »Tanz mit mir«, sagte das blonde Mädchen. Los Angeles war die größte Stadt, die ich in meinem Leben gesehen habe. Alle diese Straßen und hohen Häuser. Nachts überall Lichter. Ich hab noch nie so viele Bars und Musikboxen gesehen – alle die Menschen, von überallher, sie tanzten und lachten. Sie haben mich nie gefragt, ob ich Indianer bin; haben mir soviel Bier verkauft, wie ich trinken konnte. Damals hab ich mit Geld nur so rumgeschmissen. Hatte meinen Armeesold. Meine Uniform doppelt gestärkt, und meine Stiefel spiegelblank. Ich meine, diese weißen Frauen haben sich um mich gerissen. Jawohl, haben sie! Einmal bin ich mit einer Blondine nach Hause gefahren. Sie hatte einen großen 38er Buick. Guter Wagen. Sie hat mich den ganzen Weg fahren lassen.

He, wer ist mit 'ner Runde dran?

Am ersten Tag in Oakland ging er mit Rocky die Straße entlang, und ein großer Chrysler blieb auf der Straße stehen, und eine alte weiße Frau kurbelte die Scheibe herab und sagte: »Gott segne euch, Gott segne euch«, aber es war die Uniform, nicht Rocky und Tayo, die sie segnete.

»Los, Tayo! Du hast doch nicht den ganzen Krieg lang Latrinendienst gemacht, oder? Jetzt rede du!«

»Yeah, los!«

Jemand riß ihm die Flasche aus der Hand. Seine Hand war kalt und feucht; er ballte sie zur Faust. Sie waren weit, weit weg von ihm; seine eigene Stimme klang auch weit entfernt.

»Amerika! Amerika!« sang er. »Gott schenke dir seine Gnade!« Er unterbrach sich und zog von Harley ein Bier zu sich heran.

»Da waren doch mal diese Indianer. Sie zogen Uniformen an, schnitten sich die Haare. Sie zogen in einen großen Krieg. Sie hatten auch ein mächtig gutes Leben. In den Bars kriegten sie Schnaps, auf der Straße lächelten weiße alte Damen ihnen zu. Lächelten Indianern zu, denkt daran, denn mehr waren sie nicht. Indianer. Diese Indianer vögelten weiße Frauen, und soviel sie wollten. Sie waren MacArthurs Jungens; weiße Huren nahmen ihr Geld genau wie jeder andere. Diese Indianer wurden genau wie jeder andere behandelt: Wake Island, Iwo Jima. Sie kriegten die gleichen Tapferkeitsmedaillen, dieselbe Flagge über den Sarg.« Tayo schwieg. Er merkte, daß die anderen jetzt nicht mehr lachten und schwatzten. Sie hörten ihm zu, und sie lächelten nicht. Er nahm Harley wieder ein Bier aus der Hand und schluckte, bis die Flasche leer war. Harley grölte zum Barmann hinüber: »He, Mannie! Stell uns mal die Musikbox an!« Aber Tayo schrie: »Nein! Nein, ich hab diese Geschichte noch nicht fertig. Diese blöden Indianer dachten nämlich, die guten Tage würden immer so weitergehen. Sie wollten nie wieder das kalte Bier und die blonde Möse aufgeben. Nicht ums Verrecken! Auch sie waren das Schöne Amerika, dies war das Land der Freien, genau wie es die Lehrer in der Schule sagten. Sie hatten die Uniform, und sie sahen nicht mehr anders aus als andere. Sie wurden geachtet.« Er fühlte, wie die Worte immer schneller kamen, der Druck staute sich in ihm, als würden die Worte gleich alle explodieren, und er wollte zu Ende sprechen, bevor es passierte.

»Ich bin ein Halbblut. Ich sag's ganz offen. Ich spreche für beide Seiten. Wie ihr das erste Mal in Gallup oder Albuquerque wieder die Straße langgegangen seid, habt ihr Bescheid gewußt. Macht mir nichts vor. Ihr habt sofort Bescheid gewußt. Der Krieg war vorbei, die Uniform war weg. Mit einem Schlag bedient euch der Mann im Kaufladen zuletzt, läßt euch warten, bis alle Weißen gekauft haben, was sie wollten. Und die weiße Dame am Busbahnhof, die paßt jetzt mächtig auf, daß sie nicht eure Hand berührt, wenn sie euch Geld rausgibt. Ihr seht, wie sie es euch über den Schalter zuschiebt, und ihr wißt Bescheid. Verdammt nochmal! Ihr blöden Hunde! Ihr wißt Bescheid!«

Der Barmann kam heran. Es war ein dicker Mexikaner aus Cubero, dem die Haare ausgingen. Er sah sie nervös an. Harley und Leroy hielten Tayo behutsam an den Armen fest. Sie sagten dem Barmann etwas, und er ging wieder. Die Musikbox leuchtete auf, und Hank Williams sang los. Tayo beruhigte sich. Er sah zu Emo hinüber, und er sah, wie sehr Emo ihn haßte. Weil er es ihnen verdorben hatte. Sie gaben ihre ganzen Schecks dafür aus, die guten Tage zurückzuholen, und ein magerer, hellhäutiger Bastard hatte alles kaputtgemacht. Das dachte Emo jetzt. Hier saßen sie und versuchten, das alte Gefühl wiederzubeleben, das Gefühl, zu Amerika zu gehören, wie sie es während des Krieges empfunden hatten. Sie gaben sich selbst die Schuld dafür, das neuartige Gefühl verloren zu haben; sie sprachen nie darüber, aber sie gaben sich die Schuld, genau wie sie sich die Schuld dafür gaben, das Land verloren zu haben, das die Weißen sich genommen hatten. Sie dachten gar nicht daran, für irgend etwas den Weißen die Schuld zu geben; sie wollten die Weißen zu Freunden. Sie erkannten gar nicht, daß es die Weißen waren, die ihnen dieses Gefühl geschenkt hatten, und auch die Weißen, die es ihnen wieder nahmen, als der Krieg vorbei war.

Dazugehören hieß mit der Einheit trinken und lachen, mit blonden Frauen tanzen, Drinks für Kumpels spendieren, die in Cleveland, Ohio, geboren waren. Tayo wußte, was sie zu erreichen versucht hatten. Sie erzählten immer wieder die Geschichten über die guten Tage in Oakland und San Diego; sie wiederholten sie wie lange Beschwörungsgesänge, und dabei hämmerten die Bierflaschen auf die Tische, als wären es Trommeln. Noch eine Runde, und Harley erzählt seine Geschichte von den zwei Blondinen mit ihm im Bett. Sie vergessen Tayos Geschichte. Sie geben ihm noch ein Bier. Jetzt schon zwei Flaschen vor ihm. Sie reden weiter davon, von ihren guten alten Tagen. Tayo fängt an zu weinen. Sie glauben, er weint vielleicht über das, was die Japse Rocky angetan haben, denn jetzt sind sie bei dem Teil des Rituals, wo sie diese gelben Japsenschweine verfluchen.

Jemand klopft Tayo auf den Rücken. Harley will ihn trösten. Sie wissen nicht, daß er um sie alle weint. Sie wissen nicht, daß er die Japaner nicht haßt, nicht einmal die japanischen Soldaten, die mit finsterer Miene beobachteten, wie Tayo und der Corporal mit der Trage stolperten.

Der Kurze war stehengeblieben und sah sich Rocky in der Decke an; er rief den Langen heran. Der Lange sah aus wie ein Navajo aus Fort Defiance, den Tayo auf der Indianerschule gekannt hatte. Sie sahen auch müde aus, diese japanischen Soldaten. Als ob auch sie sich wünschten, dieser Marsch wäre vorbei. Dieser Lange schüttelte sogar den Kopf auf dieselbe Art wie Willie Begay: zwei abrupte Bewegungen, so schnell, kaum zu erkennen, und dann zerrte er den Corporal auf die Beine. Aber als Tayo dem Corporal sein Ende der Decke wieder in die

Hände geben wollte, schob der lange Soldat Tayo weg, nicht grob, sondern so, wie ein älterer Bruder ein kleines Kind wegschieben würde. Da geschah es, daß Tayo sich verwirrte, und er nannte diesen langen japanischen Soldaten Willie Begay: »Du kennst ihn doch nicht, Willie, das ist mein Bruder, der beste Footballspieler, den die Indianerschule von Albuquerque jemals hatte.«

Der lange Soldat sah ihn forschend an. Er stieß Tayo aus dem Weg, in den Graben, der randvoll mit schlammigem Wasser stand. Er zog die Decke über Rocky, als wäre er schon tot, und dann stieß er den Gewehrkolben in die verschlammte Decke. Tayo hörte das Geräusch nicht, weil er schrie. Später bereute er es, nicht hingehört zu haben, weil es eine Ungewißheit wurde, die in seinem Kopf keinen Halt fand, sondern in seine Phantasie hinüberwanderte, so daß jedes hohl krachende Geräusch, das er hörte – Kinder, die am Bewässerungsgraben Kürbisse zerschlugen, oder ein Lastwagenreifen, der über ein Stück trockenes Holz fuhr –, so daß jedes dieser Geräusche ihn in jenen Moment zurückversetzte. Schreiend, Schlamm in Mund und Augen, schreiend, bis die anderen ihn mit fortzogen, bevor die Japse auch noch ihn umbrachten. Er sträubte sich gegen sie, wollte sich im Graben neben die Decke legen, die schon halb im Schlamm versunken war. Er hatte nie daran gedacht, weiter zu gehen als Rocky. Sie versuchten ihm zu helfen. Der Corporal, der so lange geholfen hatte, Rocky zu tragen, legte den Arm um Tayo und hielt ihn auf den Beinen. »Ruhig, ruhig, ist ja gut. Weine nicht. Dein Bruder war schon tot. Ich hab gehört, wie sie's sagten. Das Japsenwort für tot. Er war sowieso schon hin. Keiner konnte mehr was tun.«

Im Gefangenenlager, hinter dem Stacheldraht, umgeben von noch vielen weiteren Lagen Stacheldraht, glaubte Tayo zu sehen, daß der lange Soldat jeden Tag kam, um neben dem Posten am südlichen Zaun zu stehen und lange Zeit in seine Richtung zu starren. Aber der Soldat war so weit weg und das Fieber war so heftig, daß Tayo dessen nicht sicher sein konnte, was er gesehen hatte.

»Was macht dein Sonnenstich?« sagte Harley, als er sah, daß Tayo wach war. Harley hatte eine Handvoll wilder Weintrauben, nicht viel größer als Blaubeeren; er reichte hinüber und gab Tayo welche. Die Blätter waren klein und dunkelgrün. Tayo schaute an dem hohen orangefarbenen Sandfelsen hinauf, wo die Wildrebe aus dem Sand wuchs und sich in einer Spalte an der Stirnseite des Felsblocks emporrankte. Harley pflückte noch welche. Er stopfte sich den Mund voll und zerkaute die Kerne, weil die Beeren sowieso fast nur aus Kernen bestanden. Tayo konnte nicht auf die Kerne beißen. Früher hatte er es gemocht, sie zwischen seinen Zähnen bersten zu fühlen, aber jetzt nicht mehr. Das malmende Geräusch machte ihn krank. Er stand auf und ging auf dem sandigen Pfad zur Quelle. Er wollte nicht hören, wie Harley die Kerne zermalmte.

Der Cañon war so, wie er ihn immer gekannt hatte; der Duft der Bienenfutterpflanzen hing schwer und süß wie wilder Honig in der Luft, und die Hummeln brummten um wächserne Yukkablüten herum. Die Blätter der Pappeln, die den Cañon ausfüllten, fingen Reflexe der Nachmittagssonne ein, flimmerten wie Hunderte winzige Spiegel. Er kniff die Augen zusammen und schaute weg, zum Schatten unter dem Steilhang, wo die Goldaster grünte und gelbe Gänseblümchen blühten. Die Leute sagten, sogar aus den trockensten Jahren könne sich niemand an eine Zeit erinnern, wo die Quelle ausgetrocknet war.

Josiah hatte ihm von der Quelle erzählt, während sie warteten, bis die Wasserfässer voll waren. Er hatte auf dem Wagensitz gesessen, der aus einem bei Paraje verunglückten 23er Chrysler stammte, und nach so vielen Jahren stachen die Federn durch das verschossene Verloursgewebe wie Teufelsklauen. Tayo stand meistens in der weiten Sandsteinhöhle und hielt den Absaugschlauch in dem flachen Teich unter Wasser, wo das Quellwasser von der Westwand der Höhle herabsprudelte. Das Wasser war immer kalt, eisig kalt, sogar im Sommer, und Tayo hatte das Gefühl so gern, wenn er schwitzte und sich das Hemd auszog: das herabstürzende Wasser brachte einen eisigen Nebel hervor, der fast verschwand, ehe er ihn erreichte.

»Weißt du«, hatte Josiah gesagt, und dabei begleitete ihn das Geräusch des Wassers, das aus dem Schlauch in das leere Holzfaß rieselte, »es gibt manches, das mehr wert ist als Geld.« Er wies mit dem Kinn zur Quelle und ringsherum auf den engen Cañon. »Schau, von hier kommen wir. Dieser Sand, dies Gestein, diese Bäume, die Reben, all die Wildblumen. Diese Erde läßt uns fortdauern.« Er nahm den Hut ab und wischte sich mit dem Ärmel über die Stirn. »In solchen trockenen Jahren hörst du manche Leute klagen, über den Staub und den Wind, und wie trocken es ist. Aber der Wind und der Staub, die gehören auch zum Leben, wie die Sonne und der Himmel. Man verflucht sie nicht. Die Menschen sind es, verstehst du. Sie sind diejenigen. Die alten Leute sagten früher, die Dürre kommt, wenn die Menschen vergessen, wenn die Menschen sich schlecht aufführen.«

Tayo kniete sich an den Rand des Teiches und ließ die Feuchtigkeit in die Knie seiner Jeans einziehen. Er schloß die Augen und trank bedächtig das Wasser. Er schmeckte den tiefen Grundfels der Erde, wo das Wasser herkam, und er dachte, vielleicht sei dies doch nicht das Ende.

Einmal
kam der Sohn
der alten K'yo
von der Stadt Reedleaf
im Norden herab.
Sein Name war Pa'caya'nyi
und er wußte nicht wer sein Vater war.

Er fragte die Leute
»Wollt ihr einen Zauber lernen?«
und die Leute sagten
»Ja, den können wir immer gebrauchen.«

Ma'see'wi und Ou'yu'ye'wi
die Zwillingsbrüder
sie sorgten für den Altar
der Maismutter
aber auch sie wurden neugierig
auf diesen Zauber.

»Welche Art Medizinmann bist du
überhaupt?«
fragten sie ihn.
»Ein Ck'o'yo-Medizinmann«,
sagte er.
»Wir werden ja sehen heute nacht
ob du wirklich die Zauberkraft hast«,
sagten sie ihm.

So kam in dieser Nacht
Pa'caya'nyi
mit seinem Berglöwen.
Er zog sich aus
und bemalte den Körper,
die Muskelstränge
die Sohlen der Füße
die Flächen der Hände
den Scheitel des Hauptes.
Und Federn trug er
zu beiden Seiten des Kopfes.

Und er baute einen Altar
aus Kaktusstacheln
und purpurnen Narrenkrautblüten.

Er zündete vier Kaktusfackeln
an jeder Ecke.
Den Berglöwen hieß er sich legen
längs davor,
und nunmehr war er
bereit für den Zauber.

Er schlug an die Mitte der Nordwand.
Er nahm ein Stück Feuerstein und
er schlug an die Mitte der Nordwand.
Wasser strömte hervor
und floß hinab
gen Süden.

Er sagte »Wie sieht das aus?
Ist das Zauberkraft?«
Er schlug an die Mitte der Westwand
und aus der Ostwand
kam ein Bär heraus.
»Wie nennt ihr das?«
sagte er wieder.

»Ja, es sieht ganz nach Zauber aus«
sagte Ma'see'wi.
So ging es zu Ende
und Ma'see'wi und Ou'yu'ye'wi
und alle Leute wurden genarrt von
diesem Ck'o'yo-Medizinmann
Pa'caya'nyi.

Von der Zeit an
waren sie
so beschäftigt
mit diesem Ck'o'yo-Zauber herumzuspielen,
daß sie vergaßen den Altar der Maismutter.

Sie meinten,
sie brauchen sich um nichts
zu sorgen.
Sie dachten,
dieser Zauber könnte
Leben geben den Pflanzen und Tieren.
Sie wußten nicht,
alles war nur ein Trick.

Unsere Mutter
Nau'ts'ity'i
war sehr zornig
darüber,
über die Art,
wie sie alle,
sogar Ma'see'wi und Ou'yu'ye'wi
mit diesem Zauber
herumspielten.

»Jetzt hab ich genug«,
sagte sie,
»wenn ihnen dieser Zauber so gefällt,
sollen sie doch davon leben.«

So nahm sie ihnen
das Gras und die Pflanzen.
Keine jungen Tiere wurden geboren.
Mit sich nahm sie
die Regenwolken

Nachdem sie die Quelle verlassen hatten, ging Harleys Burro schneller, und um den Strick schlaff zu halten, mußte auch das Maultier schneller ausschreiten. Die Sonne wanderte gen Westen; Tayo suchte mit zusammengekniffenen Augen am westlichen Horizont nach Wolken. Er wünschte jetzt, sie hätten ihn mehr über die Wolken und den Himmel gelehrt, über die Art, wie die Priester die Sturmwolken riefen, um den Regen herbeizuholen. Tayo beobachtete lange Zeit die Sonne, und an der Straße nach Acoma blieben sie stehen, und er sah zu, wie sie hinter den Hügeln im Westen versank.

Mit leicht zur Seite geneigtem Kopf schaute Harley die Straße entlang und horchte auf etwas.

»Ich glaube, ich hör einen Wagen. Ja. Okay, Tayo.« Harleys Stimme klang aufgeregt. »Wenn sie wegen uns anhalten, lassen wir den Burro und das Maultier doch einfach hier. Da drüben ist ein Windrad. Später kommen wir zurück und holen sie.« Harley band schon den Strick vom Hals des Burros ab, um ihn als Fußfessel zu gebrauchen. Tayo erkannte den Umriß eines Wagens, der von Acoma kam; über ihm hing ein Schirm aus Straßenstaub. Harley stellte sich an den Straßenrand und schwenkte die Arme, um ihn zu stoppen.

»Dienstagabends ist nichts los«, sagte der Barmann. Harley trank sein zweites Bier aus und witzelte mit dem Barmann darüber, wie weit sie hergekommen waren, bloß für ein kaltes Bier. Tayo hielt die Bierflasche umklammert und spürte, wie sich Feuchtigkeit an seinen Fingern kondensierte. Die Bar sah immer gleich aus; welche Farbe die Wände auch hatten, sie waren immer schmierig, dunkler Schmutz von schalem Bier und Zigarettenrauch; es roch auch immer gleich, ein hartnäckiger Mief von Urin und Erbrochenem. Sogar die Glühbirne über dem Billardtisch verbreitete mattes schmuddeliges Licht. Er war froh, daß er es jetzt wahrnahm, bevor er das Bier trank. Er hatte die Farbe dieses Lichts schon einmal gesehen, aber er war sich nie sicher gewesen, ob es am Licht lag oder an dem Bier, das er getrunken hatte. Er trank das Bier langsam und wartete darauf, daß sich das wärmende Gefühl vom Magen her ausbreitete und ihn durch und durch erfaßte. Er trank die Flasche aus und lehnte sich auf dem Stuhl zurück. Er wollte sich wieder an Rockys Gesicht erinnern und an die Zeit denken, als sie beide zusammen waren.

Rocky stand in einer kleinen Lichtung zwischen Dickichten von Zwergeichen. Es war noch früh im Herbst, und erst wenige kupfergelbe Blätter waren von den Eichen gefallen. Tayo mußte sich anstrengen, um den Hirsch in dem hohen gelben Gras zu erkennen. Er durchquerte ein schmales trockenes Bachbett, und dann konnte er das Geweih sehen. Er ging langsam an den Hirsch heran. Er war auf die rechte Seite gefallen, die Vorderläufe unter den Bauch gezogen; die Hinterläufe waren nach links gedreht, als schliefe er noch im Gras. Die Augen waren noch klar und goldbraun, sie starrten auf dunkle Gebirgserde und trockene Eichenblätter, die im Gras hingen.

Als kleines Kind hatte er immer einen Hirsch streicheln wollen, und in seinen Tagträumen hatte er sich vorgestellt, ein Hirsch würde ihn nah zu sich herankommen und seine Nase berühren lassen. Er kniete hin und berührte die Nase; sie war weicher als Weidenkätzchen und Rohrkolben und noch warm wie ein Atemhauch. Das helle Blut in den Nüstern war noch naß. Er berührte die großen maultierähnlichen Ohren, und sie waren noch warm. Er wußte, es würde nicht lange dauern; die Augen würden sich trüben und glasiggrün, dann grau werden und in den Schädel zurücksinken. Die Nase würde hart werden und die Ohren steif. Aber für diesen Augenblick war es so schön, daß er nur dastehen und die Gegenwart des Hirsches fühlen konnte; er wußte, was man über den Hirsch sagte, war wahr.

Rocky schärfte sein Messer; er prüfte die Schneide an einem Faden, der ihm aus dem Jackenärmel hing. Die Sonne senkte sich am Südwesthimmel über die Zwillingsgipfel. Noch etwa ein Stunde, dann war es dunkel. Rocky rollte den Tierkörper herum, den Bauch nach oben, und spreizte die Hinterläufe auseinander. Als Tayo sah, daß er anfangen wollte, sah er wieder nach den Augen; er zog die Jacke aus und bedeckte den Kopf des Hirsches.

»Warum hast du das gemacht?« fragte Rocky und deutete mit der Messerklinge zur Jacke. Lange graue Haare klebten im Blut an der Schneide. Tayo sagte nichts, weil sie beide wußten, warum. Die Leute sagten, das müßte man tun, bevor man den Hirsch ausweidete. Aus Respekt. Aber Rocky war in diesen Sachen komisch. Er stand in allen Fächern auf Eins und als Footballspieler und Läufer in der Mannschaft des Staates. Er mußte gewinnen; er sagte, er würde immer gewinnen. Deshalb hörte er auf seine Lehrer, und er hörte auf den Trainer. Die waren stolz auf ihn. Sie sagten ihm: »Jetzt kann dich nichts mehr aufhalten, bis auf eines: laß nicht zu, daß die Leute zu Hause dich zurückhalten.« Rocky begriff, was er zu tun hatte, um sich in der weißen Welt da draußen durchzusetzen. Nach ihrem ersten Jahr in der Internatschule in Albuquerque bemerkte Tayo, wie Rocky bewußt die alten Bräuche umging. Die alte Großmutter schüttelte über ihn den Kopf, aber er nannte es Aberglauben und schlug seine Schulbücher auf, um es ihr zu beweisen. Aber Tantchen schimpfte nie mit ihm, und sie ließ es auch nie zu, daß Robert oder Josiah mit ihm darüber sprachen. Sie wollte, daß er Erfolg hatte. Sie konnte sehen, was die Weißen von einem Indianer erwarteten, und sie glaubte, dieser Weg wäre seine einzige Chance. Sie sah es auch als ihre einzige Chance an, nach dem ganzen Dorfklatsch über ihre Familie. Wenn Rocky Erfolg hätte, würde niemand mehr wagen, etwas gegen sie zu sagen.

Rocky schlitzte den Hals auf. Blut ergoß sich über das Gras und in die Erde; es spritzte auf seine Stiefel. Er glaubte nicht daran, das warme Blut zu trinken, wie es manche Jäger taten. Tayo hielt einen Hinterlauf; er wurde schon steif. Rocky schnitt die Moschusdrüsen und Hoden heraus. Er schlitzte vorsichtig den Bauch auf, damit der Mageninhalt nicht herausquoll. Von der Körperwärme stieg Dampf in die kalte Luft. Die Sonne war untergegangen, und die Kälte der Dämmerung sog das letzte Leben aus dem Hirsch – die Augen waren trüb und eingesunken; er war endgültig tot. Dann kamen Josiah und Robert und entluden ihre Gewehre und lehnten sie an eine Zwergeiche. Sie gingen zum Hirsch und hoben die Jacke an. Sie knieten hin, und jeder nahm eine Prise Maismehl aus Josiahs Lederbeutel. Die streuten sie dem Hirsch auf die Nase und fütterten seinen Geist. Sie hatten ihm ihre Liebe und Achtung, ihre Wertschätzung zu erweisen; sonst wären die Hirsche gekränkt, und sie würden nächstes Jahr nicht wiederkommen, um für sie zu sterben.

Rocky wandte sich von ihnen ab und goß sich Wasser aus der Feldflasche über die blutigen Hände. Was sie da taten, war ihm peinlich. Er wußte, wenn sie den Hirsch nach Hause brachten, würde man ihn auf eine Navajodecke legen, und die alte Großmutter würde ihm eine Kette aus Türkisen um den Hals legen und Ringe aus Silber und Türkisen an die Geweihspitzen stekken. Josiah würde eine kleine Schüssel mit Maismehl füllen und neben den Kopf des Hirsches stellen, so daß jeder, der in die Nähe kam, etwas auf die Nase streuen konnte. Rocky versuchte ihnen klarzumachen, wenn man das tote Tier in einem warmen Zimmer auf dem Fußboden liegenließe, sei das schlecht für das Fleisch. Er wollte den Hirsch im Holzschuppen aufhängen, wo das Fleisch kalt bleiben und richtig abhängen würde. Aber er kannte sie ja. Alle Leute, sogar die Katholiken, die jeden Sonntag zur Messe gingen, befolgten das Hirsch-Ritual. Also sagte er nichts dazu, aber er mied das Zimmer, wo sie den Hirsch hinlegten.

Sie markierten die Stelle mit Tayos T-Shirt, das sie über ein paar Zwergeichen ausbreiteten. Es wurde dunkel, als sie sich auf den Weg zum Lastwagen machten. Tayo wickelte die Leber und das Herz in das saubere Mulltuch, das Josiah mitgebracht hatte. Ein früher Wintermond stieg vor ihnen auf, und ein eisiger Wind kam mit ihm und ließ Füße und Hände erstarren. Tayo drückte das Bündel fester an sich. Er fühlte sich klein vor der Größe des Vollmondes, vor dem eisigen Wind, der weithin über die Vorhügel des Berges fegte. Sie sagten, der Hirsch schenke sich ihnen, weil er sie liebe, und er konnte die Liebe spüren, als die erkaltende Hitze des Hirschkörpers seine Hände wärmte.

Harley schob ihm noch eine Flasche Coors über den Tisch zu und sagte: »He, Mensch, wir sind doch nicht hergekommen, um die Wände anzustarren. Das können wir überall. Wir brauchen Musik.« Er ging zur Musikbox. »Irgendwas, das uns gleich in Stimmung bringt.« Harley war ein bißchen nervös; er erinnerte sich an damals, als Tayo in der Bar durchdrehte und Emo fast umbrachte. Er erinnerte sich, wie Tayo dagesessen und die Wand angestarrt hatte, den ganzen Nachmittag kein Wort sprach, während die übrigen lachten und Bier tranken und sich Armeegeschichten erzählten. Harley redete den anderen zu, ihn nicht zu reizen, aber sie waren betrunken und ließen ihm keine Ruhe. Zuletzt sprang Tayo auf und schlug eine Bierflasche an die Tischkante, daß der Boden absplitterte; und bevor sie ihn aufhalten konnten, stieß er das gezackte Glas Emo in den Bauch.

Tayo lächelte und sah Harley an. »Ich stoß dir schon keine zerbrochene Flasche in den Bauch, Harley. Dein Bauch ist sowieso zu dick.«

Harley lachte. »Mann, hast du uns damals einen Schreck eingejagt. So dürr wie du bist, hatten drei Mann zu tun, dich von ihm wegzuziehen.«

»Du weißt ja, wie es heißt, Harley: ›Verrückte sind besonders stark‹.«

Harley schüttelte den Kopf; er war ernst. »Nein, Tayo, du warst nicht verrückt. Du warst bloß besoffen.«

Jeder hatte eine andere Erklärung für den Angriff. Emo behauptete, sie wären noch nie miteinander ausgekommen, schon seit der Grundschule, als sie sich im Schulhof mit Steinen bewarfen; er sagte, Tayo hätte schon lange mit ihm quitt werden wollen.

Sie hatten alle eine Erklärung: die Polizei, die Ärzte in der Psychiatrie, sogar Tantchen und die alte Großmutter; sie gaben dem Alkohol schuld und sie gaben dem Krieg schuld.

»Die Berichte heben hervor, daß sich seit dem Zweiten Weltkrieg unter den indianischen Kriegsteilnehmern ein vorher nicht beobachtetes Verhaltensmuster mit Alkoholmißbrauch und Gewalttätigkeiten herausbildet.« Aber Tayo schüttelte den Kopf, als der Doktor den Bericht zu Ende gelesen hatte. »Nein?« sagte der Doktor mit lauter Stimme.

»Es ist mehr als das. Ich kann es fühlen. Das geht schon lange Zeit so.«

»Was glauben Sie, was ist es?«

»Ich weiß nicht, was es ist, aber ich kann es überall um mich herum fühlen.«

»Haben Sie deshalb versucht, Emo umzubringen?«

»Emo hat es herausgefordert.«

Der Wind rührte den Staub auf.
Die Menschen hungerten.

»Sie ist böse auf uns«,
sagten die Leute.
»Vielleicht weil wir mit diesem
Ck'o'yo-Zauber
herumgespielt haben.
Schicken wir doch jemand
um Verzeihung zu bitten.«

Sie bemerkten
Kolibri
war dick und glänzend,
er hatte genug zu essen.
Sie fragten,
wieso denn er
so gut aussah.

Er sagte
Tief unten,
drei Welten unter dieser,
ist alles
grün,
alle Pflanzen wachsen
die Blumen blühen.
Ich geh da hinab
und esse.

Du hast ein Mordsglück gehabt, Mensch. Ein Mordsglück. Du hättest ins Gefängnis kommen können. Aber sie haben dich bloß wieder ins Krankenhaus geschickt. Wäre ich das gewesen, ich würde wohl heut noch im Gefängnis sitzen.« Harleys Worte wurden unzusammenhängend, und er betonte die Worte am Anfang und verschluckte die Endlaute, bis es gar nicht mehr wie Englisch klang. Er trank noch ein Bier, und dann quasselte er auf Laguna vor sich hin.

Emo rasselte mit dem Bull-Durham-Beutel. Er ließ ihn erst auf der einen Handfläche tanzen und dann auf der anderen; er trank noch einen Schluck Whiskey. Er mußte zwei, drei Schluck Whiskey haben, bevor er redete; als er soweit war, hatte er das Stoffsäckchen herausgezogen.

»Will euch mal was sagen«, sagte er, die Worte verschleifend, »wir Indianer verdienen was Besseres als dieses gottverdammte ausgetrocknete Land hier herum. Weht einfach weg, der Dreck.« Er lachte über seinen Reim. Die anderen Jungs lachten auch, denn Emo wurde bösartig, wenn er trank.

»Was wir brauchen, ist das, was die haben. Ich nehme San Diego.« Er lachte, und alle lachten laut mit. Er warf den Beutel in die Höhe und fing ihn auf, seines Publikums sicher. Er sah Tayo nicht, der hinten in der Ecke saß, sich mit geschlossenen Augen auf dem Stuhl zurücklehnte. Er wußte nicht, daß Tayo alle Muskeln gegen ihre Stimmen anspannte; er wußte nicht, daß Tayo schwitzte, bemüht, den Brechreiz niederzukämpfen, der ihn jedesmal überfiel, wenn er das Rasseln in dem Säckchen hörte.

»Wir haben in ihrem Krieg für sie gekämpft.«

»Yeah, stimmt genau.«

»Yeah, haben wir.«

»Aber sie haben alles. Und wir haben keinen Scheißdreck, oder? He?«

Sie riefen alle laut »Richtig«, und sie tranken das Bier noch schneller, und Emo hob die Flasche, machte sich nicht mehr die Mühe, den Whiskey in das kleine Glas zu gießen.

»Sie haben sich unser Land genommen, sie haben sich alles genommen! Schnappen wir uns also die weißen Frauen!« Sie brüllten Beifall. Harley und Leroy grinsten und schlugen sich gegenseitig auf den Rücken. Harley schaute zu Tayo hinüber, der das Etikett auf der Bierflasche studierte (COORS-BIER, mit reinem Quellwasser aus den Rocky Mountains gebraut. Adolph Coors Co., Golden, Colorado). Er betrachtete das Bild der in Kaskaden zu Tal sprudelnden Quelle auf der Flasche. Er kannte nirgends so große Quellen. Hatten sie in Colorado jemals Dürren? Vielleicht hatte Emo unrecht: vielleicht hatten die Weißen nicht alles. Nur die Indianer hatten Dürren. Er trank das Bier aus; Harley hatte ihn beobachtet und gab ihm das nächste. Er konnte das Rasseln in dem Säckchen nicht mehr hören, aber er konnte Emo noch damit spielen sehen. Er hatte Durst. Tief unten, irgendwo hinter seinem Magen, nahe an seinem Herzen. Er trank das Bier, als wäre es der eiskalte Sturzbach in dem Gebirgscañon auf dem Bieretikett. Er trank immer weiter, und Harley schob ihm immer wieder über den Tisch hinweg die Flaschen zu. Die allgemeine Aufmerksamkeit wendete sich von Emo zu Tayo.

»He, schaut euch den an!«

»Kein Wunder, daß er nichts sagt. Wieviele sind das schon?« Harley zählte die leeren Flaschen. Er sagte etwas, aber es fiel Tayo schwer, klar zu hören; ihre Stimmen klangen undeutlich und weit entfernt.

Er stand auf und schlängelte sich zwischen den Stühlen und Tischen durch zum Abort am Ende des Raumes. Die gelben, fleckigen Wände waren am anderen Ende des langen Tunnels zwischen ihm und der Welt. Er streckte über diese Entfernung die Arme aus, um an der Wand Halt zu finden. Er schaute auf den Urinstrahl hinab; er war nicht gelb, sondern klar wie Wasser. Da stellte er sich vor, wenn ein Mann die Dürre bringen konnte, dann konnte er das Wasser auch zurückbringen, aus seinem eigenen Bauch, aus seinem eigenen Körper. Er spannte seine Bauchmuskeln an und zwang es heraus.

Er drückte auf den Hebel, aber es spülte nicht; der Deckel des Spülkastens lehnte an der Wand, und der Boden war mit schmutzigem Wasser bedeckt. Es sickerte schon durch seine Stiefel. Die Empfindung war jäh und grauenerregend; er konnte nicht aus dem Raum heraus, und er hatte Angst, er könnte in das stinkige, schmutzige Wasser fallen und müßte darin entlangkriechen, wie schon einmal, als die Dschungelwolken dreckiges Wasser herabregneten, das nach Tod stank. Er stürzte auf die Tür zu; er landete auf Händen und Knien in der Dunkelheit vor dem Abort. Die Träume warteten schon nicht mehr bis zur Nacht; sie wagten sich zu allen Zeiten hervor.

Als er an den Tisch zurückkam, sah er, daß Emos Brille schief in seinem gedunsenen Gesicht saß. Emo beobachtete, wie er durch den Raum zum Tisch ging.

»Da ist er ja. Hält sich für wunder was. Weil er halb weiß ist. Stimmt's, Halbblut?« Tayo blieb vor ihm stehen. Er sah alle ihre Gesichter dicht um Emos fetten, schweißigen Kopf gruppiert; er dachte an Hunde, die über etwas Totem zusammengedrängt stehen. Er konnte weder Harley noch Leroy noch Pinkie ausmachen; nur Emos feindseliges Gesicht konnte er sehen. Er stand eine ganze Weile da vor ihnen, bis seine Augen nichts mehr wahrnahmen. Jemand berührte seinen Arm.

»Komm, Tayo, setz dich zu uns«, sagte Leroy. Er hielt den Mund dicht an Tayos Ohr. »Emo hat's nicht so gemeint. Er ist bloß besoffen, das ist alles.«

Tayo setzte sich. Er wußte, daß Emo meinte, was er sagte; Emo haßte ihn seit der Zeit, als sie zusammen in der Grundschule waren, und für diesen Haß gab es nur den einen Grund, daß Tayo halb weiß war. Aber Tayo war inzwischen daran gewöhnt. Solange er sich erinnern konnte, wußte er, wie sich Tantchen dafür schämte, was seine Mutter getan hatte, und wie sie sich seinetwegen schämte. Er erinnerte sich, wie die weißen Männer auf ihn gewiesen hatten, als sie an der neuen Fernstraße durch Laguna bauten. Sie hatten sich gegenseitig mit den Ellbogen angestoßen und zugezwinkert. Das vergaß er nie, und schließlich, nach Jahren, verstand er, was es mit weißen Männern und indianischen Frauen auf sich hatte: die Schande der indianischen Frauen, die mit ihnen gingen. Und während des Krieges erfuhr Tayo etwas über weiße Frauen und indianische Männer.

Wir gingen in diese Bar in der Vierten Avenue,
ich und O'Shay, dieser verrückte Ire.
Wir hatten ein paar Drinks, dann sah ich
diese zwei weißen Frauen,
und sie saßen allein.
Eine war dicklich
und dunkel war ihr Haar.

Aber diese andere, Mann,
sie hatte mächtig große Titten und
echtes blondes Haar.
Ich sagte zu ihm
»He, Kumpel, die da will ich.
Da drüben.«
Er sagte: »Hol sie her, Häuptling.«
Er war mein bester Saufkumpan, dieser Kerl.
Er paßte immer auf,
wollte sehen, wie gut ich bei jeder ankam.
»Heut abend bin ich Italiener.«
»Oho, ein Makkaroni!« Er lachte
und wieherte so laut
daß beide Mädchen jetzt zu uns schauten.
Ich lächelte sie
beide an, klar, damit sie
beide dachten, ich finde sie nett.
Aber meinen »Spezialblick« verpaßte ich
der Blonden.
Damit sie was merkte, klar.
So machte ich das immer.
Dann ging ich zur Bar und
ich verlangte vom Barmann
noch zwei von dem, was die Damen da drüben
gerade tranken, und ich ging hin.
Sie nahmen die
Drinks, und die Dicke sagte, ich
sollte mich doch setzen.
Ich setzte mich dicht zur Blonden
und sagte ihnen meinen Namen.
An diesem Abend benutzte ich Matuccis Namen –
Matucci, dieser Makkaroni
in unserer Einheit.

Das dicke Mädchen hatte einen Wagen.
Ich saß in der Mitte, drückte Titten

mit beiden Händen
den ganzen Weg bis Long Beach.
Den Tag darauf kam mein Kumpel
vor Neugier fast um.
Er fragte den ganzen Morgen
Immer wieder
»Na und? Na und?«
Ich sagte ihm
»Na ja, ich hab's
gepackt.«
»Welche denn? Welche denn?«
»Nicht welche«, sagte ich,
»alle beide!«
»Ich werd verrückt!«
sagte er,
»alles im selben Bett?«
»Jawohl, dieser Injaner
hat die ganze Nacht
nach weißen Pussis gehascht!«
»Scheiße, Häuptling, dem Matucci
bringst du aber einen tollen Ruf ein!«
»Verdammt«, sagte ich
»Vielleicht schick ich ihm
nächstes Mal eine Rechnung!«

Pinkie hielt sich den Bauch vor Lachen. Leroy und Harley schlugen sich gegenseitig auf den Rücken und lachten aus vollem Hals.

»Hey, Emo, die ist gut!«

»He, erzähl mal die Schote, wie der Kerl dich verpfiffen hat.«

»Was für'n Kerl?«

»Na, wie du den kleinen Rotkopf gevögelt hast und Dingsda, dieser Ire . . .«

»Yeah, der hat an die Tür geklopft. Dieser Ire klopft doch an die Tür und brüllt: ›He, Geronimo!‹«

»Oh. Ja. Damals.« Emos Stirn war mit kleinen Schweißperlen bedeckt. Er wischte sie mit dem Handrücken fort. Er sah dabei Tayo an.

»Los doch, Emo, erzähl mal.«

»Hab keine Lust.« Seine Mundwinkel sahen mürrisch aus.

»Die ist doch saukomisch! Dieser weiße Kerl brüllt: ›He, Geronimo!‹ und die weiße Frau hört ihn und sagt: ›Wer ist das?‹ Er sagt: ›Ein besoffener Ire.‹ Sie sagt: ›Nein, wer ist dieser Geronimo?‹ Du hast 'ne Titte im Mund, drum antwortet du nicht. Sie sagt: ›Das ist doch ein Indianer, nicht?‹ Sie brüllt zurück: ›Ist der Kerl hier 'n Indianer?‹ Er sagt: ›Yeah – er heißt Geronimo.‹ Sie fängt an zu kreischen und wird ohnmächtig.«

»Weggetreten.«

»Na, ist doch egal, sie wurde ohnmächtig oder sie ist weggetreten.« Leroy und Pinkie erzählten die Geschichte zu Ende und gingen mehr Bier holen. Etwas an der Geschichte gefiel Emo nicht. Tayo beobachtete ihn; er wandte die Augen nicht ab, als Emo zu ihm hinsah. Sie saßen da und starrten sich über den großen runden Tisch hinweg an. Da mußte Tayo an kämpfende Kater denken, die erstarrte Haltung, die gebuckelten Körper sprungbereit zusammengeduckt, nur mit dem Schwanz peitschen sie vor Wut, bis der eine oder andere eine Bewegung macht und sie ineinander verbissen auf der Erde herumrollen.

»Meine Geschichten gefallen dir wohl nicht, was? Sind dir nicht gut genug, was? Denkst wohl, bist 'n heißer Typ, wie dein Vetter. Großer Footballstar. Großer Held.« Emo wies mit dem Finger auf die leeren Flaschen vor Tayo. »Das eine kannst du wie 'n Indianer, das Saufen nämlich, stimmt's? Vielleicht bist du auch nicht besser als wir anderen, he?«

Da dachte Tayo an Rocky, und er war stolz, daß Emo so neidisch war. Das Bier machte, daß er innerlich gelöst blieb. Emos Worte berührten ihn überhaupt nicht mehr. Das Bier streichelte eine Stelle tief unter seinem Herzen und schläferte alles Gefühl ein.

Dann holte Emo wieder das Säckchen heraus. Er fummelte mit den gelben Zugschnüren und öffnete es. Er schüttelte die Menschenzähne auf den Tisch aus. Er sah zu Tayo hinüber und lachte laut heraus. Er schob sie zu Kreisen und Reihen zusammen wie lose Glasperlen; er wischte sie in die hohle Hand und schüttelte sie wie Würfel. Es waren seine Kriegsandenken, die Zähne, die er der Leiche eines japanischen Soldaten ausgeschlagen hatte. Die Nacht verlief nach diesem Ritual: erst verfluchten sie das unfruchtbare trockene Land, das der weiße Mann ihnen gelassen hatte, dann redeten sie über San Diego und die anderen Städte, wo die weißen Frauen noch immer darauf warteten, daß sie zurückkamen und ihnen noch eine Portion davon gaben, wovon weiße Frauen nie genug kriegten. Aber am Ende kamen sie immer darauf zurück.

»Wir waren die besten. US-Army. Wir haben jeden Japs kaltgemacht, den wir erwischten. Kein Japsenbastard war es wert, ihn gefangenzunehmen. Wir hatten allerhand Methoden, sie zum Reden zu bringen, bevor sie starben. Den hier abschneiden, die hier abschneiden.« Emo saß grinsend und zusammengesunken da und starrte die Zähne an. »Sorgten dafür, daß sie schnell redeten, langsam starben.« Er lachte. Pinkie und Harley lachten mit ihm über seinen Witz. Leroy kam herüber, brauchte noch Geld; Tayo warf ihm einen Zwanzigdollarschein hin. Er geriet allmählich in Spannung. Er brauchte mehr Bier, damit er innerlich gelöst blieb, und damit sein Magen sich besser fühlte. Er trank noch etwas. Jedes Wort, das Emo sagte, zog den Knoten in seinem Bauch straffer.

»Ich war bloß auf Offiziere aus. Diese Zähne hier, die sind von einem Japsenoberst. Yeah.«

Tayo konnte es an Emos Stimme hören, wenn er über das Töten sprach – wie er bei jeder Tötung wuchs. Emo nährte sich von jedem Mann, den er tötete, und je höher der Rang des getöteten Mannes, desto mehr erhöhte es Emo.

»Wir haben sie alle in die Luft gejagt. Hätten wir bloß auf den ganzen Rest auch noch Bomben geschmissen und sie von der Erde weggewischt.«

Er ging in das Feld des Alten, um sich die Melonen anzusehen, ganz rund und angefüllt mit glitschigen Strängen nasser Kerne. Er hob bedächtig den Fuß und stampfte mit dem Stiefel heftig mitten auf die Melone. Es gab ein platzendes Geräusch. Kerne und nasses Fruchtfleisch spritzten aus der zerrissenen Schale; sie glitzerten vor Saft. Mit Tritten schoß er die Stücke nach allen Richtungen zwischen die Maispflanzen. Eine riß er vom Stiel ab und hielt sie in den Händen. Die Schale war glänzend und glatt, geädert und gefleckt wie grüner Türkis; er betastete die Form. Die Symmetrie des Ovals gefiel ihm; er hob sie hoch über den Kopf und schmetterte sie auf den Boden. Er überzeugte sich, daß sie alle weg waren. Er blickte zurück, die lange Reihe entlang. Kleine schwarze Ameisen hasteten über die zerbrochenen Melonen; auf den Brocken von Fruchtfleisch und Schale rieben sich die Fliegen die Beine. Er zertrampelte die Ameisen mit den Stiefeln und stieß Erde über Kerne und Fruchtfleisch. Er sah zu, wie Fliegen summend die Begräbnisstätte umkreisten.

Was sie Emo zeigten, hatte ihm gefallen: große Granaten, die Panzer und schwere Lkws in Stücke sprengten; gezackte Stahlsplitter, die sich von den explodierenden Granaten losrissen; die Leichtigkeit, mit der der Flammenwerfer ein Gewehr zu einem formlosen Klumpen zusammenschmolz. Er verstand sie gleich; er wußte, was sie von ihm erwarteten. Er sei der beste, sagten sie ihm; manche Männer mochten es nicht, wenn sie das Zucken des Mannes spürten, den sie töteten; manchen Männern wurde übel, wenn sie das Blut rochen. Aber er war der beste; er war einer von ihnen. Der beste. United States Army.

Etwas war diesmal am Bier anders; es wallte durch sein Blut und machte alle Muskeln locker und warm, aber es lockerte auch etwas tiefer drin, das den Zorn umklammerte und in Schranken hielt. Er konnte fühlen, wie es geschah. Wie der Schnee von zwei Tagen, der dick auf den Zweigen einer großen Kiefer lastete, am Morgen des zweiten Tages, wenn die Sonne herauskam und Kristall um Kristall den Schnee durchdrang, von den Kiefernnadeln losschmolz, bis ein einziger Windstoß von den Bergen genügte, und die gesamte Schneemasse auf einmal herabstürzte.

Emo spielte mit den Zähnen; er tat so, als ob er sie sich in komischen Stellungen in den Mund steckte. Alles lachte. Die Zähne sogen das Licht auf, und die Dunkelheit schloß sich um Tayo wie ein Hinterhalt mit Stimmen in Englisch und Japanisch. Er krampfte die Hände um die Flasche, bis er ein hartes Knacken spürte. Da war es zu spät. Es riß sich los. Der kleine japanische Junge lächelte im Bahnhof von Los Angeles; die Dunkelheit kam wie nächtlicher Nebel, und jemand beugte sich über einen kleinen Körper.

Tayo sprang keuchend vom Tisch auf; der Schweiß rann ihm über das Gesicht wie Tränen.

»Killer!« brüllte er. »Killer!«

Die anderen verstummten, aber Emo fing an zu lachen. Seine Stimme hallte ringsum durch den Raum.

»Du säufst wie 'n Indianer, und du bist auch verrückt wie einer – aber du bist keiner, weißes Pack bist du. Du liebst die Japse, so wie deine Mutter weiße Männer zu vögeln liebte.«

Emos Hemd hatte unter den Armen dunkle Schweißflecken. Tayo starrte ihm auf den Bauch und beobachtete, wie das Hemd vor Schweiß daran klebte; er beobachtete, wie der Bauch schwabbelte, wenn Emo ihn auslachte. Er bewegte sich jäh, mit einer Schnelligkeit, so mühelos und gleitend wie die eines Pumas. Mit jeder Zuckung Emos wurde er stärker, und er fühlte, wenn er ihn tötete, würde er wieder gesund. Aber die anderen ließen ihn nicht; sie hielten seine Arme fest und rissen seine Hände aus Emos Bauch. Er sah, wie sie schreiend den Mund bewegten, aber er hörte sie nicht, und der Schnee stürzte auf ihn herab. Die Stille war dicht; die Dunkelheit war kalt.

Als die Bullen kamen, hielt er immer noch die zerbrochene Flasche umklammert und sah zu, wie sein eigenes Blut zwischen den Fingern seiner Faust hervorfloß und auf die eingeölten Holzdielen des Mexikaners tropfte. Er stand still; nur sein Gehirn regte sich. Der Biernebel war weg, wie Hitze und Staub, die ein Sommerregen vom Himmel spült. Er hätte Emo hassen sollen; er hätte die Japsensoldaten hassen sollen, die Rocky getötet hatten. Der Raum, wo man den Haß barg, lag tief drinnen, unter seinen Lungen und hinter seinem Magen; aber dort war alles leer. Er stand dabei, während sie über Emo knieten und ihn dann in den Krankenwagen luden. Seine Hand tat auch nicht weh; das Blut fühlte sich wie warmes Wasser an, das ihm die Finger entlangtröpfelte. Er fühlte überhaupt nichts.

Er mußte den Bullen die Hand zeigen. Sie wickelten eine große Lage Mull fest darum und legten ihm Handschellen an. Die ganze Strecke bis Albuquerque döste er auf dem Rücksitz des Polizeiautos; er wußte, was seine Augen gesehen und seine Ohren gehört hatten; er wußte, was er im Leib und das Rückgrat hinauf und hinab spürte. Aber er war sich nicht mehr sicher, was er glauben sollte oder wem er trauen konnte. Er war sich nicht sicher.

Der Armeewerber hatte mit Klebestreifen Plakate von Panzern und marschierenden Soldaten an den Rand eines Klapptisches geheftet. Das Regierungsauto war unter der Fahnenstange am Postamt geparkt, und er hatte den Tisch neben dem Auto aufgeschlagen, um vor dem Wind Schutz zu finden. Aber die Plakate flatterten und schlugen um, und die spröden Ränder des Papiers fingen schon zu reißen an. Es waren die letzten Tage, an denen die Sonne noch wie im Sommer am Himmel stand, doch lag schon etwas Frostiges im Wind – und etwas Unbarmherziges in der Art, wie der Wind Sand und Staub vor sich hertrieb. Der Werber saß auf einem Klappstuhl, aber er mußte seine Broschüren mit beiden Händen festhalten, daß sie nicht wegflogen. Er hatte abgewartet, bis sich noch mehr Leute sammelten, bevor er seine Ansprache begann, aber Rocky und Tayo und der alte Jeff waren die einzigen, die an jenem Nachmittag draußen im Wind waren.

»Jeder kann für Amerika kämpfen«, begann er und legte besonderen Nachdruck auf »Amerika«, »sogar ihr Jungs. In Zeiten der Not kann jeder für Amerika kämpfen.« Eine mächtige Sandbö wirbelte um sie herum; Rocky wendete ihr den Rücken zu, und Tayo schützte das Gesicht mit den Händen; der alte Jeff ging ins Postamt. Der Werber machte eine Pause, um die Broschüren neu zu ordnen und nachzusehen, was der Wind mit den Plakaten angerichtet hatte. Da sah er mißmutig drein, als wäre er am liebsten weggefahren. Aber er setzte seine Ansprache fort.

»Ich weiß ja, daß ihr Jungs Amerika genauso liebt wie wir, aber das hier ist eure große Chance, es auch zu beweisen.« Dann stand er auf, wie er es eingeübt hatte, und sah ihnen aufrichtig ins Auge. Er gab ihnen bunte Broschüren mit einem Mann in Khakiuniform und Goldtressen auf dem Umschlag; im Hintergrund, hinter der Gestalt in der Uniform, breitete ein goldener Adler seine Schwingen über einer amerikanischen Flagge aus.

Rocky las alle Seiten der Broschüre gründlich durch. Er sah zu Tayo auf, und sein Gesicht war ernst und stolz. Da wußte Tayo sofort, was Rocky tun wollte. Der Wind wehte stärker; eine Bö packte die Broschüren und fegte sie vom Klapptisch.

Sie wirbelten wie trockenes Laub über den Boden. Der Werber rannte mit ausgebreiteten Armen hinterher, als scheuchte er Truthähne. Rocky half ihm beim Einsammeln und forderte Tayo mit einem strengen Nicken zur Mithilfe auf. Während sie Sand aus den Broschüren schüttelten und sie wieder zusammenfalteten, fragte Rocky den Werber über die Ausbildungsprogramme aus.

»Ich will Pilot werden.« Er machte eine Pause und sah den Werber an. »Auf die Art kann man in der ganzen Welt herumfliegen, nicht?«

Der Werber packte gerade die Prospekte in einen Pappkarton; er blickte nicht auf. »Klar, klar«, sagte er, »du verpflichtest dich jetzt, dann kannst du zu allem herangezogen werden – zur Pilotenausbildung – zu allem.« Er klappte das Tischchen zusammen und schlug die Kofferraumklappe zu. Er schaute auf seine große verchromte Armbanduhr.

»Wie ist es, Männer, wollt ihr euch verpflichten?«

Rocky sah Tayo an, als wollte er ihn etwas fragen. Es war seltsam, diesen Ausdruck auf seinem Gesicht zu sehen, denn Rocky hatte immer gewußt, was er tat, ohne jemanden zu fragen.

»Und mein Bruder«, sagte Rocky und nickte zu Tayo hin. »Wenn wir uns beide verpflichten, können wir dann zusammenbleiben?«

Es war das erste Mal in all den Jahren, seit Tayo mit ihm zusammenlebte, daß Rocky ihn »Bruder« nannte. Tantchen hatte immer darauf geachtet, daß ihn Rocky nicht »Bruder« nannte, und wenn andere Leute sie irrtümlich als Brüder ansprachen, verbesserte sie den Fehler sofort.

»Sie sind keine Brüder«, sagte sie dann, »das ist Lauras Junge. Sie wissen, wer das ist.« Sie brachte das auf eine bestimmte Art hervor, in einem bitteren Ton, der alles ausdrückte, auch die Schande, die sie und die Familie durchgemacht hatten. Die Dinge, die Laura getan hatte, gerieten bei den Leuten nicht so leicht in Vergessenheit, aber sie konnte immerhin einen Abstand wahren zwischen Rocky, ihrem Stolz, und diesem anderen, unerwünschten Kind. Wenn sonst niemand jemals von diesem Abstand wußte, sie und Tayo wußten davon.

In der Nacht, als seine Mutter ihn dort ließ, war er vier Jahre alt. Er wußte nicht mehr viel davon: nur, daß sie nach Einbruch der Dunkelheit gekommen war und ihn in einen Männermantel – er roch nach Mann – gewickelt hatte und daß Männer bei ihnen im Auto waren; und sie hielt ihn den ganzen Weg über fest eingewickelt an sich gedrückt, und er hatte geschlummert und gelauscht, halb im Traum ihr Gelächter und das quietschende Geräusch eines Korkens beim Öffnen oder Zustöpseln einer Flasche wahrgenommen. Er konnte sich nicht erinnern, ob sie ihm zu essen gegeben hatte, aber als sie in der Nacht in Laguna ankamen, hatte er keinen Hunger und lehnte das Brot ab, das Onkel Josiah ihm anbot. Er klammerte sich an sie, denn er wußte, wenn sie ihn verließ, würde sie lange Zeit wegbleiben. Sie küßte ihn mit ihrem Whiskeyatem auf die Stirn, und dann schob sie ihn sanft in Josiahs Arme, während sie rückwärts aus der Tür ging. Er weinte und sträubte sich gegen Josiah, versuchte ihr zu folgen, aber sein Onkel hielt ihn fest und redete ihm zu, nicht zu weinen, denn jetzt hätte er einen Bruder: Rocky würde sein Bruder sein, und er dürfe bis Weihnachten bei ihnen bleiben. Rocky hatte ihn bisher bloß angestarrt, aber als von Weihnachten die Rede war, fing er an zu weinen und das Tischbein mit Fußtritten zu bearbeiten. Sein Gesicht war tränennaß, und seine Nase lief.

»Geh weg«, kreischte er, »du bist nicht mein Bruder. Ich will keinen Bruder haben.« Tayo hielt sich die Hände über die Ohren und preßte das Gesicht gegen Josiahs Bein, weinend, weil er wußte: diesmal würde sie ihn nicht wieder abholen. Josiah zog sein großes rotes, weißgetupftes Taschentuch heraus und wischte Tayo Nase und Augen ab. Er sah Rocky streng an und nahm dann beide kleinen Jungen bei der Hand. Sie gingen zusammen ins Hinterzimmer, und Josiah zeigte ihm das Bett, das er und Rocky dann so viele Jahre teilen sollten.

Als die alte Großmutter und Tantchen an dem Abend vom

Lotteriespiel in der Kirche zurückkamen, lagen Tayo und Rocky schon im Bett. Tayo merkte an Rockys Atem, daß er schon schlief. Er aber lag im Dunkeln da und horchte auf die Stimmen in der Küche, die Stimmen von Josiah und Tantchen und die matte Stimme der alten Großmutter. Er erfuhr niemals, was sie in dieser Nacht sagten, weil die Stimmen zu einem Summen verschwammen wie dem von Nachtinsekten um eine Lampe; aber er glaubte zu hören, daß Tantchen laut wurde und Töpfe und Tiegel auf dem Herd herumschepperten. Und Jahre später lernte er, daß sie das immer tat, wenn sie zornig war.

Es bestand eine stillschweigende Übereinkunft zwischen ihnen beiden. Wenn Josiah oder die alte Großmutter oder Robert da waren, war die Abmachung aufgehoben, und sie tat so, als ob sie ihn genau wie Rocky behandelte, aber sie wußten beide, daß das nur vorübergehend galt. War sie mit den Jungen allein, hielt sie Rocky dicht bei sich; knetete sie Brot, gab sie Rocky zum Spielen kleine Teigstücke; stopfte sie Socken, gab sie ihm zum Spielen Stoffreste und Nadel und Faden. Sie achtete darauf, daß Rocky diese Sachen nicht mit Tayo teilte, daß zwischen ihnen beiden und ihm ein Abstand blieb. Aber sie ließ Tayo auch nicht hinausgehen oder in einem anderen Zimmer für sich allein spielen. Er sollte nahe genug bleiben, um sich ausgeschlossen zu fühlen, um den Abstand zwischen ihnen zu spüren. Die zwei kleinen Jungen nahmen den Abstand hin, aber Rocky war nie grausam zu Tayo. Er schien zu wissen, daß das zähe Schweigen nur für die Zeiten galt, wo sie zu dritt unter sich waren. Sie spürten die Veränderung an ihr, wenn die alte Großmutter oder Josiah dabei waren, und paßten sich ohne zu zögern an und wahrten das Geheimnis.

Aber nachdem sie in die Schule gekommen waren, weichten die Ränder des Abstands auf, und Tantchen hatte die Jungen nur noch selten für sich allein. Den größten Teil des Tages waren sie fort, und die alte Großmutter war inzwischen völlig blind und saß immer zu Hause, dicht an ihrem Ofen. Rocky war noch mehr als Tayo darauf aus, das Haus zu meiden, sich nach der Schule noch beim Sport oder beim Spiel mit Freunden aufzuhalten. Rocky war es, der sich von ihr zurückzog, obwohl nur sie und Tayo es erkannten. Das geschah instinktiv, wie ein Kaninchen vor einem Schatten davonspringt, der plötzlich auf das Tier fällt.

Tayo und Tantchen verstanden einander sehr gut. Jahre später fragte sich Tayo, ob irgend jemand, sogar die alte Großmutter oder Josiah, sie so gut verstanden wie er. Er lernte die Untertöne ihrer Stimme wahrzunehmen. Robert und Josiah gingen ihr aus dem Weg; sie hatten für diese Untertöne kein Ohr. Als Großmutter blind und greisenhaft geworden war, ließ sie Tantchen hartnäckig links liegen und hörte nur noch, was sie hören wollte. Rocky ging seine eigenen Wege, hatte nach der Schule seinen Sport und seine Freundinnen. Nur Tayo konnte es hören, wie über kahlen Fels kratzende Fingernägel, ihr Grauen davor, auf eine der ältesten Arten der Welt kaltgestellt zu werden.

Eine uralte Feinfühligkeit war auf sie gekommen, die Jahrtausende seit den ältesten Zeiten her überlebt hatte, als die Menschen einen einzigen Stammesnamen trugen und einander erklärten, wer sie waren; sie zählten die Taten und Worte auf, die jeder einzelne ihres Stammes hervorgebracht hatte und hervorbringen würde; von der Zeit an, bevor sie geboren wurden, bis lange, nachdem sie gestorben waren, teilten die Menschen dasselbe Bewußtsein. Mit der einfachen Sicherheit der Welt, die sie vor Augen sahen, hatten die Menschen gewußt, wie alles sein müßte.

Aber die fünfte Welt hatte sich in europäische Namen verwickelt: die Namen der Flüsse, der Berge, die Namen der Tiere und Pflanzen – die ganze Schöpfung hatte plötzlich zwei Namen, einen indianischen Namen und einen weißen Namen. Das Christentum trennte die Menschen von ihresgleichen; es wollte den einzigen Stammesnamen ausstampfen, indem es jedem einzelnen zuredete, für sich allein zu stehen, denn Jesus Christus würde nur die individuelle Seele retten; Jesus Christus war nicht wie die große Mutter, die sie als ihre Kinder, ihre Familie liebte und für sie sorgte.

Die Feinfühligkeit blieb: die Fähigkeit, in Leib und Brust zu spüren, was die anderen spürten; Worte waren nicht nötig, aber die Botschaften, die die Menschen wahrnahmen, waren jetzt verworren. Als Kleine Schwester angefangen hatte, Wein zu trinken und mit weißen Männern und Mexikanern in Autos herumzufahren, konnte sich das Volk nicht genau klarmachen, was sie ihr gegenüber empfanden. Der katholische Priester hob mahnend den Finger gegen Trunkenheit und Wollust, aber das Volk fühlte etwas Tieferes: sie verloren sie nach und nach, sie verloren nach und nach einen Teil ihrer selbst. Die ältere Schwester mußte handeln; sie mußte für das Volk handeln, um dieses junge Mädchen zurückzuholen.

Es wäre möglich gewesen, wenn das Mädchen sich nicht geschämt hätte. Sie schämte sich dessen, was man sie in der Schule über die erbärmlichen Sitten des indianischen Volkes lehrte; fromme weiße Missionare, die es mit den Indianern nur gut meinten, weiße Menschen, die ihr Leben der Aufgabe widmeten, den Indianern zu helfen, diese Leute drängten sie, sich von ihrem Heim loszureißen. Sie sah mit freudiger Erregung, daß die weißen Männer ihr, obwohl sie Indianerin war, aus ihren Autos zulächelten, wenn sie von der Bushaltestelle in Albuquerque zur indianischen Schule ging. Sie lächelte und winkte; sie betrachtete ihr eigenes Spiegelbild in den Fenstern, an denen sie vorüberkam; ihr Kleid, ihr Lippenstift, ihr Haar – alles war tadellos hergerichtet, wie es ihnen die Hauswirtschaftslehrerin zeigte, genau wie bei den weißen Mädchen.

Doch nachdem sie mit ihnen zusammengewesen war, konnte sie die Wahrheit in ihren Fäusten fühlen und in ihrer gierigen, schwächlichen Art zu lieben; aber es war eine Wahrheit, für die sie keine Worte hatte. Sie haßte die Menschen zu Hause, wenn Weiße über deren Absonderlichkeiten redeten; aber immer haßte sie sich selbst noch mehr, weil sie noch immer an ihre Leute dachte, weil sie ihren Schmerz darüber kannte, was sie aus ihrem Leben machte. Die Gefühle der Scham, über ihr eigenes Volk und über die Weißen, wuchsen in ihr, Seite an Seite wie mißgestaltete Zwillinge, die man in den Bergen zum Sterben aussetzen mußte. Das Volk wollte sie zurückhaben. Ihre ältere Schwester mußte sie zurückholen. Für das Volk war es so einfach, und als es ihnen nicht gelang, war es eine Demütigung für sie alle; was dem Mädchen geschah, geschah nicht ihr allein, es geschah ihnen allen.

Ihr Zorn richtete sich auf das Mädchen und ihre Familie, dabei wußten sie aus den vielen Jahren dieses Konflikts, daß kein einzelner Mensch und keine einzelne Familie den Zorn in sich fassen konnte, sondern daß er überlaufen und die Erde unter dem ganzen Dorf durchtränken mußte.

So hatte Tantchen verzweifelt versucht, die Familie mit dem Volk zu versöhnen; der alte Instinkt war es immer gewesen, die Gefühle und Meinungen, die im Dorf verstreut umgingen, zusammenzufassen, sie zusammenzuraffen wie Weidenruten und sie in ein einziges Gebetsbündel zu binden, das ihnen allen Frieden bringen würde. Aber jetzt waren die Gefühle knorrige, verknäulte Wurzeln, und all die Namen für den Ursprung dieses Wachstums lagen außer Reichweite, unter englischen Worten begraben. Und es würde keinen Frieden geben und das Volk würde keine Ruhe finden, ehe das Knäuel nicht bis zum Ursprung entwirrt worden war.

Er konnte ihre Stimmung voraussagen, indem er ihr Gesicht beobachtete. Sie hatte einen besonderen Blick für ihn, wenn sie allein mit ihm sprechen wollte. Er vergaß nie die seltsame Erregung, die ihn packte, wenn sie ihn so ansah und beiseiterief.

»Niemand wird dir das je sagen«, sagte sie, »aber du mußt es hören, damit du verstehst, warum es so ist.« Sie bezog sich auf den Abstand, den sie zwischen sich und ihm wahrte. »Dein Onkel und deine Großmutter kennen diese Geschichte nicht. Ich könnte es ihnen nicht sagen, weil es ihnen so weh tun würde.« Sie schluckte, um den Schmerz aus dem Hals zu kriegen, und auch ihm tat der Hals weh, denn ohne ihn hätte es nicht so viel Schmach und Schande für die Familie gegeben.

»Arme alte Großmutter. Es würde ihr so sehr weh tun, wenn sie jemals diese Geschichte hören müßte.« Sie sah Tayo an und zupfte einen Faden vom Saum ihrer Schürze. Ihr Mund war klein und schmal, wenn sie mit ihm allein sprach. Er saß auf einem Jutesack voll Mais, den Robert und Josiah voriges Jahr getrocknet hatten, und wenn er sein Gewicht noch so gering verlagerte, konnte er hören, wie sich die harten Körner bewegten. Die Kammer war immer kühl, sogar im Sommer, und es roch nach den gedörrten Äpfeln in den Mehlsäcken, die über ihnen von den Balken hingen. An dem Tag konnte er den fahlgrauen, fast blauen Lehm riechen, den die alten Frauen zum Tünchen der Wände benutzten.

»Eines Morgens«, sagte sie, »noch ehe du auf der Welt warst, bin ich kurz vor Sonnenaufgang aufgestanden und hinausgegangen. Ich wußte, daß sie die ganze Nacht weggewesen war, weil ich sie nicht hatte heimkommen hören. Jedenfalls dachte ich, ich wollte mal zum Fluß hinunter. Ich hatte nämlich so ein Gefühl. Ich stand auf dem Felsen über dem großen Flußbogen, und da kam sie gerade den Pfad am anderen Ufer herab.« Sie sah ihn prüfend an. »Ich erzähle dir das nur, weil sie deine Mutter war und du das verstehen mußt.« Sie räusperte sich. »Genau als die Sonne aufging, kam sie unter der großen Baumwollpappel an, die da steht, und ich konnte sie deutlich sehen: sie hatte keine Kleider an. Nichts. Sie war vollkommen nackt bis auf ihre hochhackigen Schuhe. Unter dem Baum ließ sie ihre Tasche fallen. Später haben Kinder sie gefunden und hergebracht. Sie war leer bis auf einen Lippenstift.« Tayo schluckte und holte tief Luft.

»Tantchen«, sagte er leise, »wie sah sie aus, bevor ich auf die Welt kam?«

Sie griff durch den Vorhang des Vorratsregals und rückte die Gläser mit Pfirsichen und Aprikosen auf den Brettern zurecht, und er wußte, für sie war das Gespräch mit ihm beendet. Er schloß die Tür der Vorratskammer hinter sich, ging ins hintere Zimmer und setzte sich aufs Bett. Er saß lange da und dachte an seine Mutter. Früher hatte es ein Foto von ihr gegeben, und in seinem Blechrahmen hatte er es abends mit ins Bett genommen und ihm vieles zugeflüstert. Aber als er es eines Abends holte, waren Gäste in der Küche, und sie riß es ihm aus der Hand. Er weinte danach, und Josiah kam ihn trösten; er fragte Tayo, warum er weine, aber genauso, wie er sich schämte, Josiah etwas von der Übereinkunft zwischen ihm und Tantchen zu sagen, konnte er ihm auch nicht von dem Bild erzählen; er liebte Josiah zu sehr, um die Schande zu gestehen. Darum klammerte er sich an Josiah, drückte das Gesicht in das Flanellhemd und zog den Geruch von Holzrauch und Schafwolle und Schweiß ein. Er vergaß sogar das Bild, außer manchmal, wenn er sich daran zu erinnern versuchte, wie sie aussah. Dann wünschte er, Tantchen würde es ihm zurückgeben, damit er es auf Josiahs Kommode aufstellen könnte. Aber er konnte sich nie dazu überwinden, sie darum zu bitten. An dem Tag in der Vorratskammer, als er fragte, wie seine Mutter ausgesehen hatte, bevor er auf die Welt kam, war er so nahe daran gewesen, das Bild zu erwähnen, wie später nie wieder.

»Also da ist unsere Mutter hin.
Wie kommen wir da hinab!«

Kolibri betrachtete all die
klapperdürren Menschen.
Sie taten ihm leid.
Er sagte: »Ihr braucht einen Boten.
Hört zu, ich sag euch,
was zu tun ist:

Bringt einen schönen Tonkrug
mit Papageien und großen
Blumen bemalt.
Mischt schwarze Gebirgserde,
etwas süßes Maismehl
und ein bißchen Wasser.

Bedeckt den Krug mit einem
frischen Hirschfell
und sprecht über den Krug
und singt leise
über den Krug:
Nach vier Tagen
wirst du leben
Nach vier Tagen
wirst du leben
Nach vier Tagen
wirst du leben
Nach vier Tagen
wirst du leben.«

Der Armeewerber musterte eingehend Tayos hellbraune Haut und seine nußbraunen Augen.

»Ihr Jungs seid Brüder?«

Rocky nickte kühl.

»Na, wenn ihr es sagt«, sagt der Werber. Es wurde schon langsam dunkel, und er wollte nach Albuquerque zurück.

Tayo unterschrieb nach Rocky. Er fühlte sich fast schweben, glücklich, daß er mit Rocky zusammensein, mit der Armee die Welt bereisen würde, zusammen, als Brüder. Rocky klopfte ihn auf den Rücken, und auch er lächelte.

»Wir werden's richtig gut haben, Tayo. Kommen in der ganzen Welt herum. Sehen andere Gegenden und andere Leute. Sieh dir den Kerl an, den Werber. Er fährt sogar einen eigenen Regierungswagen.«

Aber als er das Haus sah und Josiahs im Hof geparkten kleinen Lastwagen, fiel ihm alles wieder ein. Es hatte immer als abgemacht gegolten, daß Rocky derjenige sein würde, der fortging, ins College oder zur Armee. Aber jemand mußte dableiben und in Garten und Schafcamp helfen. Er hatte Josiah versprochen, ihm bei den mexikanischen Rindern zu helfen. Er blieb stehen. Rocky fragte ihn, was denn los sei.

»Ich kann ja nicht weg«, sagte er. »Ich hab Josiah gesagt, ich bleib da und helfe ihm.«

»Er und Robert kommen schon zurecht.«

»Nein«, sagte Tayo und spürte, wie in ihm ein hohles Gefühl vom Magen bis zur Brust aufstieg und sein Herz in den Ohren widerhallte. »Nein.«

Rocky ging ohne ihn weiter; Tayo blieb stehen und beobachtete, wie sich die Dunkelheit herabsenkte. Dieses hohle Gefühl war ihm vertraut. Er kannte es aus den Nächten, nachdem sie seine Mutter beerdigt hatten, als er sich um den Magen herum und bis hoch ans Herz fest in die Bettdecke wickelte, mit den Decken den leeren Fleck ausstopfte, den der Verlust hinterlassen hatte und die reuevolle Erinnerung an Dinge, die nicht mehr zu ändern waren.

»Laß ihn gehen«, sagte Josiah, »du kannst ihn nicht für immer halten.«

Tantchen ließ den Deckel der Bratpfanne scheppernd auf die Herdplatte fallen.

»Rocky ist anders«, sagte sie immer wieder, »aber der hier, der sollte doch hierbleiben.«

»Laß ihn gehen«, sagte die alte Großmutter. »Einer kann auf den anderen aufpassen und ihn wieder heimbringen.«

Rocky stippte seine Tortilla in die Chilibohnen und kaute gelassen weiter; ihm war es gleich, was sie sagten. Er dachte schon an die vor ihm liegenden Jahre und die neuen Orte und Menschen, die auf ihn warteten, in der Zukunft, für die er gelebt hatte, seit er an das Wort »eines Tages« zu glauben begann, wie es die Weißen tun.

»Ich bringe ihn heil zurück«, sagte Tayo am Abend vor ihrer Abreise leise zu ihr. »Du brauchst dir keine Sorgen zu machen.« Sie blickte von ihrer Bibel auf, und er merkte ihr an, sie war darauf gefaßt, daß etwas passierte; aber er wußte, daß sie stets darauf hoffte, daß sie stets erwartete, es würde ihm etwas passieren, nicht Rocky.

Zu dem Fünfhundert-Dollar-Geschäft gehörte, daß Ulibarri die Rinder anzuliefern hatte. Tayo half Josiah, die besten vom Rest der Herde abzusondern. Josiah hatte sich Ulibarris großes Palominopferd geborgt, wie Ulibarri behauptete, ein Bruder des Siegers im Abdrängen und Einfangen beim jährlichen Volksfest von New Mexico. Immer wenn Josiah eine Kuh vom Rest der Herde abdrängte, schwang Tayo das Gatter weit auf und trat zurück, um sie in den Sammelpferch laufen zu lassen. Josiah sonderte zwanzig Kühe aus; er wählte die jüngsten und kräftigsten. Sie wollten nicht, daß Ulibarri irgendwelche Mätzchen versuchte, etwa eine lahme Kuh für eine gesunde unterschob oder eine mit Triefaugen mitschickte; deshalb gingen sie, bevor sie abfuhren, langsam um den Pferch und merkten sich jede Kuh genau – die Form der langen geschwungenen Hörner, die Muster der braunen Flecken auf dem elfenbeinweißen Fell, ihre Größe und ihr Gewicht. Ganz zuletzt noch beugte sich Josiah aus dem Fenster des Lastautos und ermahnte Ulibarri: »Laß sie nicht verhungern.«

Den ganzen Weg von Magdalena bis nach Hause zupfte Josiah an den kurzen Haaren seines Bärtchens, das ihm an den Mundwinkeln herabhing, in ständigem Widerstreit zu seinem Mund, der immer lächelte. Er sah zu Tayo hinüber und grinste.

»Ich denke an diese Rinder, Tayo. Weißt du, manchmal geht es komisch zu. Die Rinderpreise sind jetzt weit unten, wegen der Trockenheit. Jeder hat Angst zu kaufen. Aber siehst du, das ist unsere Chance. Sonst würden wir wahrscheinlich nie ins Rindergeschäft kommen.«

Die Sonne schien durchs Rückfenster des Lastwagens, und Tayo hatte die Scheibe heruntergekurbelt und ließ den Arm hinaushängen, fühlte den reißenden Fahrtwind. Er war stolz, wenn Josiah mit ihm über die Rinder sprach. Er war bereit, mit seinem Onkel zusammen schwer zu arbeiten. Sie hatten es schon erörtert. In einem Monat verließ er die Schule, und dann würde er zusammen mit Josiah und Robert schwer arbeiten. Sie würden diese Rinder züchten, ganz besondere Rinder, nicht die schwächlichen, anfälligen Herefords, die in der Trockenzeit mager wurden und eingingen, wenn sie Disteln und abgesengten Kaktus fraßen. Die Rinder, die Ulibarri ihnen verkauft hatte, waren genau das, woran sie gedacht hatten. Diese Rinder waren Abkömmlinge ganzer Generationen von Wüstenrindern, inmitten trockenen Sandes und verkümmerter Mesquite geboren, wo sie auf die gleiche Art Wasser aufspürten wie die Wüstenantilopen.

»Rinder sind wie alle lebenden Wesen. Trennst du sie zu lange vom Land, hältst sie in Ställen und Korrals, büßen sie etwas ein. Mit ihrem Magen kommt es soweit, daß sie bloß noch zerquetschten Hafer und Alfalfaheu fressen können. Läßt du sie wieder laufen, rennen sie kreuz und quer durch die Gegend. Sie haben Angst, weil ihnen das Land nicht vertraut ist, und sie verirren sich. Sie haben auch dann noch Angst, wenn sie ruhig aussehen und zu rennen aufhören. Ängstliche Tiere gehen leicht ein.« Sie fuhren den Kiesweg entlang, der von Magdalena nach Osten führte, um nahe bei Socorro auf die Fernstraße zu stoßen. Tayo war es gewöhnt, daß er so redete, laut seine Ideen und Pläne durchdachte und dann Tayo fragte, was er meinte.

»Siehst du, ich will nicht denselben Fehler machen wie andere Leute und diese Herefordrinder mit den weißen Gesichtern kaufen. Wenn es in den nächsten paar Jahren eine Dürre gibt, brauchen wir eine ganz besondere Rinderrasse.« Auf dem Fußboden neben seinem Bett hatte er einen Stoß Bücher, oben drauf lag seine Lesebrille. Jeden Abend nach dem Zubettgehen las er noch ein paar Minuten in den Büchern über Rinderzucht, die ihm der Landwirtschaftsberater geliehen hatte. Wissenschaftliche Rinderzucht sei eine sehr komplizierte Sache, sagte er, und er wartete immer, bis Rocky und Tayo am Küchentisch ihre Schularbeiten machten, um vom Hinterzimmer hereinzukommen, die Brille auf der Nase, ein Buch in der Hand.

»Lies das doch mal«, sagte er dann zu Rocky, »und sag mir, ob du meinst, daß es dasselbe bedeutet, was ich daraus mache.«

Wenn Rocky damit fertig war, schob er das Buch zu Tayo hinüber und zeigte ihm die Stelle. Dann sagte er: »Na?« und die Jungen erklärten ihm, wie sie das verstanden. »Das hab ich mir auch gedacht«, sagte Josiah dann, »aber die Idee kam mir so blöd vor, daß ich nicht sicher war, ob ich es richtig verstanden hatte.« Das Problem war, die Bücher waren von Weißen geschrieben, die sich keine Gedanken darüber machten, daß Rinder mit Trockenheit, winterlichen Blizzards und trockenen Disteln zurechtkommen mußten. Als Tayo Ulibarris Rinder sah, dachte er an das Diagramm der idealen Fleischkuh, das hinten in einem der Bücher abgebildet war, und diese Rinder waren alles, was die Idealkuh nicht war. Sie waren hochgewachsen und hatten lange dünne Beine wie Hirsche; ihr Kopf war lang und kantig, mit einem starken knöchernen Wulst über den Augen, der weit über die Schultern hinausragende scharfe Hörner trug. Ihre Augen waren groß und wild.

»Ich glaube, wir müssen ohne diese Bücher zurechtkommen«, sagte er. »Wir werden die Sache auf unsere eigene Weise machen müssen. Vielleicht schreiben wir sogar unser eigenes Buch, ›Rinderzucht auf Indianerland‹, oder wie man Rinder züchtet, die kein Gras fressen und kein Wasser saufen.«

Tayo und Robert lachten mit ihm, aber Rocky nicht. Er sah von seinen Büchern auf.

»Diese Bücher sind von Wissenschaftlern geschrieben. Die wissen alles, was es über Fleischrinder zu wissen gibt. Das ist nämlich der Haken dabei, wie die Leute hierherum das immer gemacht haben – sie wußten nie, was sie eigentlich taten.« Er vertiefte sich wieder in sein Buch. Er hatte keine Hemmungen, mit seinem Vater und seinem Onkel so zu reden, weil es um Bücher und wissenschaftliche Erkenntnisse ging – etwas, woran Rocky zu glauben gelernt hatte.

Tayo war plötzlich bedrückt, weil es stimmte, was Rocky sagte. Was verstanden sie denn von Rinderzucht? Sie waren keine Wissenschaftler. Tantchen hatte zugehört, aber sie schien Rockys Respektlosigkeit nicht zu bemerken. Sie hielt große Stücke auf Rockys wachsende Kenntnisse von der Welt da draußen, von Büchern, von allem, was Bedeutung und Macht in sich trug. Er entwickelte sich immer stärker dahin, wie sie sich ihn gewünscht hatte: jemand, der die Welt draußen nicht nur zu begreifen, sondern ein Teil davon zu werden vermochte. Die Sache mit den Rindern gefiel ihr nicht, und sie freute sich, eine wissenschaftliche Begründung für ihr Gefühl gefunden zu haben. Dieses Rindergeschäft konnte nicht gut ausgehen, weil Ulibarri ein Vetter dieser Hure war. Sie war sich fast sicher, daß diese Frau Josiah zugeredet, ihm unwahre Dinge erzählt hatte, Dinge, die nicht mit den wissenschaftlichen Büchern übereinstimmten, die ihnen der Landwirtschaftsberater vom Bureau of Indian Affairs geliehen hatte. Aber es war sein Geld, und wenn es das war, was er mit dem in zwanzig Jahren zusammengesparten Geld machen wollte, dann sollte er sich doch zum Narren machen.

»Ich denke mir, das war irgendein Trick«, eröffnete sie Rocky und Tayo eines Abends, als die alte Großmutter in ihrem Sessel schnarchte. Tantchen vergewisserte sich mit einem raschen Blick, daß sie schlief, bevor sie das sagte. »Dieses drekkige mexikanische Weib hat das gemacht, damit Ulibarri diese wertlosen Rinder loswurde. Die haben ihn aufs Kreuz gelegt. Sie haben ihn für dumm verkauft.«

Rocky hörte es nicht; er las ein Sportmagazin. Aber Tayo hatte es gehört; er hörte ihr immer zu, und jetzt fühlte er eine Spannung im Magen; er hatte Angst, daß sie womöglich recht hätte, denn er wußte schon, daß sie in manchen Dingen recht hatte.

»Immerzu kommt eins zum anderen.« Sie sah Tayo an, und er wandte sich ab und starrte zur alten Großmutter hinüber. Wenn sie schlief, stand ihr der Mund immer ein bißchen offen, und ab und zu konnte er ein schnarchendes Geräusch hören.

»Na ja«, sagte sie mit einem tiefen Seufzer, »da haben sie mal was anderes zum Lachen.«

Rocky sagte kein Wort; aber als er umblätterte, blickte er zu ihr auf, als hätte er den Klang ihrer Stimme satt. Tayo wußte, daß es Rocky nicht mehr kümmerte, was die Leute im Dorf dachten. Er machte schon Pläne, wohin er nach der Oberschule gehen würde; er redete schon von den Orten, wo er leben würde, und die Reservation gehörte nicht dazu.

Tantchen holte ihre schwarzen Kirchenschuhe heraus und wischte sie sorgfältig mit einem sauberen feuchten Tuch ab, dabei steckte sie einen Finger in den Lappen und wischte um jede einzelne Schnürsenkelöse herum; sie musterte die Schuhe gründlich unter der Lampe auf dem Tisch und überzeugte sich davon, daß alle Staubspuren oder Schmutzflecken vom letzten Sonntag beseitigt waren. Seit Tayo denken konnte, war sie allein in die Kirche gegangen; obwohl sie ihm erklärte, sie bete darum, daß sie getauft würden, forderte sie nie einen von ihnen zum Mitgehen auf, nicht einmal Rocky. Später fragte sich Tayo, ob es ihr nicht gerade recht war, ganz allein in die Kirche zu gehen, wo sie den Leuten zeigen konnte, daß sie eine fromme Christin war und nicht unmoralisch oder heidnisch wie der Rest der Familie. Wenn es darum ging, ihre eigene Seele zu retten, wollte sie schon dafür sorgen, daß nichts schiefging.

Die alte Großmutter wachte auf. Sie fragte Tantchen, was sie da mache. Sie fragte auch Tayo und dann Rocky. Tantchen mußte Rocky ermahnen, weil er die alte Großmutter beim ersten Mal nicht gehört hatte, als sie ihn fragte, was er da mache. Dann richtete sich die alte Großmutter in ihrem Sessel auf.

»Kirche«, sagte sie und wischte sich mit einem Papiertaschentuch aus der Schürzentasche über die Augen. »Ach, Thelma, mußt du da schon wieder hin?«

Sie luden die Kühe eine nach der anderen aus und prüften sie dabei sorgfältig. Die Rinder sahen magerer aus als eine Woche vorher in Magdalena, aber wie Josiah sagte, konnte man nicht erwarten, daß Ulibarri anderer

Leute Vieh fütterte. Tayo schwang das große Gatter zum Laufgang auf, und Robert öffnete die Tür des Viehtransporters. Sie kamen gewandt die Rampe herabgeschossen, und jede Kuh senkte, wenn sie das offene Tor vor sich sah, schnaubend den Kopf und raste dann ins Freie hinaus. Sie rannten immer weiter und blieben erst stehen, um sich nach dem großen Viehwagen oder den Korrals umzusehen, als sie eine Viertelmeile weg waren. Sie drängten sich zusammen, wachsam und scheu; als die letzte Kuh sich im Galopp der kleinen Herde angeschlossen hatte, standen sie einen Moment da und starrten die Windräder und die Korrals und die Männer neben dem Viehwagen an. Dann zogen sie in einem gleichmäßigen Reisetrab in Richtung Süden davon. Tayo sah zu, wie sie über den Horizont verschwanden, die elfenbeinweißen Felle glänzend und braungefleckt wie ein Schmetterlingsflügel.

»Sind sie nicht wunderschön?« sagte Josiah.

Tayo nickte. Der Fahrer des Viehtransporters warf die Tür zu und startete den Dieselmotor. Robert trat zu ihnen.

»Na?« sagte Josiah.

»Na, wie weit die wohl noch rennen?« Robert lächelte. »Seit den Pferderennen bei der Leistungsschau hab ich sowas Schnelles nicht mehr gesehen.«

Sie hatten sie auf dem Siedlungsland bei Sedillo ausgeladen, weil das Gras dort unten noch gut war. Josiah wollte ihnen einen guten Start geben, denn sie sollten in einiger Zeit kalben. Aber als sie eine Woche später nach den Rindern sehen wollten, waren sie in der Gegend um das Windrad herum, wo man sie ausgeladen hatte, nicht zu finden. Gewöhnliche Rinder wären in der Nähe des Wassers geblieben, es sei denn, es hätte geregnet oder es gäbe noch viele andere Wasserstellen in der Gegend. Josiah hielt den Lastwagen an und stieg aus; er holte seine ledernen Arbeitshandschuhe aus der Hüfttasche und zog sie an. Tayo band die Pferde los und klappte die Laderampe herunter. Zuerst führte er den großen Rotfuchs rückwärts heraus.

Sie ritten nach Süden, indessen die Sonne im Osten höher stieg und den Himmel nahezu blenden ließ. Es war wolkenlos, und die Luft roch noch kühl. Er wollte den Morgen in der Erinnerung bewahren, hell und glänzend wie die Blätter an den grünen Pflänzchen, die niedrig über den sandigen Boden krochen. Der Morgen war so klar wie der Himmel nach einem Sommergewitter, wenn der Staub weggespült war und die Farben der Hügel und die Schatten der Mesas so eindringlich hervortraten, daß alles, was er sah, erreichbar wirkte, so als könnte er alles berühren, sogar das kleine grüne Kaninchenkraut, das dicht auf dem Sand wuchs, die winzigen Blätter büschelförmig zusammenstehend wie Sterne.

Er sah zu Josiah hinüber. Der blies Rauchwölkchen aus der dünnen Zigarette, die er sich gerollt hatte; auch er sah sehr zufrieden aus, als wäre er an diesem Morgen mit allem zufrieden, sogar damit, daß seine Rinder davongezogen waren. Er dachte über etwas nach. Wahrscheinlich über die Rinder. Sie hatten das Windrad verlassen, also mußten sie wandern, bis sie das nächste Wasser fanden. Herefords würden nicht nach Wasser suchen. Wenn ein Windrad kaputtging oder ein Wasserloch austrocknete, hatte Tayo sie dastehen und geduldig auf den mit Wasser beladenen Lastwagen oder Pferdekarren warten sehen, oder auf Reiter, die sie zum Wasser treiben sollten. Wenn niemand kam und kein Regen oder Schnee fiel, gingen sie da ein, ohne das Warten aufzugeben. Aber diese mexikanischen Rinder waren anders. Josiah schmunzelte und nickte Tayo zu. Tayo nickte lächelnd zurück.

Als sie an den Sedillo-Zaun kamen, stiegen sie ab und gingen zu Fuß einen dreißig Fuß breiten Abschnitt entlang, wo die Spuren kreuz und quer liefen und die Rinder herumgetrampelt waren, bevor sie durch den Zaun brachen. Haarbüschel hingen im Stacheldraht, und an manchen Stellen war ein Strang Draht vom Zaumpfahl losgerissen und hing schlaff durch wie eine alte Wäscheleine.

»Na ja, damit müssen wir wohl auch rechnen«, sagte Josiah und zupfte ein paar Haare aus dem Draht und ließ sie im Wind davonwehen.

»Und was ist, wenn sie einfach weiterlaufen, den ganzen

Weg bis nach Mexiko zurück durch alle Zäune brechen?«

»Das versuchen sie die ersten zwei, drei Tage, nachdem man sie woanders hingebracht hat, aber sie kommen schon noch zur Ruhe. Wir werden mit ihnen fertig, Tayo.«

Die mexikanischen Rinder kamen zur Ruhe und wanderten langsamer, aber sie hielten immer noch wenig von Zäunen. Sie rasteten ein paar Tage bei Wasser und Gras am Windrad von Cañoncito, dann zogen sie weiter. Es war einfach, ihnen auf der Spur zu bleiben, weil sie ständig nach Süden zu wanderten. Ende Mai waren sie schon in den Niederungen bei Fernandos Ranch; aber sie rannten immer noch, wenn die Reiter sich ihnen zu nähern suchten; und wenn sie in eine Ecke am Schnittpunkt zweier Zäune gedrängt wurden, brachen sie ohne zu zögern durch den Draht, trotteten davon und blieben in sicherer Entfernung in einem Halbkreis stehen, um die Reiter zu beobachten.

Sie hatten sich nicht die Mühe gemacht, den Rindern ihr Zeichen einzubrennen, weil sie einen Kaufkontrakt hatten, der ihr mexikanisches Brandzeichen bestätigte. Aber als sie sahen, daß die Tiere immer weiter zogen, machte sich Josiah doch Sorgen und beschloß, sie mit ihrem Zeichen zu brennen für den Fall, daß sie das Reservationsland verließen. Mitte Juni gingen deshalb Tayo, Rocky und Robert mit, um Josiah bei seinen Kühen zu helfen. Fast ein ganzer Tag ging damit drauf, sie einzukreisen, weil sie so wild waren. Wie Robert sagte, war es okay, solange sie in flachem, offenem Gelände mit wenig Wasserstellen blieben; da konnte man sie finden. Aber er würde sie verdammt ungern in die Hügel hinaufgeraten lassen, zwischen die dichten Wacholder- und Piñonkiefergehölze, wo sie sich verstecken konnten. »Dann kriegst du sie nie, außer mit 'ner Dreißig-dreißiger«, sagte Robert, und Josiah nickte. Als sie die Kühe in den Korral trieben, waren drei neugeborene Kälber dabei, und zwei Kühe sahen aus, als würden sie in wenigen Tagen kalben. Die Kälbchen erinnerten Tayo an neue Schuhe, leuchtendweiß mit hellbraunen Flecken, seidig und unberührt von Schmutz und Sand. Es war schwer vorstellbar, daß diese Kälber nach Josiahs

Theorien aufwachsen würden. Sie hatten die gleiche Farbe wie ihre Mütter, und sie hatten die gleichen wilden Augen. Aber Robert mußte zugeben, daß die Kälber in Schulter und Hüfte stämmig waren und damit wenigstens eine Spur des prachtvollen Hereford-Herdbuchbullen zeigten, der, wie Ulibarri versichert und beschworen hatte, ihr Erzeuger war. Sie rannten auch noch wie Antilopen in dem weiten Korral herum, blökend versuchten sie, den Männern mit den Stricken zu entkommen. Aber Josiah sagte, ausgewachsen würden sie schwer und fleischig sein wie die Herefords, aber auch zäh wie die mexikanischen Kühe, imstande, strenge Winter und viele trockene Jahre zu überstehen. Das war sein Plan.

Es war ein guter Tag, als sie ihnen die Zeichen einbrannten. Große flaumige Wolken, die am Morgen hoch am westlichen Horizont standen, hingen am Nachmittag dunkelblau und tief herab, und ein plötzlicher Regenschauer spülte den Männern den Staub des Korrals und den Schweiß von der Arbeit ab. Die Kühe hatten schon große mexikanische Brandzeichen an den Seiten, quer über den Rippen, ein so großes Zeichen, daß man es auf eine halbe Meile sah, sagte Josiah. Und Robert nickte und fügte hinzu: »Viel näher kommst du sowieso nicht an sie ran.« Das Brandzeichen glich nicht den amerikanischen Bränden in Gestalt von Initialen oder Buchstaben oder sogar Zahlen; es sah wie ein großer Schmetterling mit ausgebreiteten Flügeln aus oder wie zwei in der Mitte zusammengebundene Seilschlingen. Sie setzten Tantchens Brandzeichen, eine überdachte 4, auf die linke Schulter der Kühe und Kälber und ließen sie laufen. Sie galoppierten davon, roten Lehmstaub aufwirbelnd; sie zogen immer noch nach Süden.

Josiah besuchte die Frau am Tag, nachdem die Rinder geliefert worden waren. Er sagte Tayo in leisem, vertraulichem Ton, er solle aufpassen, daß Tantchen oder die alte Großmutter nichts merkten. Sie standen draußen am Holzstoß, jeder mit einem Armvoll Holz zum Feuermachen, aber er flüsterte mit Tayo, als wäre Tantchen nur wenige Fuß von ihnen entfernt. Er richtete sich auf, blickte über Tayos Kopf weg zur Sonne, die fast am Untergehen war, und sprach in natürlicherem Ton weiter. »Ich geh ja sowieso bloß hin«, sagte er wie beiläufig, »um ihr nochmal zu danken, daß sie mir zu einem guten Geschäft verholfen hat.« Er wechselte das Hemd, zog ein steifes neues Paar Levis an und wischte seine Fünfzigdollarstiefel mit dem Handtuch ab, das vom Abtrocknen des Gesichts und der Arme noch feucht war. Er schickte Tayo nach der scharfen Schere aus Tantchens Nähkorb und stutzte die Haare seines dünnen Schnurrbarts. Tayo folgte ihm in den kühlen, dämmerigen Abend hinaus. Josiah musterte im Fenster des Lastwagens sein Spiegelbild und strich seinen Schnurrbart zurecht. Tayo mußte ihm versprechen, Tantchen und Großmutter zu sagen, er sei geschäftlich nach Paguate unterwegs. Tayo nickte, aber er konnte sich vorstellen, daß sie sowieso schon wußten, wo Josiah hin war.

Sie saß im Schatten auf ihrem geflochtenen Stuhl; ihre Augen waren geschlossen und ihr Gesicht war entspannt. Er sah so gern die Fältchen in der hellbraunen Haut an ihren Augen- und Mundwinkeln, die vom vielen Lachen kamen, wie sie gern sagte. Sie wußte, daß er da stand, weil die Stufen zur Veranda im ersten Stock locker waren und knarrten. »Setz dich«, sagte sie, ohne die Augen zu öffnen, »freu dich mit mir am Frühling.« Ihm gefiel ihre Art zu sprechen. Es lag auch etwas in ihren Augen. Er hatte es zum ersten Mal gesehen, als sie sagte: »Ich hab dich schon viele Male gesehen, und ich hab immer an dich gedacht.« Josiah konnte sich nicht erinnern, sie jemals vorher gesehen zu haben, aber in ihren haselnußbraunen Augen lag etwas, das ihn dazu brachte, ihren Worten zu glauben. Er saß auf dem steiflehnigen Stuhl neben ihr und schaute zur großen Baumwollpappel hinüber, die neben der Veranda wuchs und mit weit ausgebreiteten Zweigen einen Teil des Nordosthimmels verdeckte.

Am vierten Tag
summte etwas
im Innern des Krugs

Sie nahmen das Hirschfell ab,
und eine große grüne Fliege
mit gelben Fühlern auf dem Kopf
entflog dem Krug.

»Fliege geht mit mir«, sagte Kolibri.
»Wir wollen nachsehen,
was sie verlangt.«

Sie flogen zur vierten Welt
hinab.
Dort unten herrschte
ein Tageslicht von anderer Art,
alles blühte,
alles wuchs,
und alles war so schön.

Die Hitze und der Umstand, daß Lalo den Lagunas und Acomas schon immer illegal Bier verkaufte, hatten ihn eines Tages hingeführt, als sie gerade im Schatten der Veranda vor der Bar saß. Sie sprach als erste, fragte ihn, ob er ein Blatt Zigarettenpapier hätte. Josiah war überrascht, daß eine Mexikanerin ihn angesprochen hatte, und er gab ihr das Papier, ohne ihr ins Gesicht zu sehen. Er starrte den Beutel Bull Durham auf ihrem Schoß an und sah zu, wie sie die Zigarette rollte, ohne einen Krümel Tabak zu verlieren. Er merkte plötzlich, daß sie ihn beobachtete, und murmelte etwas in der Art, es sei ein heißer Tag, und ging dann mit seinem Papierbeutel voll kaltem Bier fort. Aber den Rest des Nachmittags und auch den Abend über wurde er das lästige Gefühl nicht los, er habe bei Lalo etwas liegenlassen oder verloren. Nach dem Abendessen ging er hinaus, um nachzusehen, ob seine Arbeitshandschuhe auf dem Sitz des Lastwagens lagen. Er griff in die Tasche und zählte das Geld, um sich zu überzeugen, ob Lalo ihm richtig herausgegeben hatte. In dieser Nacht schlief er auch nicht gut, und sogar im Traum hatte er immer noch dieses Gefühl, er habe etwas zurückgelassen. So fuhr er am nächsten Tag noch einmal nach Cubero. Erst als er an dem Kaufladen von Cubero vorbeifuhr und sich dabei ertappte, daß er danach ausschaute, ob sie auf der Veranda saß, merkte er, daß ihm das Herz klopfte wie einem Halbwüchsigen, und da war es zu spät. Jetzt wußte er, was er zurückgelassen hatte.

Sie blickte auf und lächelte, als hätte sie auf ihn gewartet. Als er die Stufen heraufkam, stand sie von ihrem Stuhl auf und wies auf die strahlende Sonne und den wolkenlosen Himmel. »Hier unten ist es zu heiß«, sagte sie und ging zu der Treppe am Ende der langen Veranda. Er sagte gar nichts; er folgte ihr einfach die Wendeltreppe hinauf.

»An manche Sachen kann ich mich nicht besonders gut erinnern«, sagte sie, »an Ortsnamen, Namen von Leuten oder auch ihre Gesichter. Diese kleinen Städte wie El Paso und Socorro waren voll von Leuten, die auf der Durchreise waren wie ich. Ich habe getanzt. Das war das einzige, was wichtig war.«

Sie erhob sich vom Bett und verschwand durch den Vorhang, der in der Türöffnung hing. Josiah hörte, wie sie das Grammophon aufzog; die Nadel kratzte über die Flamencomusik. Sie holte die Schuhe aus einem Koffer unter dem Bett. Sie waren sorgsam in weißes Seidenpapier gewickelt: glänzendes schwarzes Leder mit hohen viereckigen Absätzen. Sie raffte das blaue Seidenkleid höher um die breiten Hüften und hielt den Saum des Stoffes in beiden Händen, dabei bog sie den Rücken durch und warf den Kopf zurück. Zuerst sah und hörte er nichts als das rasche Klappern der Absätze auf dem Fußboden, und er überlegte, ob Lalo und die Nachmittagsgäste unten in der Bar es hören konnten. Aber als die Musik schneller wurde, vergaß er, daß sie den Fußboden zum Erzittern brachte, das Drehen und Zurückwerfen ihres Körpers und der Schwung der Musik hatten ihn gepackt, und als das Grammophon schließlich ablief, merkte er, daß er schwitzte und schwer atmete.

Sie setzte sich wieder neben ihn auf das Bett und wischte die Schuhe am Saum ihres blauen Kleides ab, bevor sie sie wieder einwickelte und in den Koffer zurücklegte. »Sie nannten mich Schwan der Nacht«, sagte sie. »Ich kann mich an jedes einzelne Mal erinnern, wo ich getanzt habe.«

Wäre sie nicht so jung gewesen, hätte sie erkannt, daß er nichts bedeutete, daß die Kraft, die sie fühlte, immer in ihr gewesen war, wachsend, zur Oberfläche drängend, nur ihre Reifezeit fiel zufällig mit dem neuen Liebhaber zusammen. Aber sie war jung und hatte bisher noch nie so stark die Macht des Tanzes gespürt, und sie wollte sie sich bewahren; sie wollte das mit einer wilden Besessenheit, die sie mit einer Leidenschaft für diesen Mann verwechselte. Sie war sich seiner sicher; er konnte nicht genug von ihr bekommen. Er lag neben ihr unter der Decke, und seine Augen glühten fiebrig, selbst wenn er schon erschlafft war und unfähig, mehr von ihr zu nehmen. Sie behielt ihn da, solange sie konnte, suchte die Grenze, das Ende der Macht des Gefühls. Sie wollte diese warmen geheimen Regionen durchforschen, bis sie die Grenze entdeckte, denn zu der Zeit hatte sie noch nicht erkannt, daß der Horizont auf einer Täuschung beruhte und die Ebenen sich ins Unendliche erstreckten; und bis zu jenem letzten Abend hatte sie keine Grenze gefunden.

Sie wußte es, bevor er sprach. Seine Augen waren noch fiebrig, als er sprach, und seine Finger zuckten wie die Beine eines träumenden Hundes; in dem Moment verlangte er mehr nach ihr als je zuvor. Und gerade das konnte sie ihm nicht verzeihen. Sie hätte es hinnehmen können, wenn er ihr gesagt hätte, ihr hellbrauner Leib errege ihn nicht mehr. Sie hätte es selbst gespürt und ihn fortgeschickt. Aber er machte Schluß, weil sein Verlangen nach ihr etwas aufgedeckt hatte, das in ihm verborgen gewesen war, etwas mit Schwingen, das fliegen, dem Ernst der Kirche, der Stadt, seiner Mutter, seiner Frau entfliehen konnte. Deshalb wollte er es töten: den Schädel zwischen den Federn zermalmen und die Flügelknochen brechen.

»Hure! Hexe! Sieh dir an, was ich meiner Familie und meiner Frau angetan habe, und du hast mich dazu gebracht.«

»Du bist angehechelt gekommen«, antwortete sie mit fester Stimme, »aber immer wirst du die Lüge vorziehen. Du wirst sie deiner Frau gegenüber wiederholen; du wirst sie bei der Beichte wiederholen. Du verdammst deine eigene Seele gründlicher, als ich es könnte.«

Er packte sie bei den Schultern; sein Mund war verzerrt und sein Atem keuchend und heiß; aber es war sein Körper, nicht der ihre, der erschauerte. Dann wurden seine Hände schlaff und fielen schwer von ihren Schultern.

»Wir jagen dich aus der Stadt«, sagte er. »Die Leute hören auf mich. Ich bin jemand in dieser Stadt.«

In der Nacht, als sie tanzte, war er schon tot, ein lebendiger Toter, der sein Leben aus den Lebenden saugte, es zugleich begehrte und haßte, im selben Augenblick, wo er es sich nahm. Die Ekstase, die er in ihr fand, hatte das tote Gewebe ausgeleuchtet und die hohlen Umrisse seiner Seele offenbart. Sie tanzte, ließ ihren Körper kreisen, straffte ihre Schenkel und Hüften in knappen, jähen Bewegungen, bog sich, drehte sich, schwang herum und stieß vor zum Angriff – wirbelte, bis sie der Stier war und zugleich der Matador, hielt die weiten Röcke ausgebreitet wie eine Capa.

Die Männer, die um die Tische am Rand des Tanzbodens saßen, wichen zurück, manche stolperten über Stühle, verschütteten ihr Bier, von einer Panik ergriffen, die in ihrer Brust hämmerte wie die Absätze auf den Fußboden. Der Barmann ließ das Wischtuch in einem Glas stecken, das er gerade abtrocknen wollte. Aber sie sahen zu; in der hintersten Ecke der Bar dicht aneinandergedrängt, sahen sie ihr schaudernd zu; und als der Gitarrist schließlich sein Instrument auf den Boden legte und sich den Kopf mit den Händen festhielt, tanzte sie noch immer fort.

»Ich wußte nichts von Minuten oder Stunden. Ich konnte Veränderungen fühlen; die Dielen des Tanzbodens fingen an sich zu biegen und zu funkeln. Das Knarren des Holzes wurde ein Stöhnen und ein Schrei; ich konnte kaum das Gleichgewicht halten, als wäre der Boden nicht mehr eben. Und dann fühlte ich, wie unter meinen Füßen etwas zerbrach, die Absätze meiner Tanzschuhe in etwas Dunklem, Zerquetschtem versanken, bis der Tanzboden wieder sein glattes Ebenmaß hatte.« Sie sah zu Josiah auf und zupfte an einem blauen Faden, der aus dem Ärmel ihres Kleides hing.

»Seine Frau kam schreiend in die Bar. Die feuchte Kälte des Schneesturms folgte ihr durch die Tür, die sie weit aufgerissen hatte. Das Gedächtnis ist doch sonderbar. Ich kann mich nicht an ihr Gesicht oder ihren Namen erinnern, aber an ihre Füße. An ihren bloßen Füßen klebte frischgefallener Schnee, durch den sie vom Haus bis zur Cantina gerannt war; sie standen bleich und klein auf den dunkelgeölten Dielen. Während sie mich anklagte, sah ich zu, wie der Schnee zwischen ihren Zehen zu kleinen Rinnsalen zerschmolz.«

Sie unterbrach sich und rollte sich wieder eine dünne Zigarette. »Spät an diesem Abend war irgendein Unfall mit seinen Pferden passiert«, sagte sie, als sie sie ansteckte, inhalierte tief und schüttelte nachdenklich den Kopf. »Sein Schreien weckte sie. Sie rannte so, wie sie war, in den Schnee hinaus – Nachthemd und bloße Füße – und fand ihn im Korral. Seine eigenen Pferde hatten ihn zertrampelt. Das war alles.« Ihre haselnußbraunen Augen leuchteten; sie lächelte Josiah an. »Wer hört schon auf die Geschichten, die Ehefrauen erzählen?« Sie drückte seinen Arm. »Aber das alles ist lange her – ich weiß nicht mal mehr, vor wie vielen Jahren das in Las Cruces passiert ist.« Sie goß ihm Bier nach, in einen dicken Keramikbecher, der ringsherum mit gelben Blumen bemalt war. »Ich bin jetzt Großmutter. Meine Tochter in Los Angeles hat zwei wunderhübsche kleine Mädchen. Und wenn ich jetzt tanze, tanze ich für sie.«

Sie rückte auf dem Bett näher an ihn heran. »Einmal stand ich auf und ging die Hauptstraße von Socorro entlang. Der Wind wehte Staub durch die Seitengassen, und ich hatte das Gefühl, als wäre ich die einzige, die noch dort lebte. Die Dürre trocknete das Land aus, stahl den Fluß, so daß sogar die Baumwollpappeln und Lärchen am Ufer schon verdorrten. Da hatte ich ein Gefühl – etwas in mir begann zu schrumpfen, wurde dünn und trocken wie vergilbte alte Zeitungen auf dem Boden eines Koffers. Ich fuhr mit dem Bus bis hierher. Ich sah den Berg, und mir gefiel die Aussicht von hier.« Sie nickte in Richtung des Berges, Tse-pi'na, die Wolkenverhüllte Frau.

Sie schüttelte langsam den Kopf und goß den Rest des Biers in ihren Becher. »Das Alter«, sagte sie lachend, »dieses ganze Gerede ist das erste Anzeichen des Alters, wo wir doch etwas anderes tun könnten . . .« Sie zwinkerte ihm zu, und Josiah zog sie fest an sich und gab sich das Versprechen, sie nie danach zu fragen, was an dem Berg sie bewogen hatte, hier zu bleiben.

Zuerst waren die Leute von Cubero darüber aufgebracht, daß sich der Schwan der Nacht gerade hier zur Ruhe gesetzt hatte. Lalo war mürrisch, wenn jemand ihn darauf ansprach, und sagte, die Zimmer über der Bar hätte seine Frau an sie vermietet. Er fügte jedesmal an, sie seien alt und verstaubt, und sonst wolle niemand da oben wohnen, weil die Musikbox so laut war und die Betrunkenen krakeelten und auf der langen Veranda unten herumpolterten. Nur eine solche Person, die an ein solches Leben gewöhnt war, könnte sich mit so etwas abfinden.

Nachdem sie eingezogen war, sagten die Leute, die Stufen der Wendeltreppe am Ende der Veranda seien jetzt nie mehr staubig; aber das war nur Klatsch, und es liefen widersprüchliche Geschichten um, wo sie ihr Geld herhatte. Aber die Tatsachen blieben: sie war eine alte Cantinatänzerin mit Augen wie eine Katze. Die Frauen behielten die leuchtendblaue Tür auf der Veranda im ersten Stock im Auge, und sie malten sich unaussprechliche Szenen zwischen ihren Ehemännern oder Söhnen und dem Schwan der Nacht aus. Als Josiah sie zu besuchen begann und sein blauer GMC-Lastwagen jeden Abend bis Mitternacht dort parkte, beruhigten sich die Frauen von Cubero. Sie konnten sogar ein bißchen lachen.

»Sie ist so alt und runzlig«, tuschelten sie, »ganz verlebt. Die kann sowieso bloß noch ein alter Indianer wollen.« Aber trotzdem sahen sie jeden Abend nach, ob sein Lastwagen dastand, als wüßten sie Bescheid, was ihre Männer jedesmal für ein Gefühl in den Lenden hatten, wenn sie bei Lalo vorbeikamen und die leuchtendblaue Tür sahen.

»Alle Gerüchte behaupten das«, zischte Tantchen Tayo in der Vorratskammer zu, wo sie ihn endlich gestellt hatte. »Ich hab als letzte zu hören gekriegt, was mein eigener Bruder macht. Warum hast du mir nichts davon gesagt?«

»Weil ich es nicht sicher wußte.«

»Alles Lügner und Schwachköpfe«, sagte sie und rückte die Konservengläser mit Pfirsichen auf dem Regal zurecht, schob sie so grob zusammen, daß er dachte, das Glas müßte springen. »Ich habe mein ganzes Leben damit zugebracht, diese Familie zu verteidigen, aber keiner macht sich mal Gedanken, was die Leute sagen werden, oder daß Pater Kenneth mich nach der Messe beiseite nimmt und mir ins Gewissen redet.« Sie richtete sich so hoch auf, wie sie konnte, denn sie war klein und gedrungen. Ihre Augen waren voller Anklagen. »Mich stört's ja nicht weiter«, sagte sie in leichterem Ton, »aber Großmutter grämt sich so sehr über diese Sache.« Ihre Stimme bebte. »Unsere Familie, Großmutters Familie, war einmal so hoch angesehen. Sie ist es gewöhnt, unter den Leuten geachtet zu sein.« Sie hörte auf, die Konservengläser herumzuschieben, und fing an, auf dem Tisch Staub zu wischen, wo die zusammengefalteten alten Einkaufsbeutel aufgestapelt lagen. »Junge Menschen verstehen nicht, wie wichtig das ist. Durch das Dorf gehen zu können, ohne sich sorgen oder sich fragen zu müssen, was die Leute über einen tuscheln.« Sie wischte sich mit dem Schürzenrand Tränen aus den Augenwinkeln und verließ die Vorratskammer. Sie schlug die Tür wütend hinter sich zu.

Tayo fragte sich immer, woher sie wußte, daß die Leute über sie tuschelten, wenn sie aus der Kirche kam; er fragte sich auch, ob Tantchen bewußt log, oder ob sie sich wirklich nicht darüber im klaren war, daß sich die alte Großmutter nicht darum kümmerte, was jemand sagte. Sie saß am liebsten an ihrem Ofen und erzählte Klatschgeschichten von den Leuten, die über ihre Familie redeten.

»Ich weiß was viel besseres über sie! Dieses Weib dürfte gar nicht wagen, über uns zu reden. Wie war's denn damals, als man sie erwischte, wie sie sich mit diesem tauben Mann aus Encinal im Gras rumwälzte? Was sagt ihr dazu? Das wissen alle noch!« Sie klopfte triumphierend mit ihrem Stock auf den Boden. Nur die Geschichte zählte. Wenn sie über die anderen eine bessere wußte, dann war es egal, was sie redeten.

»Ich habe nachgedacht«, sagte der Schwan der Nacht eines Abends zu Josiah, als sie bei ihr im Zimmer saßen. Sie saß auf dem Bettrand und schaute in den Spiegel, und er saß in dem alten blauen Sessel in der Ecke. »Die ganzen Jahre hast du immer dasselbe gemacht«, sagte sie. Er lächelte und zuckte die Achseln. »So hab ich eben bisher gelebt. Bis jetzt.« Sie lächelte über seine Anspielung auf sie. »Mein Vetter Ulibarri in Magdalena hat geschrieben«, sagte sie, »er will ganz billig ein paar mexikanische Rinder abgeben. Sie stehen am Rand der Wüste, in Sonora, und er schreibt, er hätte gedacht, vielleicht will sie jemand in der Gegend hier kaufen.« – »Ich weiß nicht«, sagte Josiah, »das letzte Mal, als wir eine Dürre hatten, mußten wir alles verkaufen, sogar die Schafe und Ziegen.« – »Ich verstehe gar nichts von Rindern«, sagte sie, »aber er schreibt, diese hätten von Steinen und Sand gelebt.« Sie lachte und ging in die Küche, um ihnen Kaffee einzuschenken. »Warum schaust du so ernst?« sagte sie, als sie ihm die Tasse gab. »Ich denke über die Sache mit den Rindern nach«, sagte er.

Ende Juli teilte Josiah seine Zeit zwischen den Rindern, die mittlerweile am Flower Mountain vorbei waren und immer noch nach Südwesten zogen, und dieser Frau. Josiah sprach nicht mehr viel über sie, seit Tantchen Tayo in der Vorratskammer gestellt hatte. Er sagte, so sei es besser; Tayo brauchte nicht zu lügen, wenn er nichts wußte. Tayo half ihm, wie er es versprochen hatte, und sie ritten den Grenzzaun zwischen Acoma-Land und Laguna-Land ab. Wenn sie Spuren und durchhängende Zaundrähte mit hellen Haarbüscheln an den Stacheln fanden, ritten sie durch den Acomazaun und brachten die Kühe wieder zurück.

Wenn sie mit den Rindern fertig waren, blieb immer noch das Schafcamp. Tantchen bestand darauf, daß sie den Schafhirten kontrollierten, denn sie war sicher, er würde davonlaufen und die Schafe eingepfercht verdursten lassen, oder noch schlimmer, der Schafhirt hätte sich betrunken und die Hütte auf dem Schafcamp in Brand gesteckt. Auch wenn sie über die Buckel und durch die Schlaglöcher des Sandwegs gefahren waren und sich vergewissert hatten, daß nichts dergleichen geschehen war, gab sie sich nur zwei oder drei Tage zufrieden. Dann war sie überzeugt, dem Schafhirten wären alle Schafe davongelaufen und er sei zu faul, sie aufzustöbern, und die Schafe würden zwischen den roten Felsen herumirren, wo die Kojoten sie sich holen würden, drei und vier auf einmal. Tayo wunderte sich, woher ihr diese Einfälle kamen, denn es ereignete sich nie so etwas, aber wenn sie darüber sprach, schien es möglich, nicht wahrscheinlich, aber möglich, also mußten sie wieder losziehen. Zuerst dachte Tayo, das käme davon, daß Tantchen ihren Schafhirten nie traute, aber später verstand er, daß sie Josiah in Bewegung halten wollte, so beschäftigt, daß er nicht nach Cubero konnte. Damals arbeitete ein guter Mann für sie, ein Apache vom White River, und er war wahrscheinlich der beste Schafhirt, den sie je hatten; aber jedesmal, wenn sie Josiah dazu kriegen wollte, kontrollieren zu gehen, spann sie eine lange Geschichte aus, was die Apachen dem Pueblovolk alles angetan hatten, wobei sie sich besonders über Geronimo* aufhielt. Einmal hörte Robert sie, als er gerade zu den Feldern hinauswollte. Er zwinkerte Josiah und Tayo zu und sagte dann mit ernster Miene: »Ich dachte, der Schafhirt heißt Mike, nicht Geronimo«, und ging zur Tür hinaus.

Weil es so trocken war, daß das Gras schon dünn und kurz wurde, meinte Josiah, es könnte nichts schaden, mal nachzusehen, besonders für den Fall, daß der Fluß austrocknete und sie wieder anfangen müßten, Wasser zu den Schafen hinauszufahren, wie sie es in den trockenen Jahren gemacht hatten. Sie nahmen für Mike Zucker und Mehl und ein bißchen Kaffee mit. Er hatte ihnen nie viel zu sagen, aber Tayo sah, daß er ein Buch über Kraftfahrzeugtechnik las. Er sorgte gut für die Schafe, fast wie nebenbei, und schleppte das Buch beim Hüten mit sich herum; und als die alte schwarze Hündin Junge bekommen hatte, richtete er die zwei besten als Hütehunde ab. Tayo erzählte Josiah von dem Buch, und der schüttelte den Kopf. »Na, dann bleibt er nicht mehr lange. Zu schade. Er ist ein guter Mann.« Eine Woche darauf ging der Apache nach Kalifornien, und sie stellten wieder ihren Vetter Pinkie ein. Tantchen war dagegen, weil Pinkie zeitweise bewußtlos wurde, und sie sagte: »Die ganze Herde Schafe kann auf die Schienen streunen und unter den Santa Fé Chief kommen, bevor Pinkie wieder zu sich

* Häuptling der Apachen, lebte um 1829–1909, behauptete sich lange gegen die amerikanischen Truppen.

kommt.« Sie stellten ihn trotzdem ein, und prompt verschwanden sechs Schafe, bei einem Staubsturm, wie Pinkie sagte, aber er hatte eine neue Harmonika und ein blaues Cowboyhemd mit Perlmuttknöpfen, die sie noch nie bei ihm gesehen hatten.

Diesen ganzen Sommer über, während Josiah und Tayo auf die Rinder und das Schafcamp aufpaßten und Robert jeden Tag auf den Feldern arbeitete, las Rocky Magazine und lief zweimal am Tag seine Runden auf dem Baseballfeld. Nachmittags fuhr er per Anhalter nach Paguate und besuchte seine Freundin. Tantchen machte jedem klar, daß das alles notwendig war, wenn Rocky sein Footballstipendium für die Universität behalten wollte. Aber Tayo wußte, daß Rocky schon vom Krieg redete und erwog, als Freiwilliger zur Armee zu gehen, bevor er eingezogen wurde. Er sollte der allererste sein, der jemals ein Footballstipendium bekam, der erste, der ohne Hilfe vom BIA oder sonstwem auf die Universität kam. Sie konnte den Kopf hochhalten, sagte sie, dank Rocky. Und wenn sie das äußerte, sah sie Josiah scharf an, als wollte sie ihn wissen lassen, daß gewisse andere sie daran hinderten, sich ganz so stolz zu geben.

Wenn sie zu Abend gegessen hatten, wusch Josiah sich gründlich, zog sich um und ging noch einmal fort. Die alte Großmutter saß dann wieder in ihrem Sessel neben dem Ofen, nachdem sie den ganzen Tag draußen unter der Ulme gewesen war, und sie horchte aufmerksam, ob Josiah Wasser in die Blechschüssel goß. Dann sagte sie: »Gehst du denn nicht schlafen, Josiah?« Er trocknete sich bedächtig Gesicht und Hände ab, ohne ihr zu antworten, denn sie wußten beide, was sie in Wirklichkeit fragte. Wann ging diese Affäre mit der Mexikanerin zu Ende? Sein Haar war grau, aber wenn er sich gekämmt hatte und zur Tür hinausging, lächelte er, und sein Gesicht sah nicht müde oder alt aus. Wenn er weg war, murmelte Tantchen vom Herd her, wo sie ihre Abwaschschüssel stehen hatte, um das Wasser warm zu halten, etwas Unverständliches vor sich hin. Sie schwappte Spülwasser über das Geschirr, daß es laut klirrte. Sie trocknete es ab und stellte es in den Schrank, knallte die Türen zu und ließ die Bratpfanne scheppernd auf den Herd fallen. So wußten sie alle, daß sie wütend war, und den ganzen Sommer über, jeden Abend, hörten sie sich das an. Großmutter sagte nie etwas dazu; Tayo wußte nicht, wann und wie sie es erfahren hatte, oder ob sie es vielleicht schon die ganze Zeit gewußt hatte. Sie gewöhnten sich an, vor Josiah hinauszugehen oder gleich nach ihm. Robert ging schon früher, mit der Begründung, er müsse Holz hacken oder nachsehen, wie sich die Apfelbäumchen hinter dem Haus machten. Rocky war überhaupt nicht da, weil er meistens in Paguate bei der Familie seiner Freundin zu Abend aß. Das war Tantchen auch nicht recht, aber Rocky war ihr besonderer Liebling, darum fragte sie ihn nur: »Wie gefällt's dir in Paguate, seit du da wohnst?« und sah dabei wütend drein.

Als Tayo Josiahs Lastwagen aus dem Hof fahren hörte, stand er auf und wollte gehen. Aber bevor er aus der Tür kam, drehte Tantchen sich um und sah ihn an; ihr schien es egal zu sein, ob die alte Großmutter hörte, was sie sagte, oder nicht. »Ich war immer froh, daß er nicht geheiratet hat«, sagte sie erbittert, »aber jetzt passiert viel Schlimmeres. Wie er sich jeden Abend davonmacht, das erinnert mich an unseren alten Hund Pepper. Dieser Hund benahm sich genauso, immer wenn eine Hündin läufig war. Ganz genauso. Ich wollte ihm raten, bei unserem Schlag zu bleiben. Aber er hört nicht auf mich. Dieses Weib ist jetzt hinter allem her, was sie noch kriegen kann.« Die alte Großmutter nickte und sagte: »Das stimmt, genau das wird passieren.« Tantchen setzte sich triumphierend auf die Bank am Tisch. Sie legte das feuchte Geschirrtuch auf dem Tisch zusammen. Tayo bemerkte, wie dunkel es jetzt im Zimmer war, ohne Licht bis auf das matte Zwielicht, das noch durch die Fenster hereindrang.

»Wißt ihr noch, was mit dem Hund passiert ist?« Sie schien zu ihnen beiden zu sprechen, obwohl Tayo Pepper nie auch nur gesehen hatte. Ihre Stimme schien aus jedem Winkel des Zimmers zu kommen. »Pepper wurde auf der Fernstraße überfahren, als er hinter einer läufigen Hündin her war.«

Er konnte sich noch erinnern, wie es war, als seine Mutter starb. Damals war es auch trocken gewesen. Am Tag, als man sie beerdigte, trieb der böige Wind Sandwolken um das Haus und klapperte mit dem losen Blech auf dem Dach. Er vergaß nie dieses Geräusch und den Sand, der ihm auf dem Friedhof ins Gesicht peitschte, wo er dicht neben Josiah stand. Er hielt den Kopf gesenkt, starrte auf kleine runde Kiesel, die der Wind freigeweht hatte. Als sie den Friedhof verließen, hielt Josiah ihn an der Hand. Er hob ihn auf den Vordersitz des Lastwagens und gab ihm eine Zuckerstange, die noch von Weihnachten übrig war. Er sagte ihm, er solle nicht mehr weinen.

Er wußte, daß die heiligen Männer für die Trockenzeiten ihre Methoden hatten. Die Leute sagten, sie stiegen die Pfade zu den Berggipfeln hinauf, um nach Westen und Südwesten zu schauen und die Wolken und den Donner zu rufen. Von den Gipfeln aus musterten sie den Nachthimmel und horchten auf den Wind in der Morgendämmerung. Wenn sie wieder herunterkamen, sagten sie den Leuten, jetzt sei es an der Zeit, um Regen zu tanzen. Josiah hatte ihm nie viel über das Beten erzählt, nur, daß es etwas sein sollte, das er innerlich fühlte. Also stand er im letzten Sommer vor dem Krieg eines Tages vor dem Morgengrauen auf und ritt auf der braunen Stute südwärts zur Quelle in dem schmalen Cañon. Das Wasser kam aus dem dunkelorangefarbigen Sandstein am Fuß der langen Mesa herausgesickert. Er wartete darauf, daß die Sonne über die Hügel stieg. Er band die Stute an der Mündung des Cañons an einen Wacholderbaum und stieg den schmalen Pfad hinauf, wo die Felswände zu beiden Seiten immer näher zusammenrückten, je tiefer er in den Cañon eindrang. Der Cañon war voller Schatten, als er den Teich erreichte. Er hatte unterwegs Blumen gepflückt, Blumen mit länglichen gelben Blütenblättern von der Farbe des Sonnenlichts. Er schüttelte behutsam den Pollen heraus und streute ihn über das Wasser; er legte die Blüten an den Rand des Teiches und wartete. Er hörte das Wasser in den Teich rinnen, Tropfen um Tropfen hervor aus dem großen Riß in der Felswand. Was er hier tat, schien ihm richtig, wenn er sich in seinem Herzen die Rituale vorstellte, die die Wolkenpriester während einer Dürre vollzogen. Hier begannen Hitze und Staub zurückzuweichen; das kurze Gras und der verkümmerte Mais schienen fern.

Die Luft roch feucht, und es war auch noch kühl, nachdem die Sonne hoch genug gestiegen war, um in den Cañon hineinzuscheinen. Längs ihrer gesamten Basis wies die dunkelorangefarbige Sandsteinformation Quellen wie diese auf, überall wo Wind und Erosion schmale Cañons in den Fels geschnitten hatten. Diese Quellen kamen von tief innen aus der Erde, und die Menschen verließen sich auf sie, sogar wenn der Himmel unfruchtbar war und die Winde heiß und staubig.

Die Spinne kam zuerst heraus. Sie trank vom Rand des Teiches und hielt dabei die zarten Eiersäcke an ihrem Bauch sorgfältig aus dem Wasser heraus. Sie ging ihren Weg zurück und hinterließ dabei in dem feinen gelben Sand zarte Krakelmuster. Er erinnerte sich an Geschichten über sie. Sie wartete an bestimmten Örtlichkeiten darauf, daß Menschen um Hilfe zu ihr kamen. Sie allein hatte gewußt, wie man dem heimtückischen Ka't'sina aus den Bergen beikommen konnte, der die Regenwolken im Nordwestzimmer seines Zauberhauses eingesperrt hatte. Spinnenfrau hatte Sonnenmann erklärt, wie er die Sturmwolken vom Großen Spieler zurückgewinnen, sie befreien konnte, damit sie den Menschen Regen und Schnee brachten. Er wußte, was die Weißen von den Geschichten hielten. In der Schule hatte der Naturkundelehrer erklärt, was Aberglaube war, und dann hatte er das Naturkundebuch hochgehalten, um der Klasse den wahren Quell wissenschaftlicher Erklärungen zu zeigen. Tayo hatte diese Bücher studiert, und er hatte keinen Grund, noch an die alten Geschichten zu glauben. Die naturwissenschaftlichen Bücher erklärten die Ursachen und Wirkungen. Aber die alte Großmutter sagte immer: »Einst in unvordenklicher Zeit waren die Dinge anders, die Tiere konnten noch zu den Menschen reden, und es geschahen noch viele magische Dinge.« Er verlor nie das Gefühl, das er in der Brust hatte, wenn sie diese Worte sprach, jedesmal, wenn sie ihnen Geschichten erzählte; und er meinte immer noch, daß es wahr sei, trotz allem, was sie ihn in der Schule gelehrt hatten – daß vor langer langer Zeit die Dinge wirklich anders gewesen waren und die Menschen verstehen konnten, was die Tiere sagten, und der Große Spieler einmal die Gewitterwolken auf seinem Berggipfel gefangenhielt.

Als der letzte Schatten verschwunden war und der Fels warm zu werden begann, kamen die Frösche aus ihren Schlafplätzen in den kleinen Rissen und Nischen der Klippe über dem Teich. Sie waren von derselben Farbe wie das Moos an der Quelle, und am Rücken hatten sie Flecken von der Farbe nassen Sandes. Mit den großen Augen blinzelnd krochen sie in die Sonne. Er sah zu, wie sie einer nach dem anderen mit einem angenehmen verhaltenen Laut in den Teich sprangen. Sie schwammen über den Teich zum sonnigen Rand, blieben da sitzen und sahen zu ihm hinüber, indessen sie nach den kleinen Insekten schnappten, die im Schatten und Gras um den Teich herum schwärmten. Er lächelte. Sie waren die Kinder des Regens. Er hatte es oft nach einem Gewitter beobachtet. In ausgetrockneten Tümpeln und im trockenen Sand der Arroyos, noch während der Regen fiel, kamen sie aus dem Boden geschnellt, nassen Sand auf dem Rücken. Josiah sagte, sie könnten viele Jahre lang im Sand vergraben darauf warten, daß der Regen wiederkam.

Libellen kamen und standen über dem Teich. Sie zeigten alle Schattierungen von Blau – ein puderähnliches Himmelblau, ein dunkles Nachtblau, in fast schwarzem irisierendem Licht schillernd, und Bergblau. Es gab auch Geschichten über die Libellen. Er drehte sich um. Wohin er blickte, sah er eine Welt aus den Geschichten, den uralten, unvordenklichen Geschichten, wie die alte Großmutter sie nannte. Es war eine lebendige Welt, immer in Veränderung und in Bewegung; und wenn man wußte, wo man zu suchen hatte, konnte man sie sehen, manchmal fast unmerklich, wie die Bewegung der Sterne über den Himmel.

Das Pferd döste unter dem Baum. Sein linkes Hinterbein war angezogen und ruhte auf der Hufspitze, wie es die Pferde machen, wenn sie lange Zeit auf einer Stelle stehen müssen. Er ritt langsam durch das Dickicht trockener Sonnenblumenstengel, die noch aus besseren Jahren stammten, und da sah er über dem trockenen sandigen Boden schimmernd einen glänzendgrünen Kolibri, der immer höher hinaufflog, bis er nur noch ein leuchtender Fleck war. Dann war er weg. Aber er ließ etwas bei ihm zurück; solange der Kolibri das Land nicht verlassen hatte, gab es irgendwo noch Blumen, und sie konnten alle durchhalten.

Am nächsten Tag sah er zu, wie die Wolken sich am westlichen Horizont zusammenzogen; am Morgen darauf war der Himmel voller tiefhängender dunkler Regenwolken. Sie luden die Schaufeln und Hacken hinten auf den Lastwagen und fuhren zu den Feldern hinaus. Während sie warteten, rupften sie um die Chilipflanzen herum das Unkraut aus und schaufelten Erde um die tiefergelegenen Stellen der Maisreihen, wo das Wasser nutzlos verlorengehen könnte. Als sie Pause machten, um das Brot und die Tamales zu essen, die Tantchen ihnen eingepackt hatte, konnten sie in der Ferne ein leises Donnergrollen hören, aus der Richtung von Tse-pi'na, Mount Taylor. Der Wind frischte aus Westen auf, er roch kühl wie nasser Lehm. Dann konnte Tayo den Regen sehen. Er hing von den Gewitterwolken herab wie ein Schleier grauer Spinnweben und blieb in den Vorhügeln des Berges hängen. Sie traten zu den anderen Leuten, die dort am Hauptbewässerungsgraben Felder hatten, und niemand arbeitete nach der Mittagspause weiter. Sie standen lächelnd und scherzend herum, und während sie warteten, behielten sie die Wolken über ihnen im Auge. Als die ersten großen Tropfen mit einem lauten, rasselnden Geräusch auf die Blätter der Maispflanzen herabzuklatschen begannen, winkte Josiah Tayo zu, mit ihm zum Lastwagen zu kommen. Der Regen trommelte gleichmäßig auf das Fahrerhaus. Josiah schrieb etwas in das kleine Spiralheft, das er in der Hemdtasche trug; er riß die blau linierte Seite heraus und faltete sie sorgfältig zusammen.

»Kannst du ihr diesen Zettel bringen? Ich hatte ihr versprochen, ich würde heut nachmittag kommen und sie nach Grants fahren, aber jetzt bei dem Regen hab ich zuviel zu tun.«

Tayo nickte. Er konnte sein Herz klopfen hören, und er atmete rasch; etwas flatterte in seinem Magen.

Sie hatte ihn den ganzen Sommer beobachtet, jedesmal, wenn er mit Josiah nach Cubero gekommen war. Sie saß in dem geflochtenen Schaukelstuhl im Schatten auf der oberen Veranda über der Bar und starrte zu ihm herab. Sie beobachtete ihn, während Josiah eine Sechserpackung Bier kaufte; Tayo versuchte ihrem Blick auszuweichen, aber sie war eine geduldige Frau. Während sie sich langsam schaukelte, ließ sie ihn nicht aus den Augen und wartete darauf, daß er ihr rasch einen verstohlenen Blick zuwarf. Sie lächelte zu ihm herab, bis Josiah oben auf der Treppe erschien. Dann lächelte sie Josiah an und sagte: »Du hast einen prächtigen Neffen, Joséo«, stand aus dem Schaukelstuhl auf und folgte Josiah hinein.

Er hatte den Eindruck, seine Hände auf dem Lenkrad wurden schlüpfrig, und ihm war, als verlangsamte jede Kurve in der Straße sein Tempo und er käme womöglich nie hin. Die Sonne war von den Wolken verdeckt, und er nahm die Farbe des Landes nicht mehr wahr. Als er näher kam, fürchtete er, sie wäre nicht da. Er schaltete in den zweiten Gang herunter und überquerte die Rindersperre am alten Friedhof. Jetzt war er so nahe, daß er Angst bekam, darum sagte er sich in Gedanken immer wieder, er überbringe ja nur eine Botschaft, und sie sei vielleicht gar nicht da. Regentropfen prasselten gegen die Windschutzscheibe wie frontal aufprallende fliegende Insekten. Er wollte umkehren. Er nahm den Fuß vom Gaspedal und schaute nach einer Stelle zum Wenden aus, aber die Straße war schmal, und die Gräben zu beiden Seiten waren schlammig und führten das ablaufende Wasser. Vor sich sah er schon die große Baumwollpappel.

Der Regen trommelte auf das rostige Blechdach, und Regenwasser leckte aus der Rinne und klatschte von der Verandabrüstung. Er ging langsam die Wendeltreppe hinauf, roch den nassen Adobeputz und hörte den Regen in den wächsernen grünen Pappelblättern nahe der Veranda rascheln. Ein kratziges Grammophon ließ Gitarren und Trompeten hören; ein Mann sang schwermütige spanische Worte. »Y volveré« waren die einzigen Worte, die Tayo verstand. Er stand an der Gazetür und klopfte, dabei sah er auf Josiahs Zettel herab. Er hielt ihn vorsichtig, weil ihm die Hände schwitzten und er die Schrift nicht verschmieren wollte. Während er wartete, wischte er sich die Handflächen an den Beinen seiner Levishosen trocken. Niemand kam an die Tür, aber die Musik war ja auch laut. Er klopfte wieder an die Gazetür, diesmal hämmerte er so fest dagegen, daß sie gegen den Türrahmen schlug. Er wartete schweratmend und merkte, daß der Schweiß wie Regenwasser über seine Rippen rann. Er beschloß, den Zettel unter die Gazetür zu schieben; sie würde ihn schon finden. Er kniete eben, um das zu tun, als sie kam. Er konnte sie riechen, bevor er sie überhaupt sah; das Parfüm duftete wie die elfenbeinweißen Robinienblüten, die im Frühling von den Bäumen herabhingen. Die Luftströmungen des Gewitters wehten ihren Duft durch die Gaze. Vor der Türöffnung im Hintergrund des Zimmers hing ein langer weißer Vorhang und blähte sich, als sie hindurchtrat. Er betrachtete sie durch die ausgebeulte Gaze, in deren Mitte ein lockerer Wattebausch steckte, um die Fliegen zu verscheuchen. Er sah ihre Füße, die zehenfreien blauen Atlaspantoffeln und ihre lackierten Fußnägel. Den Kimono aus blauer Atlasseide trug sie eng um sich gewickelt, so daß er ihre Hüften und ihren Bauch nachzeichnete. Er stand rasch auf und fühlte, wie sein Gesicht heiß wurde. Er hielt ihr den Zettel hin. Sie lächelte, aber sie sah nicht den Zettel an. Sie sah ihn an.

»Komm rein«, sagte sie. Sie wies auf einen blauen Sessel mit dunklen Holzbeinen, die wie Adlerklauen geschnitzt waren. Das Zimmer roch wie der weiße Ton, den man zum Tünchen benutzt. Es war kühl. Der Vorhang im Hintergrund des Zimmers wehte in einem frischen Luftzug vom Fenster oder der Tür dahinter. Auch die Musik kam hinter dem Vorhang hervor; es waren sanfte, getragene Lieder ohne Gesang. Draußen klang der Donner, als brächen riesige Felsbrocken von den Steilwänden und polterten in enge Cañons hinab. Manchmal bebte das Zimmer, und die Glasscheiben in dem Fenster hinter ihm klirrten. Er sah zu, wie sie den Zettel las, und hätte gern gewußt, was hinter dem Vorhang war. Er konnte dort hinten etwas spüren, etwas von ihrem Leben, das er sich nicht zu erklären vermochte. Das Zimmer pulsierte von Gefühl, dem Gefühl, das mit der Musik und der Brise durch den Vorhang herausströmte, getönt von den blauen Blumen, die als Leiste an die Wände gemalt waren. Er konnte es überall fühlen, sogar in den blauen Decken, die straff über das Bett gespannt waren. Irgendwo, aus einem anderen Zimmer, hörte er eine Uhr langsam und deutlich ticken, als verlören sich die Jahre, die Jahrhunderte in diesem Laut. Der Regen trommelte lauter auf das Blechdach, und da blickte sie von dem Zettel auf, zur Gazetür und der Baumwollpappel draußen mit ihren vom Wolkenbruch plattgehämmerten Blättern. Der Kimono stand am Hals etwas offen, und er konnte die hellbraune Farbe ihrer Haut erkennen. Ihr langes braunes Haar trug sie in lang ausgezogenen Ringellocken auf dem Kopf aufgetürmt, im Stil einer vergangenen Zeit. Jetzt sah sie für ihn weder alt noch jung aus; sie war wie der Regen und der Wind; das Alter hatte keine Beziehung zu ihr. Sie stand vom Bettrand auf und hakte die Gazetür fest. Sie schloß die Tür und schob den Riegel vor. Die Musik hatte aufgehört, und nur noch das Gewitter war zu hören.

Er träumte es wieder und wieder, das Sinken und Wiegen, die hellblauen Decken um seine Schenkel und Waden verwikkelt, und die Erregung feuchter Gerüche nach Regen und ihrer beider Schweiß. Er wollte für immer so daliegen.

Sie flüsterte auf Spanisch und berührte ihn sanft, strich ihm erst über den Rücken und den Nacken, dann fuhr sie ihm mit den Lippen über das Ohr und den Hals. Sie preßte sich gegen seine Brust und seinen Bauch, und er umklammerte sie fest, bis er die Wärme und Weichheit ihrer Beine und ihres Bauches spürte. Sie sprach leise Worte, und das Unwetter draußen war laut. Er konnte den Regen auf das Dach prasseln hören und das Knarren der alten Baumwollpappel unter dem Ansturm des Windes. Er strich mit dem Mund über ihr Gesicht und öffnete langsam die Augen; er sah sie lächeln. Er spürte, wie sie erschauerte, und als er sie fester an sich zog, merkte er, daß auch er zitterte. Etwas in ihm spannte sich kraftvoll an. Sie atmete heftiger, und er atmete im selben Rhythmus. Da glitt sie unter ihn, wie sich eine Katze unter einem Tor durchzwängt. Sie bewegte sich unter ihm, ihr Rhythmus ging auf in dem Geräusch des Windes, der an den Balken rüttelte, und dem Geräusch des Regens im Baum. Und er verlor sich irgendwo tief unter der Oberfläche seines eigenen Körpers und seines eigenen Bewußtseins, ließ davontreibend alles hinter sich, was sein Leben bis zu dieser Stunde ausgemacht hatte.

Sie saß da, die Decken um sich gerafft, und sah zu, wie er sich anzog. »Ich beobachte dich schon lange«, sagte sie. »Ich hatte die Farbe deiner Augen gesehen.«

Tayo sah sie nicht an.

»Mexikanische Augen«, sagte er, »die anderen Kinder haben mich immer damit geärgert.«

Der Regen war nur noch ein leises Rauschen auf dem Dach, und der Donner klang entfernt, zog nach Osten ab. Tayo riegelte die Tür auf und öffnete sie; er sah zu, wie das Regenwasser aus der Dachtraufe über der Schmalseite der langen Veranda floß. »Ich hab mir immer gewünscht, ich hätte dunkle Augen wie die anderen Leute. Wenn sie mich ansehen, fallen ihnen alte Geschichten ein. Meine Mutter.« Die Kehle wurde ihm eng. Er hatte bisher noch nie mit jemandem darüber gesprochen.

Sie schüttelte den Kopf. »Sie fürchten sich, Tayo. Sie fühlen, daß etwas vorgeht, sie können sehen, daß um sie herum etwas vorgeht, und das jagt ihnen Angst ein. Indianer oder Mexikaner oder Weiße – die meisten Menschen fürchten die Veränderung. Sie glauben, wenn ihre Kinder dieselbe Hautfarbe haben, dieselbe Augenfarbe, dann verändert sich auch nichts.« Sie lachte leise. »Sie sind so dumm. Sie geben uns die Schuld, denen, die anders aussehen. So brauchen sie nicht über das nachzudenken, was in ihnen selbst vorgeht.«

Sie sah ihn aufmerksam an, und er fühlte sich unbehaglich. Er ging zur Tür hinüber, nahm den feuchten Erdgeruch von draußen wahr. Er hatte schon eine Hand auf der Gazetür und wollte gehen.

»Du brauchst nicht zu verstehen, was vorgeht. Aber denke an diesen Tag. Du wirst später erkennen, was er bedeutete. Du bist jetzt ein Teil davon.« Sie hatte den Blick nach oben gerichtet, auf die Fichtenbalken, die das Dach trugen. Sie wandte den Kopf und lächelte ihn an. »Ach, Tayo«, sagte sie leise, und er fühlte, daß er ihr sehr am Herzen lag.

»Lebwohl«, sagte er. Er stieß die Gazetür auf, in die kühle feuchte Luft hinaus.

»Lebwohl, Tayo. Danke, daß du mir die Nachricht gebracht hast.«

Er verließ Harley, der mit beiden Händen eine Flasche Coors festhielt und vor sich hin murmelte. Er wanderte westwärts. Er konnte die Gipfel des Mount Taylor hoch über allem, hoch über dem Tal erkennen. Der dünne Winterschnee war schon von den hohen Gipfeln verschwunden, und der heilige Berg erschien in einem pulverig trockenen Blau. Er spürte, wie ihm die Hitze des Bodens durch die Stiefel drang und flimmernde Hitzewellen rings um ihn vom Pflaster aufstiegen und seinen Gang unsicher machten, als ginge er in starkem Wind. Die Lastwagen und Autos, die an ihm vorbeiflitzten, lösten in der schweren Hitzedecke kleine Wellen aus, aber die bewegte Luft war nur wenig kühler.

Der alte Mexikaner brachte ihm eine Schüssel Menudo. Sie waren allein in dem kleinen Café. Tayo konnte durch die schmale Küche bis zur Hintertür sehen, die ein Stuhl offenhielt, damit die kühle Luft hereinfinden und die heiße Luft durch die ebenfalls offenstehende Vordertür abziehen konnte. Auf beiden Gazetüren saßen die Fliegen, rieben sich die Vorderbeine und warteten auf eine Gelegenheit, hineinzukommen. Der alte Mann saß auf einem Hocker an der Vordertür, eine Fliegenklatsche aus rotem Gummi in der Hand, und beobachtete sie. Ab und zu schaute er zu der niedrigen getünchten Decke hinauf, von der ein halbes Dutzend glänzende gelbe Fliegenruten wie Festdekorationen herabhingen. Die Ruten waren mit toten Fliegen gesprenkelt und einigen, die noch schwache Versuche unternahmen, loszukommen. Er zahlte bei dem Alten und ging, dabei machte er die Gazetür nur gerade so weit auf, um sich durchzuschieben, und schloß sie rasch wieder, damit keine Fliegen hineinkamen. Die Sonne stand jetzt hinter den Hügeln südwestlich von McCartys, und er folgte den langen Schatten zur Bar zurück, um nach Harley zu sehen. Er dachte an die Zeit, als er klein war und in der Küche mit einer Weidengerte Fliegen klatschte, weil es Spaß machte und das Fliegentöten nicht die ernste Sache war, die sie für den alten Mexikaner bedeutete. Jedenfalls war Josiah von draußen hereingekommen und hatte Tayo gefragt, was er da mache, und Tayo hatte ihm stolz ein Häufchen toter Fliegen auf dem Küchenboden gezeigt. Josiah sah sie an und schüttelte den Kopf.

»Aber unsere Lehrerin hat's gesagt. Sie hat gesagt, sie sind schädlich und übertragen Krankheiten.«

»Na, ich bin nicht viel zur Schule gegangen, drum weiß ich das nicht so, aber weißt du, vor langer Zeit, weit zurück in unvordenklicher Zeit, wurde die Mutter der Menschen zornig darüber, wie sie sich aufführten. Ihretwegen konnten sie zum Teufel gehen – verhungern. Die Tiere verschwanden, die

Pflanzen verschwanden, und lange Zeit kam kein Regen. Es war die grüne Schmeißfliege, die zu ihr ging und für die Menschen um Verzeihung bat. Seit dieser Zeit sind die Menschen der Fliege dafür dankbar, was sie für uns getan hat.«

Tayo ließ die Weidengerte aus der Hand fallen. Er starrte sie an, auf dem Boden neben seinen Füßen. »Was passiert jetzt?« fragte er mit erstickter Stimme.

»Ich glaube, es ist okay«, sagte Josiah und stocherte mit der Stiefelspitze in den toten Fliegen herum. »Grüne Schmeißfliegen waren nicht dabei – nur ein paar Verwandte. Die Menschen machen eben Fehler. Die Fliegen wissen das. Auf die Weise ist ja die grüne Schmeißfliege überhaupt zu uns gekommen. Um den Menschen zu helfen, die ein paar Fehler gemacht hatten.« Er zog den Jungen fest an sich. »Das nächste Mal denkst du eben an die Geschichte.«

Aber im Dschungel hatte er die Fliegen nicht ertragen können, die über Rocky gekrabbelt waren; sie hatten ihn wütend gemacht. Er hatte ihre klebrigen Beine und nassen Rüssel verflucht, und wenn er sie erwischte, hatte er sie zwischen den Händen zerquetscht.

Harley war nicht da. Der mexikanische Barmann war nach Hause gegangen, und jetzt stand der Weiße, dem das Lokal gehörte, hinter der Bar und staubte mit einem Lappen die Flaschen ab. Tayo stand in der Tür und schaute hinein, auf die leeren Tische mit krummen Beinen in verschiedener Länge. Jemand hatte den Fußboden gefegt, und die Bierflaschen und Zigarettenstummel lagen in einem großen Haufen in der Mitte neben dem Besen, der dort an einem Stuhl lehnte. Die abgestandene Luft der Bar, die nach altem Zigarettenrauch und verschüttetem Bier roch, folgte ihm bis hinaus.

Er stand draußen nach Süden gewandt, aber alle seine Gefühle wiesen rückwärts, nach Nordosten, in die Richtung von Cubero. Er drehte sich um. Der zutage liegende gelbe Sandstein verlief parallel zu dem großen Arroyo hinter der Bar. Er brauchte ihm nur zu folgen. Er wanderte in der Dämmerung nach Cubero und blickte ab und zu zum Berg hinauf, wo die Gipfel noch im Licht des Sonnenuntergangs glänzten. Es war warm. Drüben auf der Fernstraße konnte er Scheinwerfer und Rücklichter nach Ost und West gleiten sehen, aber er fühlte sich allein, als wäre jene Welt weit von ihm entfernt. Auf der unbefestigten Straße war kein Verkehr, und es war still bis auf die Grillen in den Felsen und ein paar Abendinsekten, die an seinem Gesicht vorübersummten; in der Ferne bellten Hunde. Der Laden in Cubero war geschlossen, und die Benzinpumpen hatten Schlösser um den Griff. Er roch, daß irgendwo jemand Chili zum Abendessen kochte. Die Straße vor dem Laden war leer bis auf eine alte Kuh mit einem angebrochenen Horn, das ihr am Kopf herabhing. Er brauchte sich nicht umzudrehen, um den Sonnenuntergang zu sehen.

Der Widerschein seiner Farben ließ die Sandsteinklippen strahlendgolden und dann tiefrot aufleuchten. Er setzte sich auf die Stufen der langen Veranda und blickte lange Zeit auf die Adobemauern. Regen und Wind von Jahren hatten den Adobeputz verwittert und die Symmetrie der braunen Adobeziegel hervortreten lassen, die schon anfingen, ihre kantige Form zu verlieren und die weicheren Konturen der Mesas und Hügel anzunehmen.

Er erinnerte sich, mit Rocky zusammen genauso auf diesen Stufen gesessen zu haben, während Josiah zu Lalo hineinging, um kaltes Bier und für die beiden Jungen Brauselimonade zu holen. Lalo hatte sich während des Krieges zur Ruhe gesetzt. Er hatte seine Alkoholausschanklizenz verkauft und die Bar geschlossen. Aber es hatte sich sehr wenig verändert. Am Ende der langen Veranda sah er immer noch die Wendeltreppe. Die Stufen waren aus schweren Eichenbohlen geschnitten und zogen sich, mit dicken Holzpflöcken befestigt, spiralförmig um den massiven Mittelbalken wie die Knöchelchen eines Rückgrats. Über viele Jahre hinweg hatten die Hände auf dem Geländer und die Füße auf den Stufen das Holz glattpoliert und knochengrau werden lassen. Der große Baum ging ein. Dicke Äste in der Mitte waren morsch und weiß geworden. Einer der noch lebenden Äste streifte an die Verandabrüstung über der Treppe. Tayo roch die wächsernen dunkelgrünen Blätter und erinnerte sich, wie er auf die großen Baumwollpappeln am Fluß geklettert war und die schwer herabhängenden Trauben der Pappelbeeren gepflückt hatte, die im Spätsommer auf den weiblichen Bäumen heranwuchsen. Sie hatten mit vollen Armen Samenhülsen nach Hause geschleppt, erbsengroß und voll flaumiger Wolle, sobald sie aufplatzten. Der Geruch der zerdrückten Blätter war damals erregend, denn die Pappelbeeren waren Munition gegen die übrigen Jungen aus dem Dorf, die ihre Hemden in die Jeans stopften und mit Pappelbeeren füllten, bis sie schwere Hängebäuche hatten. Dann rannten sie lachend los und bewarfen sich gegenseitig mit ganzen Händen voll der grünen Beeren.

Die Baumwollpappeln hatten für ihn nichts von ihrer Vertrautheit eingebüßt. Genauso wie das Volk hatte es sie schon immer gegeben, aber sie bedeuteten viel mehr als nur Schatten für den Sommer. Nach Hunderten von Jahren, wenn die gewaltigen Bäume schließlich zu alt wurden und verdorrten, kamen die Ka't'sina-Schnitzer aus den Dörfern und holten sich Stücke von ihrem weichen trockenen Holz zum Schnitzen.

Er setzte sich auf die obere Veranda, lehnte den Rücken an die Adobemauer und schloß die Augen. In einer Welt von Grillen und Wind und Baumwollpappeln war er fast wieder lebendig; er war sichtbar. Die grünen Wogen toter Gesichter und die Schreie der Sterbenden, die in seinem Kopf widergehallt hatten, waren begraben. Die Krankheit hatte sich in einen Schatten hinter ihm zurückgezogen, etwas, das er nur aus den Augenwinkeln sah, über die Schulter hinweg.

An diesem Platz fühlte er sich wohl; er lehnte sich an die Mauer, bis ihre Fläche fest gegen sein Rückgrat drückte. Er hob ein Stück herabgefallenen Putz auf und malte sich staubige weiße Streifen auf die Handrücken, wie es die Zeremonientänzer manchmal machten, nur daß sie weißen Ton benutzten, nicht alten Verputz. Es beruhigte, sich den Staub über die Hände zu reiben; er rieb ihn bedächtig über seine hellbraune Haut, der grellweiße Gipsstaub machte ein fleckiges Muster, und da wußte er, warum die Tänzer das machten: es verband sie mit der Erde.

Jetzt erst wurde er sich dessen voll bewußt, an welchem Ort er sich befand. Er hatte sie seit jenem Tag nie wiedergesehen. Den Sommer über hatten sie ständig zu tun, und Anfang September hatten er und Rocky sich anwerben lassen und kamen fort. Es hieß, sie sei nach Josiahs Beerdigung weggezogen, niemand wußte, wohin, nur, daß sie mit einem Koffer zur Fernstraße gegangen war.

Ein großer runder Sandsteinbrocken hielt die Gazetür weit offen gegen die Hauswand gelehnt. Als er den Glasknauf drehte, erwartete er, die Tür wäre abgeschlossen, aber sie schwang auf. Das Zimmer war leer. Seine Schritte klangen darin hohl, wie in einer Höhle in den Sandsteinfelsen. Der Fußboden war mit einer Schicht feinem braunem Staub bedeckt, der unter der Tür und zwischen den Mauern und dem Fensterrahmen eingedrungen war; der Staub stieg in Wölkchen um seine Füße auf.

Die weißen Vorhänge waren weg, und er konnte durch die Türöffnung in ein kleines Hinterzimmer sehen. Was immer dort gewesen war, die Musik, die damals so ruhelosen Luftströmungen, es war weg. Er suchte nach irgendwelchen Anzeichen dessen, was dort gewesen war, aber nichts war geblieben außer einem Loch in der Decke, wo das Ofenrohr gesteckt hatte.

Er stand in dem dämmerigen grauen Licht und sah zu, wie die Dunkelheit sich zwischen ihn und das kahle Zimmer schob. Er atmete tief ein, bemüht, eine Spur des Robinienblütenparfüms zu finden, aber er roch nur die weiße Tünche, so zeitlos wie die Klippen, wo sie herstammte.

Er ging den ganzen Weg nach Casa Blanca zu Fuß und lauschte den Grillen, die um ihn her verstreut waren wie die Sterne. Er stieg über die alte Leiter in den Boden der Scheune hinter dem Haus von Harleys Großvater. Es war eine warme Nacht. Er legte sich in das alte Heu und schlief die ganz Nacht ohne Träume durch.

Fliege begann an
süßen Sachen zu saugen, drum
mußte Kolibri ihr befehlen
zu warten:
»Warte bis wir unsere Mutter sehen.«

Sie fanden sie.
Sie schenkten ihr blauen Pollen und gelben,
sie schenkten ihr Perlen aus Türkis,
sie schenkten ihr Gebetshölzer.

»Ihr braucht wohl etwas«, sagte sie.
»Ja, wir brauchen Nahrung und
Gewitterwolken.«
»Erst soll der alte Bussard
eure Stadt läutern,
und dann schicke ich euch
vielleicht
wieder Nahrung und Regen.«

Fliege und Kolibri
flogen wieder hinauf.
Sie sagten den Leuten in der Stadt,
der alte Bussard müsse
die Stadt läutern.

»Ich fühl mich besser«, sagte Tayo, »ich komme gut voran. Ich kann dir schon was helfen.« Er goß Robert eine Tasse Kaffee ein und brachte sie an den Tisch; seine Hände zitterten, als er die Tasse hinstellte. Robert sagte nichts. Er rührte bedächtig den Zucker in den Kaffee, schweigend, als setze er an, etwas zu sagen. Womöglich würden diese Schatten hinter seiner Schulter, aus den Augenwinkeln gesehen, immer bleiben; und in den Nächten die Träume und die Stimmen. Womöglich konnte keiner etwas für ihn tun. Robert sah zu ihm auf. »Neulich ist der alte Ku'oosh zu uns gekommen. Er hat deiner Großmutter erzählt, was einige von den alten Männern denken. Sie denken, du solltest schleunigst Hilfe suchen.«

»Aber ich hab lange keine Scherereien mehr gehabt, seit damals mit Emo nicht mehr.«

»Ich weiß, aber da ist noch mehr.«

»Oh.« Tayo wußte Bescheid. Da war noch mehr. »Das bin nicht bloß ich, Robert. Die übrigen Jungs, die sind auch noch nicht in Ordnung. Diese Zeremonie da hat ihnen nicht geholfen.«

Robert antwortete nicht. Sein Gesicht war ausdruckslos; Tayo wußte nicht, ob es Zorn oder Trauer war, was er in den letzten paar Minuten darin wahrgenommen hatte. Er stand langsam vom Tisch auf; seine ganze Energie war dahin.

»Ich gehe«, sagte er leise, »egal, was sie sagen.«

Das alte Gefühl war wieder da. Er wünschte sich, zu verblassen, bis er so flach war wie seine eigene Hand, so flach wie eine Zeichnung im Sand, die nicht sprach und sich nicht bewegte, nur darauf wartete, daß der Wind über den Boden gewirbelt kam und die Umrisse verwehte. Er konnte hören, was Tantchen zu sagen haben würde; er konnte ihr starres Gesicht vor sich sehen, die Zähne zusammengebissen gegenüber den Dingen, die man im Dorf über ihn redete. Sollten sie ruhig über ihn verfügen – ganz gleich, was sie wollten, denn sie hatten recht. Was ihn betraf, hatten sie immer recht gehabt.

Die Fahrt machte mich müde. Aber ich erinnere mich, wie wir durch Gallup kamen. Ich sah Navajos in zerrissenen alten Jacken vor den Bars stehen. Auch Zunis und Hopis waren da, sogar ein paar Lagunas. Sie alle lehnten schlapp an den schmutzigen Mauern der Bars entlang der Fernstraße 66, ihre Augen starrten auf den Boden, als hätten sie die Sonne am Himmel vergessen; oder vielleicht träumten sie auf diese Weise von Wein, suchten ihn irgendwo im Dreck des Gehwegs. Auch das sind wir, dachte ich. Diese Menschen, die vor den Bars kauern wie erstarrte, an der Wand klebende Fliegen.«

Sie parkten den Lastwagen an der Trailways-Bushaltestelle und überquerten die Eisenbahngleise. Es war noch früh am Morgen, und die Schatten um die Lagerhäuser und Gebäude waren lang. Die Straßen waren leer, und Tayo wußte, was sie an einem Sonnabendmorgen in Gallup sehen würden. Aus der Tür eines Gebrauchtwarenladens sah er ein Paar Füße ragen, Zehen bohrten sich durch die Löcher in den Socken. Jemand schlief seinen Rausch von der vergangenen Nacht aus, aber jetzt ohne Stiefel, weil jemand sie als Bezahlung für eine Flasche billigen Wein genommen hatte. Der Kerl lehnte mit dem Kopf an der Tür; sein braunes Gesicht sah friedlich aus, und er schnarchte laut. Tayo lächelte. Gallup war so eine Stadt, interessant, sogar belustigend, sofern man bloß durchkam wie die weißen Touristen, wen sie die 66 entlangfuhren und anhielten, um sich die indianischen Souvenirs anzusehen. Aber wenn man Indianer war, erledigte man seine Geschäfte und ging wieder, und man hielt sich nie nach Einbruch der Dunkelheit in dieser Stadt auf. Das war die Warnung der alten Zunis und Hopis und Navajos gegenüber Gallup. Es war am sichersten, böse Orte nach Einbruch der Dunkelheit zu meiden.

Am ehesten bekam man sie im Morgengrauen zu sehen, denn nachdem die Sonne aufgegangen war, lagen sie versteckt oder schlafend in primitiven Buden aus altem Blech, Pappe und Abfallholz. Diese Hütten standen verstreut längs der Ufer des Flusses. Manche standen in dem breiten Arroyo, den der Bach durch Gallup schnitt, aber die übrigen standen in den Salzbaum- und Weidendickichten, die entlang der Uferböschungen wuchsen. Zwei- oder auch dreimal im Jahr kämmten die Polizei und die Leute von der Wohlfahrt die Flußufer ab, verhafteten die Männer und Frauen wegen Landstreicherei und öffentlichen Ärgernisses durch Trunkenheit und brachten die Kinder ins Heim. Sie waren sowieso auf der Nordseite der Stadt, Klein-Afrika, wo Schwarze, Mexikaner und Indianer hausten; die einzigen Weißen dort waren Ladenbesitzer slawischer Herkunft. Sie kamen zur Zeit der Zeremonie, um aufzuräumen, bevor die Touristen nach Gallup kamen. Während sie die Leute zur Grünen Minna zerrten, redeten sie von Sanierung und Sicherheit; im Juli und August konnten plötzliche Wolkenbrüche die Arroyos bis zum Rand mit Flutwasser anfüllen und die Hütten wegreißen.

Sie waren in Gallup geboren. Sie waren diejenigen mit hellem Haar oder hellen Augen, krausem Haar und wulstigen Lippen – diejenigen, welche die Frauen aus Scham nicht zur Familie heimzuschicken wagten, um sie dort aufziehen zu lassen. Wenn sie nicht starben, wuchsen sie am Fluß auf und sahen zu, wie ihre Mütter bei Sonnenuntergang loszogen. Sie lernten, im Dunkeln zu lauschen, auf Schritte und lautes Gelächter, auf Stimmen und das Gelärm vom Wein; zu merken, wann die Mutter mit einem Mann zurückkam. Sie lernten, in einigem Abstand stehenzubleiben und zu warten, ob sie ihnen etwas zu essen zuwarf, damit sie sich beiseite machten, um es zu verdrücken, und sich nicht durch die Löcher in dem rostigen Blech den Mann beguckten, der sich mit Wein beschüttete, während er sich die Hosen aufknöpfte.

Sie suchten sich eigene Schlafplätze, weil die Männer bis zum Morgengrauen blieben. Bevor die Kinder laufen konnten, lernten sie, Fäusten und Fußtritten auszuweichen.

Wenn sie mittags aufwachte, rief sie dem Kind zu, es solle ihr Wasser bringen. Der ehemalige Schmalzeimer war fast leer; das Wasser sah rostig aus. Er wartete, bis sie zur Öffnung gekrochen kam. Er sah zu, wie ihre Kehle beim Trinken stieg und sank; er versuchte hineinzuschauen, ob sie Essen mitgebracht hatte, aber die Sonne stand jetzt hoch, und das Innere der Hütte lag im Schatten. Als der Eimer leer war, ließ sie ihn fallen und kroch wieder nach drin. »Maa!« rief er ihr zu, weil er hungrig war und an diesem Morgen nichts zu essen gefunden hatte. Die Frau mit dem rötlichen Haar, die ihm immer etwas zu essen gegeben hatte, war weg. Ihre Hütte war schon eingerissen, von anderen im Arroyo stückweise weggetragen. Er hatte in den Gäßchen hinter den Häusern nach Abfall herumgestöbert, aber die älteren Kinder waren schon dagewesen. Er wendete sich von der Hütte ab und schaute zum Verkehr auf der Brücke hinauf. Einmal war er da hinaufgeklettert und hatte auf der Brücke gestanden, auf die Hütte hinabgeschaut und dann um sich herum auf die Straße, wo sie über die Gleise führte; er konnte sogar bis zum Stadtzentrum sehen. Als er noch ganz klein war, hatte sie ihn immer mitgenommen. Er erinnerte sich an den Glanz der Sonne, die Hitze, all die Gerüche nach Autos und nach Essen, den Lärm und die Menschen. Er erinnerte sich an das Innere, die Dunkelheit, die Kühle und die Musik. Er lag auf dem Bauch, das Kinn auf den Holzdielen, und beobachtete die Beine und die Schuhe unter den Tischen, die Beine, die sich über den Boden bewegten; manche bewegten sich langsam, manche stolperten. Er suchte den Boden ab, bis er einen Plastiktrinkhalm fand, und dann spielte er mit Häufchen von Zigarettenstummeln, die er gesammelt hatte. Wenn er unter der Tischplatte angeklebten Kaugummi fand, steckte er ihn in den Mund und versuchte ihn drinzubehalten, aber er verschluckte ihn jedesmal. Er konnte sich nicht erinnern, wann er herausbekam, daß er von Zigaretten brechen mußte, wenn er sie aß. Er spielte stundenlang still unter den Tischen und paßte auf, ob jemand eine Kartoffelchips-Tüte oder einen Batzen Kaugummi fallen ließ. Er lernte, was es mit Münzen auf sich hatte, suchte danach und steckte sie in den Mund, wenn er welche fand. Einmal hatten sie woanders gewohnt, in einem Haus voller Essen. Er träumte von diesem früheren Haus und von einer warmen roten Decke, die sich rhythmisch bewegte wie der Atem.

Er gewöhnte sich daran, daß sie die Bar mit Männern verließ und jemandem einen Dollar gab, damit er dem Jungen etwas zu essen kaufen konnte, solange sie fort war. Wenn er gegessen hatte, schlief er unter einem Tisch und wartete, daß sie zurückkam. Als sie das erste Mal nicht zurückkam, fand ihn der Mann, der den Fußboden kehrte. Er weinte nicht, als der Mann ihn weckte; er weinte nicht, als die Polizei kam und seinen Namen herauszukriegen versuchte. Er hielt das letzte Stück Brot umklammert und kauerte sich in die Ecke; als sie nach ihm griffen, machte er die Augen zu. Nach einer langen Zeit holte sie ihn ab. Sie roch gut, als sie ihn auf dem Arm trug, und sie sprach leise. Aber vom letzten Mal erinnerte er sich an die weißen Wände und die Reihen von Kinderbettchen. Er weinte lange Zeit, im Bett stehend, das Kinn auf der obersten Gittersprosse. Er nagte die Farbe von der obersten Sprosse ab, immer noch weinend, aber mit wachsendem Interesse daran, wie die Farbe vom Metall abblätterte und an seinen Zähnen hängenblieb.

Als sie ihn abholte, roch sie anders. Sie roch wie die Fußböden in dem Zimmer voller Kinderbettchen, und ihr langes Haar war kurzgeschnitten. Aber sie kam ihn holen, und sie hielt ihn ganz fest an sich gedrückt.

Danach blieben sie im Arroyo. Die Frau mit dem rötlichen Haar half ihnen dabei, verbogene Stücke altes Dachblech aus der Müllkippe herauszuzerren und das Flußufer entlangzuschleppen bis zu der Stelle, wo die übrigen Hütten standen, in Sichtweite der Brücke. Sie lehnten das Blech gegen den bröckligen grauen Uferhang des Arroyos. Seine Mutter wälzte große Steine vom Flußbett herauf, die die Pappstücke festhalten sollten. Damals war es kalt, und wenn die Sonne unterging, machten sie sich kleine Feuer aus zerbrochenen Lattenkisten, die sie in den Hintergäßchen fanden, und aus Zweigen, die sie von den Lärchen und Weiden abbrachen. Die Weiden und Lärchen waren schon fast kahl, bis auf die Zweige, die auch ein Mann nicht erreichen konnte. Einer der Männer brachte eine Axt mit gebrochenem Stiel mit, und die Säufer, die im Arroyo hausten, fällten die Lärchen und Weiden und ließen lachend eine Flasche kreisen, während sie sich an der Axt abwechselten. Sie ließen nur die Bäume stehen, die alle benutzten. Von dieser Stelle kam ein durchdringender Gestank. Er lernte auf die Haufen zu achten, und im Winter, wenn sie gefroren waren, spielte er damit – schoß sie mit einem Weidenstock durch die Gegend. Er spielte nicht mit den anderen Kindern; wenn sie herankamen, rannte er weg. Sie gehörten zu der Frau, die unter der Brücke hauste, zwischen niedrigen Blechwänden, die den Westwind abhalten sollten. In diesem Winter hörte er von der Brücke her ein seltsames Weinen, und er sah die Kinder gaffend an den niedrigen Seitenwänden der Hütte stehen. Lange horchte und schaute er hin. Am nächsten Tag war es still, und die Frau trug ein Bündel blutiger Lumpen weg, weit nach Norden, auf die Hügel zu. Später ging er in die Richtung, in die sie gegangen war, folgte dem Arroyo nach Osten und dann nach Norden, wo er sich in die blaßgelben Hügel hineinwand. Er fand die Stelle nahe am Rand des Arroyos, wo sie die Lumpen in dem gelben Sand vergraben hatte. Der Sand auf dem kleinen Hügel, den sie mit den Händen aufgescharrt hatte, war noch feucht. Er umkreiste den Hügel und starrte einen verblichenen blauen Fetzen an, der halb freilag und im Wind zitterte. Ein rötlichbrauner Fleck machte ihn steif. Er verließ diese Stelle und ging nie wieder hin; und spät in der Nacht, wenn seine Mutter fort war, weinte er, weil er den kleinen Hügel aus blaßgelbem Sand im Traum vor sich sah.

Feuchter gelber Sand, der ihn erstickte, erst seine Nase füllte und dann die Augen, während er dagegen ankämpfte, darum rang, die Augen zum Sehen offenzubehalten. Sand rieselte und strudelte in seinem Traum, umschloß ihm den Kopf, gelber Sand und Schatten füllten seinen Mund, bis sein Leib ganz voll und still war. Er erwachte weinend in einem flachen Loch nahe dem lehmigen Ufer, wo seine Mutter die alte wattierte Decke hingeworfen hatte.

Er schlief allein, solange seine Mutter mit den Männern zusammen war – weißen Männern mit den im Sommer hochrot verfärbten Hälsen und Gesichtern, mexikanischen Männern von den Bautruppwagen der Eisenbahn, die herüberkamen und nach den Frauen Ausschau hielten, die um die Brücke herum warteten – nach denen, die sich für eine halbe Flasche Wein hinlegten. Auch die schwarzen Männer kamen von der Bahnstrecke herüber, standen auf der Brücke herum und sahen zu ihnen hinab. Er wußte nicht, ob sie zu ihm hersahen oder ob sie nur seine Mutter und die Frauen betrachteten, die neben ihr aufgereiht standen, lächelten, winkten und »He, Schätzchen« zu den Männern hinaufriefen. Die Weißen, die vorbeifuhren, schauten starr geradeaus. Aber eines späten Nachmittags kamen ein paar weiße Männer und riefen, bis die Frauen aus den ans Ufer gelehnten Hütten kamen, und dann grölten die Männer und bewarfen sie mit leeren Flaschen. Die Frau mit dem rötlichen Haar schmiß die Flaschen wieder zu ihnen hinauf und gab ihnen kreischend ihre eigenen Worte zurück. Die Polizei kam. Sie zerrten die Leute aus ihren Hütten – und sie rissen die Blechstücke und die Pappe auseinander. Die Polizei legte den mageren Männern mit den gedunsenen Gesichtern Handschellen an; sie schoben und stießen sie mit Tritten die bröckligen Lehmufer des Arroyos hinauf. Sie hielten die Frauen in einem Kreis zusammen, während sie die Kinder einzufangen versuchten, die sich in alle Richtungen zuerstreut hatten, als sie die Polizei kommen sahen. Die Männer und Frauen, die so stinkbesoffen waren, daß sie nicht stehen konnten, wurden fortgeschleppt, an jedem Arm ein Bulle. Er versteckte sich in den Lärchen, schweratmend, mit klopfendem Herzen, stinkenden Kot an den bloßen Füßen. Als die Sonne höher in den Himmel stieg, senkte sich die Sommerhitze herab, und er beobachtete die Leute, flach auf dem Bauch in den dürren Lärchennadeln liegend, die ihn zu jucken begannen, und er krazte sich mit vorsichtigen Bewegungen den Arm und den Hals. Er sah, wie sie die letzten Buden einrissen, und sie warfen alle Lumpen und Mäntel, die sie gefunden hatten, auf einen Haufen und gossen Petroleum darüber. Dicker schwarzer Rauch stieg finster in den wolkenlosen Himmel, so blau, heiß und windstill. Er fühlte, wie die Fliegen um seine Beine und Füße summten und krabbelten, und er hatte Angst, die suchenden Männer könnten sie hören und ihn finden. Aber der Gestank in dem stehengebliebenen Wäldchen von Lärchen und Weiden war so schlimm, daß sie nicht näherkamen. Die Männer in dunkelgrünen Overalls kamen mit Stahlflaschen auf dem Rücken und besprühten die Stellen, wo die Hütten gestanden hatten; und zwischen dem Geruch nach verbranntem Stoff und Holz konnte er die langen weißen Säle des Hauses riechen, wo sie Kinder unterbrachten. Bei Sonnenuntergang erwachte er und sah auf der Brücke die Scheinwerfer der Autos. Er stand langsam auf und blickte unruhig, mit dem Gedanken an Essen beschäftigt, zu den Ufern des Arroyos.

Es war eine warme Nacht, und er durchstreifte lange Zeit die Gäßchen hinter den Häusern, wo die Hunde bellten, wenn er in den Abfallkübeln wühlte. Auf dem Rückweg zum Arroyo aß er, kaute die weichen Knorpel von Schweinerippchen, die er gefunden hatte. Die Knochen sparte er auf und saugte daran, bis er in den Lärchen und Weiden einschlief. Spät in der Nacht hörte er Stimmen, Männer stolperten und fielen das steile bröcklige Ufer in den Arroyo hinab, und er hörte Flaschen klirren und das Geräusch von Korken, die man aus der Flasche zieht. Sie unterhielten sich laut in der Sprache, in der seine Mutter mit ihm sprach, und ein Mann saß mit dem Rücken gegen die Uferböschung und sang Lieder, bis der Wein alle war.

Er kroch tiefer in das Lärchengestrüpp und zog die Beine an den Bauch. Er schaute durch die obersten Zweige der Weiden zu den Sternen hinauf. Er würde auf sie warten, und sie würde zu ihm zurückkommen.

Sie nahmen wieder Pollen,
wieder Türkise und wieder Gebetshölzer,
und sie gingen zum alten Bussard.

Sie kamen an sein Haus im Osten.
»Wer ist da draußen?
Hier ist noch nie jemand hergekommen.«
»Wir sind es, Kolibri und Fliege.«
»Ach. Was wollt ihr?«
»Wir brauchen dich, unsere Stadt zu läutern.«
»Paßt mal auf. Eure Opfergabe ist nicht
vollständig.
Wo ist der Tabak?«

(Ihr seht, es war nicht leicht.)
Fliege und Kolibri
mußten wieder zur Stadt zurück.

Robert und Tayo machten auf der Brücke halt und schauten in das Flußbett hinab. Es war schon lange trocken, und im Sand waren Fußpfade zu sehen, wo die Leute oft entlanggingen. Sie regten sich allmählich. Die ganzen sandigen Lehmufer entlang lagen Leute, meistens Männer, schlafend ausgestreckt, manche mit dem Gesicht nach unten, wo sie gerade hingefallen waren, ein paar schliefen auf den Rücken oder die Seite gedreht mit dem Kopf auf den Armen. Die Sonne wurde schon heiß, und die Fliegen kamen heraus. Sie sahen sie um das Gesicht eines Mannes unter der Brücke summen, weil sie den süßen Wein rochen oder vielleicht das Erbrochene auf dem Hemd des Mannes. Robert schüttelte den Kopf. Tayo spürte das Würgen im Hals; er zwinkerte heftig und sagte kein Wort. Ein Mann und eine Frau kamen unten die Sandbank entlang und sahen zu ihnen auf der Brücke hinauf. »He, Kumpel!« schrie der Mann hinauf. »Kannst du uns mal 'nen Dollar pumpen?« Robert sah sie an und schüttelte gelassen den Kopf, aber Tayo fing an zu schwitzen. Er wühlte in der Tiefe seiner Taschen nach losen Münzen. Die Haare der Frau waren kreuz und quer mit Haarnadeln zusammengesteckt, die sich gelockert hatten und ihr nun wie Schmuck um den Kopf hingen. Ihr Kopf schwankte von einer Seite zur anderen, während sie die Augen zusammenkniff und Tayo da oben deutlicher zu sehen versuchte. Ihr Unterrock war zerrissen und schleifte unter dem Rock hervor auf dem Boden; sie hatte einen dunklen Bluterguß auf der Stirn. Er fand zwei Vierteldollarstücke und warf sie dem Mann in die über seinem Kopf schwankenden ausgestreckten Hände, und beide, der Mann und die Frau, ließen sich auf die Knie fallen und suchten im Sand danach. Robert ging weiter, aber Tayo blieb stehen und dachte an die kleine Brücke in einem Park in San Diego, wo in der Nacht, bevor sie in Richtung Südpazifik ausliefen, alle Soldaten mit ihren Mädchen hingingen, um Münzen in den flachen Teich zu werfen. Er hatte den beiden die Münzen genauso zugeworfen wie damals von der Brücke in San Diego, in sanftem, weitem Bogen. Rocky hatte sich in jener Nacht laut eine gesunde Heimkehr aus dem Krieg gewünscht, aber Tayo konnte sich an seinen Wunsch nicht mehr erinnern. Er sah zu, wie sie stolpernd und kriechend den losen Lehm der steilen Uferböschung erklommen. Der Mann zog die Frau die letzten paar Fuß hinauf. Sein Hosenschlitz stand offen, und einer seiner Schuhe schlappte ihm locker am Fuß. Sie gingen auf eine Bar südlich der Brücke zu, um zu warten, bis sie aufmachte.

Sie wirkten wie Überlebende, mit stumpfen, leeren Augen, die Fäuste um die Münzen geklammert, die er ihnen zugeworfen hatte. Es waren Navajos, aber er hatte dort auch Zunis und Lagunas und Hopis gesehen, die einzeln oder zu zweit und zu dritt durch die staubigen Straßen von Gallup gingen. Er wußte nicht, wie sie dort hingekommen waren, von der Reservation nach Gallup, aber sie mußten wohl eine Zeitlang einen Job gehabt haben, als sie ankamen, und ein billiges Zimmer nördlich der Bahnstrecke, wo sie blieben, bis sie zeitweilig oder endgültig entlassen wurden. Leute aus der Reservation waren die ersten, die man entließ, weil die Weißen in Gallup schon wußten, sie würden keine Fragen stellen oder gar wütend werden; sie gingen einfach. Sie waren gerade so weit gebildet, um sich darüber klar zu sein, daß sie aus der Reservation herauswollten; wenn sie nach Gallup kamen, gab es nicht viele Jobs für sie. Die Männer entluden in den Lagerschuppen an der Bahn die Lastwagen oder stapelten auf den Holzplätzen das Holz oder schoben auf Baustellen die Schubkarren; die Frauen machten entlang der Fernstraße 66 die Motelzimmer sauber. Die Leute in Gallup wußten, daß sie keine anständigen Löhne zu zahlen brauchten oder irgend etwas hinnehmen mußten, was ihnen nicht gefiel, denn wo die hergekommen waren, gab es noch Indianer genug.

Tayo dachte, sie würden früher oder später heimkehren,

wenn sie hungrig und verdreckt und pleite waren; sie würden an der 66 nördlich der Stadt stehen und warten, daß sie jemand mitnahm, der nach Keams Cañon oder Lukachukai fuhr, oder sich zwei Dollar borgen und mit dem Bus nach Laguna zurückfahren. Aber Gallup war ein gefährliches Pflaster, und bis ihnen aufging, was mit ihnen geschehen war, glaubten sie wohl, es sei zu spät zur Heimkehr.

Robert wartete am Hügel auf ihn. »Kanntest du die von früher?«

»Vielleicht«, sagte Tayo. Die Sonne stand jetzt über ihnen, in einem tiefblauen Himmel wie echter Türkis.

Er sah zur Brücke zurück und wünschte sich etwas. Dasselbe wie Rocky in jener Nacht in San Diego: eine gesunde Heimkehr.

Was für ein Medizinmann wohnt denn an einem solchen Ort, in den Vorbergen nördlich vom Zeremonienplatz?« wollte Tantchen wissen. Großmutter sagte ihr: »Laß nur. Der alte Ku'oosh kennt ihn, und er meint, dieser Betonie kann ihm vielleicht helfen.«

Die Zeremonien in Gallup waren seit langer Zeit ein alljährliches Ereignis. Sie waren gut für das Touristengeschäft mit den Leuten, die im Sommer auf der Fernstraße 66 durchkamen. Sie sahen sich gern die Indianer und Indianertänze an; sie waren darauf aus, indianischen Schmuck und Navajo-Teppiche zu kaufen. Jedes Jahr wurde das von den dortigen Weißen organisiert, Turpen, Foutz, Kennedy und dem Bürgermeister. Sie gaben Tanzgruppen aus den Pueblos Geld dafür, daß sie kamen; sie holten Reifentänzer von den Plains und Stabtänzer aus Nordmexiko. Sie organisierten ein allindianisches Rodeo und zahlreiche Pferderennen. Die Indianer kamen aus allen Reservationen in der Nähe, manche auch von weiter her; sie brachten Sachen mit, die sie den Touristen verkaufen, und andere, die sie untereinander tauschen wollten: weiße Hirschfelle, Federn, Dörrfleisch oder Pikibrot. Die Touristen bekamen zu sehen, was sie sich wünschten; von der Tribüne am Zeremonienplatz aus sahen sie den Tänzern zu und den indianischen Cowboys beim Reiten buckelnder Pferde und Zebustiere. Es gab die Wettrennen der Pferdewagen und für die Damen den Wettbewerb im Holzhacken und im Brotfladenbacken in der Bratpfanne. Die Galluper Geschäftsleute erhöhten für die Dauer der Zeremonienwoche die Preise in den Motels und Restaurants und nahmen den Touristen eine Menge Geld ab. Den Indianern verkauften sie Alkohol in Mengen, und in den Jahren, als Alkohol für die Indianer verboten war, machten sie noch viel mehr Geld, weil sie ihn illegal verkauften.

Das Haus des alten Betonie blickte auf all das hinab; von den felsigen, gelben Vorbergen aus gesehen lag die ganze Stadt unten ausgebreitet. Der alte Mann war hochgewachsen, und seine Brust war breit; einst war er schwerer gewesen, aber das Alter zehrte allmählich alles auf außer den Knochen. Er band sich das Haar ordentlich mit rotem Garn in einen Chongoknoten zurück, wie es die Alten trugen. Er saß auf einem umgedrehten Blecheimer am Eingang zu seinem Hogan. Als er aufstand und Robert und Tayo die Hand entgegenstreckte, waren seine Bewegungen kraftvoll und fest, als wären es die eines jüngeren Mannes. Er beobachtete, wie Tayo sich zum Hogan hin umsah und dann wieder hinunter auf den Zeremonienplatz und die Straßen der Stadt in der Ferne schaute. Er nickte Tayo zu.

»Die Leute fragen mich, warum ich hier wohne«, sagte er in gutem Englisch, »ich sage ihnen, ich will unserem Volk auf der Spur bleiben. ›Warum gerade hier?‹ fragen sie mich. ›Weil Gallup die Indianer bis zur Zeremonienzeit eben hier abstellt. Dann wollen sie uns den Touristen vorführen.‹« Er blickte auf das Flußbett hinab, das sich durch den Nordteil von Gallup wand. »Dort«, sagte er und wies mit dem Kinn zur Brücke, »da drüben schlafen sie, in den Gäßchen hinter den Bars.« Er drehte sich um und deutete zur städtischen Müllkippe östlich des Zeremonienplatzes und der Rodeobahnen. »Sie halten uns auf der Nordseite der Eisenbahn fest, direkt am Fluß und bei ihrer Müllkippe. Wo keiner von ihnen wohnen will.« Er lachte. »Sie können das nicht verstehen. Wir kennen diese Hügel, und wir fühlen uns hier wohl.« Es lag etwas in der Art, wie der Alte »wohlfühlen« sagte. Es hatte einen anderen Sinn – nicht das Wohlgefühl großer Häuser oder üppiger Nahrung oder auch sauberer Straßen, sondern das Wohlgefühl, zum Land zu gehören, und der innere Friede, inmitten dieser Hügel zu sein. Aber der besondere Sinn, den der Alte dem englischen Wort gegeben hatte, wurde versengt vom grellen Widerschein der Sonne auf Blechdosen und Glasscherben, von blendenden Lichtblitzen aus den Spiegeln und von dem Chrom der Autowracks in der Kippe da unten. Tayo fühlte die alte Übelkeit in seinem Magen aufsteigen, zugleich mit einem unbestimmten Gefühl, etwas zu wissen, woran er sich nicht erinnern konnte. Die Sonne wurde allmählich heiß, und er dachte an die Fliegen, die ihnen ums Gesicht summten, während sie im Unkraut entlang des Arroyos schliefen. Er wandte sich wieder Betonie zu. Er verstand nicht, wie der Medizinmann jeden Tag darauf hinabsehen konnte.

»Wißt ihr, zu einer Zeit, als mein Urgroßvater jung war, wohnten in allen diesen Hügeln Navajos.« Er deutete auf die Hügel und Kuppen südlich der Bahnstrecke, wo die Weißen ihre Häuser gebaut hatten. Er nickte zum Arroyo hinab, den der Fluß durchschnitt. »Sie hatten den Fluß entlang kleine Farmen. Als die Eisenbahnleute kamen und die Weißen ihre Stadt zu bauen begannen, mußten die Navajos wegziehen.« Der Alte lachte plötzlich los. Er klatschte sich auf die Schenkel. Es war ein unbekümmertes Lachen, aber Tayo fühlte, wie sich die Härchen entlang seiner Wirbelsäule sträubten. Dieser Betonie redete nicht so, wie Tayo es von einem Medizinmann erwartete. Er benahm sich überhaupt nicht wie ein Medizinmann.

»Ich finde es komisch«, sagte der Medizinmann kopfschüttelnd, »daß die Leute sich wundern, warum ich so nahe an dieser dreckigen Stadt wohne. Aber seht ihr, dieser Hogan war zuerst da. Viel früher errichtet, lange bevor der weiße Mann überhaupt kam. Diese Stadt da unten ist es, die fehl am Platze ist. Nicht dieser alte Medizinmann.« Er lachte wieder, und Tayo schaute rasch zu Robert, um zu sehen, was er von dem Alten hielt; aber Roberts Miene war gelassen, ohne Mißtrauen oder Bestürzung. Als der alte Betonie zu Ende gesprochen hatte, trat Robert an Tayo heran und berührte ihn sanft an der Schulter. »Ich glaube, ich geh jetzt«, sagte er leise.

Tayo sah ihm nach, als er den Pfad vom Haus des Alten hinabging, und er fühlte kalten Schweiß zwischen den Fingern. Sein Herz hämmerte, und sein einziger Gedanke war, wenn er sofort losrannte, könnte er Robert noch einholen.

»Geh nur«, sagte der alte Betonie, »du kannst gehen. Die meisten Navajos empfinden mir gegenüber genauso. Du wärst nicht der erste, der wegrennt.«

Tayo drehte sich um und wollte Robert nachsehen, aber der war fort. Er starrte auf das trockene gelbe Gras um die Füße des Alten. Die Hitze der Sonne sog ihm die Kraft aus; jetzt konnte er nirgends mehr hin, außer zurück in das Krankenhaus in Los Angeles. So, wie er war, wollten sie ihn in Laguna nicht.

Der Alte hatte von Anfang an etwas Vertrautes an sich gehabt. Jetzt drehte Tayo sich um, um herauszufinden, was das war. Er musterte seine Kleidung: die alten Mokkasins mit schiefgetretenen Elchledersohlen, das Leder mit dunklen Flekken von Schlamm und Fett; die grauen Wollhosen waren an den Knien ausgebeult und fadenscheinig, und die Ellbogen des Alten stachen braun durch die Ärmel des blauen Arbeitshemds aus Baumwolle. Er sah ihm ins Gesicht. Die Wangenknochen schwangen sich wie die Flügel eines Falken von der breiten Nase weg; er trug einen dichten, herabhängenden Schnurrbart; die Haare waren stahlgrau. Dann sah ihm Tayo in die Augen. Sie waren haselnußbraun wie seine eigenen. Der Medizinmann nickte. »Meine Großmutter war eine ungewöhnliche Mexikanerin mit grünen Augen«, sagte er.

Wie der alte Mann mußte er sich bücken, als er durch die niedrige Türöffnung trat. Ein kühler Luftzug strömte zur Tür, und noch bevor sich seine Augen dem Dämmerlicht des Raumes angepaßt hatten, konnte er riechen, was es darin gab; die vielfältigsten Kräuter- und Wurzelgerüche waren überlagert vom Duft des Bergsalbeis und etwas so gewöhnlichem wie Currypulver. Durch das Aroma getrockneten Wüstentees hindurch nahm er massigere Dinge wahr: den scharfen gegerbten Geruch alter, in messingbeschlagene Kisten eingenähter Felle; den Dunst alter Zeitungen und alter Pappe, deren Staub nach den Jahren schmeckte, die sie zum Verrotten gebraucht hatten.

Der Alte wies in die Tiefe des kreisrunden Raums. »Die Westseite ist auf die altüberlieferte Weise in den Hügel gebaut. Sand und Erde als Dach; fast genau halb unter Grund. Du kannst es fühlen, nicht?«

Tayo nickte. Er stand mit den Füßen in dem hellen Kreis von Sonnenlicht unter dem Mittelpunkt der Holzbalkendecke, wo sich die Öffnung für den Rauch befand. Die Größe des Raumes ging in dem Durcheinander fast bis zur Decke gestapelter Kisten und Schachteln nicht unter.

Der alte Betonie deutete auf ein wolliges braunes Ziegenfell auf dem Boden unter der Deckenluke. Tayo setzte sich, nahm aber die Augen nicht von den Pappkartons, die den großen Raum füllten; manche Schachteln waren an den Seiten eingedrückt, quollen über von alten Kleidern und Lumpen; aus anderen starrten dicht an dicht gepackt getrockente Wurzeln wie Fühler und rötliche, mit alten Baumwollfäden säuberlich zu Bündeln zusammengeschnürte Weidenruten. Die Schachteln waren schief gestapelt, manche Stöße lehnten sich gegen andere und fanden nur an den aneinandergrenzenden Kanten Halt. Aus den Schachteln ohne Deckel ragten die aufgerichteten braunen geflochtenen Henkel von Einkaufsbeuteln heraus; Sträußchen aus getrockentem Salbei und die braunen Blätter von Bergtabak, in Lagen silberiger ungesponnener Wolle gewickelt, füllten die Woolworth-Beutel bis zum Rand.

Er sah Bündel von Zeitungen mit aufgerollten, brüchigen und braun verfärbten Rändern wie eine Barrikade vor Telefonbüchern aufgestapelt, deren Jahrgänge sich auf viele große Städte verteilten – St. Louis, Seattle, New York, Oakland –, und er begann im Haus des alten Mannes eine neue Dimension zu spüren. Sein Herz klopfte schneller, und er fühlte, wie seine Beine blutleer wurden. Er wußte die Antwort, bevor er die Frage in Worte fassen konnte. Das Licht von der Tür her schnitt Pfade durch das dicke bläulichgrüne Glas und Coke-Flaschen; seine Augen folgten dem Licht, bis ihm schwindlig und übel war. Er wollte das Ganze als den Plunder eines alten Mannes abtun, Überbleibsel, die aus den Jahren abgefallen waren, aber die Schachteln und Kisten, die Bündel und Stapel waren eindeutig Teil des Musters: sie folgten den konzentrischen Schatten des Raumes.

Der Alte lächelte. Seine Zähne waren groß und weiß. »Laß dir Zeit«, sagte er, »versuch nicht, gleich alles auf einmal zu sehen.« Er lachte. »Wir sammeln diese Sachen seit langer Zeit – seit Hunderten von Jahren. Sie hat es schon gemacht, bevor ich geboren wurde, und er arbeitete schon daran, bevor sie kam. Und immer so weiter in der Zeit zurück.« Er unterbrach sich lächelnd. »Darüber zu reden ist genauso schlimm, nicht? Zu viel, um alles auf einmal zu schlucken.«

Tayo nickte, aber jetzt hingen seine Augen an den Deckenbalken, wo an Holzpföcken und Nägeln mit viereckigen Köpfen Beutel und Säckchen baumelten. Harte geschrumpfte Fellbeutel und schwarze Ledersäckchen mit gehämmerten Silberknöpfen waren Dinge, die er verstehen konnte. Sie gehörten zu den Siebensachen eines Medizinmanns, lagen neben den bemalten Rasseln aus Flaschenkürbissen und den Klappern aus Hirschhufen für die Zeremonie. Aber bei diesem Alten hörte es damit nicht auf; unter den Medizinbeuteln und -säckchen aus ungegerbter Tierhaut sah er an den Wänden ganze Schichten alter Kalender hängen, deren Jahresfolge durcheinander geraten und untergegangen war, als ob dann und wann die ältesten Kalender heruntergefallen oder unter den neueren hervorgeholt und dann über die jüngstvergangenen Jahrgänge gehängt worden wären. Ein paar zeigten den Januar, als hätte man die Monate auf den darunterliegenden Blättern nicht mehr umgewendet oder abgerissen.

Der alte Betonie wies mit einer weiten Gebärde seiner Arme auf den Hogan. »Und was mache ich mit alledem?« Er nickte bedächtig. »Vielleicht hast du es gerochen, als du hereinkamst.

In den alten Zeiten war es einfach. Ein Medizinmann konnte ohne all diese Dinge auskommen. Aber heutzutage . . .« Seine Stimme verklang, und er nickte, ließ Tayo den Gedanken selbst zu Ende führen.

Tayo studierte die Bilder und Namen auf den Kalendern. Er erkannte die Namen von Warenhäusern in Phoenix und Albuquerque, aber in den letzten Jahren hatte der Alte die Kalender der Santa Fé-Eisenbahn bevorzugt, auf denen indianische Szenen abgebildet waren – Navajos als Schafhirten, Hirschtänzer in Cochiti, kleine Pueblo-Kinder, die Burros scheuchten. Seinen Augen folgten kalte Schauer in seinem Nacken: er erkannte die Bilder für die Jahre 1939 und 1940 wieder. Josiah hatte jedes Jahr die Kalender vom Santa Fé-Bahnhof mit nach Hause gebracht; in der Reservation gab es diese Kalender häufiger als die Coca Cola-Kalender. Es bestand kein Grund zu erschrecken. Der Alte hier hatte es bloß genauso gemacht. Er versuchte seine Empfindungen durch Reden abzuschütteln.

»Diese zwei kenne ich noch«, sagte er.

»Das gibt mir doch einen Punkt, wo ich anfangen kann«, sagte der alte Betonie und steckte sich die kleine braune Zigarette an, die er gerollt hatte. »All diese Sachen tragen lebendige Geschichten in sich.« Er wies auf den Santa Fé-Kalender. »Ich bin da unten einer ihrer besten Kunden. Ich bin 1903 mit dem Zug nach Chicago gefahren.« Seine Augen glänzten jetzt, und er blickte Tayo gerade in die Augen. »Ich weiß«, sagte er stolz, »die Leute sind immer überrascht, wenn ich ihnen die Orte aufzähle, wo ich überall hingekommen bin.« Er wies auf die Telefonbücher. »Ich hab die Bücher mit all den Namen darin mitgebracht. Den Dingen auf der Spur bleiben.« Er strich sich über den Schnurrbart, als erinnere er sich an manches.

Tayo beobachtete ihn und versuchte zu entscheiden, ob der Alte log. Er war sich nicht sicher, ob damals die Indianer überhaupt mit dem Zug hatten fahren dürfen. Der Alte lachte über den Ausdruck in Tayos Gesicht. Er wischte sich den Mund mit dem Hemdärmel ab.

»Sie hat mich zur Schule geschickt. Sherman Institute, Riverside, Kalifornien. Das war das allererste Mal, daß ich mit dem Zug gefahren bin. Mein ganzes Leben lang hatte ich von den Hügeln hier oben aus die Züge beobachtet. Ich sagte ihr, es sehe aus wie eine Schlange, die durch die Rotfelsmesas kriecht. Ich sagte, ich wollte nicht weg. Ich war damals schon ein großer Junge. Größer als die übrigen. Aber sie sagte: ›Es wird jetzt in allen Sprachen weitergetragen, drum mußt du auch Englisch können.‹« Er fuhr sich wieder mit den Fingern über den Schnurrbart, immer noch lächelnd, als dächte er schon an die nächsten Geschichten, die er erzählen wollte. Aber aus seinem dicken grauen Schnurrbart löste sich ein einzelnes Haar, und seine Aufmerksamkeit richtete sich mit einem Mal auf das Haar zwischen seinen Fingern. Er stand auf und ging in den Hintergrund des Hogans. Tayo hörte Schlüssel klirren und das blecherne Scheppern eines sich öffnenden Kastens; das Schloß schnappte zu, und der Alte kam zurück und setzte sich; das Haar war fort.

»Ich laß mich auf kein Risiko ein«, sagte er, als er sich wieder auf dem Ziegenfell niedergelassen hatte. Tayo konnte seinen eigenen Puls in den Ohren pochen hören. Er wußte nicht genau, wovon der Alte redete, aber er hatte eine Ahnung. »Hat dich nie jemand über diese Dinge belehrt?«

Tayo schüttelte den Kopf, aber er wußte, der Medizinmann konnte sehen, daß er log. Er wußte, was sie mit Haarsträhnen machten, wenn sie welche fanden; er wußte, was sie mit den Schnipseln von Fingernägeln und Zehennägeln machten, wenn sie welche fanden. Er atmete schneller, und er fühlte, wie ihn mit jedem Schlag seines Herzens die Angst überschwemmte.

Sie wollten ihn nicht um sich haben. Sie gaben ihm die Schuld. Und jetzt hatten sie ihn hierher geschickt, und das würde sein Ende sein. Die Polizei von Gallup würde seine Leiche in den Büschen entlang des großen Arroyos finden, und er wäre einfach einer von den zweien oder dreien, die sie jede Woche tot auffanden. Er dachte wieder daran, wegzulaufen; er war stärker als der Alte, und er könnte mit Gewalt hier herauskommen. Aber der Schmerz über den Verrat stieß ihn in den Hals wie eine Faust. Er blinzelte, um die Tränen zurückzuhalten, aber er regte sich nicht. Er war des Kämpfens müde. Wenn keiner mehr übrig war, dem man vertrauen konnte, dann hatte er keinen Grund mehr zum Leben.

Der Alte lachte und lachte. Er lachte, und wenn sein Gelächter schon nachzulassen schien, schüttelte er den Kopf und fing wieder von vorn an zu lachen.

»Ich war auf der Weltausstellung in St. Louis, Missouri, in dem Jahr, wo sie Geronimo zur Schau stellten. Die Weißen hatten eine Todesangst vor ihm. Einige wollten ihn sogar in Fußeisen gelegt haben.«

Tayo blickte nicht auf. Vielleicht war er diesmal wirklich verrückt. Vielleicht lachte der Medizinmann gar nicht immerzu; vielleicht setzten sich die Träume und die Stimmen wieder durch.

»Wenn du mir nicht traust, gehst du besser vor Einbruch der Dunkelheit los. Man kann heutzutage gar nicht vorsichtig genug sein«, sagte Betonie und wies auf den Blechkasten, wo er die Haare aufbewahrte. »Ich könnte sowieso keinem helfen, der Angst vor mir hat.« Er begann leise vor sich hinzusummen, ein Lied, das Tayo nur undeutlich hören konnte, das ihn aber an Schmetterlinge erinnerte, die von Blume zu Blume gaukeln.

»Sie schickten mich nach dem Krieg in dieses Haus. Es war weiß. Alles in diesem Haus war weiß. Außer mir. Ich war unsichtbar. Aber dort hatte ich keine Angst. Ich hatte nicht das Gefühl, daß sich hinter mir etwas heranschlich. Ich hab nicht um Rocky und Josiah geweint. Da gab es keine Stimmen und keine Träume. Vielleicht gehöre ich in dieses Haus zurück.«

Betonie zog seinen Tabaksbeutel aus der Hemdtasche. Er rollte sich mit braunem Weizenpapier eine dünne kleine Zigarette und hielt Tayo den Beutel hin. Er nickte bedächtig, um anzudeuten, daß er zugehört hatte.

»Stimmt schon«, sagte der Alte, »du könntest in dieses weiße Haus zurück.« Er zog an der Zigarette und starrte auf den roten Sandboden. Dann blickte er plötzlich auf, und seine Augen leuchteten; ein breites Schmunzeln lag auf seinem Gesicht. »Aber wenn du das tun willst, kannst du genausogut dort runtergehen, zu den übrigen, kannst im Dreck schlafen, billigen Wein kotzen, dich über die Frauen wälzen. Stirb auf die Art und bring's hinter dich.« Er schüttelte den Kopf und lachte. »In dem Krankenhaus da begraben sie die Toten nicht, sie bewahren sie in den Zimmern auf und reden mit ihnen.«

»Es gibt Geschichten über mich«, begann Betonie mit ruhiger voller Stimme. »Vielleicht hast du welche gehört. Sie sagen, ich bin verrückt. Manchmal sagen sie Schlimmeres. Aber ganz gleich, was sie sagen, sie vergessen mich nicht, auch wenn ich nicht hier bin.« Tayo hütete sich vor seinen Augen. »Ist schon wahr«, sagte Betonie, »wenn ich mit dem Zug weg bin, hundert Meilen von hier, machen diese Navajos immer noch einen großen Bogen um meinen Hogan.« Er rauchte eine Weile und starrte auf das kreisförmige Sonnenlicht auf dem Boden zwischen ihnen. Was Tayo fühlte, war mächtig, aber er vermochte sich nicht darüber klarzuwerden, was es war.

»Mein Onkel Josiah war an dem Tag dort. Dabei weiß ich, daß er nicht dort sein konnte. Er war Tausende Meilen weit weg, zu Hause in Laguna. Wir waren auf den Philippinen im Dschungel. Ich begreife das. Ich weiß, daß er nicht dort sein konnte. Aber ich habe nun mal dieses Gefühl, und es will nicht weggehen, auch wenn ich weiß, daß er nicht dort war. Ich hab das Gefühl, als ob er dort war. Ich hab das Gefühl, als ob er dort unter den japanischen Soldaten war, die umgekommen sind.« Tayos Stimme bebte; er spürte, wie ihm die Tränen in die Augen stiegen. Plötzlich war das Gefühl da, so stark, wie es an jenem Tag im Dschungel gewesen war. »Er hat mich geliebt. Er hat mich geliebt, und ich hab nichts getan, um ihn zu retten.«

»Wann ist er gestorben?«

»Während wir fort waren. Er ist gestorben, weil niemand da war, um ihm nach den Rindern suchen zu helfen, als sie jemand gestohlen hatte.«

»Rocky«, sagte Betonie leise, »erzähl mir von Rocky.«

Die Tränen liefen Tayo zu beiden Seiten der Nase herab und tropften ihm vom Kinn; während sie fielen, schrumpfte das Hohle in seiner Brust zu einem schwarzen Loch zusammen, und er wartete darauf, in sich selbst zusammenzufallen.

»Es war das eine, das ich hätte tun können. Für sie alle, für all die Jahre, die sie mich bei sich behalten haben – für alles, was meinetwegen geschehen war . . .«

»Du hast immerzu etwas getan. Die ganze Zeit, und jetzt bist du an einer wichtigen Stelle in dieser Geschichte.« Er machte eine Pause. »Die Japaner«, fuhr der Medizinmann fort, als versuchte er, sich an etwas zu erinnern. »Es ist nicht zu verwundern, daß du ihn unter ihnen gesehen hast. Du hast gesehen, wer sie waren. Vor dreißigtausend Jahren waren sie keine Fremden. Du hast gesehen, was das Böse angerichtet hat: du hast gesehen, daß sich die Hexerei über die ganze Welt verbreitet hat.«

»Und diese Rinder . . .

Die Leute in Cubero nannten sie den Schwan der Nacht. Sie hat ihm von den Rindern erzählt. Sie hat ihm zugeredet, sie zu kaufen. Tantchen sagte, daß . . .«

Der Alte winkte mit beiden Armen ab. »Erzähl mir nicht von deiner Tante. Ich will von diesen Rindern und dieser Frau hören.«

»Sie hat mir einmal etwas gesagt. Über unsere Augen. Haselnußbraun-grüne Augen. Ich habe es nie begriffen. War sie schlecht, wie Tantchen immerzu sagte? Haben die Rinder ihn umgebracht – habe ich zugelassen, daß die Rinder ihn umbrachten?«

Der Alte war aufgesprungen. Er umkreiste die Feuergrube und ging dabei immer hinter Tayo entlang. Er war erregt, und von Zeit zu Zeit sprach er etwas auf Navajo vor sich hin.

Betonie wühlte in den Pappkartons, bis der Staub aufflog und sein Gesicht verhüllte. Schließlich zog er ein braunes Spiralheft mit eingerissenem Deckel heraus; er blätterte langsam durch die Seiten und bewegte dabei leicht die Lippen. Er setzte sich wieder Tayo gegenüber, das Notizbuch auf dem Schoß.

»Ich beginne etwas zu sehen«, sagte er mit geschlossenen Augen, »ja. Etwas sehr Wichtiges.«

Der Raum war kühler als vorher. Das Licht von der Öffnung im Dach wurde unbestimmt und grau. Die Sonne ging unter. Betonie zeigte mit einem Finger auf ihn.

»Das läuft schon eine lange lange Zeit. Sie werden dich hindern wollen, die Zeremonie zu vollenden.«

Das Hohle in ihm war plätzlich zu eng für den Zorn. »Hör zu«, sagte Tayo durch die zusammengebissenen Zähne, »ich bin krank gewesen, und die meiste Zeit weiß ich nicht, ob ich immer noch verrückt bin oder nicht. Ich weiß nichts von Zeremonien oder diesen Sachen, von denen du sprichst. Ich weiß nicht, wie lange irgendwas schon läuft. Ich brauche einfach Hilfe.« Die Worte erschütterten seinen Körper, als hätten sie eine eigene Spannkraft, die beim Sprechen freigesetzt wurde.

»Wir alle warten seit langer Zeit auf Hilfe. Aber es ist nie leicht gewesen. Die Menschen müssen es tun. Du mußt es tun.« Betonies Worte klangen, als setzte er einem kleinen Kind etwas Einfaches, aber Wichtiges auseinander. Aber Tayos Magen krampfte sich um die Worte wie in seine Eingeweide gebohrte Messer. In den Worten des Alten lag etwas Umfassendes und Erschreckendes. Er wollte den Medizinmann anschreien, wollte die Worte hinausschreien, mit denen die weißen Doktoren auf ihn eingeschrien hatten – er solle nur an sich denken und nicht an die anderen, er werde nie gesund, solange er Worte wie »wir« und »uns« gebrauchte. Aber er hatte die Antwort die ganze Zeit gewußt, selbst während die weißen Doktoren ihm einredeten, er könne gesund werden, und er versuchte, ihnen zu glauben: die Medizin wirkte nicht auf solche Weise, weil die Welt nicht auf solche Weise lief. Seine Krankheit war nur ein Teil von etwas Größerem, und seine Heilung würde er nur in etwas Großem und Allumfassendem finden.

»Ich muß dir einige Dinge sagen«, begann Betonie leise. »Die Menschen haben heutzutage eine feste Vorstellung von den Zeremonien. Sie glauben, die Riten müssen ganz genauso ausgeführt werden, wie sie immer gemacht wurden, vielleicht, weil ein einziges Versehen oder ein Fehler genügt, und die ganze Zeremonie muß abgebrochen und die Sandzeichnung vernichtet werden. Soviel ist richtig. Sie glauben, wenn ein Sänger sich bei irgendeinem Teil des Rituals vergreift, kann großer Schaden geschehen, können gewaltige Kräfte entfesselt werden.« Er schwieg eine Weile und blickte durch den Rauchfang in den Himmel. »Soviel mag auch noch richtig sein. Aber vor langer Zeit, als den Menschen diese Zeremonien gegeben wurden, begann bereits die Veränderung, und wäre es nur das Altern der gelben Flaschenkürbisrassel oder das Schrumpfen der Haut um die Adlerklaue herum, und wären es nur die von Generation zu Generation wechselnden Stimmen, die den Gesang anheben. Du siehst, auf vielerlei Weise haben die Zeremonien sich immerzu gewandelt.«

Tayo nickte; er blickte auf die Medizinbeutel, die von der Decke hingen, und versuchte sich die Gegenstände vorzustellen, die sie enthielten.

»Einst genügten die Zeremonien, so wie man sie ausgeführt hatte, für die Welt, wie sie damals war. Aber nachdem die Weißen gekommen waren, begannen die Elemente in dieser Welt sich zu verschieben; und es wurde notwendig, neue Zeremonien zu schaffen. Ich habe Änderungen in den Ritualen eingeführt. Das Volk mißtraut dem sehr, aber nur dieses Wachstum erhält die Zeremonien stark.

Das hat sie mich vor allem anderen gelehrt: Dinge, die sich

nicht verändern und nicht wachsen, sind tote Dinge. Das sind die Dinge, die das Hexervolk will. Die Hexerei wirkt, indem sie den Menschen Angst macht, indem sie ihnen Furcht vor dem Wachstum einflößt. Aber das ist immer notwendig gewesen, und jetzt noch mehr denn je. Sonst schaffen wir es nicht. Wir überleben nicht. Eben darauf rechnet die Hexerei: daß wir uns an die Zeremonien in der Form klammern, wie sie immer waren, und dann wird ihre Macht triumphieren, und das Volk wird nicht mehr sein.«

Er wollte dem alten Betonie glauben. Er wollte das Gefühl seiner Worte in sich lebendig erhalten, um glauben zu können, daß er wieder gesund werden konnte. Aber als der Alte hinausging, nahm er plötzlich den alten Hogan bewußt wahr: der rote Sandboden war ungleichmäßig gefegt; aus den Schachteln quollen Lumpen; die Kisten waren voll von dem Gerümpel und Plunder, den ein alter Mann aufhebt – Notizbücher und Schnurrbarthaare. Die Einkaufsbeutel waren aufgeplatzt, und die Kräuter und Zweige stachen durch Risse in dem braunen Papier. Die Kalender, die Betonie gratis bekam, und die Telefonbücher, die er auf seinen Reisen aufgegabelt hatte – das alles schien plötzlich so erbärmlich und klein, verglichen mit der Welt der Weißen, wie er sie kannte – eine Welt des Komforts in den breit hingelagerten Häusern, die er in Kalifornien gesehen hatte, eine Welt des Überflusses, gemessen an dem Essen, das er aus der Offiziersmesse weggetragen und in die Abfalltonnen geworfen hatte. Die Kleidung des Alten war schmutzig und abgetragen, wahrscheinlich zusammengelesen wie seine Kalender. Die abgelegten Sachen, die die Weißen nicht mehr haben wollten. Alles, was Betonie besaß, steckte in diesem Raum. Welcherlei Heilkraft steckte da drin?

Voll Zorn sprang er auf die Beine; sie waren steif vom langen Hocken. Hier hatten die Weißen mit ihren Versprechungen die Indianer sitzenlassen. Alles, was sie dir versprochen haben, Rocky, es war nicht anders als mit den übrigen Versprechungen, die sie gemacht haben.

Er ging hinaus in die Abendluft, die kühl war und nach dem Wacholderrauch vom Feuer des Alten roch. Betonie saß am Feuer und bewachte die brutzelnden Hammelrippchen auf einem Grill, den er vom Kühler eines Autowracks in der Müllkippe da unten geborgen hatte. Der Grill lagerte auf zwei großen Sandsteinen, zwischen denen die Kohlenglut unter dem schmurgelnden Fleisch zusammengeschoben war. Tayo blickte auf das Tal hinab, auf die Lichter der Stadt und die Scheinwerfer und Rücklichter längs der Fernstraße 66.

»Sie haben sich fast alles genommen, nicht?«

Der Alte blickte vom Feuer auf. Während er das Fleisch mit einem gegabelten Stock wendete, schüttelte er bedächtig den Kopf. »Wir kommen immer darauf zurück, stimmt's? Es war so vorherbestimmt. Mit all dem Zorn und der Enttäuschung. Und auch mit dem Schuldgefühl. Die Indianer wachen jeden Morgen ihres Lebens auf und sehen das gestohlene Land vor sich, immer noch zum Greifen nah, und mit dem Diebstahl brüsten sie sich auch noch. Und der Wunsch ist stark, die Dinge zurechtzurücken, sich das Gestohlene zurückzuholen und die anderen daran zu hindern, zu zerstören, was sie sich genommen haben. Aber sieh, Tayo, wir haben mit den Zerstörern und den Dieben gekämpft, soweit wir konnten: soweit es uns noch überleben ließ.«

Tayo kam heran und kniete sich neben die Rippchen, die über der weißen Glut des Feuers brieten.

»Sieh«, sagte Betonie und wies ostwärts zum Mount Taylor, der im letzten Dämmerlicht dunkelblau aufragte. »Sie machen sich bloß etwas vor, wenn sie glauben, er gehört ihnen. Die Urkunden und Papiere bedeuten gar nichts. Es ist das Volk, das dem Berg gehört.«

Tayo stocherte in der Glut und sah zu, wie die Kohlenstücke die Gestalt verloren und zu weißer Asche zusammensanken. »Ich weiß manchmal nicht so recht«, sagte er, »weil meine Mutter mit weißen Männern gegangen ist.« Hier blieb er stekken, unfähig, weiterzusprechen. Die Geburt hatte seine Mutter verraten und Schande über die Familie und das Volk gebracht.

Der alte Betonie hockte sich bequem auf die Fersen und blickte in die Ferne hinaus. »Nichts ist so einfach«, sagte er, »man schreibt nicht alle Weißen ab, genau wie man nicht allen Indianern traut.« Er wies auf den Kaffeetopf im Sand am Rand der Glut und dann auf das Fleisch. »Iß jetzt erst mal«, sagte er.

Tayo nagte das Fleisch von den Hammelrippchen und warf die Knochen einem mageren gelben Hund zu, der hinter dem Hogan vorkam. Hinter dem Hund kam ein Junge von fünfzehn, sechzehn Jahren mit einem Armvoll Feuerholz. Er kniete sich mit dem Holz ans Feuer; Betonie sprach auf Navajo mit ihm und deutete mit einem Kopfnicken auf Tayo.

»Das ist mein Gehilfe«, erklärte er Tayo. »Sie nennen ihn Shush. Das bedeutet Bär.« Es war dunkel, aber im Lichtschein des Feuers konnte Tayo sehen, das etwas Eigenartiges an dem Jungen war, etwas Abwesendes in seinen Augen, als wäre er allein auf einem fernen Berggipfel, und das Feuer und der Hogan und die Lichter der Stadt unter ihnen existierten nicht.

Er war ein kleines Kind,
lernte gerade
auf eigenen Beinen zu gehen.
Seine Familie fuhr mit dem Wagen
in die Berge bei
Fluted Rock.

Es war Herbst und
sie sammelten Piñonzapfen.
Ich denke, er wanderte einfach davon,
als er seinen Brüdern und Schwestern
zwischen die Bäume folgen wollte.
Die Tante glaubte, er wäre bei seiner Mutter,
und sie dachte, er wäre bei ihrer Schwester.

Und als sie ihn suchten am nächsten Tag,
führten die Spuren in den Cañon

nah zu dem Ort, der den Bären allein
gehörte. Sie gingen
so nahe heran an jenen Ort,
wie sie konnten,
wohin sich nie ein menschliches Wesen
hinwagen durfte,
und die Spuren der kleinen Füße
verliefen sich zwischen Bärenspuren.

Und so schickten sie nach diesem
Medizinmann. Und er wußte,
wie man das Kind zurückrufen konnte.
Es war nicht viel Zeit.
Der Medizinmann
kam angerannt, und seine Gehilfen
folgten ihm nach.

Sie alle trugen Bärenkraut
um Handgelenke und Fußgelenke
und um den Hals gebunden.

Er grunzte laut und er scharrte vor sich den Boden,
er ließ den Eingang zur Bärenhöhle nicht aus den Augen.
Er grunzte und gab ein tiefes Knurren von sich.
Schon bald kamen die kleinen Bären heraus,
weil er Mutterbär-Laute machte.
Er grunzte und knurrte ein bißchen weiter,
und dann kam auch das Kind heraus.
Es lief schon wie seine Geschwister,
es ging schon auf allen vieren.

Sie konnten das Kind nicht einfach nur greifen,
ihn nicht so einfach zurückholen,
denn er stünde für immer dazwischen
und würde sicherlich sterben.

Sie mußten ihn rufen
Schritt für Schritt
brachte der Medizinmann dann
das Kind zurück.

So bekamen sie ihn wieder zurück
vor langer Zeit
aber danach
war er nie wieder ganz derselbe
nicht wie die anderen Kinder.

Tayo stand auf und ging unruhig um das Feuer; der Junge nahm ein paar Rippchen und verschwand wieder hinter dem Hogan. Der Alte legte etwas Holz nach. »Du brauchst dich nicht vor ihm zu fürchten. Manche Leute tun so, als ob alles, was geschieht, auf Hexerei zurückzuführen wäre, während die Hexerei in Wirklichkeit nur auf einen kleinen Teil davon Einfluß hat.« Er wies in die Richtung, wo der Junge hingegangen war. »Unglücksfälle kommen vor, und wir können wenig dagegen tun. Aber sei nicht zu schnell dabei, etwas gut oder schlecht zu nennen. Es gibt ein gewisses Gleichgewicht, eine harmonische Abstimmung zwischen den Dingen, die sich immerzu verschiebt, stets neu bewahrt werden muß. Bei den Bären geht es recht friedlich zu; die Leute sagen, das sei der Grund, warum die Menschen selten von ihnen zurückkehren. Es ist eine Sache der Übergänge, verstehst du; die Wandlung, das Werden muß man sorgfältig überwachen. Dasselbe würdest du mit den Setzlingen tun, während sie auf dem Acker zu Pflanzen werden.«

Bemerkung zu Bärenmenschen und Hexen

Verwechsle nicht jene, die zu den Bären gehen, mit den Hexen. Menschliche Wesen, die bei den Bären leben, tragen kein Bärenfell. Sie gehen nackt und wissen nicht, daß sie sich von ihrer Bärenverwandtschaft unterscheiden. Die Hexer kriechen in das Fell toter Tiere, aber sie können mit Gegenständen und Körpern nur herumspielen. Lebende Tiere haben ein Grauen vor den Hexenmenschen. Sie wittern den Tod. Deshalb können Hexer ihnen nicht nahekommen. Deshalb halten sich die Menschen Hunde um ihre Hogans. Hunde heulen vor Angst, wenn sich Hexentiere nähern.

Der Wind erhob sich und fachte das Feuer an. Tayo sah eine rote Flamme unter der weißen Glut hervorkriechen; er hob ein Stück Wacholderholz vom Boden auf und warf es hinein. Es fing Feuer. Er rollte das Harz von dem Holz zwischen den Fingern und blickte auf Gallup hinab.

»Ich hab dir noch nichts von Emo erzählt«, sagte er, »ich habe dir noch nicht erzählt, was Rocky zugestoßen ist.« Er wies auf die Lichter im Tal. »Etwas an den Lichtern da unten, etwas an den Autos und Neonreklamen erinnert mich an die beiden.«

»Ja«, sagte der Alte, »meine Großmutter wollte diesen Hügel nicht verlassen. Sie sagte, von hier aus kann man die ganze Welt sehen.«

»Rocky wollte aus der Reservation weg; er wollte etwas aus sich machen. Irgendwo in einer großen Stadt.«

»Da unten sind sie. Solche wie dein Bruder. Da unten sind sie.«

»Er hat es aber nicht geschafft. Ich sollte ihm helfen, daß er wieder heimkommt. Sie rechneten auf ihn. Sie waren stolz auf ihn. Das war ich ihnen schuldig. Nach allem, was passiert war. Ich war es ihnen schuldig.« Er blickte den Alten an, aber der starrte auf die Lichter da unten, folgte den Scheinwerfern von Westen her, bis sie als Schlußlichter im Osten verschwanden. Er schien nicht zuzuhören.

»Das da hat keine Grenzen«, sagte Betonie. »Als es losgelassen wurde, schweifte es überallhin, von den Bergen und Ebenen in die kleinen und großen Städte; Flüsse und Ozeane haben es nicht aufhalten können.« Der Wind wehte gleichmäßig, und die Stimme des Alten ging fast darin unter.

»Emo spielt mit diesen Zähnen – menschlichen Zähnen –, und er sagt, verglichen mit den Weißen haben die Indianer nichts. Er redet nur davon, was sie alles für Städte und Maschinen und Essen haben. Er sagt, das Land taugt nichts, und wir müssen darauf ausgehen, was sie haben, und es ihnen wegnehmen.« Tayo hustete und versuchte, die Beengung in seinem Hals loszuwerden. »Na, ich weiß nicht, wie ich es sagen soll, aber es scheint doch so zu sein. Man braucht sich ja bloß umzusehen. Und deshalb frage ich mich«, sagte er und merkte, wie die Spannung in seinem Hals die Tränen herauspreßte, »ich frage mich, was die indianischen Zeremonien gegen die Krankheit ausrichten können, die von ihren Kriegen, ihren Bomben, ihren Lügen herrührt?«

Der Alte schüttelte den Kopf. »Das ist die Hinterlist der Hexerei«, sagte er. »Wir sollen glauben, alles Böse liege bei den Weißen. Dann forschen wir nicht weiter, um zu erkennen, was wirklich vorgeht. Wir sollen uns von den Weißen absondern, sollen unwissend und hilflos unserem eigenen Untergang zusehen. Aber die Weißen sind nur Werkzeuge, die die Hexerei benutzt; ich sage dir, wir können mit den Weißen zurechtkommen, mit ihren Maschinen und Überzeugungen. Wir können es, weil wir die Weißen erfunden haben; die indianische Hexerei hat nämlich die Weißen überhaupt erst geschaffen.«

Vor langer Zeit,
zu Anbeginn,
da gab es nicht Weiße auf dieser Welt,
nichts Europäisches.
Und diese Welt
hätte noch heute das gleiche Gesicht,
wäre nicht das eine:
die Hexerei.
Diese Welt war schon vollkommen,
auch ohne die Weißen.
Es gab bereits alles,
auch Hexerei.

Und dann geschah es.
Diese Hexenleute kamen zusammen.
Manche kamen von weit, weit her
über Ozeane,
über Berge.
Schlitzaugen hatten die einen,
andere schwarze Haut.
Sie kamen alle zum Wettstreit zusammen,
wie man heut Baseball-Turniere hat,
nur war dies ein Wettbewerb
in geheimen Dingen.

Also jedenfalls
kamen sie alle zusammen,
Hexenleute aus allen Richtungen,
Hexer aus allen Pueblos
und allen Stämmen.
Navajo-Hexen waren da,
solche von Hopi und ein paar von Zuni.

Sie hielten ihren Hexenrat,
das war es nämlich.
Weit oben in den Lavafelshügeln,
nördlich von Cañoncito
da trafen sie sich,
um in Höhlen
in Tierfellen ihren Unfug zu treiben.
Fuchs, Dachs, Luchs und Wolf
umkreisten das Feuer,
und beim vierten Mal
schlüpften sie in die Haut dieses Tieres.

Aber diesmal war das nicht genug,
und einer von ihnen,
vielleicht ein Sioux oder ein Eskimo,
begann zu prahlen.
»Das war noch gar nichts,
seht mal das.«

Und so begann der Wettbewerb.
Dann hoben einige die Deckel
von ihren Kochkesseln
und riefen die übrigen herbei
hineinzuschauen:
tote Babies brodelnd in Blut,
aus dem Schädel kreisrunde Löcher geschnitten,
ausgesogen das ganze Gehirn.
Hexenmedizin,
zu trocknen und zu Pulver zu reiben
für neue Opfer.

Andere entfalteten Lederbündel
mit lauter ekelhaften Dingen:
dunkle Feuersteine, verglühte Reste
von verbrannten Hogans,
wo Tote lagen,

Hautlappen
von Fingerkuppen abgeschnitten,
abgetrennt vom Penisende und von der Klitorisspitze.

Schließlich blieb nur noch einer übrig,
der hatte noch nicht großgetan
mit Zaubermitteln und Zauberkräften.
Das Hexenwesen stand im Schatten
jenseits des Feuers,
und nicht einer wußte,
woher es kam,
von welchem Stamm
und ob es Mann war oder Frau.
Aber das wichtigste war dies
nicht dunkle Donnerkohlen wies es vor,
nicht rote Kugeln aus Ameisenhaufen.
Es hieß sie einfach zuzuhören:
»Was ich habe, ist eine Geschichte.«

Zunächst da lachten sie alle
jedoch das Hexenwesen sagte:
Okay
macht nur und lacht,
wenn ihr wollt,
aber indem ich die Geschichte erzähle
fängt sie an zu geschehen.

Von jetzt und hier in Gang gebracht,
in Gang durch unsere Hexerei,
um für uns zu wirken.

In Höhlen jenseits des Ozeans,
in den Höhlen dunkler Berge,
Menschen mit weißer Haut
wie der Bauch eines Fisches
und mit Haar bedeckt.

Dann entfremden sie sich der Erde,
dann entfremden sie sich der Sonne,
dann entfremden sie sich Tieren und Pflanzen.
Sie sehen kein Leben,
was sie erblicken,
sind nichts als Gegenstände.
Die Welt ist für sie ein totes Ding,
die Bäume und Flüsse leben nicht,
die Berge und Steine leben nicht,
Hirsch und Bär sind Gegenstände.
Sie sehen kein Leben.

Sie fürchten.
Sie fürchten die Welt.
Sie zerstören, was sie fürchten.
Sie fürchten sich selbst.

Der Wind wird sie über den Ozean wehen,
Tausende von ihnen in Riesenbooten,
wimmelnd wie Larven
aus einem zerstörten Ameisenhaufen.

Gegenstände werden sie tragen,
mit denen schießen sie den Tod
schneller als Augen blicken können.

Sie werden die Dinge töten,
die sie fürchten,
all die Tiere,
und hungern werden die Menschen.

Das Wasser werden sie vergiften,
abziehen werden sie das Wasser,
und es wird Dürre sein,
und hungern werden die Menschen.

Sie werden fürchten, was sie finden
Sie werden die Menschen fürchten
Sie töten, was sie fürchten.

Ausgelöscht werden ganze Dörfer,
hingemetzelt ganze Stämme.

Leichen für uns.
Blut für uns.
Töten töten töten töten.

Und die sie nicht töten,
sterben auch so,
an der Zerstörung, die sie sehen,
am Verlust,
am Verlust ihrer Kinder,
der Verlust wird auch die übrigen noch vernichten.

Gestohlene Flüsse und gestohlene Berge,
gestohlenes Land wird ihre Herzen fressen,
reißt von der Großen Mutter weg ihren Mund,
und hungern werden die Menschen.

Sie werden furchtbare Seuchen bringen,
die unter den Menschen unbekannt waren.
Aussterben werden ganze Stämme,
mit eiternden Geschwüren bedeckt,
Blut scheißend,
Blut kotzend.
Leichen für unser Werk.

Von jetzt und hier in Gang gebracht,
in Gang durch unsere Hexerei,
um für uns zu wirken.

Und sie nehmen sich diese Welt
von Ozean zu Ozean,
sie werden sich gegeneinander wenden,
sie werden sich gegenseitig vernichten.
Hier oben
in diesen Hügeln
werden sie Steine finden
mit grünen und gelben und schwarzen Adern.
Und mit diesen Steinen legen
sie das letzte Muster über die Welt
und jagen alles in die Luft.

Jetzt und hier in Gang gebracht,
in Gang gebracht,
um zu zerstören
und zu töten,
Werkzeuge in unserer Hand
Werkzeuge die für uns handeln,
unsere Hexerei vollziehen,
all das Leid,
all die Qual
für die Totgeborenen,
die Mißgestalteten,
für die Unfruchtbaren
und die Toten.

Wirbelnd
wirbelnd
wirbelnd
wirbelnd
jetzt und hier in Gang gebracht,
in Gang gebracht.

Da sagten all die anderen Hexer:
»Okay du hast gewonnen,
dein ist der Preis.

Doch all das, was du eben sagtest –
das ist gar nicht komisch
und klingt gar nicht gut.
Auch ohne das läuft es bei uns okay,
wir kommen auch ohne so etwas zurecht.
Nimm sie zurück,
diese Geschichte,
ruf sie zurück.«

Aber das Hexenwesen schüttelte bloß den Kopf,
sah all die anderen in ihren stinkenden
Tierhäuten, Fellen und Federn an.
Es ist schon losgelassen.
Es nähert sich bereits.
Es gibt keinen Ruf zurück.

Sie ritten vor Sonnenaufgang los. Der Alte saß auf einer mageren Pintostute, deren Hüftknochen und Rippen durch das Fell stachen wie die Federn in einem alten Autositz. Aber sie war kräftig und erklomm geschickt den schmalen felsigen Pfad nördlich von Betonies Hogan. Der Gehilfe des Alten ritt ein schwarzes Pony, tief über seinen Hals gekauert, das Gesicht in seine Mähne gedrückt. Vielleicht ritt er so, um sich zu wärmen, denn vor Sonnenaufgang war es kalt in diesen Vorbergen; die Nachtluft der hohen Berge war frostig vom Licht der Sterne und den Schatten des Mondes. Der braune Wallach stolperte mit Tayo; er zügelte ihn und ließ ihn langsamer gehen. Hinter ihnen im Tal war die Fernstraße nur eine schwache dunkle Ader im gelben Sand und roten Fels. In dem Wind, der über das steinerne Rückgrat der Kuppe blies, roch er Piñonkiefer und Salbei. Sie ließen den roten Sandstein und das Tal hinter sich und ritten in die Lavafelsvorberge und Kiefern der Chuska Mountains hinauf.

»Die zweite Nacht verbringen wir hier«, sagte Betonie und wies auf einen etwas vom Rand der Steilwand zurückgesetzten Hogan aus Steinen.

Tayo stand bei den Pferden und blickte den Pfad hinab auf den Weg zurück, den sie gekommen waren. Die Plateaus und Cañons breiteten sich unter ihm aus wie Wolken, die sich bis über den Horizont hinaus ineinanderschachteln. Die Welt unten war fern und klein; unter einem so blauen, unermeßlich weiten Himmel, daß sogar die Wolken sich darin verloren, wirkte sie zwergenhaft. Weit im Süden lagen bei Zuni rauchige blaue Kuppen im Höhennebel. Er strich sich mit der Hand über den Kopf und fühlte die Sonne. Der Bergwind war kühl; er roch wie tief in moosigem schwarzem Fels verborgene Quellen. Er sah keine Zeichen dessen, was auf die Erde losgelassen worden war: die Fernstraßen, die Städte, sogar die Zäune waren weg. Hier war der höchste Punkt der Erde; er konnte es spüren. Das hatte nichts mit genauen Messungen der Höhe zu tun. Es war ein besonderer Ort. Er lächelte. Er fühlte sich stark. Er mußte seine eigene Hand berühren, um sich zu erinnern, welches Jahr es war: dicke striemige Narben von dem zersplitterten Flaschenglas.

Seine Schwiegermutter schöpfte Verdacht.
Sie roch eines Morgens Kojotepisse
und sagte ihrer Tochter davon.
Sie meinte, Kojote steckt dahinter.
Sie wußte, ihr Schwiegersohn war weg.

Niemand konnte wissen, was Kojote ihm angetan hatte.
Zu viert folgten sie den Spuren des Mannes.
Sie folgten ihnen bis zu der Stelle,
wo er Hirschfährten fand.
Sie fanden die Stelle,
wo der Hirsch die Pfeilwunde empfing,
wo der Mann anfing ihn zu verfolgen.

Dann fanden sie die Stelle, wo Kojote ihn erwischte.
Ohne Frage liefen die Kojotefährten genau dort lang,
genau um die Spuren im Sand herum,
wo der Mann gelegen hatte.

Die menschlichen Spuren bogen ab
dem Berge zu,
wohin der Mann gekrochen sein mußte.
Sie folgten den Spuren bis zu einer Steineiche,
wo er eine Nacht verbracht hatte.
Von dort war er noch eine Strecke weitergekrochen
und hatte unter einer Zwergeiche geschlafen.
Dann liefen seine Spuren zu einer Piñonkiefer
und dann unter den Wacholder,
wo er auch eine Nacht schlief.

Die Spuren führten immer weiter,
aber endlich holten sie ihn ein,
als er unter dem Wildrosenbusch schlief.
»Was ist passiert? Bist du derjenige,
der vor vier Tagen wegging, mein Enkel?«
Er brachte nur ein Kojotewinseln hervor.
»Vor vier Tagen bist du weggegangen,
bist du derjenige, mein Enkel?«
Der Mann versuchte zu sprechen,
aber nur ein Kojotelaut war zu hören,
und der Schwanz wedelte hin und her,
fegte Furchen in den Sand.
Er litt an Durst und Hunger,
er war fast zu schwach, den Kopf zu heben.
Aber er nickte mit dem Kopf »ja«.

»Er ist es wirklich,
aber was können wir tun, ihn zu retten?«

Sie liefen zu den heiligen Stätten,
sie fragten, was zu tun wäre.

»Auf dem Gipfel des Dunklen Berges
fragt die vier alten Bärenwesen.
Sie sind die einzig mögliche Hoffnung.
Sie haben die Macht, den Geist zu heilen.
Immer wieder mal
ist das schon vorgekommen.«

Große Fliege sagt ihnen Bescheid.
Die alten Bärenwesen versprachen zu kommen.
Sie sagten:
Richtet Steineiche her,
Zwergeiche,
Piñonkiefer,
Wacholder und Wildrosenzweige.
Macht Reifen,
bindet Kräuterbündel zu Reifen.
Macht vier Bündel,
bindet sie mit Yukka,
Kiefer gemischt mit verkohlten Kräutern,
Schlangenwurz und Grammagras und Bergsalbei.
Macht vier Bündel.

Die Regenbogen waren durchkreuzt.
Sie hatte er vorher zum Reisen benutzt.
Ihre Absicht war,
ihm diesen Weg aufs neue zu öffnen.

Sie bildeten den Pollen-Knaben genau
in der Mitte der Zeichnung aus weißem Mais.
Seine Augen waren blauer Pollen,
sein Mund war blauer Pollen,
auch sein Hals.
Und Prisen von blauem Pollen bezeichneten
seine Gelenke.

Er saß in der Mitte der Sandzeichnung aus weißem Mais. Die durchkreuzten Regenbogen waren in der Zeichnung hinter ihm. Betonies Gehilfe scharrte den Sand beiseite und versenkte den Fuß der Reifen in kleinen Gruben, so daß sie in gewissem Abstand voneinander aufrechtstanden, die Steineiche ihm am nächsten und der Reifen aus Wildrosenzweigen an der Tür. Der Alte malte eine dunkle Bergkette neben den entferntesten Reifen, die nächste, nähere, malte er blau, dann rückte er auf ihn zu, kniete hin und machte die gelben Berge; und direkt vor ihn malte Betonie die weiße Bergkette.

Der Gehilfe arbeitete in den Schatten jenseits der dunklen Bergkette; er arbeitete mit dem schwarzen Sand, bildete nebeneinanderlaufende Bärenfährten nach. Rechts längs der Bärenfährten malte der Alte Tatzenabdrücke in Blau, dann in Gelb, schließlich in Weiß. Sie schlossen es gemeinsam mit einem großen Regenbogen ab, der sich weit über alle Bergketten wölbte. Betonie gab ihm einen Korb mit Gebetshölzern zum Halten.

en-e-e-ya-a-a-a-a!
en-e-e-ya-a-a-a-a!
en-e-e-ya-a-a-a-a!
en-e-e-ya-a-a-a-a!

In gefährlichen Gegenden bist du gereist,
voll Gefahr bist du gereist,
an einen gefährlichen Ort bist du gereist,
voll Gefahr e-hey-ya-ah-na!

An den Ort
wo strudelndes Dunkel den Weg begann,
entlang dem Grat der Felswand,
entlang an Stätten sanften Winds,
entlang am Rande blauer Wolken,
entlang am Ufer klaren Wassers.

Strudelndes Dunkel kam von Norden,
strudelndes Dunkel zog nach Osten,
es drehte ab nach Süden,
es endete im Westen.
Strudelndes Dunkel kreiste abwärts
und in der Mitte stieg es auf.

Der Gehilfe trat aus dem Schatten hervor; er brummte wie ein Bär. Er hob den Kopf, als wäre er ihm schwer, und er schnüffelte in die Luft. Er stand auf und ging zu Tayo; er beugte sich vor, griff nach den Gebetshölzern, und während er sie sich fest ans Herz drückte, sprach er in deutlichen Worten. Da trat der Alte heran und brachte Tayo quer über den Scheitel einen Schnitt bei; es geschah ganz plötzlich. Es kam ihm unerwartet, aber der dunkle Feuerstein war scharf, und der Schnitt war kurz. Dann griffen beide nach ihm; sie hoben ihn an den Schultern an und setzten seine Füße in die Bärenfährten, und Betonie begleitete ihn durch jeden der fünf Reifen mit einem Gebet.

eh-hey-yah-ah-na!
eh-hey-yah-ah-na!
eh-hey-yah-ah-na!
eh-hey-yah-ah-na!
eh-hey-yah-ah-na!

Tayo fühlte, wie das Blut ihm über die Kopfhaut sickerte; er fühlte Rinnsale in seinem Haar. Während er nacheinander durch die Reifen kroch, lief es ihm langsam den Kopf herab, über das Gesicht und den Hals.

e-hey-yah-ah-na!
e-hey-yah-ah-na!
e-hey-yah-ah-na!
e-hey-yah-ah-na!

Am Dunklen Berg,
vom Berg geboren,
den Berg entlanggeführt,
bringe ich dich durch meinen Reifen,
bringe ich dich zurück.

Meinen Fährten folgend
gehe heim,
meinen Fährten folgend
komm heim, kehr glücklich
zurück und sei daheim,
kehre wieder zurück zu langem Leben und Glück,
kehre zurück zu langem Leben und Glück.

e-hey-yah-ah-na!
e-hey-yah-ah-na!
e-hey-yah-ah-na!
e-hey-yah-ah-na!

Am Dunklen Berg,
vom Berg geboren,
fährt seine Hand den Berg entlang
Ich ließ den Zickzackblitz hinter mir,
ich ließ den Linienblitz hinter mir.

Ich besitze den Tau,
ein Sonnenstrahl leuchtet aus mir
Ich wurde vom Berg geboren,
hinter mir bleibt ein Pfad wilder Blumen.
Ein Regentropfen fällt aus mir,
ich gehe heim,
ich gehe zurück, wo ich hingehöre,
ich gehe heim ins Glück,
ich gehe zurück in ein langes Leben.

Als er durch den letzten Reifen kroch,
war es nicht zu Ende.
Sie wirbelten ihn in Sonnenrichtungen herum,
und er genas,
er stand auf.
Die Regenbogen führten ihn zurück
in sein Heim, aber es war nicht vorbei.
Allerlei Böses hing ihm noch an.

Vom letzten Reifen aus führten sie ihn durch die Türöffnung. Es war dunkel, und der Himmel glänzte von Sternen. Die Kälte traf das Blut auf seinem Kopf; seine Arme und Beine zitterten. Der Gehilfe brachte ihm eine Decke; sie führten ihn an den Rand des Steilhangs, und der Medizinmann wies ihn an, sich zu setzen. Hinter sich hörte er, wie Holz und Strauchwerk zu Anbrennholz zerkleinert wurde. Er roch ein Feuer. Sie gaben ihm Indianertee zu trinken, und der alte Betonie hieß ihn schlafen.

Er träumte von den gescheckten Rindern. Sie hatten ihn gesehen und zerstreuten sich zwischen Wacholderbäumen im hohen gelben Gras in der Nähe der tropfenden Quelle unterhalb der Mesas. Einige hatten gescheckte Kälber, die hinter ihnen herliefen, ihre knochigen Rümpfe blinkten weiß auf und verschwanden zwischen den Bäumen. Er versuchte ihnen nachzulaufen, aber ohne Pferd hatte es keinen Zweck. Sie waren fort, rannten wieder nach Südwesten, auf die hohe, einzelnstehende Mesa zu, die das Volk Pa'to'ch nannte.

Er erwachte zitternd. Er stand auf, und die Decke glitt zur Erde. Er wollte noch in dieser Nacht aufbrechen, die Rinder suchen; es gab keine Ruhe, bis er sie fand. Er sah sich nach Betonie und seinem Gehilfen um. Die Pferde hatten sie an eine große Piñonkiefer angebunden, aber jetzt waren sie fort. Er befühlte an seinem Scheitel die Stelle, wo die Schnittwunde war; sie war nicht geschwollen oder heiß. Sie tat nicht weh. Er stand am Rand des Steilhanges und blickte in die Tiefe hinab: die Cañons und Täler waren dickes, staubähnliches Schwarz; ihre unterschiedlichen Tiefen und Höhen zeichneten sich als blassere Schwarztönungen ab. Er erinnerte sich an das Schwarz der Sandzeichnungen auf dem Boden des Hogans; die Hügel und Berge waren die Berge und Hügel, die sie im Sand nachgebildet hatten. Er atmete tief die kalte Bergluft ein: es gab keine Grenzen; die Welt da unten und die Sandzeichnungen im Hogan wurden in dieser Nacht eins. Aus allen Richtungen waren die Berge in dieser Nacht dort versammelt worden.

Er hörte jemand die Westseite des Hanges heraufkommen. Er drehte sich um. Betonie sah in der Dunkelheit noch größer aus. Er winkte Tayo zu, sich zu setzen. Er setzte sich neben ihn und holte den Tabak und das Weizenpapier aus der Hemdtasche. Er rollte sich eine dünne Zigarette, ohne auf seine Hände zu schauen, und blickte unverwandt zum Osthimmel hinauf. Er steckte sie an und paffte in kurzen Stößen, ohne den Rauch zu inhalieren.

»Es begann alles vor langer, langer Zeit. Mein Großvater, Descheeny, war damals ein alter Mann. Die Jäger kamen gerade vom South Peak zurück. Sie hatten zwei Monate lang Hirsche gejagt und das Fleisch getrocknet. Die Burros waren mit Säcken voll Dörrfleisch und Bündeln steifgetrockneter Felle beladen. Die Navajos waren auf der Hut. Sie wollten keine Schwierigkeiten mit den Soldaten im Fort in San Mateo. Sie schlugen ihr Nachtlager in einem schmalen tiefen Cañon nordwestlich von der Siedlung auf, und sie machten keine Lagerfeuer. Die Nacht war warm, und der Himmel war hell von Sternen, die wie Feuer flammten. Die älteren Männer saßen in ihre Decken gehüllt, rauchten und suchten den Himmel nach Sternschnuppen ab. Aber die jungen Männer standen abseits bei den Pferden, flüsterten untereinander und lachten oft. Sie ließen eine Zigarette im Kreise gehen, und das rote Licht der Glut wanderte im Dunkeln zwischen ihnen hin und her. Sie wollten nicht die ganze Nacht herumsitzen und zuhören, wie die alten Männer rülpsten und sich Kinnhaare auszupften, bis sie schnarchten. Sie wollten in Richtung der Siedlung reiten, nur um mal nachzusehen, ob womöglich ein verlaufenes Pferd oder verirrte Ziegen sich auf den Hügeln vor der Stadt herumtrieben. Seit vielen Jahren hatte es keine Überfälle mehr gegeben, aber sie konnten sich das Gefühl ausmalen, bei Nacht zwischen Piñonkiefern zu reiten, durch den kühlen Wind am Rand der Ebene entlangzugaloppieren.

Die alten Männer blieben gelassen. Sie saßen da und schnitzten sich Zahnstocher aus den kleinsten Piñonzweigen. Sie kannten das Gefühl, die Pferde durch die kühle Luft rennen zu lassen; sie waren seit über einer Woche langsam in Staub und Sonne neben den Burros hergezogen. Sie sahen zu, wie die jungen Männer ihre Pferde losbanden; jemand bemerkte, es sei eine verführerische Nacht, und alle alten Männer lachten und setzten sich bequem zurecht, um wieder den Himmel zu beobachten und sich die Geschichten zu erzählen, die sie für Nächte wie diese bereit hatten.

Die Sterne verbreiteten ein ganz besonderes Licht, blasser und klarer als Mondlicht. Die Reiter konnten die dichte Masse der Bäume und die massiven Umrisse der Felsbrocken erkennen, waren aber dennoch von der Dunkelheit geschützt. Als sie so nahe herangekommen waren, daß sie Holzrauch riechen konnten, zügelten sie die galoppierenden Pferde zum Kanter und dann zum Trab. Die Pferde waren erregt und erhitzt; sie schüttelten die Köpfe und versuchten den Reitern die Zügel aus der Hand zu ziehen. Die Reiter konnten ihre Wärme spüren und den Pferdeschweiß riechen. Sie schauten ostwärts auf das kleine quadratische Muster der Stadt in dem Tal, das vom Westhang der großen blauen, noch dick in Schnee gehüllten Gipfel herabkam. Sie konnten die matten Umrisse einiger Fenster sehen. Sie ritten langsam, ständig horchend und spähend. Sie erwarteten nicht, etwas zu finden, denn sie wußten, wie sorgsam die Mexikaner bei Nacht ihr Vieh sicherten. Sie waren schon damit zufrieden, so nahe heranzureiten, daß sie den Holzrauch rochen und aus der Ferne die Dorfhunde bellen hörten.

Sie hatten die Pferde gewendet und ritten an einem Piñonhügel entlang zum Lager zurück. Sie hatten gerade eine grasige

Lichtung überquert und wollten wieder in den Wald, als ihre Pferde jäh stehenblieben und in panischer Angst herumfuhren. Da war etwas an der großen Piñonkiefer am Rand der Lichtung; die Pferde scheuten davor zurück und schnaubten, als die Männer näher heranreiten wollten. Sie wären in schnellem Galopp davongeritten, hätte nicht einer von ihnen einen hellen Gegenstand aus dem Baum fallen sehen, schwebend leicht wie ein Vogel. Er stieg ab, ging langsam zu dem Baum hinüber und hob den Gegenstand auf. Es war ein blauer Spitzenschal. Die übrigen kamen auch heran, und sie drängten sich zusammen und spähten in das Gezweig des großen Baumes.

Sie halfen einem Mann auf den großen Ast hinauf, um sie herunterzuholen. Er bewegte sich vorsichtig auf sie zu und erwartete, sie werde sich sträuben, aber sie kam von allein herunter, ließ sich leicht in die dürren Nadeln unter dem Baum fallen. Sie schrie nicht, wie es Gefangene tun, schnatterte auch nicht mit tränenüberströmtem Gesicht in ihrer eigenen Sprache. Sie hielt den Mund fest geschlossen, die Zähne unter den schmalen Lippen zusammengebissen, und starrte sie aus haselnußgrünen Augen an, Augen mit einem eigentümlichen Nachtfunkeln wie bei einem Wolf oder Luchs. Der Wind kam aus den Bäumen und peitschte ihr das offene Haar um das breite braune Gesicht. Der Wind riß auch die Zuversicht der Männer mit sich fort; ein frostiger Schauer durchlief sie, wenn sie sie anschauten. Jeder Mann war bereit, sie loszulassen, sich so schnell wie möglich aus dem Staub zu machen, aber keiner wollte derjenige sein, der seine Furcht eingestand. Schließlich war sie erst zwölf oder dreizehn, und sie würde einen guten Preis bringen.

Sie banden sie an einen kleinen Baum in einer Lichtung, wo sie sie sehen konnten. Aber sie ließ die Männer die ganze Nacht nicht aus den Augen, starrte sie unverwandt an, bis sie Angst hatten, zu ihr hinzusehen. Am Morgen waren die alten Männer schweigsam. Sie witzelten und lachten nicht, als sie die Burros beluden. Sie gaben ihr ein Pferd zum Reiten und ritten selbst abwechselnd zu zweit auf einem Pferd; keiner von ihnen wollte ihr zu nahe kommen. Am späten Nachmittag machten sie in einem von Rotfelsmesas umgebenen Cañon halt, um die Tiere rasten zu lassen. Die alten Männer berieten, wie sie sie loswerden könnten; niemand sprach es aus, aber sie wußten alle, daß sie sie nicht einfach laufenlassen oder an einen Baum gebunden zurücklassen konnten. Jetzt saßen sie in der Klemme. Sie würden sie töten, sobald sie jemand fanden, der wußte, wie. Die alten Männer ließen sich mit tiefer Verachtung über die Dummheit der jungen Männer aus. ›Bloß gut, daß der alte Descheeny in der Nähe wohnt‹, sagte einer von ihnen, ›der muß uns helfen.‹

Früh am nächsten Morgen ritten sie in die Chuska Mountains. Sie hielten an den Quellen im weißen Lehm an und schickten jemand den Berg hinauf, Descheeny zu suchen. Sie betrachteten die mexikanische Gefangene und die mit Fleisch beladenen Burros; sie überlegten, wieviel Descheeny verlangen würde, um sie aus dieser Lage zu befreien. Zuerst kamen Descheenys Frauen den Berg herab; sie sahen sich alles neugierig an, dann stiegen sie den Pfad wieder hinauf.

›Wie sieht sie aus?‹ fragte er seine Frauen, bevor sie etwas sagen konnten. ›Wer?‹ sagten sie, sich dumm stellend, wie sie es oft machten, wenn sie ihn aufbringen wollten. Aber diesmal lächelte er und erhob sich von seinem Platz an der Tür. ›Macht mir bloß keinen Ärger, Herrschaften‹, sagte er, setzte seine alte Dachsfellmütze auf und griff nach seinem Knotenstock, ›sonst heirate ich sie womöglich noch.‹

Descheeny stand auf dem Pfad über der Quelle und musterte sie. Sie kniete am Rand des Teiches und wusch sich. Descheeny kam zu den Jägern herunter, die so taten, als ob sie Geschirre zurechtrückten und Sattelgurte festschnallten.

›Hübsche Ladung Fleisch habt ihr da‹, sagte er und wies mit dem Kinn auf die Bündel.

›Wir haben auch noch was anderes, vielleicht hast du es schon gesehen‹, sagte der großgewachsene Mann wie nebenbei. ›Sie ist ziemlich wertvoll, aber sie hält uns auf. Du weißt ja, wie sie sind. Sie weinen und kreischen.‹ Descheeny lächelte über die Lügen. Er schüttelte den Kopf. ›Ich sehe schon, was ihr habt. Für zwei, drei Lasten Fleisch helfe ich euch. Sonst...‹ Seine Stimme verklang, und die Jäger begannen untereinander zu flüstern.

Er konnte etwas Spanisch. ›Ich bin zu alt, mich mit dir abzugeben‹, sagte er. ›Morgen bringen wir dich zu deinen Leuten zurück. Wir werden ihnen versichern, daß du von den Männern nicht berührt worden bist. Du kannst in dein früheres Leben zurückkehren.‹ Descheeny war mit sich zufrieden; er fand, die Worte klangen angemessen großmütig und feinfühlig. Er beobachtete ihr Gesicht; es blieb unverändert.

›Wir sagen deinen Leuten, wo man dich gefunden hat. Oben in einem Baum, nicht? In den Bergen, spät in der Nacht.‹ sie lachte ihn aus; ihre Nasenflügel blähten sich, und ihre Miene war höhnisch.

›du kennst die Antwort, alter Mann, spar dir deine Spielchen. Du weißt, was die Leute dort mit mir machen.‹

›Wir wollen dieses junge Ding nicht hier haben‹, erklärten die drei Schwestern ihrem Ehemann. ›Es ist eine Schande, daß du jede Nacht mit ihr schläfst. Wir versuchen unsere Kinder zu lehren, nichts Fremdes anzurühren, aber jeden Tag sehen sie, daß du es tust, du alter Greis.‹ Also brachte er sie ins Winterhaus am Fuß der Berge, im Südwesten, wo die gelben Vorberge aus Sandstein über den Fluß blicken.

Mitten in der Nacht hörte er sie im Hogan herumschleichen, die leisen Geräusche von angehobenen Korbdeckeln und aufgerollten Wildlederbündeln, das Rascheln von Samen und getrockneten Blättern, das Klappern der Adlerklauen und Wolfszähne, wenn sie an ihren Schnüren aus seinem Beutel gezogen wurden. Dann war es still.

›Alter Mann, ich höre dich. Schlaf weiter.‹

›Mir wird kalt, wenn du nicht dicht neben mir bist. Komm, leg dich wieder hin.‹

›Wenn du mir sagst, warum ich nachts in diesem Hogan so

viele Stimmen höre. All diese Sprachen, die ich noch nie gehört habe.‹

›Komm, leg dich jetzt her. Ich zittere vor Kälte.‹

Sie legte sich neben ihn und zog sich die Decke über den Mund, und langsam rückte sie dichter an ihn heran, bis sie seine dünnen Rippen auf- und abgehen fühlte. Dem alten Descheeny hämmerte immer noch das Herz, wenn er sie atmen hörte, und die Erregung stieg ihm im Vorgenuß die Lenden aufwärts in den Leib.

›Ich glaube, die sind es wieder.‹

›Ja.‹

›Sie wirken für das Ende dieser Welt, nicht?‹

›Ich glaub schon.‹

›Manchmal weiß ich nicht, ob die Zeremonie stark genug sein wird, sie aufzuhalten. Wir müssen uns auf Menschen verlassen, die noch gar nicht geboren sind. Erst in hundert Jahren.‹ Sie konnte die Worte nur hauchen, weil er sie jetzt fest an sich gepreßt hielt.

›Ihr Mexikaner habt keine Geduld‹, sagte er, während er ihren Leib streichelte, ›es ist nie leicht gewesen. Es braucht noch lange lange Zeit und noch viele Geschichten wie diese, bevor sie zu Boden geworfen werden.‹ Sie wälzte sich rasch über ihn.

›Es gibt noch etwas, das lange Zeit braucht, bis es geschieht‹, sagte sie mit leiser Stimme. ›warum mache ich mir die Mühe, mich mit dir hinzulegen, alter Mann?‹

Das Alter machte ihn furchtlos. Er spannte die alten Gesänge und die Glaubensvorstellungen wie einen Bogen aus Bergeiche. Bevor sie kam, hatte er den Himmel beobachtet, die Planeten und Sternbilder, die kreisend das Muster der alten Geschichte verschoben. Er sah den Übergang, und er war bereit. Manche der alten Sänger konnten neue Schatten auf dem Mond sehen; sie konnten eine neue Dunkelheit zwischen den Sternen erkennen. Sie schickten Descheeny die Kranken, die sie nicht heilen konnten, die Opfer dieses neuen, auf die Welt losgelassenen Übels. Da es durch die Hexerei der ganzen Welt entfesselt und ihnen von den Weißen gebracht worden war, folgerte er, die Zeremonie dagegen müsse die gleiche sein. Als sie kam, führte sie ihn nicht lange hinters Licht. Sie war wegen seiner Zeremonien gekommen, wegen der Gesänge und Geschichten, aus denen sie erwuchsen.

›Das ist der einzige Weg‹, erklärte sie ihm. ›Man kann es nicht allein schaffen. Wir müssen die Kraft von überall herholen. Sogar die Kraft, die wir von den Weißen gewinnen können.‹

Obwohl die Menschen an Descheenys Zeremonien Veränderungen bemerkten, nahmen sie diese hin, denn niemand bestritt seine Macht, den vom Christentum oder vom Alkohol vergifteten Opfern zu helfen. Aber nachdem die mexikanische Gefangene gekommen war, erfaßte sie das Entsetzen, und wenige blieben bis zum Abschluß seiner Zeremonien. Doch inzwischen schickte sich Descheeny sowieso zum Sterben an und konnte sich nicht mehr mit vereinzelten Heilungen abgeben.

Er starrte in seinen rauchigen Quarzkristall, und sie starrte ins Feuer, und sie legten den Ablauf der Zeremonie nach der Dichtung dunkler Nachtwinde fest und nach den Farben des Lehms in dürregeplagten Tälern.

Am Tag meiner Geburt sahen sie die Farbe meiner Augen, und sie schafften mich aus dem Dorf. Die Spanier in der Stadt schauten mich an, und der katholische Priester sagte: ›Laßt sie sterben.‹ Sie gaben der Wurzelfrau die Schuld an dieser Geburt und befahlen ihr, das Dorf vor Einbruch der Dunkelheit zu verlassen. Sie wartete, bis sie fort waren, und ging zu dem alten Abfallhaufen im Arroyo, wo sie mich ausgesetzt hatten. Sie brachte mich in den Norden nach El Paso, und Jahre später lachte sie darüber, wie lange sie in diesem Dorf voll schmutziger, beschränkter Menschen auf mich gewartet hatte. Manchmal war sie erbittert über das, was sie ihr am Ende angetan hatten, nachdem sie ihnen so viele Jahre lang geholfen hatte. ›Manchmal muß ich den Kopf schütteln‹, sagte sie oft, ›denn die Menschen verdienen genau das, was sie kriegen.‹«

Die Menschen fragten:
»Hast du ihn gefunden?«
»Ja, aber etwas hatten wir vergessen.
Tabak.«
Aber es gab keinen Tabak,
drum mußten Fliege und Kolibri
zurückfliegen den ganzen Weg
zur vierten Welt in der Tiefe
und unsere Mutter fragen, wo
sie Tabak kriegen könnten.

»Wir sind nochmal zurückgekommen«,
sagten sie unserer Mutter.
»Womöglich braucht ihr etwas?«
»Tabak.«
»Geht Raupe fragen.«

Es kam ein Kind. Die mexikanische Frau gab es Descheenys Töchtern zum Aufziehen. Die Halbschwestern lehrten es, seine Mutter zu fürchten. Viele Jahre später bekam sie ein Kind. Als ich entwöhnt war, holte meine Großmutter mich zu sich. Meine Mutter und meine alten Tanten widersetzten sich nicht, weil das alles abgemacht worden war, ehe Descheeny starb.«

Betonie schwieg und blies Rauchringe zum Himmel hinauf. Tayo streckte die Beine lange vor sich aus. Er dachte über die Zeremonie nach, die der Medizinmann an ihm vollzogen hatte, und prüfte sie an dem alten Gefühl, der hohlen Übelkeit in seinem Bauch, verknüpft mit seinen Erinnerungen an Rocky und Josiah und all die Jahre mit Tantchens Augen und ihren fest zusammengebissenen Zähnen. Er empfand die Zeremonie wie die ungegerbten Lederriemen des Medizinbeutels, bis zum äußersten gestrafft, um die Stimmen zurückzuhalten, die Träume, Gesichter im Dschungel, im Bahnhof von Los Angeles, und auch die rauchige Stille massiver weißer Wände.

»Eine Nacht oder neun Nächte schaffen es nicht mehr«, sagte der Medizinmann; »die Zeremonie ist noch nicht zu Ende.« Er malte mit dem Finger im Sand. »Denk an diese Sterne«, sagte er. »Ich habe sie gesehen, und ich habe die gescheckten Rinder gesehen; ich habe einen Berg gesehen, und ich habe eine Frau gesehen.«

Der Wind kam auf und verfing sich in den Ärmeln von Tayos Hemd. Er roch Holzrauch und Salbei in den Kleidern des Alten. Er griff nach seiner Brieftasche. »Ich möchte dich für die Zeremonie bezahlen, die du heute nacht gemacht hast.«

Der alte Betonie schüttelte den Kopf. »Das geht nun schon seit langer langer Zeit. Jetzt liegt es an dir. Laß nicht zu, daß sie dich aufhalten. Laß nicht zu, daß sie dieser Welt den Rest geben.«

Die welke Haut
haftete noch
an seinem Leib.
Aber die Wirkungen
der Hexerei
des Bösen
begannen seinen Leib
zu verlassen.
Die Wirkungen der Hexerei

des Bösen
in seiner Umgebung
begannen zu weichen.
Es war weit fortgezogen.
Es war unter den nördlichen Horizont gesunken.

Der Fahrer des Tankwagens hielt in San Fidel, wo er Dieseltreibstoff zu liefern hatte. Tayo ging in die Tankstelle, um sich Candyriegel zu kaufen; er hatte nicht mehr gegessen, seit er Betonie und seinen Gehilfen oben in den Bergen verlassen hatte. Der Raum roch nach Gummi, von den Keilriemen, die in Schlingen von der Decke herabhingen. Vor dem Ladentisch waren Kartons mit Motoröl gestapelt; auf den Dosen lag ein stumpfer Ölfilm. Das Pult hinter dem Ladentisch war mit gelben und rosa Papierstreifen übersät, Rechnungen und Lieferscheine, darauf eine halbvolle Tasse mit kaltem Kaffee. Auf einem Kalender über dem Pult hatte ein lächelndes blondes Mädchen in der glänzenden blauen Tracht einer Tambourmajorin mit kniehohen weißen Stiefeln die Arme um den Hals eines Palominopferdes geschlungen. In einer Hand hielt sie eine Flasche Coca Cola. Er starrte lange auf den Kalender; die Mähne des Pferdes war weißgebleicht, und auf seinem Fell lag kein Stäubchen. Die Hufe waren mit dunklem Fett poliert, sie blinkten wie Metall. Die Augen der Frau und ihre strahlenden Zähne erinnerten ihn an die glasigen Augen des ausgestopften Luchses über der Bar in Bibo. Es waren die gleichen Zähne. Er wandte sich von dem Kalender ab; er fühlte sich übel, wie ein wandelnder Schatten, schwach und wesenlos, noch unsicher auf den Beinen von der Reise im Fahrerhaus des Tankwagens. Alle Fenster im Candyriegel-Automaten zeigten rote »Leer«-Schildchen.

Der Tankwart kam herein. Er sah Tayo mißtrauisch an, als

dächte er, Tayo sei womöglich betrunken oder wolle hier drin etwas stehlen. In seiner Wut malte sich Tayo Filmszenen aus, wie er die Taschen seiner Jeans nach außen stülpte, sich das Hemd aufknöpfte, um zu beweisen, daß er nichts gestohlen hatte. Zu leicht wäre es zu einer Auseinandersetzung gekommen, und er wollte sich von ihnen nicht aufhalten lassen; er fragte den Mann, wo er Candyriegel kaufen könne.

»Die Straße runter«, sagte der, ohne von der Registrierkasse aufzusehen. Sein milchigweißes Gesicht verdunkelten rote Bartstoppeln. Weiße Haare durchsprenkelten die roten, und die Haut auf seiner Stirn und an den Augenwinkeln war verrunzelt, als hätte er lange Zeit finster dreingeblickt. Seine Handrücken waren mit krausem roten Haar überzogen; die Finger waren schwarz und verölt. Er hatte bisher einen Weißen noch nie so deutlich gesehen. Er mußte sich abwenden. All die Dinge, die der alte Betonie ihm erzählt hatte, wirbelten in seinem Kopf herum und stellten sonderbares Zeug an; er hätte beinahe gelacht. Er hätte beinahe über den Tankwart gelacht, der nicht einmal wußte, daß seine Existenz und die Existenz aller Weißen durch Hexerei begründet worden war.

Er sagte dem Fahrer Bescheid, er brauche nicht weiterzufahren. Die Sonne stand hinter ihm, und ein warmer, trockener Wind aus Südwesten wehte gerade stark genug, um den Schweiß auf seiner Stirn abzukühlen und den nassen Stoff unter den Achseln seines Hemdes zu trocknen. Er ging im Graben neben der Fernstraße entlang, unterhalb des Fahrbahnrandes. Er wollte nicht mehr bei jemandem mitfahren. Er wollte zu Fuß gehen, bis er sich selbst wieder erkannte. Grashüpfer schwirrten aus dem Unkraut vor ihm auf; ihr helles Frühlingsgrün verblaßte bereits zu einer trockenen gelben Farbe. Wenn sie hüpften, blitzten ihre Flügel im Widerschein der Sonne auf. Er blickte auf das Unkraut und Gras zu seinen Füßen. Er ging vorsichtig, schob erst die Stiefelspitze in das Unkraut, um sicher zu sein, daß die Grashüpfer weg waren, ehe er den Fuß in die raschelnden lederartigen Stengel abgestorbener Sonnenblumen setzte. Jenseits der Fernstraße, hinter der Bar in Cerritos, lag ein großes Maisfeld, aber die Pflanzen waren klein und kümmerlich, und ihre Blätter waren gelb verblichen wie die Grashüpfer. Jede Pflanze würde nur wenige Kolben tragen, und ihre Kerne würden klein und verkrüppelt sein. Er fragte sich, was die Mexikaner in Cubero dachten. Auch ihre Rinder waren abgemagert. Was taten sie? Fielen sie in ihrer Kapelle auf die Knie, verschwitzte Strohhüte in den Händen, um das Kerzenwachs zu riechen und auf die flackernden roten und blauen Votivkerzen zu starren? Beteten sie zu dem gipsernen Jesus empor, der in rosafarbenen Gewändern die Arme ausbreitete? »Hilf uns, vergib uns.«

Hinter sich auf der Fernstraße hörte er einen Lastwagen sein Tempo drosseln. Er drehte sich um und sah Harley, der sich weit aus dem Fenster beugte und ihm zuwinkte. Bevor noch der alte grüne Lastwagen zum Stehen gekommen war, schwang er die Tür auf und kam grinsend herausgestolpert, in jeder Hand eine Flasche Garden Deluxe Tokaier. Harley klopfte ihm auf den Rücken und schob ihn zum Wagen. Tayo sah, daß Leroy fuhr, aber es war noch jemand im Fahrerhaus, jemand saß in der Mitte zwischen den beiden.

»He Kumpel – das ist Helen Jean«, sagte Harley und zwinkerte verschlagen, als hätte er schon eine ganze Weile getrunken. Sie trug enge blaue Westernhosen und eine rüschenbesetzte rosa Westernbluse. Sie sagte nichts, aber sie lächelte und rückte enger an Leroy heran. Leroy grinste Tayo an. Sie rieb das Bein an Leroy, starrte aber dabei aus dem Fenster, als wäre sie in Gedanken woanders. Leroy und Harley waren selig; sie hatten Wein und zwei Sechserpackungen Bier, und sie beobachteten sie nicht so wie Tayo. Ihr Parfüm war schwül und schwer; es einzuatmen war so, als schluckte man große rote Rosen; es benahm ihm die Luft. Er drehte das Gesicht in die frische Luft, die zum Fenster hereinblies.

»Bloß gut, daß du mager bist, Kumpel. Sonst würden wir die Tür nicht zukriegen!« Leroy schaltete die Gänge hinauf. Die Frau grinste ihn breit an, weil sie den Schaltknüppel zwischen den Beinen hatte und er beim Schalten jedesmal ihre Schenkel streifte. Harley stieß sie mit dem Ellbogen an und reichte ihr die Flasche.

»Sieh sie dir an! Sie trinkt wie 'n Profi«, sagte Harley begeistert. »Wir haben sie gestern abend in Gallup aufgegabelt, stimmt's?«

Leroy nickte. Seine Augen waren blutunterlaufen.

Harley reichte die Flasche weiter. Tayo schüttelte den Kopf.

»Willst du ein Bier?«

Tayo schüttelte den Kopf und zeigte auf seinen Magen.

»Ist dir schlecht? He Leroy, der Kerl hier sagt, ihm ist schlecht! Wir wissen schon, wie wir ihn kurieren können, was, Helen Jean?« Sie nickte. Tayo bemerkte die Linien an ihren Augenwinkeln und einen leichten Fettansatz unter ihrem Kinn. Ihr Haar war kurz und in feste Locken gedreht, und ihre Wimpern starrten vor Tusche; sie griff dauernd in die Tasche aus getriebenem Leder zwischen ihren Füßen, holte ihren Lippenstift heraus und fuhr damit hin und her, bis ihre Lippen dick und rot waren. Sie war nicht viel älter als die drei Männer.

Tayo lehnte sich aus dem Fenster, um im Fahrerhaus mehr Platz zu lassen, aber Harley, Helen Jean und Leroy machte es Spaß, zusammengequetscht zu sitzen. Er wäre lieber gelaufen, aber er kannte sie zu genau. Wenn sie betrunken waren, war es sinnlos, ihnen die Einladung zum Mitfahren abzuschlagen, denn sie würden zehn Meilen weit im ersten Gang neben ihm herfahren, bis er zu ihnen einstieg. Er hätte gern einen Grashüpfer gefangen und ihn dicht vors Gesicht gehalten, seine großen flachen Augen und die glänzenden dünnen Beine betrachtet, mit schwarzen und braunen Streifen wie eine Glasperlenarbeit in winzigen komplizierten Mustern angeordnet. Als er das letzte Mal einen in der Hand gehalten hatte, war Rocky bei ihm, und von dem Tabaksaft, den die Grashüpfer verspritzten, hatten sie braunfleckige Fingerspitzen bekommen.

»Hey!« sagte Harley. »Was guckst du?«

»Grashüpfer.«

Sie kicherte.

Harley schüttelte den Kopf und gab ihm die Weinflasche in die Hand. »Hier. Trink lieber mal. Du bist nicht in Form, stimmt's, Leroy? Beguckt sich Grashüpfer, wo wir Helen Jean zum Begucken haben, he?« Er lachte wieder.

Die Flasche war klebrig. Sie war fast leer. Er sah zu, wie das Unkraut im Straßengraben vorbeiflitzte. Noch ein Monat, und die Grashüpfer waren tot; der Herbstwind und das Alter würden sie durchkälten und knochenweiß bleichen, nur ihre hohlen Schalen zurücklassen, um sie mit dürren Blättern zusammen im Straßengraben herumzuwirbeln.

»He! Gefällt dir mein Wagen?«

Tayo nickte. »Wo hast du ihn her?«

»Ohne Anzahlung! Fälligkeit am Ersten des Monats!«

»Wenn sie ihn kriegen!« lachte Harley.

»Yeah! Erst müssen sie mich kriegen!«

Harley ließ sich lachend auf dem Sitz auf und ab rütteln. »Den waren sie uns schuldig – wir haben ihn für ein Stück von dem Land eingetauscht, das sie uns gestohlen haben!«

Helen Jean lächelte nicht, sagte aber: »Wieder angeschmiert! Das Ding hier ist nicht mal 'nen halben Morgen Land wert!«

Da lachte Tayo auch, denn es stimmte. Er konnte die Abgase aus dem laut knatternden, kaputten Auspufftopf riechen, und er wollte schon einen Witz darüber machen, daß die Weißen den Indianern schrottreife Lastwagen verkauften, damit sie herumfahren konnten, bis sie erstickten; aber so komisch war das nicht. Überhaupt nicht.

Sie näherten sich Laguna, passierten die Überführung bei New Laguna; Leroy schaltete vor dem Hügel in den zweiten Gang.

»Danke fürs Mitnehmen«, sagte Tayo. »Ihr könnt mich hier irgendwo rauslassen.« Er gab Helen Jean die Weinflasche. Sie hielt sie zwischen den Schenkeln fest und zog wieder den Korken heraus.

»Fahr bloß sachte«, ermahnte sie Leroy. »Ihr habt mich vorhin schon mit eurer Flasche ganz vollgekleckert.« Sie war Apache oder Ute. Ihr Gesicht war kantig, und etwas um Nase und

Augen herum erinnerte ihn an einen Habicht.

Leroy ließ den Wagen ausrollen und fuhr vom rechten Fahrbahnrand herunter.

»He, warte doch! Er fährt mit uns mit! Machst du doch, Tayo? Ha, Kumpel!« Harley hielt Tayo am Arm, lehnte sich zu ihm hinüber und blies ihm seinen Weinatem ins Gesicht. Harley schwitzte, sein Gesicht glänzte. Sie waren schon lange seine Freunde; jetzt waren es die einzigen, die er noch hatte. Er zögerte, und Harley merkte es. Er fing an zu grölen und Tayo auf den Rücken zu klopfen; Leroy gab Gas und legte den ersten Gang ein. Die Hinterräder schleuderten Sand und Steinchen gegen die Kotflügel, und der Lastwagen schwankte und rutschte auf den Asphalt zurück. Er machte eine Temposchaltung in den zweiten Gang und schoß über die Brücke, den Hügel hinauf an Willie Creagers Werkstatt vorbei. Helen Jean quietschte und lachte, weil Leroys Fahrerei alle hart gegeneinanderwarf; Harley hatte die Arme um ihren Hals geschlungen und stieß Kriegsgeheul und brüllendes Gelächter aus. Der alte Lastwagen vibrierte heftig; die Lenkung war ausgeschlagen, und das Vorderteil zog über den weißen Strich auf die Gegenfahrbahn hinüber, und jedesmal kam ihnen schon ein Wagen frontal entgegen, bevor Leroy das Lenkrad herumzwang und den Lastwagen wieder in die Spur brachte. Weiße, die den Indianer schrottreife Autos und Lastwagen verkauften, erinnerten Tayo an den Armeehauptmann in den 1860er Jahren, der den Apachen Wolldecken schenkte: der ganze Stoß Decken war mit Pocken infiziert. Aber er lachte trotzdem mit, die Stöße des Wagens schüttelten das Lachen aus ihm heraus wie Federn aus einem alten Kissen, bis er ganz kraftlos war und Tränen in den Augen hatte.

»Wir werden dich schon kurieren! Wir wissen schon, wie, stimmt's?« Harley hopste auf dem Sitz auf und ab und brachte den ganzen Lastwagen auf seinen ausgeleierten Federn zum Schwanken. Helen Jean kreischte auf, und die Weinflasche in ihren Händen schwappte sie alle voll. Tayo griff sich die Flasche und trank den Rest aus.

»Trink nur! Trink nur! Das tut dir gut! Bald geht's dir besser! Schafft diesen Mann ins kühle Coors-Krankenhaus! Aber Beeilung!«

Leroy trat das Gaspedal bis zum Bodenblech durch, und der Tachometer kreiselte wild, bis er um die 65 flatterte. Der Motor heulte vor Anstrengung, und die Nadel des Temperaturmessers stand auf 212. Tayo roch heißes Öl und Gummi, aber Leroy raste mit Vollgas an Mesita vorbei.

Voraus sah er, wo die Fernstraße die Senke eines Arroyos kreuzte. Aber Leroy nahm das Gas nicht weg, und der alte Lastwagen machte einen Satz und kam hart auf der anderen Seite der Senke auf. Sie stießen mit den Köpfen gegen das Wagendach, und Harley meinte, das sei besser als die Berg- und Talbahn auf der Fiesta in Laguna. Tayo versank in sinnlichen Eindrücken – der in voller Fahrt vibrierende und stuckernde Lastwagen, die dicht an ihn gepreßten Leiber, der Geruch nach Parfüm und Schweiß und Wein und der frische Luftstrom, der den Schweiß abkühlte. Alles brachte sie zum Lachen, bis sie über ihren eigenen Lärm und ihr Gelächter lachten. Er brauchte sich an nichts zu erinnern, er brauchte nichts zu fühlen als das hier; und er wünschte, der Lastwagen würde nie stehenbleiben, sie könnten für immer so weiterfahren.

Leroy parkte den Wagen unter den Ulmen an der Y-Bar. Überall lagen Weinflaschen und Bierdosen herum, von Reifen zerdrückt und plattgewalzt. Leroy stellte die Zündung ab, ließ aber den Gang drin, und als er den Fuß von der Kupplung nahm, machte der Wagen einen Satz nach vorn. Harley half gerade Helen Jean beim Aussteigen, und der unerwartete Ruck warf sie gegen ihn. Beide fielen lachend auf die Erde. Der Inhalt ihrer Ledertasche mit dem getriebenen Rosenmuster lag um sie herum verstreut. Sie hob ihre

Brieftasche auf, aber alle ließen sich auf Hände und Knie nieder, krochen herum und sammelten die kleinen Messinghülsen der Lippenstifte, den Spiegel und die Puderdose ein. Harley riß ihr den Spiegel aus der Hand und tänzelte um eine Ulme herum, tat wie ein »Halbseidener«, jemand, der herumschwänzelt und beim Gehen die Rückenmuskeln spielen läßt.

9He, Harley!« schrie Tayo, »uns kannst du nichts mehr vormachen. Wir wissen, daß du einer von diesen Brüdern bist. Wo hast du deinen Lippenstift und Nagellack?«

Harley kam mit affektierten Schrittchen heran und ließ den Spiegel in Helens Tasche fallen. »Der Letzte spendiert ein kaltes Bier!« rief er und rannte in Richtung der Bartür los.

Harley und Leroy liefen um die Wette zur Gazetür und ließen Tayo bei Helen Jean zurück. Sie kicherte vor sich hin, machte große Schritte und setzte die Füße breit auf, als wäre sie nicht sicher, ob der Boden sie tragen würde. Sie stiegen über einen Navajo, der auf der schattigen Seite der Holzstufen schlief. Die Musikbox spielte eine mexikanische Polka, und Harley drehte sich allein im Kreise. An einem Ecktisch saßen ein paar Mexikaner vom Bautrupp beim Bier, und drei Navajos hingen schlaff auf den Hockern an der Bar. Die Mexikaner sahen ihr an, daß sie betrunken war, und hatten offenbar bereits Absichten auf sie.

Die Art, wie diese Männer sie ansahen, krampfte Tayos Hände zu Fäusten zusammen. Ihm war nicht mehr nach Spaß oder nach Lachen. Sein Rücken spannte sich, er setzte sich steif auf den Stuhl, den Leroy ihm hinschob. Harley hielt Helen Jean zwischen sich und Tayo und aus Leroys Nähe. Um die Mexikaner in der Ecke hätte er sich sorgen müssen, nicht um Leroy. Aber Harley war schon wieder auf den Beinen, bestellte eine Runde Coors, steckte Vierteldollarmünzen in die Musikbox und drückte die Knöpfe für sämtliche Songs von Hank Williams.

Helen Jean lächelte geziert einen der Mexikaner an. Tayo bemühte sich, die Augen dem Dämmerlicht anzupassen, um zu sehen, welchen, aber in seinem Kopf war ein Summen, das seinen Blick verschwimmen ließ. Er trank noch mehr Bier, weil er hoffte, dadurch den dumpfen Schmerz loszuwerden; und dann entschied er, er sei zu müde, um sich darum zu kümmern, was sie tat.

»Es wäre sowieso nicht gegangen«, sagte Harley gerade mit lauter Stimme; »mein Bierbauch und ihr dicker Bauch, der Abstand wäre zu groß gewesen!« Er lachte und sah zu Helen Jean hinüber, ob ihr seine Geschichte gefiel. Sie wandte rasch die Augen von dem hochgewachsenen Mexikaner mit den langen Koteletten ab. Sie senkte den Blick auf den Tisch und lächelte vor sich hin.

Die Mexikaner standen auf; der großgewachsene setzte sich bedächtig die Mütze auf und schob sie verführerisch schief zurecht. Er beobachtete sie unverwandt; ihm war es egal, ob die Indianer es merkten. Er nickte, und sie lächelte. Harley hatte die Flasche senkrecht angekippt und holte die letzten Tropfen Bier heraus. Er war so betrunken und selig, daß er gar nicht merkte, was da vorging. Leroys Hemd hing schon aus den Jeans, und als er Harley antwortete, brachte er die Worte nur mühsam heraus.

Helen Jean griff nach der Tasche zu ihren Füßen. Sie zögerte und sah Tayo an. Dann kicherte sie und sagte: »Ich geh mal pinkeln«; er nickte und trank das Bier aus. Harley und Leroy merkten gar nicht mehr, daß sie ging.

Sie hatte noch an diesem Morgen daran gedacht, als sie aus Gallup abfuhren. Etwas hatte sie daran erinnert; vielleicht, weil die Leute in der Bar über die in zwei Wochen stattfindenden Zeremonien in Gallup sprachen. Sie hatte Towac etwa um diese Zeit, im August, vor einem Jahr verlassen. War für immer aus der Reservation weg, um sich einen Job zu suchen. Bisher hatte sie noch nie daran gedacht.

Vielleicht, weil sie mit diesen Reservations-Indianern unterwegs war, mit ihnen in Gallup unter all den anderen Reservations-Indianern trinken und tanzen war. Vielleicht hatte sogar jemand von Towac gesprochen.

Sie hatte ihr erspartes Geld genommen – Geld, das ihr die Missionsdame für das Kochen zahlte – und war noch bei Emma vorbeigegangen, um sich von ihnen zu verabschieden. Aber das Vorhängeschloß war in den Türhaken gehängt und abgeschlossen, was bedeutete, daß Emma für den ganzen Tag fort war. Vielleicht nach Cortez. So war sie gegangen, ohne ihre kleinen Schwestern zu sehen, denn sie hatte vor, jedes Wochenende mit dem Bus zu Besuch zu kommen und Geld mitzubringen, um ihnen auszuhelfen.

Diese Lagunakerle waren so ziemlich die schlimmsten, an die sie geraten war, besonders der Kerl, den sie auf der Fernstraße aufgelesen hatten; er benahm sich komisch. Zu still, und nicht besonders freundlich. Sie wollte sich von ihnen absetzen. Sie waren nicht gemein wie die beiden Kerle aus Oklahoma, die sie eines Nachmittags in einem geparkten Auto hinter dem El Fidel zusammengedroschen hatten. Pawnees, behaupteten sie. Normandie. Omaha Beach. Sie droschen sie zusammen – hielten sie abwechselnd fest und schlugen zu. Sie brüllten sie an, weil beide sie haben wollten; sie waren den ganzen Krieg über Kumpel gewesen, und jetzt wollte sie sie auseinanderbringen, sagten sie. Diese Lagunas würden sie nicht zusammenschlagen, bloß bei dem Stillen war sie sich nicht ganz sicher. Aber Harley und Leroy, die waren okay. Sie hatte bloß keine Lust, mit diesen Reservationskerlen in irgendwelchen gottverlassenen Gegenden herumzufahren, auch wenn sie Kriegsteilnehmer waren.

Es war einfach so ein Gefühl, das sie seit dem Morgen hatte. Weil ihr eingefallen war, daß die Zeremonienzeit wieder bevorstand. Sie hatte Emma oder den Mädchen nie geschrieben. Sie hatte es vorgehabt; sie hatte sogar Briefe geschrieben, abends, auf Stephanies rosa Briefpapier, an dem kleinen Tisch in der Küche, die alle gemeinsam benutzten. Aber sie hob die Briefe in offenen Umschlägen auf und wartete, bis sie mal zwei Dollarscheine mitschicken konnte.

Es wurde nichts daraus. Ihre Zimmergefährtinnen waren nett, aber sie brauchten das Geld für die Miete, und sie mußte auch ihren Anteil am Essen bezahlen. Einen ganzen Sonnabend lang machten die Mädchen sich gegenseitig krause Dauerwellen und zupften sich die Augenbrauen aus und malten sich dann einen dünnen Bogen über jedes Auge. Am Montag borgte sie sich Elaines blaues Kleid und ging in die Stadt zum Kimo-Theater, um sich für den Job zu bewerben, den sie im Schaukasten ausgehängt hatten. Der Mann ließ sie im Foyer warten. Es roch nach kaltem Puffmais und Zigarettenkippen. Sie war zu schüchtern, um ihn zu fragen, was es für ein Job war, oder um auch nur zu erwähnen, daß sie maschineschreiben konnte. Sie betrachtete die Türen mit der Aufschrift »Privat« und »Büro« und versuchte sich vorzustellen, wie dort die Schreibtische aussahen und was für eine Schreibmaschine sie hatten. Er lächelte nicht und sah ihr nicht ins Gesicht. »Du kannst heute noch anfangen«, sagte er, »aber du müßtest dich vielleicht noch umziehen.« Sie stand vor ihm und wagte nicht zu fragen, was an ihrer Kleidung nicht stimmte. Er drehte sich um und winkte ihr zu folgen. Am Ende des Ganges machte er eine Tür auf, und sie sah einen Besen und einen Scheuereimer. »Oh«, sagte sie. Sie lächelte immer, wenn sie verlegen war. »Wieviel zahlen Sie?« – »Fünfundsiebzig Cent die Stunde«, sagte er im Weggehen.

Diese Lagunakerle machten ihr richtig Spaß. Und sie schmissen ganz schön mit ihrem Geld herum. Sie wußte nicht einmal, ob noch Geld übrig sein würde, wenn sie sie bat, ihr ein bißchen auszuhelfen. Ihre Zimmergenossinnen bekamen es schon satt, ihr auszuhelfen. Sie glaubten, sie wäre Sekretärin; sie fragten sie dauernd, was sie denn mit ihrem ganzen Geld mache. Sie log; sie sagte, sie müsse es Emma und den Mädchen heimschikken. Sie zog sich jeden Tag an und ging zur Arbeit, wenn die anderen gingen. Sie zog sich in der Damentoilette um. Aber sie kam nicht zurecht. Der Mann im Theater wartete jetzt auf sie; er beobachtete sie, wenn sie zur Damentoilette hinunterging.

Sie war nicht überrascht, als sie eines Tages die Waschraumtür gehen hörte und unter der Tür des Toilettenabteils seine braunen Schuhe sah.

Diese Indianer, die im Krieg gekämpft hatten, steckten voller Geschichten aus all den Gegenden, die sie kennengelernt hatten. San Diego, Oakland, Deutschland, die Philippinen. Die ersten paar Mal, als sie ihnen zuhörte, glaubte sie alles. Das war gleich, nachdem sie in die Stadt gekommen war, als die Mädchen an einem Wochenende mit ihr ausgingen. Sie war herumgelaufen, hatte die hohen Gebäude und all die riesigen Neonreklamen auf der Central Avenue angestaunt. Jedesmal, wenn sie damals einen Fahrstuhl benutzte, dachte sie an die alten Leute daheim, die den Kopf schüttelten, wenn von Fahrstühlen und hohen Gebäuden die Rede war oder von Musikboxen, die hundert verschiedene Platten spielen konnten. Die alten Utes sagten, das sei eine Lüge; solche Sachen gebe es nicht. Aber sie sah es jeden Tag, und noch lange war es ihr jedesmal, wenn sie diese Sachen sah, für die alten Leute daheim peinlich, die nicht an diese Sache glaubten. Darum achtete sie darauf, nicht denselben Fehler zu machen, und sie glaubte all die Geschichten, die die Jungs erzählten. Sie trugen Ordensbänder und Medaillen in ihren Brieftaschen herum; und wenn die Regierung der Vereinigten Staaten sie ausgezeichnet hatte, mußten sie okay sein.

Sie wußte, wo sie zu finden waren – in welchen Bars im Stadtzentrum sie sich zu Hause fühlten. Sie wußte, daß die Rentenschecks der ehemaligen Kriegsteilnehmer um den Monatsersten herum eintrafen. All das lernte sie, nachdem sie ihren Job im Kimo aufgegeben hatte. An dem Tag, als sie dort aufgehört hatte, kam sie am El Fidel vorbei, und sie hörte drin ihr Gelächter und ihr Kriegsgeheul, darum wußte sie, daß es Indianer waren. An dem Tag ging sie nur hinein, um sich Geld zu borgen, denn die Mädchen waren mit der Miete im Rückstand. Die Jungs forderten sie auf, sich zu setzen. Sie bestellte sich eine Coke, und sie ließen den Barmann Rum dazugießen.

»Was sagst du dazu!« sagten sie und klopften sich lachend

gegenseitig auf den Rücken. »Sowas gibt's in Towac nicht, was?«

Sie blieb den ganzen Nachmittag bei ihnen sitzen. Drin war es dämmerig und auch kühl, weil sie einen Tisch nahe am Ventilator hatten. Im Juli waren die Straßen und Gehwege glutheiß. Sie suchte Arbeit, aber jeden Tag, wenn es anfing heiß zu werden, ging sie am El Fidel vorbei, um nachzusehen, wer da war. Sie freuten sich, wenn sie kam; sie stellten sie ihren anderen Kumpels vor. Spät am Nachmittag, wenn sie wieder ging, bat sie irgendeinen, ihr ein bißchen auszuhelfen. Inzwischen waren sie meistens in Hochstimmung. Immer half ihr irgendeiner mit fünf oder auch zehn Dollar aus. »Im Krieg haben wir das jeden Abend gemacht«, erzählte ihr einer. »Einmal in San Diego haben wir der ganzen Bar – allen Soldaten und ihren Mädchen – eine Runde Drinks spendiert. Der Barmann hat bloß den Kopf geschüttelt; er hat uns gesagt: ›Ich weiß ohne hinzusehen, ihr seid Indianer. Keiner hat sowas gemacht, bis die indianischen Soldaten kamen.‹«

Sie erzählten ihr auch andere Geschichten. Später, wenn sie anfingen, sie anzusehen und näher an sie heranzurücken. Der Sergeant aus Isleta trug noch sein Khakihemd mit den Streifen auf dem Ärmel. Als er hinüberlangte, um ihr noch ein Bier einzuschenken, ließ er seinen wackligen Arm an ihrer Seite entlangstreifen, um die Wölbung ihrer Brust zu fühlen. Auch da war sie nicht überrascht. Sie wußte, wenn sie ihr aushalfen, würden sie sich auch an sie heranmachen. Er hatte ihr schon eine Geschichte erzählt, wie sie einen Bunker voll Japse in die Luft gejagt hatten. Die Geschichte endete damit, daß er seine Brieftasche herausholte und ihr einen kleinen Bronzestern an einem blauen Band zeigte. »Und dann die Frauen. Die weißen Frauen in Kalifornien. Junge! Sowas hast du noch nicht erlebt! Sie konnten von uns nie genug kriegen, he?« – »Nein!« riefen dann alle übrigen am Tisch. »Siehst du«, sagte der Sergeant und sah sie ein bißchen verschlagen an, »ich will dir mal von dieser einen erzählen, die in mich verliebt war.« Er nickte nachdrücklich. »Yeah, war sie. Ich hab ihr gesagt, ich wär daheim schon verheiratet, aber das war ihr egal. Junge, du hättest ihr blondes Haar sehen müssen! Sie hatte lauter Locken. Und vorn war sie so gebaut.« Er hielt die braunen Hände ein Stück vor die Brust und grinste die anderen an. Er drehte sich wieder zu ihr und atmete ihr schwer ins Ohr. »He, gehen wir doch wo hin, wo ich dir davon erzählen kann.«

Aber sie wollte nicht mit ihm gehen. »Erzähl's mir hier«, sagte sie, »ich möchte meinen Drink austrinken.«

»Sie hieß Doreen. Sie brauchte das Geld nur, weil ihre Mutter gelähmt war. Sie war nicht wie die anderen. Sie ging mit mir, weil sie mich liebte. Ich könnte sie immer noch haben, wenn ich nach Kalifornien zurückginge.«

Einer der Jungs am Tisch, ein Apache, grölte zum Isleta-Sergeanten hin: »Das hat sie allen Jungs erzählt. Doreen. So hat sie sich genannt. Klar mochte sie die Indianer. Weil es Hornochsen waren wie du!«

Der Apache hatte Helen Jean beobachtet; er hatte beobachtet, wie der Isleta sich an ihr rieb. Der Isleta packte sie am Arm. »Gehen wir«, sagte er. Sie rührte sich nicht. Der Apache sprang streitlustig auf.

»Sie will gar nicht mit dir gehen«, sagte der Apache.

Der Isleta drehte sich zu ihr um; seine Augen waren vor Wut zusammengekniffen. »Du Nutte! Denkst wohl, du bist besser als eine weiße Frau?« Er schlug ihr ins Gesicht. Ihre Zähne schnitten ihr in die Zunge und die Innenseite des Mundes. Tränen liefen ihr über das Gesicht. Der Apache packte ihn, und sie begannen sich zu rempeln, im Kreis auf dem Tanzboden herumstolpernd. Die anderen Jungs grölten nach einer Schlägerei. Sie hatten sie vergessen.

Sie kannte all die Geschichten über weiße Frauen in San Diego und Oakland und Los Angeles. Immer blond oder rothaarig, anständige Mädchen mit kranken oder gelähmten Eltern daheim. Ihr war das gleichgültig. Sie tranken, bis sie nicht mehr allein gehen konnten und sich an ihr festhalten mußten. Dann erbat sie sich Geld, um es Emma nach Towac zu schikken: für die kleinen Mädchen. Danach stolperten sie die Stufen zum Hudson Hotel hinauf. Wenn sie sich lange genug in der Toilette aufhielt, waren sie meistens auf dem Bett weggesackt.

Sogar im Winter, wenn die Zimmer im Hudson kalt waren und das Fenster am Bett Eisblumen hatte, schwitzten sie Bier; und sie lagen so schwer auf ihr, daß sie kaum atmen konnte. Sie hatten einen nassen, biersauren Mund, und wenn sie in sie einzudringen versuchten, fühlte sie sie klein und schlaff zwischen ihren Schenkeln. Sie starrte die Flecken an der Zimmerdecke an und wartete, bis sie aufgaben oder einschliefen, dann rollte sie sich unter ihnen vor.

Sie sah diese Lagunakerle an. Einst, in ihren Uniformen, hatte man sie erstklassig behandelt. Solange Krieg gewesen war und die Weißen sich vor den Japsen und vor Hitler gefürchtet hatten. Aber diese Indianer hatten sich schwer getäuscht, als sie dachten, es würde so bleiben. Sie hatte es satt, sich mit ihnen gemeinsam etwas vorzumachen, hatte es satt, so zu tun, als wäre es so geblieben. Es war fast ein Jahr her, seit sie von Towac weggegangen war. Irgend etwas an Gallup ließ sie daran denken. Ihr gefiel das Aussehen der indianischen Frauen nicht, die sie in Gallup sah, wenn sie in Edies Club mit den Betrunkenen tanzten, die mit ihnen auf der Tanzfläche herumstolperten. Ihr Haar war schmutzig und glatt. Sie hatten sich die Augenbrauen abrasiert, die aber schon wieder nachwuchsen, und sie machten sich nicht mehr die Mühe, sie mit Augenbraunstift nachzuziehen. An ihren Blusen fehlten Knöpfe, und sie waren mit Sicherheitsnadeln zusammengesteckt. Ihre Westernhosen faserten an den Nähten aus; um den Schlitz herum waren Flekken.

Sie holte die kleine rosa Puderdose aus der Tasche und sah in den Spiegel. Ihr Haar war kurzgeschnitten und in feste Löckchen gedreht. Es hätte eine Wäsche gebraucht, aber wenigstens war es nicht lang oder glatt. Sie zog die linke Augenbraune nach und legte Lippenstift auf. Die Gegend hier herum gefiel ihr auch nicht. Felsen und Sand, Arroyos und keine Bäume. Nachdem sie ihr ganzes Leben in Towac verbracht hatte, brauchte sie ihre Zeit nicht hier zu vertrödeln, mitten im Nirgendwo, noch schlimmer als die Reservation, die sie verlassen hatte. Wenn sie noch länger mit diesen Kerlen herumlungerte, würde sie genau so enden. Wie die übrigen Indianer. Sie lächelte den Mexikaner an; er kniff ein Auge zu. Er hatte seinen Lohn von der Eisenbahn bar vor sich auf dem Tisch liegen. Er würde ihr aushelfen, ihr etwas geben, das sie nach Towac heimschicken könnte. Und diesmal würde sie Emma wirklich Geld schicken, und sie würde keine Zeit mehr damit verschwenden, sich mit indianischen Kriegshelden herumzutreiben.

Er lehnte sich auf seinem Stuhl zurück und stützte den Kopf gegen die kühle, getünchte Wand. Durch den Lärm der Musikbox konnte er den Navajo hören, der jetzt mit dem Rücken an der Gazetür saß und Lieder sang. An den Liedern war etwas Vertrautes, und er erinnerte sich an den Gesang des alten Betonie; etwas in seinem Magen rührte sich schwach; aber es war jetzt zu weit weg. Er verkroch sich tiefer in das schwarze schleierige Geflecht, wo er Ruhe finden konnte, wo sein Kommen und Gehen in dieser Welt nicht mehr bedeutete als eine Sternschnuppe am Nachthimmel. Er ließ den Schmerz und das Summen in seinem Kopf hinter sich zurück. Die weite dunkle Ferne schloß sie aus.

Jemand schrie. Jemand schüttelte ihn aus dem hohen Baum heraus, in dem er saß. Er dachte, es wäre der alte Betonie, der ihm befahl, sich auf den Weg zu machen, ihm erklärte, er hätte zu lange geschlafen, und er müßte noch die Rinder suchen, die Sterne, den Berg und die Frau.

Er setzte an, dem alten Betonie zu antworten, ihm zu versichern, er hätte es nicht vergessen.

»Ich geh gleich los«, sagte er.

»Und ob du gleich gehst!« sagte der Weiße. »Dein Kumpel

hat gerade die Jacke vollgekriegt, und ich will hier nicht noch mehr Ärger.«

Die letzten hellen Strahlen des Sonnenlichts spalteten ihm den Kopf, wie eine große Axt Holzklötze zu Feuerholz für den Winter zerkleinert. Er hielt die Hand schirmend vor die Augen. Vorsichtig stieg er die Stufen hinab und erinnerte sich an den Navajo, der dort gesessen und gesungen hatte. Aber er war weg, und die Mexikaner waren auch weg; und der Himmel war tieforange und scharlachrot, weit bis hin zum Mount Taylor. Leroy kniete neben Harley und hielt sich mit einer Hand unsicher im Gleichgewicht. Sein Hemd war ihm aus der Hose gerutscht und hing wie ein Röckchen um seine schmalen Hüften. Er sagte gerade: »Harley, Kumpel, haben sie dir ewas getan?« Leroys Lippen waren blutig und verschwollen, wo sie ihn getroffen hatten. Harley atmete friedlich, ob weggesackt oder k.o. geschlagen, konnte Tayo nicht sagen. Über seiner linken Augenbraue war ein langer Riß, aber das Blut war schon verkrustet.

Sie trugen Harley zum Lastwagen; seine Beine schleiften hinter ihm her und hinterließen lange Spuren im Sand. Sie lehnten ihn aufrecht zwischen sich, Tayo am Lenkrad. Leroy war gegen die Tür gesackt, weggetreten. Er suchte am Armaturenbrett den Knopf, mit dem man die Scheinwerfer anstellt. Als er daran zog, ging der Knopf ab und blieb in seiner Hand; er war zu müde und fühlte sich zu schlecht, um über diesen Lastwagen zu lachen, aber er hätte es getan, wenn Helen Jean dabeigewesen wäre. Weil sie es gesagt hatte: wieder angeschmiert.

In der Dämmerung war die Erde dunkler als der Himmel, und es war schwer zu erkennen, ob Romeros Schafe oder Ziegen entlang des Randstreifens grasten. Der Touristenverkehr auf der Fernstraße 66 war inzwischen verebbt, und Tayo stellte sich vor, wie die Weißen in einem dunstigen Grant's-Imbiß Kartoffelbrei mit Fleischsoße aßen.

In jenem letzten Sommer waren sie über diese Ebenen geritten, um die gescheckten Rinder zusammenzutreiben und den Kälbern das Zeichen einzubrennen. Er lenkte den kleinen

Lastwagen langsam, beinahe liebevoll durch die Senke, als wäre der alte Lastwagen das blinde weiße Maultier, zu alt, um noch grob behandelt zu werden. Er dachte über Harley und Leroy nach, über Helen Jean und sich selbst. Wieviel länger würden sie sich noch halten? Wie lange noch, bis einer bei einer Barschlägerei erstochen, nicht bloß k.o. geschlagen wurde? Wie lange noch, bis dieser alte Lastwagen von der Straße herunterschleuderte oder frontal gegen einen Bus fuhr? Aber es machte so und so keinen großen Unterschied. Das Trinken und Krakeelen waren bei ihnen dasselbe, wie er den ganzen Nachmittag auf der Ranch herumgesessen und zugesehen hatte, wie die gelbe Katze vergeblich nach Fliegen schnappte; sie vertrieben sich die Zeit und warteten auf deren Ende.

Jemand stöhnte; er drehte den Kopf, um zu sehen, wer es war. Er roch Erbrochenes. Harley hatte sich über und über vollgebrochen. Tayo kurbelte die Scheibe hinunter, hielt den Kopf wie ein Lokführer zum Fenster hinaus und ließ sich den Fahrtwind ins Gesicht blasen, während er den weißen Mittelstreifen der Fernstraße hinter dem Lastwagen zurückfallen sah.

Bei Mesita fuhr er von der Fernstraße ab, langte hinüber und schüttelte Leroy am Arm. Der brummelte etwas und stieß Tayos Hand weg. Er stellte den Motor ab und betrachtete das Dorf. Die Lichter der Häuser waren so verstreut und matt wie weitentfernte Sterne. Er ließ den Schlüssel in der Zündung stecken und kurbelte die Scheibe hoch, für den Fall, daß es in der Nacht windig wurde. Einer von ihnen hatte gepißt, die Gummimatte zu Leroys Füßen war naß, und bei hochgekurbelten Scheiben dampfte der Uringestank um ihn herum. Es würgte ihn, als er die Tür aufstieß, und etwas in seinem Bauch gab nach. Er brach alles aus, was er mit ihnen zusammen getrunken hatte, und als das draußen war, blieb er auf der Straße neben dem Lastwagen auf den Knien, hielt sich den krampfenden Bauch, versuchte alles herauszubrechen – die ganze Vergangenheit, sein ganzes Leben.

Die Skalpzeremonie legte die japanischen Seelen in den grünen feuchten Dschungeln zur Ruhe, und sie befriedigte die Riesin, die sich von den Träumen der Krieger nährte. Aber jetzt war da noch etwas anderes, wie Betonie sagte: alles, was sie gesehen hatten – die großen Städte, die hohen Gebäude, der Lärm und die Lichter, die Macht ihrer Waffen und Maschinen. Sie waren danach nie wieder die alten: sie hatten gesehen, was die Weißen aus dem gestohlenen Land gemacht hatten. Es war wieder einmal die Geschichte der weißen Muschelschnüre, aus einem Grab gestohlen und von einem Mann gefunden, als er eines Tages einen Pfad entlangging. Er trug die schönen weißen Muschelschnüre ganz am Ende eines Stockes, weil er ahnte, wo sie herkamen; er hängte sie in die Zweige einer Piñonkiefer. Und obwohl er sie überhaupt nicht berührt hatte, verfolgten sie ihn; er konnte an nichts anderes denken, er konnte von nichts anderem träumen, er sah nur diese weißen Muschelschnüre in dem Baum hängen. Er konnte nicht essen, und er konnte nicht arbeiten. Er verlor den Kontakt mit dem Leben, das er vor dem Tag gelebt hatte, als er diese Schnüre fand; und der Mann, der er vorher gewesen war, hatte sich irgendwo auf diesem Pfad verloren, wo er die Schnüre fand. Täglich neu mußten sie über das Land blicken, von Horizont zu Horizont, und täglich neu erlebten sie den Verlust; die Trauer um die unbestatteten Toten, um die Verlorenen fand kein Ende. So versuchten sie den Verlust in Schnaps zu ertränken, ihren Gram mit Kriegsgeschichten zu ersticken, über den Mut, mit dem sie das Land verteidigten, das sie längst verloren hatten.

Er ging auf dem Karrenweg in Richtung Laguna, folgte seinem Gedächtnis und den Rändern alter Radspuren. Die Luft war kühl, und er konnte die Feuchtigkeit riechen, die mit den Sternen herauskam. Der alte Betonie würde es vielleicht so erklären – Tayo wußte es nicht sicher: es waren Übergänge zu durchlaufen, um wieder heil zu werden, um das Volk zu werden, an das unsere Große Mutter sich erinnern würde; Übergänge, so, wie der Junge, der im Bärenland weilte, sanft zurückgerufen werden mußte.

Oben im Norden
um Reedleaf Town herum
war dieser Ck'o'yo-Zauberer
den sie Kaup'a'ta oder Den Spieler nannten.

Er war hochgewachsen
und er hatte ein schönes Gesicht,
aber er trug immer Kieferngrün
um den Kopf und über den Augen.
Er kleidete sich in das feinste weiße Wildleder,
seine Mokassins waren tadellos genäht.
Er hatte Schnüre von himmelblauen Türkisen,
Schnüre von roten Korallen in den Ohren.
In jeder Beziehung
war Der Spieler sehr gut anzusehen.

Sein Haus stand hoch
in den Gipfeln der Zuni Mountains,
und er wartete, daß Menschen sich
zu ihm hinauf verirrten.
Er hatte die Spielstäbe immer aufgeschichtet
bereit für sie.

Er schritt vor ihnen auf und ab und drehte sich im Kreis
um seine feinen Kleider und kostbaren Schmuckperlen zu zeigen.
Dann sagte er ihnen, er würde mit ihnen spielen –

ihre Kleider, ihre Schmuckperlen gegen seine.
Die meisten Menschen trugen ihre alten Kleider,
wenn sie in den Bergen jagen gingen;
so dachten sie sich, sie hätten nicht viel zu verlieren.
Immerhin konnten sie ja
all seine schönen Sachen gewinnen.
Nicht viele vermochten sein Angebot abzuschlagen.

Aber die Menschen wußten nicht Bescheid.
Sie aßen das blaue Maismehl,
das er ihnen anbot.
Sie wußten nicht,
daß er Menschenblut hineinmischte.
Gäste, die es aßen,
hatten keine Chance.
Auf diese Weise gewann er Macht über sie,
und wenn sie mit ihm zu spielen anfingen,
hörten sie nicht auf, bis sie alles verloren,
was sie besaßen.
Und wenn sie nackt waren
und er alles hatte,
sagte er:

»Wißt ihr,
weil ich so gut und großmütig bin,
gebe ich euch eine letzte Chance.
Seht ihr den Fellbeutel da drüben
an der Nordwand hängen?
Wenn ihr ratet, was in diesem Beutel ist,
gebe ich euch alle Kleider und Schmuckperlen zurück
und auch alles, was ich hier habe –
        diese Federdecken
        all diese Korallenschnüre
        diese feinen weißen Wildledermokassins.
Aber wenn ihr nicht richtig ratet,
verliert ihr das Leben.«

Sie waren in seiner Macht.
Sie hatten alles verloren.
Es war ihre letzte Chance.
So sagten sie meistens »Okay«,
aber sie errieten nie,
was in dem Beutel war.

Er hängte sie an den Füßen in seiner Vorratskammer auf,
Seite an Seite neben den anderen Opfern.
Er schnitt ihnen das Herz heraus
und ließ ihr Blut herabrinnen
in die Kisten mit blauem Maismehl.

Das tat der Ck'o'yo Kaup'a'ta, Der Spieler,
da oben
in den Zuni Mountains.
Und einmal
fing er sogar die Gewitterwolken.
Er gewann ihnen alles ab,
aber weil man sie nicht töten kann,
konnte er sie nur
einsperren
in vier Zimmern seines Hauses –
die Wolken des Ostens im Ostzimmer
die Wolken des Südens im Südzimmer
die Wolken des Westens im Westzimmer
die Wolken des Nordens im Nordzimmer.

Der Sonnenmann ist ihr Vater.
Jeden Morgen weckt er sie auf.
Aber eines Morgens ging er
erst zum Nordgipfel des westlichen Berges,
dann zum Westgipfel des südlichen Berges,
und dann zum Südgipfel des östlichen Berges;
und schließlich, auf dem Ostgipfel des nördlichen Berges,
wurde ihm klar, daß sie fort waren.

Drei Jahre blieben die Gewitterwolken verschwunden,
indes Der Spieler sie gefangen hielt.
Das Land trockente aus,
die Menschen und Tiere hungerten.

Sie sind seine Kinder,
darum ging er sie suchen.
Er nahm blauen Pollen und gelben Pollen,
nahm Tabak und Korallenperlen
und ging hinaus ins offene Land
unter den Mesas.
Dort an einer sandigen Stelle neben einer blaublühenden Ranke
wartete Spinnenfrau schon auf ihn.

»Enkel«, sagte sie.
»Ich höre deine Stimme«, antwortete er,
»aber wo bist du?«
»Hier unten, neben deinen Füßen.«
Er schaute auf den Boden hinab und sah ein kleines Loch.

»Ich habe dir etwas mitgebracht, Großmutter.«
»Oh, danke, Enkel,
diese Sachen kann ich immer gebrauchen«, sagte sie.

»Die Gewitterwolken sind weg.«
»Dieser Ck'o'yo Kaup'a'ta, Der Spieler, hält sie gefangen«,
sagte sie ihm.
»Wie kriege ich sie zurück?«

»Es wird nicht leicht sein, Enkel,
aber hier
nimm diese Medizin.
Blase sie auf die schwarzen Enten Des Spielers,
die sein Haus bewachen.
Du mußt ihn überrumpeln.
Das nächste ist:

Iß nichts von dem, was er dir anbietet.
Spiele mit ihm
drauflos.
Er soll glauben, er hätte dich auch.
Dann wird er dir sein Angebot machen –
dein Leben für eine Chance, alles zu gewinnen,
sogar sein Leben.

Er wird sagen
›Was habe ich in dem Lederbeutel,
der da an meiner Ostwand hängt?‹
Du sagst ›Vielleicht glänzende Steinchen‹,
dann schweigst du eine Weile
und sagst: ›Laß mich nachdenken.‹
Dann rätst du wieder,
sag: ›Vielleicht Moskitos.‹
Er wird schon sein Steinmesser wetzen und sagen:
›Das ist deine letzte Chance.‹

Aber diesmal rätst du es.
›Die Plejaden!‹
Er wird aufspringen und sagen: ›Heheya‹! Du bist
der erste, der es erraten hat.‹
Danach wird er auf einen Beutel aus gewebter Baumwolle
zeigen,
der an der Südwand hängt.
Er wird sagen: ›Was habe ich da drin?‹
Du wirst sagen: ›Sind es etwa Hummeln?‹
Er wird lachen und sagen: ›Nein!‹
›Vielleicht Schmetterlinge, die kleinen gelben?‹
›Vielleicht kleine schwarze Ameisen‹, wirst du sagen.
›Nein!‹ wird Kaup'a'ta schon lächeln.
›Dich hab ich‹, wird er sagen.

Aber das ist das letzte Mal, Enkel,
du sagst: ›Vielleicht hast du Orion da drin‹,

und *alles*,
seine Kleider, seine Schmuckperlen, sein Herz
und die Regenwolken,
alles gehört dir.«

»Okay, Großmutter, ich gehe.«
Er nahm die Medizin in die Zuni Mountains mit.
Er verließ den Pfad und stieg hoch auf einen Gipfel.
Die schwarzen Enten stürzten sich auf ihn,
aber er blies die Medizin auf sie,
bevor sie schnattern konnten.

Er schlich sich von hinten an Den Spieler heran,
der auf dem Fußboden seines Hauses
mit Spielstäben übte.

»Ich faste gerade«, sagte er zu Kaup'a'ta
als der ihm das blaue Maismehl anbot,
»aber trotzdem danke.«
Sonnenmann holte seine Sachen heraus:
viermal neue Kleider,
zwei Paar neue Mokassins,
zwei Schnüre aus weißen Muschelperlen.
Kaup'a'ta lächelte, als er diese Dinge sah.
Er sagte: »Wir spielen heute die ganze Nacht!«

Es geschah
genau wie Spinnenfrau vorhergesagt hatte:
als er alles verloren hatte,
gab ihm Kaup'a'ta eine letzte Chance.
Der Spieler setzte alles, was er hatte,
daß Sonnenmann nicht erraten könnte, was er
im Beutel an der Ostwand hatte.
Kaup'a'ta setzte sein Leben,
daß er nicht erraten könnte, was
in dem Sack war, der an der Südwand hing.

»Heheya'! Du hast richtig geraten!
Nimm dieses schwarze Steinmesser, Sonnenmann,
nur zu, schneide mir das Herz heraus, töte mich.«
Kaup'a'ta legte sich auf dem Boden nieder,
den Kopf nach Osten gerichtet.
Aber Sonnenmann wußte, daß Kaup'a'ta Zauberkraft hatte
und gar nicht getötet werden konnte.
Kaup'a'ta wollte da liegen
und so tun, als wäre er tot.

Da wußte Sonnenmann, was er zu tun hatte:
er nahm das Steinmesser
und schnitt dem Spieler die Augen heraus.
Er warf sie hoch zum Südhimmel hinauf,
und sie wurden die Sterne am Horizont des Herbstes.

Dann öffnete er die Türen der vier Zimmer,
und er rief den Gewitterwolken zu:
»Meine Kinder«, sagte er,
»ich habe euch gefunden!
Kommt doch heraus. Kommt wieder heim.
Eure Mutter, die Erde, weint nach euch.
Kommt heim, Kinder, kommt heim.«

»Was machst du hier?«

Die Stimme kam vom Hof. Sie stand unter einem Aprikosenbaum, halb verdeckt von einem buschigen Schirm knorriger Äste, die so tief auf den Boden herabhingen, daß die schmalen Blätter im Wind den Boden streiften. Die Schatten ließen ihre Haut und ihr Haar dunkel aussehen.

»Ich konnte nicht über die unterspülte Brücke fahren. Deshalb hab ich den Lastwagen dort gelassen und bin geritten.«

Die Sonne war untergegangen, hinter der Mesa unter dem Felsrand. Himmel und Wolken am Horizont leuchteten rot.

»Wer hat dich geschickt?«

»Ich suche Rinder. Sie haben meinem Onkel gehört.«

»Jemand hat dich geschickt«, sagte sie, und er bemerkte, daß sie einen kleinen, an einem Ende leicht gebogenen Weidenstab in der Hand hielt. Ein kühler Wind wehte vom Nordwestrand des Bergplateaus über ihnen herab und raschelte in den Aprikosenblättern. Er saß von der Stute ab und lockerte den Gurt; das Pferd versuchte den Schweiß und die Erschöpfung abzuschütteln. Die Leder- und Stahlteile an Sattel und Zügel stießen heftig zusammen. Da kam sie unter dem Baum hervor. Sie trug ein Männerhemd, darüber einen gelben Rock, der ihr bis über die Knie ging. Helle Wildledermokassins reichten ihr bis zum Rocksaum. Auf den Silberknöpfen, die sich seitlich an jedem Mokassin hinaufreihten, waren Regenvögel eingraviert. Sie war nicht viel älter als er, aber sie trug das Haar lang, wie die alten Frauen, in einen Knoten zurückgerafft.

»Kann ich für das Pferd Wasser haben?«

Sie wies mit dem Kinn in die Richtung des Korrals. Ihre Augen standen, von den Backenknochen bedrängt, schräg wie das Gesicht auf der Maske eines Antilopentänzers.

»Bediene dich«, sagte sie.

Ihre Haut war hellbraun; sie hatte ockerfarbige Augen. Sie stand im Hof und sah zu, wie er die Stute wegführte.

Der Wind wehte stärker, und der lange Schweif der Stute flatterte um sie herum wie hohes Dünengras; das Korralgatter schlug im Wind hin und her. Die Stute war durstig; sie tauchte die Nüstern ins Wasser und kam nur zum Atmen hoch. Er rieb sie hinter den Ohren, wo der Zügel schweißige Striemen ins Fell gedrückt hatte. Er roch das Leder, naß von Pferdeschweiß, den feuchten Lehm vom Rand des Tümpels, in dem die Stute knietief stand; er roch den nahenden Winter im Wind.

Er band das Pferd im Korral an und nahm ihm den Sattel ab. Er löste seine Schlafdeckenrolle vom Sattel und sah sich nach einer sandigen, geschützten Stelle um, wo er sein Bündel aufrollen konnte. Wind und Sand wehten so heftig, daß er sie nicht von hinten herankommen hörte. Er drehte sich um, und da stand sie.

»Komm mit rein«, sagte sie so laut, daß er sie durch den Wind hören konnte. Sie zog sich die handgewebte Decke über Schultern und Kopf und schritt mit gesenktem Kopf durch den peitschenden Sand. Er folgte ihr, den Kopf gesenkt und die Augen zusammengekniffen, um sie gegen den Sand zu schützen; aber ihm entgingen nicht die Muster, die in vier Farben quer über die Decke gewebt waren: Muster von Gewitterwolken in Weiß und Grau; schwarze Blitze verstreut in braunem Wind.

Er folgte ihr die lange, gazebespannte Veranda entlang bis zu einer schmalen Tür aus Kiefernholz. Als sie diese öffnete, roch er getrocknete Aprikosen und brennendes Wacholderholz. Die Innenwände waren massiv, und alle Türbogen waren niedrig. Der Geruch nach Lehm und Bergsalbei rührte alte Erinnerungen auf. Als er unter einem Türbogen durchging, berührte er eine getünchte Wand und rieb den pulverigen Lehm zwischen den Fingern. Sein Herz klopfte heftig, und seine Hände waren schweißfeucht.

Der Kamin war in der Ecke des Raumes; die Flammen züngelten empor, zerknickten das Anbrennholz und saugten den Wind an, der die Esse herunterfegte. Er stand vor dem Feuer und streckte die Hände aus, um sich zu wärmen.

»Setz dich. Iß.«

Er zog seine Jacke aus und legte sie auf die Bank neben sich. Er sah zu, wie sie auf dem kleinen Herd mit Töpfen und Dekkeln hantierte. Sie stellte einen Napf vor ihn hin, dazu einen Löffel. Der Chili war dick, rot wie frisches Blut und gehaltvoll an gedörrtem Mais und frischem Wildfleisch. Sie stand am Fenster und sah hinaus.

»Der Himmel ist klar. Du kannst heute nacht die Sterne sehen.« Sie sprach, ohne sich umzudrehen. Er fühlte, wie ihm ein kalter Schauer über den Nacken strich, und hatte Mühe, das Essen zu schlucken, das er im Mund hatte.

Er hatte den Himmel jede Nacht nach dem Sternenmuster abgesucht, das der Alte in jener Nacht auf den Boden gezeichnet hatte. Spät im September sah er sie im Norden.

Er hatte Laguna vor Sonnenaufgang verlassen und war den ganzen Tag gefahren, bis er zu dem großen Arroyo kam, wo der Sommerregen in Jahren allmählich das Lehmufer von der schmalen Bretterbrücke weggespült und einen tiefen neuen Graben zwischen Straße und Brücke eingeschnitten hatte.

Er stand vom Tisch auf und ging den Weg durch die Zimmer zurück. Er stieß die Gazetür der Veranda weit auf und blickte zum Himmel hinauf: da waren die Sterne des alten Betonie.

So flogen sie
wieder den ganzen Weg hinauf.
Ihr Ziel war ein Ort im Westen.

(Versteht ihr, diese Dinge waren kompliziert . . .)
Sie riefen vor ihrem Haus:
»Du da unten, wie steht es?«
»Okay«, sagte sie, »kommt runter.«
Sie stiegen hinunter.
»Braucht ihr vielleicht etwas?«
»Ja. Wir brauchen Tabak.«
Raupe breitete
leere Maishülsen auf dem Boden aus.
Sie rieb ihre Hände
und Tabak fiel in die Maishülsen.
Dann faltete sie die Hülsen zusammen
und gab ihnen den Tabak.

Er sah ihr ins Gesicht, und ihre Augen wichen nicht aus; sie hielten ihn fest, während sie aus ihren Kleidern schlüpfte und während sie ihm die Jeans abstreifte und dabei über seine Schenkel strich. Sie knöpfte ihm das Hemd auf, und er nahm allein die Hitze seines eigenen Atems wahr und die von seinem Leib ausstrahlende, zwischen seinen Beinen pulsierende Wärme. Er fürchtete, sich zu verlieren, deshalb wiederholte er sich in Gedanken die Wegzeichen: dies ist mein Mund, der das Salz ihrer braunen Brüste schmeckt; dies ist meine Stimme, die zu ihr ruft. Er drang behutsam tiefer in sie ein und spürte, wie die Wärme ihn umschloß wie Flußsand, der in trübem warmem Wasser sanft unter dem Fuß nachgibt und sich dann fest um die Waden schließt. Aber er verlor sich nicht, und er lächelte sie an, als sie seine Hüften umfaßte und ihn fester an sich zog. Er ließ sich von der Bewegung tragen, und er fühlte, wie sich die Energie, zuerst fast unmerklich, in seinem Leib verdichtete. Als es kam, war es der Rand eines steilen Flußufers, unter dem Wolkenbruch abbröckelnd, bis plötzlich alles losbrach und in sich zusammenstürzte.

Er schob die Ziegenfelle unter den Wolldecken zurecht und drehte sich auf den Rücken. Unter seinem Bein konnte er das feuchte breite Blattmuster fühlen, das dort in die Decke eingesickert war, wo sie lag.

In dieser Nacht träumte er von den Rindern. Es war ein fortlaufender Traum, der auch nicht abriß, als sie wieder die Arme nach ihm ausstreckte und ihn über sich zog. Er träumte weiter, während er sich in ihr bewegte, und als er sie flüstern hörte, sah er die Rinder über die Kuppe eines runden kahlen Hügels auseinanderlaufen wie Wellengekräusel in stillem Wasser.

Sie stand vor Sonnenaufgang auf. Als sie hinausging, zog er sich an und folgte ihr. Die Luft fühlte sich feucht und kalt an wie die Erde, nachdem der Schnee in sie hineingeschmolzen ist und sie reich und fruchtbar gemacht hat. Er stand auf den Stufen und sah zu den morgendlichen Sternen im Westen hinüber. Er atmete tief, und jeder Atemzug trug deutlich den Geruch nach Schnee vom Norden, nach Ponderosakiefer auf dem Abhang über ihm; schließlich roch er Pferde aus der Richtung des Korrals, und er lächelte. Am Leben zu sein war jetzt doch gut: er hatte seit langer Zeit nicht mehr so geatmet.

Er ging zum Korral und band die Stute los. Er führte sie zum hohen Gras am Tümpel und hielt die Zügel, während sie graste, sah zu, wie sie große Büschel rupfte und sich die Trense mit der Zunge zurechtschob, damit sie nicht dazwischenkam, wenn sie das Gras mahlte. Er hockte sich neben den Tümpel und sah zu, wie sich die Morgendämmerung gelben Schwingen gleich über den Himmel ausbreitete. Die Stute klirrte beim Grasen mit den Gebißstücken der Trense, es erinnerte ihn an den Klang der Glocken im späten November, wenn die Luft das Läuten trug wie Schneeflocken im Wind. Vor Morgengrauen, südöstlich des Dorfes, kündigten die Glocken ihr Nahen an, der Klang schimmerte über die Sandhügel hin, gefolgt vom Klacken der Klappern aus Schildkrötenschalen – all diese Laute steigerten sich mit der Morgendämmerung. Sich dem Fluß nähernd, anfangs schwach, schwach wie das blasse gelbe Licht, das über dem südöstlichen Horizont aufging, nahmen die Laute mit den immer leuchtenderen Farben der Morgendämmerung an Eindringlichkeit zu. Und in dem Augenblick, da die Sonne über den Rand des Horizonts stieg, erschienen sie plötzlich am Flußufer, die Ka't'sina, die auf den Flußübergang zukamen.

Er stand auf. Er wußte, das Volk hatte einen Gesang für den Sonnenaufgang.

Sonnenaufgang!
Wir kommen bei Sonnenaufgang
dich zu grüßen.
Wir rufen dich
bei Sonnenaufgang.

Vater der Wolken
du bist schön
bei Sonnenaufgang.
Sonnenaufgang!

Er wiederholte die Worte, wie er sie in Erinnerung hatte, nicht sicher, ob es die richtigen waren, aber mit dem Gefühl, daß sie es waren, mit dem Gefühl, der Augenblick der Morgendämmerung sei ein Ereignis, das in einem einzigen Moment alle Dinge zusammenraffte – die letzten Sterne, die Berggipfel, die Wolken und die Winde – zur Feier dieser Ankunft. Die Macht jeden Tages in erhabenem Schweigen über die Hügel ausgegossen. Sonnenaufgang. Er schloß das Gebet mit »Sonnenaufgang«, weil er wußte, daß die Wesen der Morgendämmerung all ihre Worte mit »Sonnenaufgang« begannen und beschlossen.

Das Pferd hatte zu grasen aufgehört und stand ganz still da; ob es alles Gras gefressen hatte, das es erreichen konnte, und jetzt darauf wartete, daß er es ein Stück weiterführte, oder ob es innegehalten hatte, so wie die Maultierhirsche in der Morgendämmerung zu grasen aufhören, das wußte er nicht. Vielleicht weckte die Morgendämmerung in der verschwommenen Erinnerung des Blutes den Instinkt aus der Zeit, als die Pferde so wild gelebt hatten wie die Hirsche und sich bei Sonnenaufgang zwischen die Bäume und ins Dickicht verzogen.

Er band das Pferd wieder im Korral an und ging zum Haus zurück. Die massiven Mauern waren mit rotem Lehm verputzt, aber das Wetter hatte das Stroh im Putz freigelegt; unter einer zerbrochenen Regenrinne blätterte der Putz ab und ließ braune Adobeziegel sehen. Er versuchte zu bestimmen, wann es erbaut worden war, aber bis auf die durchhängende Gaze um die ganze lange Veranda war das Haus wie die Mesas ringsum: Jahre hatten kaum eine Beziehung dazu. Entlang der Südwand blühten noch hohe orangefarbige Sonnenblumen zwischen trockenen Maisstengeln; der Wind der vergangenen Nacht hatte die Sonnenblumen um die spröden Maisstengel gewikkelt, so daß im frühen Morgenlicht die vertrockneten Maispflanzen große orangefarbige Sonnenblumenblüten trugen, die die hartgebackene Erde unter ihnen mit orangefarbigem Pollen bestäubten. Jemand hatte unter jedes der vier breiten Fenster blaue Prunkwinden gepflanzt, und die Ranken der blauen Blumen zogen sich an Baumwollfäden empor, die jemand an die Fensterrahmen genagelt hatte. Die Prunkwinden, selbst von der Farbe des Himmels, waren weit geöffnet, mit feinen weißen Wolken, die sich von der Blütenmitte in das leuchtende Blau ausbreiteten.

Sie gab ihm kalten Wildbraten und Kaffee zum Frühstück. Sie saß am anderen Ende des Tisches und kramte in Wildlederbündeln und Beuteln aus ungegerbtem Fell. Hin und wieder legte sie ein rundes glänzendes Steinchen auf den Tisch, und einmal sah er in einem Bündel, das sie auseinanderrollte, Tierzähne und Klauen. Er wollte sie fragen, was sie da mache, aber etwas an der Art, wie sie seinen Augen auswich, ließ ihn schweigen. Sie hantierte konzentriert mit den Steinen. Einige waren hell und schienen Sandstein zu sein, ein ockergelber Sandstein mit einer pulverigfeinen Struktur, den er noch nie gesehen hatte. Aus einem Mulltuch wickelte sie einen rosiggrauen Stein und legte ihn auf den Tisch neben einen staubigblauen Stein; sie wand die Schnüre, die das Mullbündel zusammengehalten hatten, zu einem festen Knäuel zusammen und sah ihn unversehens an. Sie sagte immer noch nichts, hantierte jetzt aber langsamer, weil sie wußte, daß er zusah. Sie griff in einen Mehlsack zu ihren Füßen und holte Bündel frischgesammelter Pflanzen heraus. Sie roch daran und blies darüber, bevor sie die Pflanzen mit den Steinen abstimmte, einen Zweig blaugrauer Bergsalbei zu dem blauen Stein legte. Die dunkelgelbe Pflanze vom felsigen Mesaplateau roch wie feuchter Tabak; sie legte sie neben den ockerfarbigen Sandstein. Und dann zog sie eine lange Ranke hervor, mit winzigen weißen Blüten bedeckt, die mit ihren sechs spitzen Blütenblättern herabgefallenen Sternen glichen. Sie schüttelte die Ranke behutsam aus, und kleine schwarze Ameisen, die sich an die lederige grüne Ranke geklammert hatten, fielen auf den Boden und sammelten sich im

Kreis um ihre Füße, bis die Krumen am Herd sie fortlockten. Der Sonnenschein vom Fenster malte ein großes Quadrat auf den Boden, und etwas machte die Stille des Zimmers so warm und wohltuend wie dieses Sonnenlicht.

Er trank den Kaffee in der Blechtasse aus und stand auf. »Danke«, sagte er. Sie sah von der Ranke auf und nickte. Der Pfad verlief parallel zum Plateau der Mesa aus orangefarbigem Sandstein. Er war für ein Pferd fast zu schmal, und unter den Hufen der Stute kollerte ein Strom von Steinchen und Felsbrocken die steilen Hänge hinab. Er beugte sich über ihre Schultern vor, um ihr das Klettern zu erleichtern. Die Sonne rückte höher in den Himmel, und die Steilhänge der Mesa strömten die Wärme der Sonne aus. Kurz vor der Höhe des Plateaus machte er halt und band seine Jacke hinten am Sattel an, über der Schlafdeckenrolle und dem Sack mit Proviant. Er schaute zum Himmel auf: er war von dem intensiven strahlenden Blau, das ihm nur der Herbst verleihen konnte, wenn sich die Sonne aus ihrer Sommerstellung entfernt. Auf dem ganzen übrigen Weg bis oben prüfte er den Himmel; die Stute konnte nur in einer Richtung gehen, denn der Pfad war so schmal geworden, daß sie sich nicht einmal umdrehen konnte. Oben war der Wind kalt. Er hielt an, zog seine Jacke an und ließ die Stute rasten. Das Haus unten war von den Vorbergen verdeckt, aber das Land dahinter breitete sich vor ihm in alle Richtungen aus. Im Osten war das Rio Puerco-Tal, wo der Fluß einen tiefen, engen Arroyo eingeschnitten hatte, in dem das Wasser jetzt so niedrig floß, daß es dem Land im Tal nichts mehr nutzte. In Jahren voller Wind und ohne Regen war das Tal schließlich bis zu dunkelgrauem Lehm abgetragen worden, wo nur die bläuliche Salzmelde wachsen konnte. Jenseits des Rio Puerco, im Südosten, konnte er die blauen Berge östlich des Rio Grande sehen, wo das fruchtbare Tal von ihren Städten ausgefüllt wurde. Aber von dieser Stelle aus sah man kein Anzeichen davon, daß die Weißen je in dieses Land gekommen waren; sie besaßen jetzt keine Existenz, außer wie er sie in Erinnerung hatte. Darum vergaß er für eine Weile alles und spähte nach den südlichen Gipfeln hin, die in der weiten Ferne dünnblau und skelettartig wirkten.

Der Berg war nach den strudelnden Wolkenschleiern benannt worden, den Häutchen aus nebligem Dunst, die sich an die Gipfel hefteten und sie dann mit Schnee bedeckt zurückließen. An diesem Morgen war der Berg mit Schnee bestäubt, und die blaugrauen Wolken wickelten sich gerade von den Gipfeln ab. Er zog die Stute vom Gras weg und saß wieder auf. Er trabte nach Westen, über die grasige Ebene auf die Cerros zu, sanftgerundete Hügel aus dunklem Lavafelsen, die mit einer dünnen Schicht Mutterboden und Gras bedeckt waren und gesäumt von Zwergeichendickichten. Die Kiefern wuchsen in kleinen Gruppen längs der Hänge über der Sohle ausgetrockneter Seen; aber als er näher an den Berg heranritt, stieg der Boden in einen dichten Kiefernwald an, und die Zwergeiche und das Gras wuchsen nur noch in kleinen Lichtungen.

Die weißen Rancher nannten diese Stelle North Top, aber er kannte sie noch aus der Geschichte, die Josiah ihm erzählt hatte, von einem Jäger, der hier oben auf eine Wiese hinaustrat und auf einen jungen Puma traf, der Schmetterlinge jagte; solange der Jäger dem Pumajungen ein Lied vorsang, spielte er weiter. Als der Jäger aber an die Mutter des Jungen dachte und Angst bekam, stutzte das Pumajunge und lief davon. Das Lagunavolk hatte immer hier oben gejagt. Sie stiegen im Sommer die Hänge der kegelförmigen Gipfel hinauf, wenn die Hirsche rötlichbraun waren, mit kurzem, glänzendem Fell, und auf den Wiesen über der Baumgrenze ästen, um der Hitze zu entgehen. Im späten Herbst, wenn die Hirsche mit jedem Schneesturm weiter herunterkamen, jagte das Volk auf den Vorbergen und Cerros und den grasigen Niederungen der ausgetrockneten Seen des großen Plateaus. Und im Winter schließlich, wenn die Hirsche ein schweres graues Fell trugen und die schneidenden Schneewinde sie auf gewundenen schmalen Pfaden hinabtrieben, fanden die Lagunajäger die Tiere gemästet mit den Eicheln und den Zapfen der Piñonkiefer, die es in den engen Cañons unterhalb des Steilhangs gab.

Bis auf einen kleinen Teil hatten sie ihnen den ganzen Berg genommen. Die Grenze der Reservation schloß nur einen Cañon oberhalb Encinal ein und ein paar Meilen Wald auf dem Plateau. Den Rest des Landes übernahm die nationale Forstverwaltung und der Staat, und der verkaufte ihn später an weiße Rancher, die bald nach 1900 von Texas kamen. In den zwanziger und dreißiger Jahren folgten die Holzspekulanten, und sie holzten die Cañons unterhalb des Steilhangs ab und schlugen riesige Lichtungen in die Hänge des Plateaus. Die Holzgesellschaften stellten Berufsjäger ein, die ganze Holzfällerlager versorgten, wöchentlich zehn oder fünfzehn Stück Rotwild erlegten und fünfzig wilde Truthähne in einem Monat. Die Holzfäller jagden die Bären und Pumas zum Zeitvertreib. Und da begriff das Lagunavolk erst, daß ihnen das Land genommen war, denn sie konnten diese Weißen nicht daran hindern, herzukommen und die Tiere und das Land zu vernichten. Damals war es auch, daß die heiligen Männer in Laguna und Acoma das Volk warnten, das Gleichgewicht der Welt sei gestört und die Menschen müßten damit rechnen, daß Dürren und schlimmere Zeiten bevorstünden.

Weiße Rancher weideten dort ihre Rinder, besonders in den trockenen Jahren, wenn am Fuß des Berges kein Gras wuchs. Sie ließen sie den Sommer über auf dem Plateau fett werden und trieben sie im Spätherbst zu den Aufkäufern herab. Tayo ritt an weißgesichtigen Herefords vorbei, die um ein Windrad herumstanden; sie glotzten ihn und das Pferd stumpf an. Er erwartete nicht, Josiahs Rinder in der Nähe von Herefords zu finden, denn die gescheckten Rinder waren viel zu rastlos und wild; aber ohne Betonie hätte er überhaupt nicht gehofft, die Rinder zu finden. Bis zur vergangenen Nacht hatte er sich von der Vision des alten Betonie mit Sternen, Rindern, einer Frau und einem Berg kaum betroffen gefühlt; er war mißtrauisch gewesen, besonders, nachdem er die Sterne gefunden hatte, und zwar im Norden. Es schien wahrscheinlicher, die gescheckten Rinder im Süden zu finden, weit im Süden – die Richtung, in die sie immer gezogen waren. Als Josiah sie das letzte Mal gesehen hatte, wanderten die Rinder die Grenzlinie zwischen der Reservation und den staatlichen Ländereien entlang nach Südwesten. Als Tayo Robert erzählt hatte, er wolle nach Norden, um in den Bergen nach den Rindern zu suchen, hatte Robert nur die Achseln gezuckt und den Kopf geschüttelt. »Kann sein«, hatte er gesagt, »kann sein. Hat sie einer erst mal genommen, kann er sie sonstwohin gebracht haben.« Also war er losgezogen, hatte aber nicht erwartet, mehr zu finden als die Wintersternbilder am Nordhimmel über ihm; aber plötzlich war Betonies Vision zu einer Geschichte geworden, deren Ablauf er am eigenen Leib verspürte – von den Sternen und der Frau ausgehend würden auch der Berg und die Rinder kommen.

Am Fuß einer Kiefer auf einer Kuppe in der Nähe eines Zwergeichendickichts zügelte Tayo die Stute. Er band ihr das Lasso um den Hals und streifte ihr die Zügel ab, damit sie grasen konnte. Er schnallte den Proviantsack vom Sattel ab und ging zu dem Baum. Schichten rötlichbrauner Kiefernnadeln gaben weich unter seinen Füßen nach, und bevor er sich setzte, schob er die Kiefernzapfen zur Seite. Von dieser Stelle sah die Welt aus, als wäre sie mehr als zur Hälfte blauer Himmel, der sich wie eine Kuppel wölbte. Die Sonne neigte sich schon zum Südwesthimmel. Er kaute das Dörrfleich so gründlich wie die Stute das Gras, drückte mit der Zunge gegen Knorpelstränge, fühlte die glitschigen Fasern zwischen seinen Zähnen nachgeben. Er schluckte das letzte Stück Dörrfleisch herunter und spürte, wie es inmitten der drangvollen Unruhe in seinem Leib umgewälzt wurde.

Die Texaner, die das Land gekauft hatten, zäunten es ein und stellten Schilder in Englisch und Spanisch auf, die Unbefugte vor dem Betreten warnten. Aber die Leute von den Siedlungsparzellen und die Leute aus Laguna und Acoma ignorierten die Schilder und jagten dort Rotwild; ab und zu holten sich die Mexikaner eine Kuh. Deshalb stellten die Rancher später Männer ein, die zu Pferde patrouillierten und Dreißig-dreißiger am Sattel trugen. Aber die bewaffneten Reiter bewirkten kaum eine Änderung, denn die Umzäunung war viele, viele Meilen lang, und zwei, drei Jäger konnten mühelos durchschlüpfen. Trotzdem, er würde sich vorsehen müssen. Wenn er die Rinder gefunden hatte, würde er sie zurücktreiben. Er hatte den Kaufvertrag von Ulibarri in der Hemdtasche eingeknöpft, nur für den Fall.

Froh und erregt stand er auf. Er würde die Rinder wieder heimbringen, und sie würden Josiahs Pläne weiterführen und eine neue Rinderrasse züchten, die auch Dürre und ungünstige Witterung durchstehen konnte. Er schnallte den Proviantsack unter die Deckenrolle und streifte der Stute wieder den Zügel über die Ohren. Er ritt den Südrand des Plateaus entlang nach Westen und hielt Ausschau nach plötzlich auftauchenden bewegten Objekten, die weißgescheckt waren. Der Stacheldrahtzaun verlief parallel zum Steilhang, und er bemerkte Büschel von Bauchfell, die am Stacheldraht hängengeblieben waren, wo die Fährten des Rotwilds den Zaun kreuzten. Zäune hatten auch die gescheckten Rinder nie aufgehalten, aber es gab keine Anzeichen dafür, daß sie da gewesen waren. Also ritt er nach Norden und suchte nach der nächsten Umzäunung, in der sie sich aufhalten konnten.

Er ritt meilenweit über ausgetrocknete Teichsohlen und über felsige Cerros, bis er an einen hohen, längs der Oberkante mit drei Reihen Stacheldraht bewehrten Maschenzaun aus dickem Stahldraht gelangte. Das war ein Zaun, der die gescheckten Rinder aufhalten konnte. Der Weiße, Floyd Lee, nannte es einen wolfsicheren Zaun; aber er hatte alle Wölfe in den Bergen vergiftet oder abgeschossen, und die Leute wußten, wofür der Zaun da war: eintausend Dollar die Meile, um Indianer und Mexikaner draußenzuhalten; eintausend Dollar die Meile, um den Berg in Stahldraht einzuschließen, um sich das Land zu eigen zu machen.

Er untersuchte gerade den Zaun und prüfte, wie der Draht in die Erde eingelassen war, damit die Tiere nicht darunter durchkriechen oder sich darunter durchwühlen konnten, da sah er aus dem Augenwinkel eine Bewegung. Sie waren so weit entfernt, daß er die Brandzeichen nicht ausmachen konnte, und die hellbraunen Flecken waren auf ihrem hellen Fell schwer zu erkennen, aber sie bewegten sich wie Hirsche, auf langen dünnen Beinen. Das waren sie.

Sie zogen in einer Kette über den Südhang eines runden Lavafelshügels und wanderten den Zaun entlang nach Westen. Er beobachtete, wie sie über eine Kuppe verschwanden, und ein paar Minuten später sah er die Leitkuh auf dem nächsten Hang wieder auftauchen, immer noch dem Zaun folgend. Sie hatten längs des südlichen Grenzzauns einen Pfad in den Boden getrampelt, während sie unablässig zwischen Osten und Westen hin- und herwanderten, als warteten sie auf eine Gelegenheit zu entkommen, darauf, daß eine große Kiefer mit dem Wind umstürzte und ihnen ein Tor nach Süden aufriß. Süden: diese Richtung steckte ihnen tief in den Knochen.

Er bewegte sich rasch; seine Hände zitterten. Die Stute schnaubte und scheute vor den hastigen Bewegungen zurück. Er hielt die Zügel straff und näherte sich ihr ganz langsam, sprach leise auf sie ein. Er klopfte ihr den Hals, bis sie wieder ruhig war. Er blickte zum Hügel, wo die Rinder verschwunden waren, und schnallte ohne hinzusehen die Sattelriemen auf; er zog die Deckenrolle herab und griff in die Falten der Schlafdekken. Gleich nach dem Lasso war das wichtigste Werkzeug, das ein Reiter mit sich führte, die Drahtzange. Hunderte Meilen Stacheldrahtzaun gab es, um Grenzen zu markieren und die Rinder und Pferde am Umherstreifen zu hindern. Josiah hatte ihn gelehrt, auf lose Drähte und Lücken im Zaun zu achten; er hatte Tayo gelehrt, sie auszubessern, bevor das Vieh aus dem Reservationsland entlief. Eines Abends nach dem Essen hatte er Tayo geholfen, eine Ledertasche für die Zange zu nähen, und ihm dabei eingeprägt, man könne nie wissen, wann man mal irgendwohin ritt und ein Zaun im Weg stand. Dabei hatte Josiah in die Richtung des Mount Taylor genickt.

Er zog seine Arbeitshandschuhe an und hatte schon vier Stränge des schweren Stahldrahts durchgeschnitten, bevor ihm klar wurde, daß ihn an dieser Stelle jeder sehen konnte. Er blickte sich rasch um, ob nicht ein Zaunreiter oder eine Patrouille in einem Geländewagen kam. Sein Herz hämmerte, und er erinnerte sich an die Versteckspiele vor langer Zeit, als er flach auf dem Boden gelegen hatte, krampfhaft bemüht, sich nicht in die Hosen zu pinkeln. Er warf die Zange hin und zog die Handschuhe aus. Nach dem Pissen konnte er klarer denken. Es gab keinen Grund zur Eile. Die Rinder waren leicht zu finden, weil sie sich immer in der Nähe des südlichen Grenzzauns hielten. In wenigen Stunden war es dunkel, und er konnte sie verfolgen. Es würde ganz einfach sein. Es gab keinen Grund, sich zu überhasten oder dumme Fehler zu machen.

Er band die Stute in einer Lichtung in einem Zwergeichendickicht an. Er setzte sich unter eine Zwergeiche und las vom Boden um sich her Eicheln auf. Das Eichenlaub verblaßte schon von dunklem Grün zu hellem Gelb, und binnen einer Woche würde es golden und leuchtendrot werden. Die Eicheln verloren auch schon ihre grüne Farbe, und die Schalen begannen auszutrocknen. Wenn die Blätter fielen und die Eicheln reif waren, war er schon mit den Rindern zu Hause.

Die Sonne hing tief in den Zweigen der Kiefern oben auf der Kuppe; Dickicht und Lichtung lagen in tiefem Schatten. Der Wind raschelte im Eichenlaub, und der Mist der Stute dampfte in der kalten Luft. Er kauerte sich zusammen, die Hände in den Taschen und den Jackenkragen bis zu den Ohren hochgeschlagen. Hier oben war der Winter schon nahe. Er aß noch ein Stück Dörrfleisch und eine Handvoll gerösteten Mais und wartete auf die Dunkelheit. Er trank Wasser aus der Feldflasche und sah empor, ob die Sterne des herbstlichen Abendhimmels schon hervorkamen.

Er gab der Stute eine Handvoll gerösteten Mais und hob ihre unbeschlagenen Hufe an, um zu prüfen, ob der scharfe Lavafels Schaden angerichtet hatte. Er wußte nicht, wie gut sie bei Nacht über dieses felsige, unvertraute Gelände laufen konnte. Die ausgetrockneten Teichsohlen und die Zwergeichenkuppen konnten verwirrend sein. Die mit Lavagestein übersäten, wogenden Hügel und die Kiefernkuppen zwischen den Lichtungen ließen sich kaum voneinander unterscheiden. Sie hatten ihn schon einmal irregeführt, als er mit Rocky und Robert und Josiah auf Jagd gegangen war. Sie hatten den Lastwagen in voller Sicht am Rand einer Kiefernkuppe abgestellt. Aber am Ende des Tages, als er und Rocky sich auf den Rückweg machten, erwarteten sie an jeder Kuppe, die in Sicht kam, den alten grünen Lastwagen geparkt zu sehen. Sie hatten sich nicht verirrt, denn sie wußten, wo sie waren, aber der grüne Lastwagen war weg. Sie wanderten immerzu über ausgetrocknete Teichsohlen und über eichen- und kiefernbewachsene Kuppen und versicherten sich gegenseitig: »Aber diesmal, hier ist es«, bis endlich Josiah und Robert in dem grünen Lastwagen über die felsigen Ebenen geholpert kamen und sie auflasen.

Tayo ritt langsam am Zaun entlang und schaute nach einer Stelle aus, die sich leicht wiedererkennen ließ, auch bei Nacht. Er würde nur eine einzige Chance haben, die Rinder durch das Loch im Zaun zu treiben, und während er verzweifelt nach der Öffnung suchte, konnten sie in alle Richtungen auseinanderlaufen. Bei einer abgestorbenen Kiefer hielt er an. Der Blitz hatte sie mittendurch gespalten, und wo um den verkohlten Kern herum die Rinde abgeblättert war, war der Baum silbrig verwittert. Direkt hinter der Kiefer trat Lavafels zutage und bildete oben auf der Kuppe einen stumpfen Kegel. Er saß ab und machte sich am Zaun an die Arbeit.

Die Drahtstränge lagen vier Zoll auseinander und waren ein Viertelzoll dick. Er mußte immer wieder aufhören und sich die verkrampften Hände ausschütteln. Der Mond kam zeitig heraus. Er arbeitete auf den Knien, schnitt den Draht in Bodenhöhe auf, wo er noch sechs Zoll tief unter die Oberfläche reichte, um Kojoten und Wölfe davon abzuhalten, sich darunter durchzuwühlen. Er versuchte, sich eine Stelle zum Hinknien zu glätten, aber der Boden bestand fast nur aus Steinen und Felsbrocken. Nachdem er die ersten zehn Fuß aufgeschnitten und den Draht zurückgebogen hatte, waren seine Knie taub; er fühlte kalte Luft auf der Haut und merkte, daß seine Levis an beiden Knien durchgescheuert waren. Er dachte jetzt über die Rinder nach und wie sie wohl auf Floyd Lees Land geraten waren. Hätte er die Rinder auf Parzellenland oder im Korral eines Acomas gefunden, hätte er ohne zu zögern »gestohlen« gesagt. Aber etwas in ihm zögerte, das auch in diesem Fall zu sagen, wo die Rinder auf der Ranch eines Weißen waren. Er hatte ein unsinniges Verlangen, an ein Versehen zu glauben, an die Möglichkeit, daß Floyd Lee ganz unschuldig in ihren Besitz geraten war, sie womöglich den wahren Dieben abgekauft hatte. Warum zögerte er, einen Weißen des Diebstahls zu beschuldigen, aber nicht einen Mexikaner oder Indianer? Er zog die Handschuhe aus und steckte die Hände unter die Jacke, um die aufgeplatzten Blasen am Hemd abzuwischen. Der Schweiß biß in das rohe Fleisch, stach in beide Arme hinauf und hinterließ einen dumpfen Schmerz in den Schultern. Da wußte er, daß er sich die Lüge zu eigen gemacht hatte – die Lüge, die er sich hatte einprägen sollen: nur Menschen mit brauner Haut waren Diebe; Weiße stahlen nicht, weil sie immer das Geld hatten, sich zu kaufen, was sie wollten.

Die Lüge. Er schnitt in den Draht, als schnitte er an der Lüge in sich selbst herum. Die Lügner hatten alle hinters Licht geführt, Weiße wie Indianer; solange Menschen die Lügen glaubten, würden sie nie zu der Erkenntnis imstande sein, was ihnen angetan worden war oder was sie sich gegenseitig antaten. Er wischte sich mit dem Jackenärmel den Schweiß aus dem Gesicht. Er trat einen Schritt zurück und betrachtete den klaffenden Schnitt im Draht. Wenn die Weißen nie die Lüge durchschauten und erkannten, daß ihre Nation auf gestohlenem Land gegründet war, würden sie auch nie zu verstehen vermögen, wie sie von der Hexerei benutzt worden waren; sie würden nie begreifen, daß sie immer noch von jenen manipuliert wurden, die wußten, wie man die Zutaten zusammenrührte: weiße Dieberei und Ungerechtigkeit brachten den Zorn und den Haß in Wallung, die schließlich die Welt vernichten würden: die Hungernden gegen die Fetten, die Farbigen gegen die Weißen. Die Vernichter brauchten das bloß in Gang zu setzen und bequem zurückgelehnt die Opfer zu zählen. Aber es war mehr als eine Zählung der Gefallenen; die Lügen verschlangen die weißen Herzen, und seit mehr als zweihundert Jahren arbeiteten weiße Menschen daran, ihre innere Leere zu füllen; sie versuchten, die Hohlheit mit patriotischen Kriegen und mit überragender Technologie und dem damit einkehrenden Wohlstand auszustopfen. Und die ganze Zeit über hatten sie sich etwas vorgemacht, und sie wußten es.

Der Schnitt im Zaun war gute zwanzig Fuß breit, groß genug, daß ihn die Rinder finden konnten. Er ging zum Pferd zurück und packte die Zange ein. Er goß sich Wasser über das rohe Fleisch an den Händen und trank den Rest aus der Feldflasche aus. Er pißte noch einmal.

Der Mond schien hell, und die wogenden Hügel und ausgetrockneten Teichsohlen strahlten ein silbriges Licht zurück, das den Anschein erweckte, alles sei genau so klar sichtbar wie bei vollem Tageslicht. Aber die Stute stolperte und stieß ihn hart gegen den Sattelknauf, und er merkte, wie trügerisch das Mondlicht war; in den tiefen Schatten, die der Mond warf, warteten freiliegende Wurzeln und dunkle Felsbrocken. Ihre Lügen würden diese Welt vernichten.

Der Pfad war mit Kuhfladen bespritzt, und er zügelte häufig die Stute, beugte sich vom Sattel herab und prüfte, wie frisch sie waren. Je weiter nach Westen der Pfad verlief, desto höher stieg er an; die Kiefern standen hoch und dicht, und Piñonkiefer- und Zederngestrüpp füllte die Lücken zwischen den großen Bäumen aus und schirmte fast alles Licht ab. Er ließ die Stute Schritt gehen und sich einen Weg auf dem Pfad suchen, den Bäume und Buschwerk auf beiden Seiten immer mehr einengten. Zum Schutz gegen die Kiefernnadeln und spitzen Äste hielt er den Kopf gesenkt und die Augen geschlossen.

Am Rand einer Lichtung hielt er an. Die Luft war viel kälter geworden. Er hatte sich so darauf konzentriert, die Rinder zu finden, daß er alle Ereignisse der vergangenen Tage und der vergangenen Jahre vergessen hatte. Die Rinder zu suchen war gut dafür. Der alte Betonie hatte recht. Es war ein Heilmittel dafür, und vielleicht auch noch für andere Dinge. Nie mehr würden die gescheckten Rinder verloren durch seine Träume irren, umhergetrieben von seinem Widerstreben einzugestehen, daß sie gestohlen worden waren, daß das Land – das ganze Land – ihnen gestohlen worden war. Die Erwartung, was er finden würde, hatte wie eine gestraffte Feder in seinem Leib gespannt; jetzt gab die Spannung jäh nach und schleuderte ihn in das leere Zimmer, wo das Ticken der Uhr hinter den Vorhängen aufgehört hatte. Er hielt die Stute an. Die Stille war in ihm, in seinem Leib; es eilte nun nicht mehr. Der Ritt auf den Berg hatte sich in alle Richtungen der Zeit verzweigt. Da wußte er, wieso die Alten von »gestern« und »morgen« nur in Begriffen des gegenwärtigen Augenblicks sprechen konnten, der einzigen Gewißheit; und dieses gegenwärtige Erlebnis des Seins wurde nur durch knappste Andeutungen von gestern oder morgen näher bestimmt, indem man sagte: »Ich gehe gestern auf den Berg« oder »Ich gehe morgen auf den Berg.« Der Ck'o'yo Kaup'a'ta schichtet irgendwo seine Spielstäbe auf und wartet auf einen Besucher; Rocky und ich gehen im Mondlicht über die Kuppe; Josiah und Robert warten auf uns. Diese Nacht ist eine einzige Nacht; und es gab nie eine andere.

In der Lichtung erwartete er sie zu sehen: manche stehend, manche liegend, das Mondlicht von der Farbe ihres Fells zurückstrahlend wie vom Schnee auf den Berggipfeln. Aber er fand nichts, und in der siebenten oder achten Lichtung blieb er lauschend stehen; er hörte nur die Trense klirren und merkte, daß die Stute Gras kaute, das sie sich beim Stehenbleiben geschwind gerupft hatte. Er riß ihren Kopf hoch, um ihr die falsche Vorstellung auszutreiben, sie dürfe jetzt grasen.

Sein Zorn richtete sich ausschließlich gegen das Pferd. Wenn er ihr diese Unsitte nicht sofort abgewöhnte, würde sie dauernd damit durchkommen wollen. Der alte schwarze Wallach fiel ihm ein: solange Josiah dagestanden und aufgepaßt hatte, schritt das alte schwarze Pferd in dem großen Korral brav im Kreis; es stand geduldig da, während Rocky an seiner Schulter herabrutschte und dann Tayo hinaufhalf. Aber nachdem Josiah in den Schuppen gegangen war, um Riemenzeug auszubessern, wollte das alte Pferd es ganz genau wissen. Es machte nicht-mehr lange, ausgreifende Schritte; es trabte. Tayos Zähne schlugen aufeinander, und er mußte sich mit beiden Händen in die drahtige Mähne krallen; sein Hinterteil tat vom ständigen Aufprall auf das scharfe Rückgrat weh; und als der schwarze Wallach die schlaffen Zügel spürte, hörte er zu traben auf und ging zu den zarten grünen Sprossen der Kullerdisteln hinüber, die entlang des Zaunes wuchsen. Rocky kam angerannt und reichte ihm die Zügel wieder hinauf, und er schrie das alte Pferd an und stieß ihm beide Fersen in die Rippen. Es hob den Kopf und schien einen Augenblick überrascht, aber Tayo war nicht kräftig genug, um den großen Kopf herumzureißen oder von den Kräutern wegzuziehen; und der Wallach knabberte weiter an dem Grünzeug herum und benahm sich, als wären die zwei kleinen Jungen gar nicht da. Sie wollten Josiah nicht merken lassen, daß das alte Pferd gewonnen hatte, denn Josiah sagte immer, wenn sie es nicht schafften, daß das Pferd parierte, hatten sie es auch nicht zu reiten. So taten sie, als hätten sie das Reiten satt, und ließen das alte Pferd laufen. Als es schwerfällig vom Korral zum Fluß trottete, warfen sie Steine und Stöcke nach ihm, und Rocky schimpfte hinterher. Josiah kam aus dem Schuppen, um nachzusehen, worum der ganze Krach ging; er schalt sie, weil sie das alte Pferd mit Steinen bewarfen, aber er mußte sich mühsam ein Lächeln verkneifen.

»Also das alte Pferd hat gewonnen, he?« sagte er fast lachend. »Hat euch sogar soweit gekriegt, daß ihr Steine schmeißt und es anschreit.«

Tayo nahm die Stute straff an den Zügel und drückte ihr die Fersen fest in die Weichen, um sie wissen zu lassen, daß es ihm ernst war. Josiah hatte ihnen immer bewiesen, wie lächerlich Gewalttätigkeit und Zorn waren; die Stute zu schlagen würde die gescheckten Rinder nicht herbeizaubern.

Er hielt an einem breiten flachen Wasserlauf und saß ab, um die Stute trinken zu lassen. Sie hatte stundenlang ohne Wasser auskommen müssen; jetzt trank sie, bis ihre Seiten anschwollen. Als sie fertig war, seufzte sie tief auf und schüttelte sich; sie war müde. Als er sie vom Wasser wegführte, merkte er, daß die Muskeln in seinen Schenkeln zuckten, und seine Knie waren steif und wund von den Stunden im Sattel und vom Knien auf den Steinen, um den Draht durchzuschneiden. Die Hände taten ihm weh, und von der Zange waren die Finger noch geschwollen und voller Blasen. Ihm war klar, wie es stand. Am Himmel über der Lichtung war Orion über den Südhorizont gefallen; die Nacht zerrann ihm. Sein Magen spannte sich wieder. Was das auch für eine Nacht war, er hatte immerhin ein großes Loch in ihren Zaun geschnitten, und er mußte die Rinder finden und herausholen, bevor die Zaunreiter die Lücke fanden. Dann würden sie hinter ihm her sein, ihn verfolgen, ihn hetzen, wie sie die letzten paar Bären auf dem Berg zu Tode gehetzt hatten. Seine Brust schmerzte vor Zorn. Wie hatte er bloß glauben können, er könnte das schaffen? Die Frau unter dem Aprikosenbaum bedeutete gar nichts; das steckte alles in seinem eigenen Kopf. Wenn sie ihn erwischten, würden sie ihn garantiert in die Klapsmühle zurückschicken. Jetzt saß er in der Falle, hatte sich zu einem Versuch verleiten lassen, der nie gelingen konnte.

Er hatte noch Zeit, umzukehren. Er konnte die Zaunteile zusammenbiegen, die Stränge zusammendrehen und dann wie der Teufel den Berg hinabreiten. Sie würden nie erfahren, wer es getan hatte; sie würden es auf Mexikaner von Marquez schieben. Es wäre das Gescheiteste, was er tun konnte. Alles übrige – der alte Betonie und seine Sternguckerei, die Frau in ihrer Decke mit dem Gewittermuster – all das war verrückt, genau der Aberglaube aus alter Zeit, vor dem die Lehrer in der Indianerschule ihn und Rocky immer gewarnt hatten. Wie das erste Mal im Naturkundeunterricht, als der Lehrer eine Wanne voll toter Frösche, aufgequollen von Formaldehyd, mitgebracht hatte und alle Navajos das Zimmer verließen; der Lehrer erklärte, diese alten Glaubensvorstellungen wären dumm. Die kleine Jemez hob die Hand und sagte, die Großen ermahnten die Kinder immer, keine Frösche zu töten, denn sonst würden die Frösche zornig und schickten so viel Regen, daß es zu Überschwemmungen kam. Der Naturkundelehrer lachte laut und lange; er mußte sich sogar Tränen aus den Augen wischen. »Seht euch diese Frösche an«, sagte er und wies auf die entfärbten gummiähnlichen Leiber mit den trüben Augen. »Glaubt ihr, die könnten etwas ausrichten? Wo sind all die Überschwemmungen? Wir sezieren sie jedes Jahr in dieser Klasse.« Wie es ihm die Armeeärzte erklärt hatten: es war reiner Aberglaube, daß er Josiah sah, als sie diese Japsenschweine erschossen, es war reiner Aberglaube, zu meinen, der Regen sei nicht mehr gekommen, weil er ihn verflucht hatte.

Eine seltsame Lähmung begleitete seine Gedanken; eine jähe, überwältigende Müdigkeit befiel ihn, und sein Herz hämmerte wild, und er mußte schon keuchen, als er nur ein paar Fuß von der Stelle weggehen wollte, wo er die Stute angebunden hatte. Seine Knie gaben nach, und er fiel in die alten Kiefernnadeln und Zapfen unter einem Baum. Dies war das Ende. Er wäre nicht einmal zu dem Versuch fähig zu entkommen; sie würden ihn zusammengebrochen unter dem Baum finden.

Sein Gesicht lag in den Kiefernnadeln, wo er den ganzen Baum riechen konnte, von den Wurzeln tief in der feuchten Erde bis zu den mondlichtblauen Zweigen, den höchsten, im Wind schwankenden Spitzen. Die Düfte hüllten ihn ein in eine dünne klare Schicht, die die Substanz seiner Muskeln und Knochen aufzog; sein Körper verlor seine Stofflichkeit, so daß ihn die Zaunreiter nur als Schatten unter dem Baum sehen würden, wenn sie ihn mit ihren geladenen und gespannten Dreißig-dreißigern suchen kamen.

Der Puma kam aus einem Eichenwäldchen in der Mitte der Lichtung. Er schritt weder, noch sprang oder lief er; seine Bewegungen glichen dem gleitenden Schimmer hohen Grases im Wind. Er kam gegen den Wind über die Wiese. Den Kopf auf den Boden gedrückt, beobachtete ihn Tayo und spürte dabei die Kiefernnadeln, die sich in seinem Haar verfangen hatten. Er wartete darauf, daß die Stute vor der gelben näherkommenden Gestalt scheute; aber das Pferd stand vor dem Wind und rührte sich nicht. Die Augen fingen Doppelreflexe vom Mond auf; das glitzernde gelbe Licht drang in seine Brust ein, und er atmete plötzlich tief auf. Unbeirrte Bewegung war des Pumas größte Schönheit, wie Bergwolken mit dem Wind dahinzustreichen, Substanz und Farbe im Rhythmus mit den Konturen der Berge zu wechseln: dunkel wie Lavafels, und plötzlich so glänzend wie ein Schneefeld. Als der Puma vor ihm stehenblieb, war es kein Zögern, sondern eine Gelegenheit für das Mondlicht, ihn einzuholen. Tayo erhob sich langsam auf die Knie und streckte die Hand aus.

»Berglöwe«, flüsterte er, »Berglöwe, der du mit jedem Atemzug wirst, was du bist, dessen Substanz mit der Erde und dem Himmel wechselt.« Der Puma zuckte einmal mit den Lidern; Furcht kam nicht auf. Er starrte ihn noch einen Augenblick an und witterte dann in den Südostwind, bevor er den Wasserlauf überquerte und zwischen den Bäumen verschwand, wo sein Umriß noch eine Weile hing wie gelber Rauch, bis er plötzlich verschwunden war.

Das Pferd stampfte mit den Vorderbeinen und zog mit weitgeblähten Nüstern die Witterung des Pumas ein, die jetzt im Wind lag. Tayo streichelte ihm den Hals und sah nach, ob das Lasso sicher am Baum befestigt war. Er ging auf die Lichtung hinaus, wo der Puma gestanden hatte; er kniete hin und berührte die Fährte, zog mit dem Finger im Staub die feinen Ränder der Pfotenabdrücke nach, tiefe runde Abdrücke, jede Zehe ein kennzeichnendes Muster. Den Wind im Rücken, schüttete er sich gelbe Pollen aus Josiahs Tabaksbeutel in die hohle Hand. Er beugte sich tief über die Erde und streute Prisen des gelben Pollens in die vier Pfotenabdrücke. Berglöwe, der Jäger. Berglöwe, der Helfer des Jägers.

Er ritt wieder westwärts, in die Richtung, aus der der Puma gekommen war. Das Geräusch des Windes in den Kiefernzweigen und der Schneegeruch vom Berg her machten ihn wachsam.

Im Morgengrauen hielt er auf einer grasbedeckten Kuppe, um die Sonne aufgehen zu sehen; er ließ die Stute grasen, ein Teil des Zyklus der Wiederbelebung. Das aufgerührte schlammige Wasser in seinem Inneren setzte sich langsam ab, und ganz allmählich traten klare Schichten zutage. Die gescheckten Rinder zusammenzuholen, war nur eine Farbe des Sandes, der von seinen Fingerspitzen rieselte; das Muster wuchs immer noch, aber schon seit langer Zeit hatte es ihn eingekreist.

Als er sich von der Sonne abwandte, um aufzusitzen, sah er die gescheckten Rinder, die in einer ausgetrockneten Teichsohle unterhalb der Kuppe grasten. Sie standen nach Südosten gerichtet in einer Herde zusammen. Sie hatten Pferd und Reiter gewittert und blickten zur Kuppe hinauf; auf seine Bewegung hin rannten sie los, von den nassen Lippen hing ihnen noch das Gras. Sie rannten, wie Robert es beschrieben hatte, wilder als Antilopen, und Menschen gegenüber schlauer als Elche. Ihre Erinnerung an die Menschen hatte Bestand, noch lange, nachdem alle übrigen Spuren der Domestikation verschwunden waren; er verließ sich auf einen anderen Instinkt: das verschwommene Gedächtnis für eine Richtung, das sie immer nach Süden lockte, zur mexikanischen Wüste hin, wo sie geboren waren.

Sie rannten nach Südosten, in die Richtung, die er wollte, die Schwänze waagerecht hinter den dungbefleckten Schenkeln, rannten mehr wie Rotwild als wie Rinder, suchten von Dikkicht zu Dickicht Deckung, mieden die Lichtungen. Sie bevorzugten Pfade, die für Pferde und Reiter zu niedrig und struppig waren. Er ließ die Stute in weitem Abstand hinter ihnen herlaufen, war sich ihrer Richtung sicher. Die kalte Luft trieb ihm Tränen in die Augen, aber er fühlte sich wohl; sie waren alle zusammen vor ihm, hielten den Kurs nach Hause. Sie blieben auf dem Pfad, den sie entlang des Zaunes ausgetreten hatten, und folgten ihm nach Osten; er paßte auf, um sicher zu sein, daß keines ausbrach oder umkehrte, aber die alte Richtung hielt sich sogar bei den halbwüchsigen Kälbern. Er verhielt die Stute zum Schritt und ließ die Rinder laufen. Das Pferd wurde müde; es hatte schaumigen Schweiß auf Schultern und Hals. Wenn er den Rindern zu dicht folgte oder sie zu schnell vorantrieb, liefen sie womöglich auseinander und zerstreuten sich, oder sie verpaßten die Öffnung im Zaun. Er sah sie kurz auftauchen, als sie etwa eine halbe Meile vor ihm eine Kuppe überquerten; sie waren aus dem vollen Galopp bereits in einen gleichmäßigen Trab verfallen.

Das grelle Licht der Sonne tünchte den Himmel blaßblau; Wolken waren nicht zu sehen, aber er fühlte im Rücken einen steifen Wind von Westen und wußte, noch vor Mittag würden Sturmwolken aufkommen. Weit voraus erspähte er ab und zu die Rinder in gleichmäßigem Trab; sie tauchten in Lichtungen auf und verschwanden wieder in Eichendickichten, immer noch dem südlichen Grenzzaun nach Osten folgend.

Die Spannung seiner Muskeln in Hals und Schultern ließ mit jedem Atemzug nach. Er lächelte und tätschelte der Stute den Hals; das Fell war noch feucht und starr vor Schweiß. Er ließ sie Schritt gehen, voller Zuversicht, daß die Rinder durch die Lücke im Zaun abdrehen und auf dem Pfad das Bergplateau hinab weiter nach Süden ziehen würden. Er zog die Siefel aus den Steigbügeln und streckte die Beine; die Sehnen und Muskeln lockerten sich aus der angespannten Haltung im Sattel. Er hatte sich etwas bewiesen; es war nicht mehr so stark, wie es einmal gewesen war. Es veränderte sich, trennte sich auf wie das Garn einer um eine Leiche geschlagenen schweren dunklen Decke, die verstaubten morschen Fäden der Dunkelheit wickelten sich ab, ließen die Luft heran; der erstickende Druck auf die Knochen seines Schädels ließ nach.

Aus dem Augenwinkel sah er sie, hielt sie zuerst für eine im Wind flatternde Strähne seines Haares. Aber als er sich danach umdrehte, sah er zwei Reiter von Norden näherkommen. Er trieb die Stute zu vollem Galopp an, duckte sich tief über ihren Hals, bemühte sich, sie über das felsige, unebene Gelände zu leiten, den steilen Hang zu einer Kuppe hinab. Als er sie zuerst sah, waren sie etwa eine Meile entfernt, also wollte er versuchen, ein dichtes Kiefernwäldchen zu finden, wo er abwarten konnte, bis sie vorbei waren. Er spähte angestrengt, ob die Rinder noch in Sicht waren, und fragte sich, ob die Reiter sie gesehen hatten. Der Kaufvertrag in seiner Hemdtasche würde bei bewaffneten Patrouillenreitern, die einem Eindringling nachsetzten, wenig ausrichten. Er drücke der Stute die Fersen in die Flanken, damit sie schneller lief, aber unter ihren Hufen gerieten die Lavafelsbrocken schon ins Rutschen, und sie hielt sich nur mühsam im Gleichgewicht. Er schaute hin, ob sie schon auf der Hügelkuppe hinter ihm waren; sie waren nicht zu sehen, deshalb verhielt er die Stute, um ihre Kraft etwas zu sparen. Er wischte sich die Tränen, die der Wind ihm in die Augen getrieben hatte, am Jackenärmel ab, und versuchte, die Kuppen und Flächen vor sich ins Auge zu fassen, suchte nach dem Lavafelskegel und der vom Blitz getroffenen Kiefer, die das Loch im Zaun markierten.

Er schlug die Augen auf und sah einen klarblauen Himmel und Wolken, die schwer, aber sehr hoch waren; einen Moment lang erwachte er Jahre zuvor auf einer namenlosen Insel im Pazifik. Er dachte, er wäre verwundet, und begann Rocky um Hilfe zu rufen. Dann sah er die Farbe seines Hemdärmels und fühlte, wie die Lavasteinchen in seine wunden Hände drückten.

Er konnte sich erinnern, den sonnigen hellen Tag und die erste schwache Herbsttönung in der Zwergeiche gesehen zu haben; er erinnerte sich, daran gedacht zu haben, wie komisch es war, mitten am Tag in solch eine Klemme zu geraten, wo doch die Nacht und die Dunkelheit als Anlaß für Gefahren galten. Er erinnerte sich, das Kiefernskelett in der Ferne gesehen zu haben, über einer schüsselförmigen ausgetrockneten Teichsohle, und auch, wie die letzte Kuh durch die Öffnung im Draht stürmte, dabei gegen den Draht ausschlug und über den Horizont verschwand. Er erinnerte sich deutlich an das alles, sogar wie die Stute stürzte, wie die Vorderbeine im Geröll wegrutschten, und auch daran, wie sich ihr Körper langsam und bebend zur Seite wälzte, als sie fiel.

Der Geruch von Bergsalbei umgab ihn, als er merkte, daß es ihn duch einen Salbeibusch geschleudert hatte; Salbeizweige und Eichenblätter hingen in seinem Haar und krümelten ihm den Nacken hinab. Als er versuchte, sich zu bewegen, dröhnte es in seinem Kopf; so blieb er flach liegen und spuckte den knirschenden Berglehm aus. Beim Atmen schmerzten ihn die Rippen, aber er konnte die Finger bewegen und beide Beine anheben. Er schloß die Augen und sagte sich, er könne ruhig noch eine Weile ausruhen, log sich selbst etwas vor, wie früher morgens an kalten Wintertagen, wenn das Zimmer noch dunkel war und kein Feuer im Ofen brannte.

»Wo wolltest du denn so verdammt schnell hin?« Die Stimme war feindselig und hatte einen gedehnten texanischen Klang. Er stemmte sich auf eine Hand hoch und sah sie an. Sie waren beide groß und schlaksig, mit hellbraunem Haar; bis auf die Gesichter sahen sie gleich aus: die Stiefel ausgetreten und verstaubt, die Jeans zur gleichen Blauschattierung verblichen; sogar ihre Hemdärmel waren auf die gleiche Art bis zu den Ellbogen aufgerollt. Aber der mit dem schmalen Gesicht war erregt und wütend. Er wollte immer wieder wissen, was Tayo hier machte.

»Wolltest wohl wildern?« sagte er und trat so dicht an Tayos Hand heran, daß dieser die Kräuter, die der Stiefel breittrat, gegen seine Finger drücken fühlte; einen Moment glaubte er, er würde ihm auf die Hand treten, um ihn zum Reden zu bringen.

»Hast dir wohl ein bißchen Rindfleisch stehlen wollen, he?«

Sollten sie doch glauben, was sie wollten. Der andere Mann hatte ein kleines rundes Gesicht ohne Kinn, aber seine Augen waren ruhig.

»Bist du verletzt?« sagte er. »Kannst du aufstehen?« Er legte die Hand auf Tayos linken Arm und hockte sich neben ihn hin, um besser zugreifen zu können. Tayo dachte immerzu an die Rinder und an das klaffende Loch im Zaun; aber sie benahmen sich nicht so, als hätten sie außer ihm noch etwas bemerkt. Hinter dem pochenden Schmerz in seinem Kopf hatte er nur einen Gedanken: er mußte dafür sorgen, daß sie sich weiter mit ihm beschäftigten, und sie von der nächsten Kuppe fernhalten.

»Du holst besser den Lastwagen her«, sagte der Cowboy mit dem runden Gesicht. »Ich glaube, er ist verletzt.«

»Quatsch! Dem Scheißkerl fehlt überhaupt nichts! Der kann bei mir hinter dem Sattel reiten.«

Als sie ihn auf die Füße zogen, wurde ihm schwarz vor Augen, und in seinem Kopf kreiselten unzählige leuchtende Punkte. Er taumelte gegen den großen Palomino; der schnaubte und scheute zur Seite.

»Brrr! Du Mistvieh! Brrr!« Sie halfen ihm hinauf, hinter den gelblichweißen gestanzten Ledersattel. In seinen Ohren summte es, und er mußte sich fest an die Sattelriemen klammern, um sich aufrecht zu halten. Das Pferd tänzelte nervös zur Seite, als es die unbequeme Last auf seinem Rücken von einer Seite auf die andere rutschen fühlte. Gerade als der Texaner sein langes dünnes Bein über den Sattel schwang, beugte Tayo sich vor und erbrach sich über den Salbeibusch.

Der Schmerz schwoll aus seinem Kopf heraus, hämmerte durch seine Ohren, bis er seinen Bauch erreichte und die Übelkeit in Wellen emporstieg. Die Sonne ging schon unter, und der Mann mit dem runden Gesicht saß zusammengekauert auf einem Felsbrocken mit dem Rücken gegen den kalten Wind. Er hatte die Hände in den Taschen und kaute Tabak, mahlte heftig mit den Kiefern und spuckte wütend, spie den braunen Saft auf den Boden rings um seine Füße. Er sah, daß Tayo wach war, sagte aber nichts. Die Haut im Gesicht des Cowboys war runzlig; Wind und Sonne hatten sie ausgedörrt und gerötet. Unter dem blauen Bandannatuch, das er um den Hals trug, war die Haut noch milchigweiß und zart. Er war nicht viel älter als Tayo; vielleicht waren sie beide zugleich im Krieg gewesen. Er machte den Eindruck, als hätte er die ganze Sache am liebsten vergessen und den Indianer laufenlassen. Aber der Texaner holte schon den Lastwagen; er wollte den Indianer mitnehmen. Vielleicht, weil ihr Boss erwartete, daß sie ab und zu etwas taten: einen Kojoten schossen oder einen Mexikaner fingen. Aber es wurde schon spät, und der Wind war bitterkalt von dem Schneesturm, der die Gipfel verhüllt hatte. Bis sie ihn im Hauptquartier auf der Ranch hatten, würde es dunkel sein, und dann müßten sie ihn noch den ganzen Weg bis zum Gefängnis in Grants fahren. Es war eine ganze Menge Umstände, bloß für einen Indianer; vielleicht waren es zu viele Umstände, und sie würden ihn laufenlassen.

Schwarze Steinchen und die uralten grauen Schlackebrocken, die der Berg ausgespien hatte, drückten in sein Rückgrat. Er schloß die Augen, schlief aber nicht. Er merkte, wie die kalten Windstöße die dürren Eichenblätter im Gras umhertrieben. Er hörte den Cowboy Tabaksaft im Mund sammeln und das spritzende Geräusch, wenn er einen Strahl ausspuckte. Er war sich des Mittelpunkts unter sich bewußt; er drang aus dem Boden durch die aufgerissene Haut an den von staubiger schwarzer Erde bedeckten Händen in seinen Leib ein. Die magnetische Kraft des Mittelpunkts breitete sich fließend über ihn aus, wie Regenwasser über Hals und Schultern herabrinnt; die losgelöste kühle Empfindung strich über den Schmerz wie Daunenschwingen. Sie zog ihn zurück, eng an die Erde heran, deren Kern kühl und still war wie Berggestein, und trotz des Getöses und Schmerzes in seinem Kopf wußte er, wie es sein würde: mehr eine Rückkehr als eine Trennung. Er war erleichtert, denn er fürchtete sich, Menschen zu verlassen, die er liebte. Aber über dem Mittelpunkt zu liegen, der ihn immer dichter heranzog, war für ihn ein innigeres Erlebnis als jede Umarmung, an die er sich erinnern konnte; und jetzt sank er in die elementaren Arme des Schweigens der Berge. Nur sein Schädel widerstrebte; und der Widerstand ließ den Schmerz zu einem schrillen Heulen anschwellen. Er stellte sich jeden Teil seines eigenen Schädels vor, befühlte jede Kurve, jede Höhlung, prüfte seine Stärke auf ein letztes dünnes Häutchen, durchgewetzt von der Zeit und der Hexerei toter Asche und plattgedrückter Geschosse. Er untersuchte die dünnen Stellen, die schwachen Nähte des Schläfenbeins nach Pforten ab. Er wußte, wenn er seinen Schädel unbewacht ließ, wenn er einschlief, würde es geschehen: der Widerstand würde auslaufen und alle Sperren, alle Schranken mitnehmen; er würde in die Erde versickern und am Mittelpunkt zur Ruhe kommen, wo ihm die Stimme des Schweigens vertraut war und die Dichte der dunklen Erde ihn liebte. Er konnte die Pforten mit geschmolzenem Schmerz sichern und bleiben; oder er konnte sich gehenlassen und zurückfließen. Es blieb ihm überlassen.

Er hörte den Motor des Lastwagens stehenbleiben und Türen schlagen. Die Entfernung dämpfte die Stimmen, aber der Texaner war nicht allein zurückgekommen.

»He! Ich hab was gefunden! Wißt ihr noch die Pumaspuren, die wir letztes Frühjahr fanden? Na, jetzt sind frische da, überall! Um Windrad Nummer Zwölf herum. Ein Riesenbiest! Spuren, so groß wie meine Handfläche!« Die neue Stimme war schrill vor Aufregung.

Der Cowboy stand steif von dem Felsbrocken auf und spuckte den Rest des Kautabaks aus.

»Und was ist mit dem Kerl hier?« sagte er. »Ich dachte, ihr wollt ihn abliefern.«

Der Texaner räusperte sich. »Scheiße«, sagte er, »Mexikaner und Indianer – die kriegen wir alle Tage. Aber seit zwei Jahren hat hier oben keiner mehr einen Puma erwischt.«

»Okay, okay. Du wolltest dich ja mit ihm anlegen, nicht ich.«

»Scheiße, bis wir ihn hingebracht haben, ist der Puma über alle Berge.«

»Laß ihn doch einfach, wo er ist, und wir holen die Pumahunde, bevor es dunkel wird.«

»Ja, seine Lehre hat er weg«, sagte der Texaner, und seine Stimme klang im Wind mal leiser und mal lauter. »Diese verdammten Indianer müssen lernen, wer der Besitzer ist.«

Als er wieder erwachte, waren sie fort, und der Wind hatte nachgelassen; aber die Luft war schwer und feucht. Der Himmel war voller Sturmwolken. Der Schmerz und das Pochen in seinem Kopf waren fort, doch als er sich aufsetzte, mußte er sich behutsam bewegen und auf das wunde Gefühl in seinem Schädelinneren Rücksicht nehmen. Seine Hände und Füße waren taub vor Kälte, und seine Beine waren vom langen Stilliegen steif. Mit einer kalten Brise im Rücken rieb er sich die Beine und Füße. Wenn er ein paar Meter über die Hügelkuppe ging, war er in den Zwergeichen, vor dem Sturm geschützt.

Die Eichen wuchsen dicht und an die Erde geduckt. Am Rand des Dickichts ließ er sich auf die Knie und suchte, bis er einen schmalen Pfad durch den Saum der Eichen fand. Das Rotwild bahnte sich durch jedes Dickicht seine Pfade, und in manchen großen Dickichten liefen zwei, drei Pfade parallel nebeneinander zur Hügelkuppe hinauf; nach Sonnenaufgang verschwand das Wild im Dickicht und verbrachte den Tag dort, schlafend und Eicheln fressend, und trat auf eine Lichtung nur hinaus, um in die nächste Gruppe Zwergeichen überzuwechseln. Das Laub sammelte sich in tiefen Jahresschichten an, und seine Füße sanken durch die neuen kupferroten Blätter, die in diesem Jahr schon gefallen waren. Das Rotwild machte sich Lager in flachen Mulden tief im Inneren der Dickichte, wo die Eichen höher wuchsen und ihre Äste und Zweige Laubdächer bildeten.

Er legte sich in eine flache Grube und häufte trockenes Laub über sich auf, bis ihm wieder warm wurde. Er sah durch die Zweige und das Laub, das gelb und zart und kurz vor dem Abfallen war, noch oben; der Himmel war bedeckt und dunkel, und purpurne Adern durchzogen die grauen, dickgeschwollenen Wolken, die ihre schneegefüllten Bäuche über den Berggipfeln schleppten. Der Schneegeruch hatte eine kalte, feuchte Schärfe und eine Reinheit, die der Sommerregen nie besaß. Der Duft rührte ihn tief in seinem Leib an, und er fühlte, daß sich die alte Erwartung regte, wie damals, wenn er als Kind auf die ersten Schneeflocken lauerte.

Er lag da und haßte sie alle. Nicht deswegen, was sie mit ihm machen wollten, sondern deswegen, was sie der Erde mit ihren Maschinen antaten und den Tieren mit ihren Hundemeuten und ihren Gewehren. Es geschah immer wieder, und die Menschen seines Volkes mußten zusehen, unfähig, die Dinge, die so wichtig für sie waren, zu retten oder zu schützen. Er knirschte mit den Zähnen; irgend etwas mußte er doch tun können, um die unklare, ständige Furcht zu stillen, die sich in ihm abspulte: die Erde und die Tiere wußten es vielleicht nicht; sie verstanden vielleicht nicht, daß er nicht zu denen gehörte; er war nicht einer der Zerstörer. Es drängte ihn, die weichen weißen Leiber mit Fußtritten in den Atlantik zu befördern; es drängte ihn, sie alle anzuschreien, sie seien Rechtsbrecher und Diebe. Es drängte ihn, ihnen zu folgen, wenn sie den Puma jagten, und sie und ihre heulenden Hunde mit ihren eigenen Gewehren zu erschießen. Die Vernichter hatten sie gesandt, diese Welt zu zerstören, und sie taten es Tag für Tag. Er wollte Indianern wie Harley und Helen Jean und Emo entgegenschreien, die Dinge der Weißen, die sie so sehr bewunderten und begehrten – die hellen Großstadtlichter und die laute Musik, die zarte süße Nahrung und die Autos – all diese Dinge seien gestohlen, dem indianischen Boden entrissen: lebendes Rohmaterial für ihre Ck'o'yo-Kniffe. Man hatte das Volk gelehrt, sich selbst zu verachten, weil es mit unfruchtbarem Land und ausgetrockneten Flüssen sitzengeblieben war. Aber es war im Irrtum. Die Weißen waren es, die nichts hatten; die Weißen waren es, die das Diebesschicksal erlitten und auf ewig nicht vergessen konnten, daß sich ihr Stolz mit etwas Gestohlenem umhüllte, etwas, das ihnen nie gehört hatte und nie gehören konnte. Die Vernichter hatten die Weißen so gründlich betrogen, wie sie die Indianer geprellt hatten, und jetzt durchschauten nur ganz wenige Menschen, wie der gemeine Schwindel sich abspielte; nur ganz wenige Menschen wußten, daß die Lüge die Weißen schneller vernichtete als die Indianer. Aber die Auswirkungen waren verborgen, sichtbar wurden sie nur in der Sterilität ihrer Kunst, die sich immer noch von der Lebenskraft anderer Kulturen nährte, und in der Auflösung ihres Bewußtseins in tote Objekte: Plast und Neon, Beton und Stahl. Hohl und leblos wie eine Lehmfigur der Hexerei. Und das wenige, das den Weißen noch blieb, war zusammengeschrumpft wie zu lange gespeicherter Samen, runzlig und überaltert und schließlich aufgeplatzt, um einen schwächlichen, blassen Blattstiel zu enthüllen, vollkommen ausgeformt, aber tot.

Es war noch dunkel, als er wach wurde, und er spürte im Wind treibende Schneeflocken. Er konnte nicht sehen, ob der Himmel im Osten schon hell wurde, denn die Sturmwolken waren immer noch dicht und hingen tief herab. Er schüttelte sich den Schnee aus den Haaren; das Eichenlaub hatte um ihn eine Hülle aus Schnee festgehalten. Er stand auf, klopfte sich das Laub ab und pißte einen gelben, dampfenden Schnitt durch den Schnee.

Er ging nach Südosten. Er kam langsam vorwärts, weil er am ganzen Leib Schmerzen hatte und der Schnee jetzt rasch die Erde zudeckte, sogar die großen Steine, so daß es schwierig wurde, dem Pfad zu folgen, auch als die Dunkelheit sich in graues Licht auflöste. Der Himmel war bedeckt und grau; es war schwierig, die Entfernungen abzuschätzen. Er drehte sich um und blickte in die Richtung des Berges, aber der war in einer wallenden Masse nasser Wolken verborgen. Er aß eine Handvoll Schnee und zwinkerte sich die Flocken von den Wimpern, als er in die Richtung zu blicken versuchte, aus der der Sturm kam, denn in diese Richtung waren die Cowboys gegangen. Eine Windbö brachte das Zentrum des Sturms heran, und große Flocken umflatterten seinen Kopf wie Sommermotten, erfüllten den Himmel mit ihrem Gewimmel und stiegen hoch über die Kanten der nassen schwarzen Lava und die Spitzen der gelben Grashalme empor.

Der Schnee deckte alles zu, begrub die Spuren des Pumas und verwischte seinen Geruch. Die weißen Männer und ihre Pumahunde konnten den Puma bestimmt nicht mehr aufspüren. Er hatte den Wind im Rücken. Der Schnee würde auch alle Spuren der Rinder zudecken; die nassen Flocken würden sich an den Zaundraht heften und zu einer weißen Kruste gefrieren; und der Draht, den er weggeschnitten hatte, und das klaffende Loch im Zaun würden von der weißen Verdunkelung verschluckt werden, unter Schnee auf Schnee verborgen bleiben. Der dunkle Berglehm unter seinen Füßen war durchweicht, war schlüpfrig und schwammig geworden; die Wege auf der Ranch waren sicher vom pappigen Schlamm unbegehbar geworden, und es würde Tage dauern, bis die Cowboys wieder die Zäune kontrollieren konnten. Er lächelte. Inwendig war sein Leib glatt und weich, folgte den Konturen der Hügel und hielt das Schweigen des Schnees in sich fest. Er sah auf den Weg zurück, den er gekommen war: die Schneeflocken trieben in hohen Windwirbeln heran, füllten seine Spuren aus wie der Pollen, den er in die Abdrücke des Pumas gestreut hatte. Er schüttelte den Kopf, wie das Rotwild den Schnee abschüttelt, und schrie heraus:»Ahooouuuh!« Dann rannte er über die letzte weite Ebene zum Rand des Plateaus.

Der Schnee ballte sich mit einem hohlen Geräusch unter seinen Füßen zusammen. Die großen Schneeflocken fielen hinter ihm immer noch dicht wie die duftigen Gardinen im Haus der Frau. Er stand am Rand des Steilhangs und sah hinunter auf die dunklen immergrünen Nadelbäume und Piñonkiefern, die an den steilen Hängen des Cañons dicht an dicht wuchsen. Er mußte etwa hundert Meter nach Norden gehen, um die Stelle zu finden, wo der Pfad zwischen zwei großen Piñonkiefern hinabführte. Er pflückte einen Piñonzapfen von den verschneiten Zweigen und schüttelte sich die dicken braunen Kerne in die Hand. Im Weitergehen aß er sie, knackte eine Schale nach der anderen, löste den Nußkern mit der Zunge heraus. Die Schalen spuckte er in den Schnee unterhalb des Pfades und spähte in die Ferne am Fuß der Mesa, über den Rand des steilen Pfades, dahin, wo ihr Haus stand. Dann hörte er hinter sich jemanden singen. Ein Mann sang einen Gesang. Er blieb stehen und horchte. Sein Magen erstarrte zu Eis, und Schweiß lief ihm über die Rippen. Sein Herz hämmerte, aber er empfand mehr Überraschung als Angst.

Hey-ya-ah-na- ah! Hey-ya-ah-na-ah!
Ku-ru-tsu-eh-ah-eh-na! Ku-ru-tsu-eh-ah-eh-na!
Zum Osten hinab
zum Süden hinab
kommen die Winterwesen.

Hey-ya-ah-na-ah! Hey-ya-ah-na-ah!
Ku-ru-tsu-eh-ah-na! Ku-ru-tsu-eh-ah-eh-na!
Vom Westen herab
vom Norden herab
kommen die Winterwesen.

Eh-ah-na-ah!
Eh-ah-na-ah!

Geweih aus Wind
Hufe aus Schnee
Augen aus glitzerndem Eis
Augen aus glitzerndem Eis
eh-ah-na-ah!
Eh-ah-na-ah!
Geweih aus Wind
Geweih aus Wind
Eh-ah-na-ah! Eh-ah-na-ah!

Die Stimme schwoll an und ab, vom Wind manchmal gedämpft, manchmal verschluckt. Er erkannte Zeilen des Gesangs wieder; er hatte ihn von den Jägern gehört, spät im Oktober, während sie darauf warteten, daß die kalten Winde und der Schnee das Rotwild von den hohen Hängen herabtrieben. Bevor er etwas sagte, wartete er ab, bis der Jäger ihn sah. Er trug einen kleinen Gabelhirsch über den Schultern und hielt seine Last im Gleichgewicht, indem er mit einer Hand das Geweih und mit der anderen die Hinterbeine festhielt. Als er Tayo sah, lächelte er.

Er trug das Haar lang, hinten mit weißer Baumwollschnur

zusammengebunden, wie die Männer es in alter Zeit trugen. Er hatte lange Schnüre aus himmelblauen Türkisen in den Ohren und silberne Ringe an vier Fingern jeder Hand. Sein Gesicht war breit und braun, und die Haut war glatt und weich wie bei einer alten Frau. Statt einer Jacke trug er eine lange, aus grauen Kaninchenfellen zusammengenähte Pelzweste. Der Pelz war alt und hatte kleine kahle Stellen, wo das blanke Leder durchschimmerte. Die Ärmel des braunen Flanellhemds waren fadenscheinig, als könnte jederzeit der Ellbogen durchstoßen. Aber die Mütze, die er über die Ohren gezogen hatte, war aus gelbbraunem dicken Fell, das schimmerte, wenn der Wind es zauste; es sah aus wie Pumafell.

»Warst du jagen?« fragte er und ließ das tote Tier von den Schultern in den Schnee gleiten. Tayo bemerkte, daß er bereits zarte blaue Federn an die Geweihspitzen gebunden hatte.

»Ich hab meine Rinder gesucht.«

»Die sind inzwischen sicher schon unten«, sagte er und wies auf den Schnee um sie herum auf die Flocken, die immer noch vom Himmel fielen. Tayo nickte; er betrachtete das alte Gewehr, das dem Jäger über den Rücken hing.

»Das ist wohl schon alt«, sagte er, während er dem Jäger half, sich den Hirsch wieder auf die Schultern zu heben.

»Aber es schießt noch gut«, antwortete der und stieg vor Tayo den Pfad hinab, »es schießt wirklich gut. Das ist die Hauptsache.« Er fing wieder an zu singen, diesmal war es kein Lagunagesang; es klang wie ein Jemezgesang oder vielleicht einer von Zuni. Er wollte den Jäger nicht mit einer Frage unterbrechen, aber er hätte gern gewußt, wo er her war und wo er den Lagunagesang gelernt hatte.

Alles, was er sehen konnte, als er den Pfad hinabstieg, war Schnee, der die Grenzen zwischen Erde und Himmel verwischte. Am Fuß des Pfades blieb er stehen und stieß den Schnee zur Seite, bis nasser Sand freilag. Er suchte irgendeine Spur der Rinder, Dung oder ein anderes Zeichen, daß sie hiergewesen waren. Der Jäger schüttelte den Kopf.

»Komm lieber erst mal rein und iß etwas. Suchen kannst du

sie später noch.« Tayo folgte ihm in den Hof. Die Blätter des Aprikosenbaumes waren dick mit Schnee bedeckt. Er schaute zum Korral hinüber, ob die Stute und die Rinder dort waren, aber es schneite zu dick, um etwas sehen zu können. Er roch Piñonrauch. Der Jäger lud ihn mit einer Handbewegung zum Eintreten ein.

Sie standen nebeneinander vor dem Kamin in der Ecke. Die Flammen knisterten und zischten, als sie sich den Schnee von den Kleidern schüttelten. Das nasse Leder von Tayos Stiefeln und den hohen Elchledergamaschen des Jägers ließ um sie herum Dampf aufwallen wie Bergnebel nach einem Gewitter. Tayo blickte lange in die Flammen, und in dem Maße, wie er trocken wurde, fühlte er sich kräftiger und ruhiger. Als er sich schließlich umdrehte, waren beide da, der Jäger kniete neben der Frau, streute Maismehl auf die Nase des Hirsches, flüsterte ihm etwas zu.

Sie saßen am Tisch ihm gegenüber. Als sie mit dem Essen fertig waren, stand der Jäger auf und wies zum Fenster.

»Der Baum«, sagte er ihr, »falte lieber die Decke zusammen, bevor die Äste unter dem Schnee brechen.«

»Ich geh hinaus. Ich schüttele den Schnee von den Ästen«, sagte Tayo in der Erinnerung daran, wie er eines Frühlings, als ein später Schnee fiel, Josiah und Rocky geholfen hatte, die in Knospen stehenden Apfelbäume zu schütteln. Sie nickte und ging ins Schlafzimmer. Die schwarze Decke mit dem Gewittermuster lag auf den grauen Steinplatten ausgebreitet. Er sah zu, wie sie sie zusammenlegte.

Er ging zu dem Baum. Er war eine Kuppel aus Schnee, aus der nur die Ränder und Spitzen der Blätter grün durch das Weiß lugten.Der frühe Sturm hatte den Baum überfallen, als er noch verwundbar war, noch Laub trug, das den Schnee auffing und festhielt, bis die Äste auf den Boden durchhingen. Er zog die Handschuhe aus der Jackentasche und faßte die Zweige sanft an, denn er bedachte, daß der Baum alt und das Geäst brüchig war. Er schüttelte behutsam den Schnee ab, umkreist den Baum von Osten nach Süden und von Westen nach Norden, wobei sein Atem in Dampfwolken vor ihm hing. Bis er einen kreisrunden Schneewall um den Baum herum aufgeschüttelt hatte, war der Sturm vorbei. Die Mesas im Osten waren von Schleiern fallenden Schnees verhängt, und der Himmel über ihnen war schwarzblau. Aber direkt über ihm wurden die Schneeflocken spärlich und sanken, nachdem der Wind sich gelegt hatte, langsam durch ihr Eigengewicht herab. Nach Westen zu lichtete sich der Himmel zu einer hohen grauen Wolkendecke, und wo die Wolken auflockerten, waren einzelne Streifen des Himmels fast blau.

Die Stute wieherte, und er mußte darüber lächeln, wie gut sich die Pferde an den erinnern, der sie füttert. Sie stand an das Korralgatter gedrückt, die Ohren wachsam zu ihm hin gespitzt. Sie scharrte ungeduldig im Schnee und schob ihre warme Nase in seine Hände. Eine braune Blutkruste zog sich über die Haut ihrer Vorderbeine, wo sie sich beim Sturz aufgeschlagen hatte. Tayo führte sie ein paar Schritte, um zu sehen, wie sie sich bewegte, ob sie lahmte. Sie folgte ihm bereitwillig.

»Bildest du dir ein, ich füttere dich noch, wo du mich da oben abgeworfen hast?« Er kraulte ihr den Hals und spürte das dicke Winterhaar; ein paar Tage vorher war es noch ein Sommerfell gewesen, und mit einem Mal waren die Wintervorbereitungen fertig. Er schob sie vom Gatter zurück und schloß es.

Sie stand am Fenster, kämmte sich und beobachtete den Himmel. Er sah zu, wie sie ihr langes Haar in einzelnen Strähnen ergriff und mit einem groben Holzkamm auskämmte. Etwas an der Art, wie sie die Arme und den Kopf bewegte, und das sanfte Wogen ihrer Brüste bei jedem Strich des Kammes, sogar ihr Atmen, hatte etwas Intimes an sich. Das Gesicht wurde ihm heiß, und er schaute rasch weg, bevor der Jäger kam.

»Willst du denn nicht fragen?«

»Was denn?« Er versuchte, mit gelassener und leiser Stimme zu sprechen, aber er fürchtete, sie spielte auf die Nacht an, als sie zusammen geschlafen hatten.

»Du hast mich noch nicht mal gefragt, was ich gedacht habe,

als dein Pferd ohne dich in den Korral zurückkam.«

»Oh.«

»Du hast mich auch nicht nach deinen gescheckten Rindern gefragt.« Sie lächelte ihn jetzt an, als hätte sie den Grund seiner Verlegenheit erraten.

»Ich wollte dich ja fragen, aber ich wußte nicht, ob – äh, ich meine, ich war nicht sicher, ob dein Mann...« Sie ließ den Kamm auf den Schoß fallen und klatschte lachend in die Hände. Der Jäger kam aus dem Hinterzimmer herein.

»Sie macht dir wohl die Hölle heiß, was?« sagte er. Er lächelte auch, aber Tayo fühlte Schweiß zwischen den einzelnen Fingern.

»Sie hat deine Rinder nämlich hier.« Tayo nickte und sah rasch zu ihr hin; sie strahlte ihn an und beobachtete seine Miene, während der Jäger sprach.

»Auf welchem Weg sind sie heruntergekommen?«

Es sollte ungezwungen klingen, aber seine Gedanken kreisten allein um den Eindruck, der Jäger wisse, daß er und die Frau sich schon kannten.

»Gestern nachmittag«, sagte sie, »ziemlich früh. Sie kamen den großen Arroyo heruntergerannt, der von dem hohen Cañon abgeht.«

»Aber wie hast du sie eingefangen?«

»Sie liefen genau da, wo nach einem Gewitterguß das Wasser abläuft, kamen genau in der Mitte des Arroyos in die Falle gerannt. Deshalb steht sie ja auch da. Das Vieh kommt auf diesem Weg den Berg herunter. Ich brauchte nur hinzugehen und das Gatter hinter ihnen zuzumachen.« Sie schlang sich das Haar um die Finger und steckte es wieder zu einem Knoten fest. »Genauso fangen wir unsere Pferde.« Sie stand auf.

»Komm. Ich zeig's dir.«

Er stieg hinter ihr den steilen Pfad in den großen Arroyo hinab. Er verfolgte ihn mit dem Blick bis zu dem Cañon hinauf; die grauen Uferhänge schnitten eine gewundene Spur ein, in Biegungen und Krümmungen wie der Abdruck eines Schlangenleibes im Sand. Es war nur eine Fortsetzung der tiefeingeschnittenen Cañonmündung, die die inneren Schichtungen des Bergplateaus enthüllte. Der graue Lehm war schlüpfrig und blieb an seinen Sohlen haften. Die Viehfalle war ganz einfach. Das Volk errichtete solche Fallen schon seit langer Zeit, weil sie leicht zu bauen waren und weil ein, zwei Leute genügten, um mit ihrer Hilfe viele Pferde oder Rinder einzufangen. Die Falle nutzte das übliche Verhalten der Pferde und Rinder aus, immer weiter dem Lauf des Arroyos zu folgen, wenn man sie erst einmal in ein trockenes Arroyobett getrieben hatte, weil die Uferböschungen steil waren und ein Ausbrechen erschwerten; auf diese Weise konnte man sie tief in einen Arroyo treiben, bis die Ufer fünfzehn oder zwanzig Fuß hoch waren und den Pferden oder Rindern ein Entkommen unmöglich machten. Arroyos blieben oft jahrelang trocken, aber wenn es zu Wolkenbrüchen kam, wälzte das herabströmende Wasser Felsblöcke und Baumstämme den Arroyo hinab, wo sie Buschwerk und Reisig und sonstiges Treibgut festhielten. Mit wenig Mühe konnte man das Treibgut zurechtschieben, kleinere Stämme und dürre Äste so zwischen die Felsblöcke schichten, daß sie eine Barriere bildeten, die nur das Flutwasser durchdringen konnte.

Die zu dieser Falle gehörige Barriere konnte er nicht sehen, denn man hatte sie mit Bedacht hinter einer Biegung angelegt, wo die Tiere sie erst sehen konnten, nachdem sie durch die Öffnung gelaufen waren. Als Gatter konnte man fast alles benutzen, doch hier hatte man geschälte Wacholderstangen mit Packdraht zusammengebunden, kaum vom übrigen Treibholz und trockenen Reisig zu unterscheiden, die sich zu beiden Seiten des Gatters um die Felsblöcke und Baumstämme herum angesammelt hatten. Waren die Tiere erst einmal in der Falle, konnte man das Gatter mühelos vor die Öffnung ziehen.

Nach dem Sturm war der Himmel dünn und graugesprenkelt wie eine abgestreifte Schlangenhaut. »Zeitiger Schnee«, sagte er, »das gibt vielleicht einen nassen Winter. Das nächste Jahr wird ein gutes Jahr.«

Sie sagte nichts; sie stapfte vorsichtig durch den Schnee, der an manchen Stellen tiefer lag, als die Schäfte ihrer Mokassins reichten. Lehm und Schnee waren entlang des Gatters zu einem schlammigen Graben aufgewühlt, wo die Rinder herumgetrampelt waren, die knochigen Köpfe gegen die Wacholderstangen gestemmt und einen neuen Ausbruch versucht hatten.

Er folgte ihr hinein und zog das Gatter hinter ihnen zu. Sie hielt sich dicht am Arroyoufer, um den Dung und Schlamm zu vermeiden. Die Rinder wichen in die hintere linke Ecke der Barriere zurück; ihre Augen waren aufgerissen und angstvoll, und manche scharrten mit den Vorderhufen im Schlamm. Ihr Atem bildete eine einzige Dampfwolke, die aufstieg und über die Ufer des Arroyos davontrieb. Als sie nähergingen, drängten sich die Kühe enger zusammen, und einige senkten die Köpfe und schnaubten, als wehrten sie Kojoten ab. Er war ungern zu Fuß bei ihnen im Korral, denn er hatte den Verdacht, Menschen bedeuteten für sie wenig, und sie hätten nur vor der Größe des Pferdes Respekt, nicht vor dem Reiter. Aber die Frau hatte keine Angst. Sie ging näher an die Rinder heran, bückte sich, um ihre Bäuche und Beine zu prüfen, ging im Halbkreis durch den schlammigen Schnee und musterte alle. Sie beobachteten sie angespannt.

Der Schnee hatte ihnen beim Schmelzen das Fell durchweicht, den Schmutz und Dung herausgespült und es seidigweiß gemacht; die Flecken waren goldbraun. Das Schmetterlings-Brandzeichen und Tantchens überdachte Vier waren im neugewachsenen dichten Winterfell kaum noch zu sehen. Josiah hatte etwas Besseres gewollt als die stumpfsinnigen sabbernden Herefords, die die weißen Rancher hielten, etwas Besseres als Tiere, die man wie Schafe zum Wasser treiben mußte und denen der Leib um die Rippen schrumpfte, ehe sie Kaktus fraßen oder auf der Suche nach Gestrüpp und Rinde auf die Kuppen kletterten.

»Mein Onkel wollte Rinder, die auch Dürren und magere Jahre überstehen können.«

Sie trat von ihnen zurück und nickte. Ihre Mokassins waren schmutzig.

»Es ist ein Wunder, daß du so viele wiederbekommen hast.

Schau.« Sie wies auf die Hälse der Kühe, die ihnen am nächsten standen. Seilstriemen hatten dunkle schorfige Halbkreise zurückgelassen. Um die Fesseln herum fehlten ihnen Fellstreifen.

»Texasfang«, sagte sie. »Sie wollten diese mexikanischen Rinder, weil sie schnell und zäh sind. Und sie haben nicht den Schaden, wenn es mal passiert, daß sie ihnen die Beine oder den Hals brechen.«

Er hatte es noch nie Texasfang nennen hören; er kannte es als Stierfang, weil sie lieber alte, sehnige mexikanische Stiere dazu verwendeten als die teureren Kühe oder Kälber. Die Technik war mit den Cowboys aus Texas gekommen, und sie war fast zu simpel: sie ritten schwere kräftige Fangpferde, die einen Stier in vollem Lauf mit einem Ruck zu Boden reißen konnten, das Tier dabei betäubten und oft sogar verletzten oder töteten. Es war der Sport alternder Cowboys, die zu schwerfällig und fleischig waren, um abzusteigen und das Tier niederzuringen und zu binden, wie sie es beim Kälberfang und beim Gespannbinden machten. Er hatte es nur einmal gesehen. Auf dem Rodeoplatz in Grants. Der Stier mußte zehn Sekunden liegenbleiben, bevor die Zeit des Fängers gewertet wurde. Der Siegerpreis war damals dreihuntert Dollar, und der rotgesichtige Weiße, der ihn gewann, schaffte eine Rekordzeit: sechs Sekunden; aber als die Männer das Lasso um den Hals des Stieres lokkerten, rührte der sich nicht mehr. Sie zogen ihn mit zwei Pferden hinaus, und eins der Vorderbeine baumelte zerschmettert in der Haut. Vor Wut war ihm ganz wirr im Kopf, aber er sprach nicht über diesen weiteren Auswuchs ihrer Verderbnis, der, wie die Jagd auf den Puma, ihrer Vorstellung von »Sport« und Spaß entsprach.

Sie gingen zum Korral zurück. Sie sah zu, wie er den Schnee von der Satteldecke schüttelte und die Stute zur Quelle führte. Er sah zum Himmel hinauf; von hohen grauen Wolken bedeckt, stand die Sonne im Mittelpunkt des Südhimmels.

»Ob sie die Rinder suchen kommen?«

Sie zuckte unbekümmert die Achseln. »Die kommen nicht hier herab«, sagte sie.

»Warum nicht?«

Sie warf ihm einen Blick zu, der ihm eiskalt in die Glieder fuhr. Sie hatte wohl seinen Schrecken wahrgenommen, denn sie lächelte und sagte: »Wegen dem vielen Schnee da oben, was sonst?« Sie neckte ihn schon wieder. Er schüttelte den Kopf.

»Ich komme wieder und hole sie, sobald ich kann«, sagte er. Er ließ sich viel Zeit, den Sattelgurt anzuziehen und das Steigbügelleder zu prüfen. Er wollte etwas sagen, das ihr zu verstehen gab, wie wohl er sich fühlte, wenn sie so dicht bei ihm stand. Aber der Jäger war noch im Haus, deshalb sagte er nichts. Als er auf die andere Seite ging, um die Schlafdeckenrolle hinter den Sattel zu schnallen, streifte er sie sacht an der Seite, und sie lächelte. Sie wußte Bescheid. Sie ging dicht neben ihm her, als er die Stute aus dem Korralgatter führte. Sie wies auf die dunklen Wolken am Nordosthimmel.

»Heute nacht wird es kalt. Schlamm und Schnee werden hartfrieren.«

»Hoffentlich«, sagte er, »sonst bleibt der Lastwagen so tief stecken, daß wir ihn erst im nächsten Frühjahr rauskriegen.« Sie lachte und nickte.

»Leb wohl«, sagte er.

»Auf Wiedersehen«, sagte sie.

Als er sich umdrehte, um ihr zuzuwinken, war sie fort.

Robert blieb in dem großen Viehtransportwagen, den sie sich von ihrem Vetter Romero geliehen hatten. Tayo ging zur Tür. Der Aprikosenbaum hatte rings um seine dunklen, gekrümmten Zweige gelbe Blätter abgeworfen, und der Wind wehte sie jetzt Tayo um die Füße. Sein Klopfen hallte tief im Haus wider. Er konnte keinen Holzrauch riechen, und von drinnen war kein Laut zu hören. Er schob die Tür auf und ging hinein. Während er durch die leeren Zimmer zur Küche ging, konnte er seinen eigenen Atem sehen. Er roch Lehm und altes Kiefernholz von den Balken in der Decke. Die Petroleumlampen waren fort, und der Kaffeetopf auf der Herdplatte war ganz nach hinten geschoben. Er ging durch die niedrige Türöffnung in das Hinterzimmer, wo sie zusammen geschlafen hatten. Die lockigen Ziegenfelle und die Decken waren fort. Der blanke Lehmboden war sauber gekehrt. Aber an der Nordwand des Raumes hing an einem Holzpflock in der weißen Lehmwand ein alter Kriegsschild. Er erinnerte sich nicht, ihn vorher gesehen zu haben. Er war aus einer Tierhaut gemacht, Elch oder vielleicht Büffel, schwer und steif genug, um Steine und Pfeile abzuwehren; in langen trockenen Jahren waren die Ränder geschrumpft und eingerissen, und er hatte die runde Form verloren. Zuerst dachte er, die Haut sei vor Alter schwarz geworden, aber dann faßte er sie an und merkte, daß sie schwarz angestrichen war. Der ganze Schild war mit kleinen weißen Farbtupfen gesprenkelt. Er trat zurück: es war eine Karte des Sternenhimmels im späten September. Es war die große Sternenkonstellation, die der alte Betonie in den Sand gezeichnet hatte.

»Keiner zu Hause«, sagte er Robert. Die Rinder waren aus der Falle im Arroyo zum Korral getrieben worden, wo sie im Teich trinken konnten.

»Jemand hat sie gut gefüttert«, sagte Robert und zeigte auf den Haufen trockener Maisstengel im Korral. Er fuhr den Viehtransporter rückwärts an den Ladegang heran. Tayo schwang das hintere Gatter auf. Er stellte sich im Korral hinter den Rindern auf und schwenkte die Arme, bis sie, eins nach dem anderen, zögernd in den Transportwagen stiegen.

»Die sehen aber gut aus, Tayo«, sagte Robert. »Jemand hat sie für dich versorgt.«

»Also hat der Alte Betonie doch was geholfen«, sagte die alte Großmutter immer wieder. Sie saß neben ihrem Petroleumofen und knackte mit den Schneidezähnen Piñonkerne. Anfang Dezember war sie krank gewesen, und ihre Ecke am Ofen roch noch nach Vicks und Ben-Gay. Sie trug jetzt ständig die alte schwarze Strickjacke, auch an warmen Tagen, und sie bestand darauf, sich die Beine mit Streifen aus einer alten Wolldecke zu umwickeln.

»Jetzt bist du ganz in Ordnung, Jungchen, nicht wahr?«

»Yeah, Großmama, mir geht's jetzt gut.« Er reinigte gerade das Kleinkalibergewehr, wollte auf Kaninchenjagd gehen. Tantchen sah zu ihm hinüber, aber als er zu ihr aufblickte, wandte sie sich ab, beschäftigte sich am Herd mit dem brodelnden Schmortopf und dem siedenden Kaffee. Sie hatte ihn immerzu beobachtet; sie wartete ab. Sie traute dem Frieden nicht, den sie jetzt im Haus hatten. Sie wartete ab.

Er träumte von ihr, Träume, die die ganze Nacht dauerten, Träume voll warmer tiefer Zärtlichkeiten und nachklingenden Begehrens, die ihn bis zum Morgengrauen in friedlichem Schlaf gefangenhielten. Beim ersten matten Licht erwachte er dann mit dem Gefühl ihrer Gegenwart und dem Eindruck, sie sei die ganze Nacht bei ihm gewesen. Er stand auf, bewegte sich leise in dem dunklen Haus, hörte Robert und die alte Großmutter schnarchen. Tantchen schlief allzu ruhig, und wenn er seine Jacke zuknöpfte und zur Tür hinausging, bildete er sich ein, sie beobachtete ihn.

Er stand am Rand des Sandsteinvorsprungs, der sich unter Laguna hinzog, und blickte vor der Morgendämmerung über den Fluß nach Osten.

»Sonnenaufgang, Sonnenaufgang.« Seine Worte dampften in dem kalten Morgen, und er fühlte, daß er auf diese Weise mit ihr lebte. Er ging zum Haus zurück, während die Sonne hinter ihm aufstieg und ihm den Rücken wärmte, und er hackte Holz und wartete, bis er aus dem Ofenrohr Rauch roch. Dann trug er einen Armvoll Brennholz hinein. Manchmal sah Tantchen ihn auf eine Art an, die nur bedeuten konnte, sie erinnere sich an die Winter vorher, als er weinend und sich erbrechend im Bett gelegen hatte.

Er hatte jeden Tag mit Robert gearbeitet, Wagenladungen von Wacholder und Piñonkiefer für den Holzstoß herangeschafft, aus Cañoncito Kohle geholt und in den Schuppen geschaufelt. Einmal in der Woche gingen sie nachsehen, ob sich die gescheckten Rinder womöglich aus den Cañons um die Quellen herum davongemacht hatten; aber die Rinder schienen ganz gern dazubleiben, wenigstens über den Winter. Sie brachten Pinkie Brauselimonade und Comic-Hefte ins Schafcamp.

Pinkie stand an die Wacholderstangen des Schafpferchs gelehnt. Er hielt die dünnen Arme eng an den Körper gedrückt und die Hände in den Jeanstaschen vergraben. Er hatte keinen Blick für Robert oder Tayo übrig, die die alten Mutterschafe untersuchten. Er starrte in die Ferne, in Richtung Gallup. Sein kurzärmeliges Westernhemd mit den Perlmuttknöpfen hing ihm aus der Hose und flatterte im Wind. Er steckte nie das Hemd in die Hose, sagte, das habe er auch in der Armee nicht gemacht, wo er dafür einen Monat im Bau abgesessen habe. Seine Miene war mürrisch, wenn er davon sprach.

Sie rangen mit einem trächtigen Mutterschaf, das sich blökend bemühte, ihnen seine dungbeschmutzten Hinterbeine aus den Händen zu reißen. Sie wollten das Schaf nicht zu Boden zwingen, und Tayo blickte von dem zappelnden Tier auf, um zu sehen, ob Pinkie nicht helfen kam, indem er den Kopf festhielt. Aber der sah in die andere Richtung, nahm das Gerangel und den Lärm gar nicht wahr, sondern klappte nacheinander die Klingen seines Taschenmessers heraus und stach sie in die Wacholderpfosten.

Als sie an jenem Tag weiterfahren wollten, kam Pinkie aus dem kleinen Steinhaus des Schafcamps. Er hatte seine Sonnenbrille mit den dunkelblauen Gläsern und seinen neuen schwarzen Cowboyhut auf. Seine übrigen Sachen hatte er in einem Einkaufsbeutel bei sich. Tayo rückte auf dem Sitz des Lastwagens ein Stück zur Seite, um ihm Platz zu machen. Keiner sagte etwas, denn Pinkie war schon eine Woche länger als je zuvor im Schafcamp geblieben.

»Setzt mich an der Fernstraße ab«, sagte er.

Die Märzwinde waren warm und schmolzen den Schnee. Die Straße war nur eine ausgefahrene Spur im zähen roten Schlamm, und Robert mußte den Lastwagen im ersten Gang mit Vollgas fahren, um über die Ebene am Prairie-Dog-Hügel zu kommen. Sie holperten und rutschten, und Pinkie stützte sich mit der Hand gegen das Armaturenbrett. Die Räder drehten durch, aber dann faßten sie wieder, und daran, wie der Wagen anzog, merkte Tayo, daß sie es geschafft hatten. An der Fernstraße hielten sie an, um den Schlamm von der Frontscheibe abzuwischen. Pinkie stieg aus. Er schob sich den Hut tief über die Augen und nahm seinen Einkaufsbeutel. Er ging mit hochgehaltenem Daumen die Fernstraße entlang und blickte nicht mehr zurück. Er wollte »die Reihe abklappern«, wollte zu Fuß, per Anhalter und vielleicht in Leroys Lastwagen die Fernstraße 66 entlang nach Dixie Tavern, San Fidel, Cerritos, die ganze Strecke bis Gallup und wieder zurück, mit Zwischenstationen – Bibo, das Y –, bis das Geld alle war.

Er träumte, daß ihre Arme ihn fest umfingen, als der Regen auf dem Blechdach ihn weckte. Aber das Gefühl, das er erlebte, die Liebe, die er von ihr empfing, blieben ihm. Zu dem Fenster, das Robert am Abend mit einem dazwischengeklemmten alten Schuh gegen das Zuschlagen gesichert hatte, kam der nasse Erdgeruch herein. Die Liebe, die er für sie empfand, überwältigte ihn; Tränen füllten seine Augen, und der Schmerz in seiner Kehle zog tief bis in seine Brust hinab. Durch den leisen Regen rannte er den Hügel hinab zum Fluß, bis der Schmerz wie Nebeldunst verflog. Er stand da und betrachtete die regnerische Morgendämmerung, und er wußte, er würde sie wiederfinden.

Ende Mai eröffnete er ihnen, er wolle ganz auf der Ranch bleiben. Robert nickte; er hatte mit den Feldern in New Laguna viel Arbeit, und auf diese Weise konnte Tayo sich um die Rinder und die jungen Kälber kümmern. Tantchen sah von einem schwarz eingebundenen Erbauungsbuch auf, das sie schon seit Ostern las. Sie sah zufrieden drein, als hätte sie schon den ganzen Winter darauf gewartet, daß er so etwas sagte.

»Ich will aber nicht, daß einer von diesen anderen da rumlungert. Die können woanders saufen. Nicht auf unserer Ranch.« Ihr Gesicht war starr, und ihre Lippen bewegten sich kaum beim Sprechen. Sie hatte erwartet, früher oder später werde er mit den anderen losgehen wollen, mit Pinkie und Harley und den übrigen, trinken und Krawall machen – ihr noch mehr Grund zum Kummer geben –, all das tun, was seine Mutter getan hatte, Schande über die Familie bringen.

»Du kannst mir Indianertee sammeln«, rief ihm die alte Großmutter aus dem Hinterzimmer zu. »Hörst du? Ich sagte, du sollt mir Tee pflücken.« Sie kam langsamer als im vorigen

Jahr durch die Tür geschlurft, brauchte jetzt ständig ihren Stock. Sie trug noch ihren schwarzen Sweater und die Wickelgamaschen aus Wolldeckenstreifen, obwohl es schon seit einiger Zeit warm war. Als sie sich neben ihren Ofen setzte, waren ihre Bewegungen steif und schwerfällig.

»Noch etwas«, sagte die alte Großmutter, »noch etwas, Tayo. Neulich ist der alte Ku'oosh vorbeigekommen. Er hat gesagt, du würdest ihnen vielleicht ziemlich bald etwas zu sagen haben. Er hat gesagt, du würdest vielleicht mal zu ihnen kommen und mit ihnen reden.«

Nachdem Robert abgefahren war, machte er eine Runde. Die gelbgestreifte Katze und die schwarze Ziege folgten ihm. Die Katze stürzte sich auf Grashüpfer, die in den grünen Kullerdisteln hockten, und fraß sie aus der gekrümmten Pfote. Die Ziege blieb dauernd zurück und knabberte an dem sprießigen Gras, dann warf sie den Kopf hoch und setzte in langen Sprüngen hinter ihm her, um ihn einzuholen. Wo die Sonne das stehende Wasser aus den roten Lehmflächen herausgebacken hatte, waren sie in spröden Kräuselmustern ausgetrocknet. Aber so weit er das Tal hinabsehen konnte, glänzten noch viele Pfützen voll rotem schlammigem Wasser in der Sonne. Das Tal war grün, von den gelben Sandsteinmesas im Nordwesten bis zu den schwarzen Lavahügeln im Süden. Aber es war nicht das Grün des Dschungels, das die Erde erstickte und erwürgte. Der neue Wuchs bedeckte die Erde leicht, jeder Grashalm, jedes Blatt und jeder Stengel mit Abstand um sich herum, wie von einem leichten Sommerwind ausgesät. Dies Jahr wirbelten keine staubbeladenen roten Winde über die Ebenen.

Das graue Maultier war nicht mehr, seine Gebeine fielen irgendwo auf der roten Erde auseinander, wurden von der Sonne weiß und dünn gebleicht. Die Veränderungen strebten in ihm in die verschiedensten Richtungen; das Maultier war blind und alt gewesen. Aber sein Zimmer war dasselbe, die quietschende Stahlfedermatratze und das Gestell in die südöstliche Ecke unter das kleine Fenster geschoben. Das Grauen der Träume, die er auf diesem Bett durchlebt hatte, war fort, mit der Wurzel aus seinem Leib gerissen; und die Frau hatte die hohlen Räume mit Träumen gefüllt.

Aus dem Unkraut im Hof drang das Schwirren von Grashüpferflügeln zu ihm, und das Geräusch löste etwas in seinem Rückgrat. Er legte sich in den roten Staub auf der alten Matratze zurück und schloß die Augen. Die Träume waren tiefes Entsetzen über einen Verlust gewesen, über etwas, das für immer verloren war; aber nichts war verloren; zwischen Himmel und Erde und in seinem Innern blieb alles erhalten. Er hatte nichts verloren. Der schneebedeckte Berg blieb derselbe, ungeachtet der Besitztitel oder der Meinung der weißen Rancher, sie besäßen ihn. Sie holzten die Bäume ab, sie töteten die Hirsche, Bären und Pumas, sie zogen hohe Zäune; aber der Berg war viel mächtiger als jedes einzelne dieser Dinge oder alle zusammen. Der Berg ließ ihr Vernichtungswerk weit hinter sich zurück, genau wie die Liebe den Tod. Den Berg konnten sie nicht verlieren, denn er steckte ihnen im Mark; Josiah und Rocky waren nicht weit fort. Sie waren nahe; sie waren immer nahe gewesen. Und er liebte sie jetzt, wie er sie immer geliebt hatte, das Gefühl durchpulste ihn so stark wie von jeher. Sie liebten ihn genauso; er konnte die Liebe noch fühlen, die sie für ihn hatten. Der angerichtete Schaden hatte dieses Gefühl nie erreicht. Dieses Gefühl war ihr Leben, tief im Gedächtnis des Blutes verwurzelte Lebenskraft, und das Volk war stark, und die fünfte Welt hielt stand, und nichts war jemals verloren, solange die Liebe blieb.

Er stand auf und ging hinaus. Die Sonne war hinter Wolken verborgen, und die Luft war kühl. Über den Berggipfeln hingen tief dickbauchige blaue Wolken, und er konnte von fernher leisen Donner hören. Er ging die Straße entlang nach Norden. Vor einem Jahr hatte er hier das blinde Maultier geritten und Harley den Burro. Pa'to'ch stand hoch und klar da; Monate und Jahre hatten keine Beziehung zu den Farben grauen Schiefers und gelben Sandsteins, die ihn umgaben. Nur der Himmel hatte sich verändert, war reingewaschen von dem Staub und Dunst, der im vorigen Sommer von den roten Lehmflächen aufgewirbelt war. Er konnte wilde Blumen riechen, die im Unkraut und Gras an der Straße blühten, und er hörte die großen Hummeln und die kleineren Bienen an den Blüten saugen. Die Blumen zeigten an diesem Tag alle Schattierungen von Gelb – seidige gelbe Blütenblätter wie das Gefieder wilder Kanarienvögel, und Blumen, so dunkel wie der Mittelpunkt der Sonne.

Er ging weiter nach Norden, betrachtete die Gelbtöne und das Orange der Sandsteinhänge vor ihm und die engen Sandsteincañons, die tief in die Mesa einschnitten und dabei die Quellen freilegten. Er machte sich Gedanken über die gescheckten Rinder, ob sie sich einen Weg durch den Zaun gebrochen hatten und inzwischen auf halbem Weg nach Mexiko waren. Sie waren zu Anfang so schwer zu bändigen gewesen; sie hatten Josiah so viel Kraft gekostet.

Er bog von der Straße ab und schlug einen Pfad ein, der direkt zu den Steilhängen führte, sich den kreidegrauen Hügel hinaufwand, wo das Plateau der Mesa in bröckligem Schieferton über den roten Lehmflächen endete. Die Sonne war angenehm; er konnte Wacholder und Piñonkiefer riechen, noch regenfeucht. Von Wiesen voller Bienenfutter trug der Wind einen Duft nach wildem Honig heran. Der Pfad senkte sich in eine flache Schwemmlandmulde hinab. Regenwasser und Wind hatten den Sand blaßgelb und glatt gespült. Er kniete hin und berührte ihn. Er zog Stiefel und Socken aus und bohrte die Zehen tief in den feuchten Sand; dann ging er weiter. Vor ihm verhielt eine Schlange und hob wachsam den Kopf; die Zunge glitt vor und zurück und stockte, als sie ihn geortet hatte. Die Schlange war hellgelb und mit leuchtenden kupferroten Flecken überzogen, als hätten sich die Wildblumen losgerissen und auf Wanderschaft begeben. Sie durchquerte das Bachbett, schlängelte sich die Böschung hinauf und verschwand im Gras. Er kniete über den bogenförmigen Spuren, die die Schlange im Sand hinterlassen hatte, und füllte die zarten Abdrücke mit gelbem Pollen. So weit er sehen konnte, in allen Richtungen war die Welt lebendig. Er fühlte, wie die Bewegung aus der feuchten Erde in den Sonnenschein hervorstieß – die gelbe gefleckte

Schlange war die erste, die zum Vorschein kam und diese Botschaft auf ihrem Rücken dem Volke zutrug.

Sie schritt durch die Sonnenblumen, hielt mit einer Hand den blauen Seidenschal um ihre Schultern gerafft und trug in der anderen den langen gebogenen Weidenstab. Sobald er sie sah, drehte sie sich zu ihm um, als hätte sie nur darauf gewartet. Die Nächte seiner zärtlichen Träume von ihr waren plötzlich fest in seiner Brust verschlossen, und sein Herz klopfte schnell.

»Ich habe mein Lager oben an der Quelle«, sagte sie und wies auf den Cañon vor ihnen. »Hier , da entlang. Ich zeig's dir.«

Sie saß im Schatten der Weiden, die neben dem Teich wuchsen, unter dem überhängenden Steilhang. Sie saß mit gerade ausgestreckten Beinen da, hielt den roten Baumwollrock mit beiden Händen eng wie Hosen um die Beine gespannt. Sie wackelte mit den bloßen Zehen und blickte zu den Sandsteinklippen hinauf, wo die Schwalben in ihren runden Lehmnestern hockten und schrille Töne ausstießen. Die Schatten der Weideblätter ließen ihre Haut fleckig und dunkel erscheinen, so wie die Eisenablagerungen die gelben Sandsteinklippen dunkelorangestreifig machen.

Er hockte im Sand am Rand des Teiches und blickte in das flache klare Wasser. Der Sand auf dem Grund fing die Farbe der Sonne ein, und aus dieser Farbe wuchsen kleine grüne Blätter hervor und schwebten in dem stillen Wasser. Glänzende schwarze Wasserkäfer liefen über den Grund des Teiches und ließen Perlenschnüre winziger Luftblasen hinter sich, die sich zur Oberfläche hinaufkräuselten. Bis auf das Rascheln der Schwalben und den Ruf einer Trauertaube von der Mündung des Cañons war es ganz still. Das Sonnenlicht strich wie mit Händen seinen Rücken hinauf und hinab, und er fühlte, wie sich die Muskeln in Hals und Leib entspannten; er legte sich ihr gegenüber am Teichrand nieder und schloß die Augen.

Er träumte, sie liebten sich hier. Er fühlte den warmen Sand an seinen Zehen und Knien; er fühlte ihren Leib, und er war so warm wie der Sand, und er merkte nicht, wo ihr Leib aufhörte und der Sand begann. Er erwachte, und sie war fort; seine Fäuste waren voll Sand, und er schwitzte. Die Sonne war über den Himmel weitergewandert, und ihm wurde klar, daß er stundenlang geschlafen hatte. Er wusch sich im Teich das Gesicht; das Wasser an der Oberfläche war noch warm, deshalb tauchte er die Hände tief in die kühle Schicht über dem gelben Sand. Während er vom Teich zu der Stelle ging, wo sie gesessen hatte, verdunstete die Feuchtigkeit auf Händen und Gesicht. Er suchte einen Abdruck ihrer Füße oder den Umriß, den der Stoff ihres Rockes im Sand gezeichnet hatte. Als er durch das Gras um den Teich herumging, arbeitete sich ein kleiner grüner Frosch aus den Pflanzen vor ihm heraus und sprang klatschend in den Teich. Eine innere Angst erfüllte ihn: was, wenn keine Spuren von ihr da waren, keine Abdrücke ihres Körpers im Sand, wenn sich kein feiner Streifen von ihrem blauen Schal zwischen die Pflanzen verlief?

Die Abdrücke waren da; er zeichnete sie leicht mit den Fingern nach. Er hatte sie nicht geträumt; sie war da, so sicher, wie die Sperlinge dagewesen waren und dünne Krakel im Schlamm zurückgelassen hatten.

»Hier drüben bin ich«, sagte sie. Ihre Stimme kam von der Ostseite des schmalen Cañons. Er kletterte über die großen Felsen; ein gestreiftes Eichhörnchen huschte vor ihm her; er fürchtete, sie werde verschwinden wie das Echo, das ihre Stimme geweckt hatte. Vom Sandstein waren seine bloßen Füße und Zehenspitzen aufgerieben. Er stand schweratmend auf dem Felsbrocken über ihr. Sie saß am Rand einer sandigen Böschung neben einer großen Mondwinde. Der blaue Seidenschal lag neben ihren Füßen ausgebreitet, und sie hatte ihn mit frisch ausgegrabenen Wurzeln und mit Blättern vieler verschiedener Pflanzen gefüllt. Ohne ihn anzusehen nahm sie den Schal zusammen und stieg den Felsen zu ihm hinauf.

Sie erklommen einen steilen Pfad, wo sich nach jahrhundertelanger Begehung Vertiefungen für Zehen und Finger in den gelben Sandstein eingeschliffen hatten. Sie zog sich an einem Bärentraubenstrauch über den Rand und hielt ihm die Hand hin. Als er oben anlangte, schienen der Cañon und die steile Felswand plötzlich verschwunden, als wäre er von der Erde in den Himmel getreten; wo sie sich befanden, war der Himmel mehr als die Hälfte der Welt; er umschloß die Mesafläche, wo sie standen.

»Du hast mir noch gar nicht deinen Namen gesagt«, sagte er.

»Ich bin eine Montaño«, sagte sie. »Du kannst Ts'eh zu mir sagen. Das ist mein Kurzname, weil mein indianischer Name so lang ist. Das haben wir Kinder alle so gemacht.«

Er nickte. »Wir zu Hause auch. Kurznamen.« Da fiel im Rocky ein; sein Taufname war Augustine gewesen, und »Rokky« war dem indianischen Namen, den ihm die Schwester der alten Großmutter gegeben hatte, gerade so weit angenähert, wie er wollte. »Du hast Geschwister«, sagte er, weil er etwas über sie erfahren wollte.

»Ja«, sagte sie und blickte in die Weite, zu den Black Mountains im Süden. »Wir stehen uns alle sehr nahe, eine sehr anhängliche Familie.«

Jetzt wollte er fragen, wo sie waren, wo sie wohnten, denn er hatte nur den Jäger kennengelernt; aber ihre Augen leuchteten, und sie verrieten ihm Dinge, die ihre Worte nicht sagten.

»Ich habe eine Schwester, die da unten zu wohnt. Sie ist mit einem Navajo aus Red Lake verheiratet.« Sie wies nach Süden, in die Richtung, wohin sie blickte. »Eine andere wohnt in der Nähe von Flagstaff. Mein Bruder ist in Jemez.« Sie unterbrach sich plötzlich und lachte. »Du weißt, was man über die Montaños sagt.« Der Tonfall ihrer Stimme sagte, er müsse natürlich wissen, was die Leute über ihre Familie sagten, aber Tayo konnte sich nicht erinnern, von dieser Familie gehört zu haben.

»Hier oben brauchen wir uns um diese Sachen nicht zu kümmern.« Sie hatte recht. Sie würden die Fragen der Abstammung, des Stammes und Familiennamens den Leuten im

Dorf überlassen, jemandem wie Tantchen, die alles über jeden wissen mußte.

Sie gingen zusammen zurück. In der Ferne konnte er die gescheckten Rinder sehen, verstreut über das Tal zwischen den Mesas. Der gelbe Stier, den ihnen ihr Vetter Romero geliehen hatte, graste etwas von den Kühen entfernt, als fürchtete er noch immer ihre Hörner. Ihr Fell warf die Farbe des Sonnenuntergangs zurück wie Wolken am westlichen Horizont.

»Woher hast du gewußt, daß ich hier bin?« sagte er, immer noch die Rinder beobachtend.

Sie lachte und schüttelte den Kopf. »Wie du redest!« sagte sie. »Ich war fast eine Woche vor dir hier. Woher hast du gewußt, daß ich hier bin? Sag mir das zuerst.«

Er begleitete sie, um etwas über die Wurzeln und Pflanzen zu erfahren, die sie gesammelt hatte. Als sie eine passende Stelle fand, machte sie es sich bequem und breitete den blauen Schal auf dem Boden aus, nachdem sie Steine und Stöckchen beiseitegeschoben und sich vergewissert hatte, daß sie keine Ameisen störte. Sie setzte sich auf die Erde und beugte sich tief über die Pflanzen, untersuchte sie lange, von den mit Pollen bestäubten Blütenblättern den Stengel hinab bis zu jedem einzelnen Blatt und schließlich zum Fuß der Gewächse, wo sie sorgsam den Sand von den Wurzeln entfernte.

»Diese hat die Farbe des Himmels nach einem Sommergewitter. Ich nehme sie hier heraus und pflanze sie woanders ein, in einem Cañon, wo es schon länger nicht geregnet hat.«

Während sie Pflanzen sammelte, sah er zu, wie die Rinder in dem hohen gelben Reisgras weideten, daß sich über dem Arroyo genau bis zu den Wacholderbäumen hinaufzog. Es trieb sie nicht mehr nach Süden. Sie hatten sich diese Richtung aus dem Organismus herausgerannt und sich eingewöhnt. Josiah hätte gesagt, daß käme daher, weil sie schlau genug waren, eine gute Stelle auf den ersten Blick zu erkennen: Quellen und gute Weide. Und noch dazu Romeros gelber Bulle, konnte er Josiah augenzwinkernd sagen hören; aber die gescheckten Kühe hatten den gelben Bullen nicht so gesehen, jedenfalls nicht zu Anfang.

Romeros Bulle war kurzbeinig und breitgebaut, und seine Farbe war frisch von der Klippe gebrochener gelber Sandstein. Er hatte kleine gelbe Augen und einen Buckel im Nacken. Romero hatte ihn in Prewitt am Tag nach einem Rodeo gefunden, wo er auf drei Beinen am Rodeoplatz stand. Das linke Vorderbein hing gebrochen herab, und keiner der Weißen in Prewitt wollt sich mit dem Stier abgeben, weil sein Fleisch sicher zäh war. Romero erbot sich, den Stier gratis fortzuschaffen.

Romero sagte, er hätte nicht gewußt, wie gefährlich der Bulle womöglich wäre, nachdem er Rodeostier gewesen war. Aber die Hörner waren stumpf abgesägt, und er hatte nur drei gesunde Beine, deshalb nahm Romero ihn mit nach Hause und verarztete ihn. Wie er sagte, behandelte er das Tier im engen Ladegang, aber der Bulle hielt still und wehrte sich nicht, während Romero ihn behandelte. Romero schlug eine Apfelsinenkiste auseinander und benutzte die Brettchen als Schiene, die er mit Streifen aus einem alten Bettlaken festband. Es war tadellose Arbeit, sagte Romero, bloß hatte der verdammte Bulle das Bein danach am Korralpfosten gerieben und die Schiene zu früh gelockert. Deshalb war sein Bein ein bißchen krumm verheilt. Hätte er es bloß in Ruhe gelassen, wäre es fast so gut wie neu geworden, sagte Romero.

Die gescheckten Rinder hatten den Bullen aus dem Viehhänger steigen stehen, und als er sie witterte und sich ihnen nähern wollte, drängten sie sich zusammen, schüttelten die Köpfe mit den geschwungenen Hörnern und drohten mit wilden Augen. Sie brachen unerwartet los wie ein Wirbelwind, Staub und Sand stoben unter ihren Hufen auf, als sie ihn zum Lastwagen und Viehhänger zurückscheuchten. Aber dort schnellte er plötzlich zu ihnen herum, und sie rannten auseinander. Er sah sie in den Wacholdern des breiten Cañons nach Westen zu verschwinden, und dann peitschte er seinen gedrungenen Schwanz ein paarmal um die Kruppe und trottete hinterher.

Der gelbe Bulle graste in voller Sicht, aber die gescheckten Kühe blieben im Wacholder und lauschten wie Rotwild auf Tayos Nahen, ihr geflecktes Fell verschmolz mit der sandigen Böschung der großen Mesa. Nach und nach kamen sie hervor, schlossen sich vorsichtig dem gelben Bullen an. Tayo saß bewegungslos, mit dem Rücken gegen die kleine Baumwollpappel gelehnt, die in dem Schwemmland wuchs. Die Kühe hielten sich zwischen ihm und den jungen Kälbern, aber hin und wieder brach ein Kalb aus, hüpfte und buckelte in einem weiten Bogen davon, bis es schließlich vom Spielen müde zur Mutter zurückkehrte. Tayos Herz klopfte heftig; er konnte Josiahs Vision auftauchen sehen, er konnte die Geschichte in Knochen und Muskeln Gestalt annehmen sehen.

Jetzt brauche ich nur noch eine«, sagte sie und wies mit dem Kinn in die Richtung der Jutesäcke voller Wurzeln und Pflanzen. »Sie ist noch nicht soweit, aber ich zeige sie dir, und vielleicht kannst du sie für mich holen, für den Fall, daß ich weg muß, ehe sie soweit ist.«

Tayo hatte in der Sonne gedöst, den Rücken an den Steilhang

gelehnt; er setzte sich kerzengerade auf und sah sie an.

»Für was für einen Fall?« Sein Herz klopfte schnell und unregelmäßig. Aus ihren Augen sprach eine große Ferne; als er sie anblickte, sah er vor sich Cañons und Hügel Meile um Meile hingestreckt. Sie kniete sich neben ihn, und er sah ihre Tränen.

»Da draußen«, flüsterte sie, »sind die Dinge immer in Bewegung, immer im Wandel. Nachts höre ich sie manchmal.«

Sie gingen westwärts über die lange Mesa, wo die Alten die Steine in Kreisen aufgeschichtet hatten, hoch über der Fläche der Sandsteinmesa, weit über den Cañons und Quellen.

»Diese hier«, sagte sie und wies auf eine hohe dunkelgrüne Pflanze mit runden, zugespitzten Blättern, tiefgeädert wie fossile Muscheln. Die flachen Samenschoten waren noch dick und grün, aber später, im Herbst, würde die Schale dünn eintrocknen, und kalte Winde würden die Hülse bis auf das letzte durchsichtige Häutchen abblättern, das die dunklen Augen der Samen in sich barg.

»Welche Himmelsfarbe ist in dieser drin?«

Sie schüttelte den Kopf. »Bei dieser geht es nicht um die Farbe«, sagte sie. »Es geht um das Licht. Das Licht der Sterne, und den Mond, der die Nacht durchdringt.« Sie war zu fest und grün, um jetzt gepflückt zu werden; würde man den Stengel jetzt brechen, vor der Zeit der endgültigen Reife, ginge ihre feuchte, fließende Lebenskraft in einem einzigen Atemzug verloren.

»Ich werde daran denken«, sagte er. »Ich hole sie für dich, wenn du nicht hier bist.«

Ihre gemeinsamen Tage prägte ein Ernst, den die Mesas und Arroyos ausstrahlten, er ersetzte den vor so langer Zeit unterbrochenen Rhythmus; jetzt bedeuteten die alten Erinnerungen weniger als die Verkrampfung eines einzelnen Halsmuskels. Sie war wieder bei ihm, in einem ungebrochenen Herzschlag, ob die Zeit in der Morgendämmerung versank oder der Sonnenuntergang den Sternen wich, die über der Nacht kreisten. Das Zerbrechen und Zermalmen war fort, die Liebe drängte in seiner Brust, und wenn er jetzt weinte, dann nur, weil sie ihn so sehr liebte.

Robert kam zu Ende des Sommers. Er war vorher nur einmal gekommen, als er die Ziege und die Katze nach Laguna zurückholte und haltmachte, um nachzusehen, ob Tayo etwas brauchte. Robert hatte damals keine Fragen gestellt, warum Tayo da draußen schlief, wo er doch drüben auf der Ranch hätte wohnen können. Diesmal merkte Tayo, daß da etwas anderes war, obwohl sie zusammen das Tal hinaufgingen wie bei Roberts vorigem Besuch, die gescheckten Rinder betrachteten, die Kälber untersuchten. Als sie an die Stelle zurückkamen, wo Robert den Lastwagen geparkt hatte, sah Robert verlegen aus.

»Was soll ich in Laguna sagen?« Robert blickte zu den Gewitterwolken auf, die sich von den Black Mountains im Süden heranwälzten. Die Straßen in dieser Richtung waren den ganzen Sommer über schlammig gewesen, und er wollte nicht steckenbleiben. Tayo schüttelte den Kopf. Ein Falke kreiste hoch über ihnen, schwebte auf der Luftströmung des nahenden Gitters. Donner hallte von den Steilhängen wider, aber Robert ging noch nicht. Er nahm den Hut ab und wischte sich mit dem Hemdärmel über die Stirn.

»Sie wollen, daß du heimkommst. Sie machen sich Sorgen um dich. Sie meinen, du brauchst vielleicht die Ärzte wieder.«

»Oh.« Sein Magen fiel in eine Erdspalte. Seine Hände wurden kalt.

»Der alte Ku'oosh und noch ein paar andere wundern sich auch, warum du nicht gekommen bist. Die dachten, da wäre vielleicht etwas, das du ihnen sagen solltest.« Die Worte blieben ihm im Hals stecken, und er hustete. »Und Emo hat allerhand Zeug über dich geredet. Er hat gesagt, du wärst verrückt geworden und bist hier draußen allein. Er redet allen möglichen Quatsch über Höhlen und Tiere zusammen.«

Tayo hatte Robert noch nie so reden hören; er hatte ihn noch nie zornig gesehen. Tayo fühlte sich leer im Kopf und matt. Robert klang bedrückt.

»Du weißt, wie die Leute in solchen Sachen sind. Die Weißen sind auch so. Womöglich schickt die Armee jemand, der dich zurückholen soll.« Ein Blitz fuhr über die dunkelblauen Wolken, aber für Tayo lief der Strahl langsam im Zickzack die dunklen Wolkengipfel hinauf und brauchte länger, als Roberts Worte gebraucht hatten, um ihn zu erreichen.

»Vielleicht, wenn du für eine Weile zurückkämst. Bloß, damit sie sehen können, daß mit dir alles in Ordnung ist. Damit du mit ihnen sprechen kannst, und dann könnten sie sehen, was Emo für ein Lügner ist.«

Er nickte Robert zu, aber er war mit anderen Dingen beschäftigt: Erinnerungen an die fließenden Geräusche der Nacht, Rautenmuster, schwarz auf weiß; die Kraft der Muster bohrte sich kreiselnd in die Tiefe, dann wuchs sie jäh zu dreidimensionalen Gipfeln auf, schwindelerregend in Höhe und Tiefe und wechselnd mit jedem Blick des Auges.

Regentropfen prasselten auf die Haube des kleinen Lastwagens. Robert trat gegen das linke Vorderrad; die Vulkanisierung begann sich wieder abzulösen.

»Danke«, sagte Tayo, »danke, daß du es mir gesagt hast.«

Er sah zu, wie Robert abfuhr. Der Regen lief ihm über die Haare ins Hemd; sie waren ihm über die Ohren gewachsen und gingen bis zum Nacken. Da dachte er an Emo, immer mit einem Armeehaarschnitt.

»Der Tod bedeutet nicht viel«, sagte sie. Sie saß im Sand, die Beine gerade ausgestreckt, bündelte kurze Weidenruten und umwickelte sie mit bauschigen Baumwollfäden, die sie mit der Hand zusammengezwirnt hatte. Sie hatten an diesem Morgen ein Kalb im Arroyo gefunden; kleine schwarze Ameisen zogen schon Pfade über den Kopf, von der Nase zu den Augen. Während die Sonne höher in den Himmel stieg, trieb der Bauch immer stärker auf.

»Manchmal schaffen sie es nicht. Das ist alles. Es ist nicht allzu weit weg.« Sie blickte eindringlich zu ihm auf, dann fuhr sie fort.

»Es gibt viel schlimmere Dinge. Die Vernichter: sie sind tätig, um zu sehen, wieviel verlorengehen kann, wieviel vergessen werden kann. Sie vernichten das Gefühl, das die Menschen füreinander haben.«

Er holte tief Luft; es tat ihm in der Brust weh. Er dachte jetzt an Josiah und Rocky.

»Ihr höchster Ergeiz ist es, Menschen auszuweiden, solange sie noch atmen, das noch klopfende Herz zu packen, so daß das Opfer nie wieder etwas fühlt. Wenn sie fertig sind, beobachtest du dich selbst aus einem Abstand, und du kannst nicht einmal weinen – nicht einmal um dich selbst.«

Da erkannte er es wieder: die dicke weiße Haut, die ihn umschlossen hatte, die Empfindungen des Lebens erstickte, die Liebe wie den Gram; und ihm war nur das Summen der Gewebe geblieben, die ihn umschlossen. Er hatte nie erfahren, wie lange er dort verloren gewesen war, in jenem Krankenhaus in Los Angeles.

»Sie sind jetzt ringsherum. Nur die Vernichtung ist noch imstande, Empfindung in ihnen zu wecken, die Überreste von etwas Lebendigem in ihnen; und jedesmal, wenn sie es tun, wird die Narbe dicker, und sie fühlen immer weniger und hungern doch nach mehr.« Sie sammelte die Rutenbündel auf und begann, nach Südwesten zu gehen.

»Der alte Betonie hat gesagt, es gibt einen Weg, das aufzuhalten...«

»Es hängt alles davon ab«, sagte sie. »Wie weit bist du zu gehen bereit?«

Sie bestiegen zusammen die sandige Kuppe über dem Bachbett, über Steine, herabgerollt aus dem Lehmmörtel von Mauern, die die Zeit fortgespült hatte; dabei waren die geometrischen Muster von Zimmern und Kivas in den weißen Arroyosand geflossen, in dem sogar die Scherben von Tongeschirr zu Steinchen zermahlen worden, all ihre Farben und Muster in die Erde zurückgesickert waren.

Die Sonne am Himmel hatte ihren Stand an einem kritischem Punkt des Übergangs; die Jahreszeit war nicht zu verkennen. Der Himmel hatte die morgenfrühe Farbe des Herbstes: Jemez-Türkis, von dünnen Quarzwolken gesäumt. Er atmete tief, wollte all die Grenzenlosigkeit einatmen, wollte alles in sich aufnehmen, so, wie der Arroyosand die Zeit verschlingt.

Sie blickte zu Pa'to'ch auf, und das Haar umwehte ihr Gesicht. Er konnte fühlen, wo sie hergekommen war, und er begriff, wo sie immer sein würde.

Die Elchkuh war überlebensgroß in blaß lavendelfarbenem Lehm an die Südwand des Sandsteins am Fuß des Steilhangs gemalt. Ihr großer Bauch wölbte sich von neuem Leben, während sie über den gelben Sandstein setzte, auf ewig aufgeschreckt um die Biegung der Klippe sprang, die Ohren zurückgelegt, um ein Geräusch hinter sich aufzufangen. Die Priester, die sie jedes Jahr malten, weinten immer, wenn sie von der Klippe zurücktraten und sie sahen. »A'moo'ooh! A'moo'ooh! Du bist so schön! Du trägst all das Leben! A'moo'ooh! Mit dir wird die Klippe lebendig!«

Sie schichteten die herabgefallenen Steine neu auf. Sie legte die Weidenruten, die sie gebündelt hatte, in die kleine viereckige Einfriedung, und er deckte einen flachen Sandstein über die Öffnung. Regen und Wind hatten die Elchkuh eingeholt, wischten die Einzelheiten ihrer Beine aus; die Sonne bleichte ihre Hufe zu schwachen Umrissen, die mit der Klippe verschmolzen.

»Sie ist fast verschwunden«, sagte er.

»Der Lehm verwittert«, sagte sie. »Seit dem Krieg ist keiner mehr gekommen, sie zu malen. Aber solange du dich daran erinnerst, was du gesehen hast, ist nichts verschwunden. Solange du dich erinnerst, ist sie ein Teil dieser Geschichte, die wir zusammen durchleben.«

Sie blieben, bis die Sonne das Ende des Tales erreicht hatte und die Elchkuh nur noch ein dunkler Schatten auf der Klippe war.

Sie legte einen trockenen Piñonzweig auf die Glut; Rauch kräuselte sich wie williges Haar aus der grauen schuppigen Rinde, bis ringsherum gelbe Flammen herausbarsten. In dem jähen hellen Licht konnte er ihr Gesicht sehen; sie weinte. Er wollte hinknien und die Arme um sie legen und ihr zureden, nicht zu weinen, aber er blieb fest am Boden haften; seine Arme zogen seine Knie an die Brust wie die Arme eines anderen Menschen, zogen taube Knie an eine fremde Brust. Nur sein Gehirn regte sich naß und schwer innerhalb der Konturen seines Schädels, schmiegte sich um Knochenbiegungen und in hohle Nischen. Als er sprach, kamen die Worte aus einem Mund, der von ihm unabhängig war, und er mußte ihrem Klang nachlauschen, um zu wissen, was er sagte.

»Was ist? Warum weinst du?« Der Zorn in seiner Stimme

überraschte ihn. Sie sah ihn an. Die Haut ihres Gesichts war dunkler, wo sie mit dem Handrücken die Tränen verwischt hatte.

»Das Ende der Geschichte. Sie wollen sie ändern. Sie wollen, daß sie hier endet, wie alle ihre Geschichten enden, in einer langsam dichter werdenden Einkreisung, um das Leben abzuwürgen. Die Heftigkeit des Kampfes erregt sie, und das Töten besänftigt sie. Sie haben ihre Geschichten über uns – indianische Menschen, die nur auf der Stelle treten und das Ende abwarten. Und sie würden diese Geschichte gleich hier beenden, indem du allein in diesen Hügeln bis zum Tode kämpfen würdest. Doktoren aus dem Krankenhaus und die BIA-Polizei kommen. Ein paar alte Männer aus Laguna kommen auch. Sie fahren da drüben mit ihren Patrouillenwagen.« Sie wies über den großen Arroyo zu der Stelle, wo der sandige Karrenweg ausgespült war. »Sie kommen zu Fuß hierher. Die Doktoren haben Medizin, um dich zu beruhigen. Die anderen bringen Gewehre mit. Emo hat ihnen erzählt, du bist verrückt, du lebst hier in einer Höhle und glaubst, du wärst ein japanischer Soldat. Sie haben alle Angst vor dir.« Ihre Augen füllten sich wieder mit Tränen. »Sie werden dir zurufen. Freundliche Stimmen. Wenn du ruhig kommst, nehmen sie dich fest und sperren dich zwischen die weißen Wände des Krankenhauses. Aber wenn du nicht zu ihnen gehst, jagen und hetzen sie dich so lange, bis sie dich endlich haben. Denn das ist das einzige Ende, das sie verstehen.«

»Woher weißt du das?«

Aus seinem Magen wühlte sich ein heißer Geschmack zur Kehle hoch. Sie starrte lange in den Himmel hinauf; eine Sternschnuppe zog einen Bogen von Westen nach Osten und streute Licht hinter sich aus wie Staub auf einem Pfad. Als sie nicht antwortete, wußte er Bescheid; wie der alte Betonie konnte sie Spiegelungen in den Regenwassertümpeln im Sandstein sehen, wechselnde Bilder in den Flammen des Wacholderfeuers; sie hörte Stimmen, leise und fern in der Nacht.

»Noch eines«, sagte sie schließlich und blickte auf die rote

Glut im Ring weißer Asche herab, »zu Emo halten nur wenige andere. Die übrigen hat man getäuscht; sie werden benutzt. Als Werkzeuge. Die Leute von der Armee haben keine Ahnung. Sie wissen nichts von Geschichten oder vom Kampf um das Ende der Geschichte. Die Weißen sind immer beschäftigt. Sie werden sich fragen: was ist schon ein einzelner indianischer Kriegsteilnehmer, der mitten in irgendeiner Reservation in einer Höhle haust. Sie werden nicht viel Zeit für dich haben. Der einzige Grund, warum sie kommen, ist, weil Emo sie gerufen hat.«

»Und die alten Männer von daheim?«

»Sie kommen sehr widerstrebend, weil die Leute von der Regierung sie dazu auffordern. Sie mögen es sowieso nicht, wenn Weiße herkommen. Das einzige ist: sie konnten sich nicht einig werden.«

»Worüber?«

»Sie versuchen sich darüber klarzuwerden, wer du bist.«

Sie stocherte mit einem Stock in der Glut. »Wenn die Weißen dich nicht gleich finden, werden sie ungeduldig.« Er nickte und lächelte; der Druck um seine Brust ließ nach. Er kannte den Rest der Geschichte.

»Sie werden nicht in diesen Hügeln herumklettern wollen. Sie haben Angst vor Schlangen. Ihre Regierungsautos werden in Sand und Schlammlöchern steckenbleiben. Die alten Männer werden es satt bekommen, in der heißen Sonne zu sitzen und zuzusehen, wie die Weißen sich lächerlich machen. Sie werden alle nach Hause gehen«, sagte Tayo.

»Bleiben noch Emo und die anderen«, sagte sie und rollte die Decken auf dem Sand aus, »und dieser Teil wird nicht leicht sein.«

Er hielt sie die ganze Nacht ungestüm fest, als könnte ihr Schweiß und die Hitze ihres Atems die stöhnenden Stimmen der dunklen wirbelnden Winde aussperren. Gemeinsam schufen sie sich einen Ort, fern und still wie die Sterne, die den Himmel bedeckten. Er erwachte in der Nacht und fand diesen

Ort, als er wieder eng an sie heranrückte. Vor dem Morgengrauen fühlte er ihren Atem auf seinem Gesicht, und als er die Augen aufschlug, lächelte sie ihn an.

Die Rinder standen bewegungslos in dem satten gelben Licht vom Rand der Sonne, der über dem Horizont sichtbar wurde. Das Licht besaß eine Dichte, die sie festzuhalten schien, als hätte die plötzliche Wärme ihre Bewegung unterbrochen, und sie rührten sich nicht, als sie und Tayo vorbeigingen. Ihre Augen leuchteten gelb, und die Haare ihres Fells fingen Lichtnadeln auf. Sie blieb stehen, um die Rinder zu mustern. Er stand da und fühlte die Sonne im Gesicht, genau wie die Rinder, bis sie sich umdrehte und ihn ansah.

»Es ist fast vollendet«, sagte sie. »Wir kommen bald zum Ende.«

Der Cañon war voller langer früher Schatten, wo die Nacht noch verweilte, ein feuchter Geruch in der Brise. Das Feuer hatte einen flachen Kreis weißer Asche auf dem gelben Sand hinterlassen, und Tayo erinnerte sich an Betonies Sandzeichnung und den Hinweis, die neuen Zeremonien seien nicht wie die alten; aber er hatte nie gesagt, sie seien nicht vollständig, nur anders.

Sie breitete ihren blauen Seidenschal auseinander und legte ihre Sachen in die Mitte. Am Tag vorher hatte sie gewaschen und die nassen Kleider zum Trocknen über die Weiden gehängt. Er ging sie holen, und die Blusen und Röcke glichen den leuchtenden Flügeln von Schmetterlingen, die sich auf den Zweigen niedergelassen hatten. Als er sie von den Weiden abnahm, achtete er darauf, daß sich keins verhakte, und er faltete sie ungeschickt zusammen, bevor er sie zurückbrachte. Sie lachte, als sie die Blusen und Röcke sah, und faltete sie neu. Sie steckte die Beutel mit Samen und die kleinen glatten Steine zwischen die zusammengelegten Kleider, und die Bündel von Schilfrohr und Weidenruten wickelte sie in einen Rock. Sie band den Schal zu einem Bündel zusammen und balancierte es auf dem Kopf, wie Tayo es bei den alten Frauen in Laguna gesehen hatte. Sie lächelte ihn verschmitzt an.

»Siehst du«, sagte sie und stolzierte dabei vor ihm auf und ab, »so werde ich gehen. Genau so.«

Sie sah sich um, ob sie etwas vergessen hätte. Als ihr Aufbruch so nahe bevorstand, mußte er die Füße fest auf die Erde stemmen.

»Ich begleite dich bis an die Straße«, sagte er.

Sie gingen eng nebeneinander, hielten sich gegenseitig mit dem Arm fest umschlungen. Eine Trauertaube rief aus dem hohen Gras entlang des seichten Bachbetts, und am Fuß des Steilhangs grasten die gescheckten Rinder. Jeder Schritt formte ein neues Wort, dick wie gelbes Harz, das aus einem gebrochenen Piñonzweig quillt, Worte, die in seiner Brust drückten, bis es schmerzte; verlaß mich nicht. Aber er zog Luft durch die zusammengebissenen Zähne und atmete schwer, um diese Worte in sich zu verschließen. Sie blieb bei einem Wacholderbaum am Rand des Karrenwegs stehen und setzte ihr Bündel auf dem Boden ab. Der Weg bog durch roten Lehm und Wacholderbäume hügelauf nach Nordosten. Hinter ihnen fiel er über den grauen Tonschieferhügel zu den Lehmflächen des Tales ab. Vor einem Jahr waren er und Harley auf dem Burro und dem Maultier den Karrenweg hinabgeritten, aber diesmal war das Gras am Wegsaum grün und dicht, und nach Osten, Süden und Westen, so weit er sehen konnte, war das Land wieder grün.

»Erinnere dich«, sagte sie, »behalte alles in Erinnerung.« Er nahm sie fest in die Arme und schloß die Augen krampfhaft über den Tränen. Sie hob das Bündel auf und balancierte es mit einer Hand auf dem Kopf.

»Auf Wiedersehen«, sagte sie und machte sich auf den Weg die Straße entlang. Auf der Kuppe des Hügels drehte sie sich um und winkte ihm zu.

Er erwachte halberstickt in feuchter Dschungelluft, aber als er die Decke zurückwarf, war er in der Höhle, und sein eigener Schweiß und schwerer Atem hatten die Luft feucht gemacht. Der Traum war dunkler nasser Sand gewesen, der sich über

Wasser hin und her schob, Treibsand ohne Oben oder Unten, ohne Ränder; er hatte zuckend vibriert und gewogt, bis Tayo nach Luft rang.

Auf der Straße durfte er nicht gehen, das war ihm klar. Er kletterte die großen Felsblöcke hinauf, tastete sich langsam voran, erinnerte sich an Grate und Risse im Steilhang, breit genug, daß ein Mensch zum Plateau der Mesa hinaufklettern konnte. Er setzte die Füße ganz vorsichtig, denn das Geräusch hinabrollender Steine und knackender dürrer Zweige würde im Cañon widerhallen, und waren sie schon in der Nähe, würden sie merken, daß er sich davonmachte. Sein Herz hämmerte. Sie kamen, um es auf ihre Weise zu beenden.

Er lag flach auf dem Bauch und blickte hundert Fuß tief in den Cañon hinab. Die Lungen brannten ihm, und er hatte Seitenstechen. Er lauschte, ob sie kamen, aber lange Zeit hörte er auf dem Grund des engen Cañons nichts als die Windstöße, die über den Rand des Steilhangs abstrichen und ihm die Haare in die Augen wehten. Es fehlte nur noch eine Nacht bis Vollmond, und der flache kahle Sandstein auf dem Plateau der Mesa warf das Mondlicht zurück wie Schnee, und er konnte seinen Weg deutlich erkennen.

Er rannte nach Norden, bis er auf die Holzabfuhrstraße kam, und folgte ihr nach Osten bis zum Grenzzaun von Acoma. Er trabe den Zaun entlang.

Er blieb stehen, um sich auszuruhen, und unterdrückte sein Keuchen, bis er glaubte, die Brust müßte ihm bersten; aber er mußte horchen, ob hinter ihm Geräusche waren. Der Wind kam von Westen, und er war nicht sicher, aber er glaubte, das leise Brummen eines Motors zu hören.

Der Wind dreht sich und kam jetzt von Süden, stand ihm im Rücken und schob ihn vorwärts. Das Laufen fiel ihm leichter, und er überlegte dabei, was er zu tun hatte.

Am Rand des Steilhangs südlich von Engine Rock blieb er stehen und blickte ins Acomatal und auf die Straße hinab. Die Enchanted Mesa ragte als dunkler, silbriger Schatten vom Tal in den Himmel auf. Es waren keine Autoscheinwerfer auf der

Straße zu sehen. Er lauschte, aber nur der Wind regte sich in den Wacholderzweigen, raschelte im Gras um ihn her. Es war ein rastloser, trockener Wind, der sich anfühlte, als käme er aus staubigen, kümmerlichen Jahren der Vergangenheit geweht; er roch nach Leere und Verlust.

Er mußte sie herausfordern. Es gab keinen anderen Weg. Er arbeitete sich den Steilhang hinab, in engen Kurven hin und her kletternd, wie Pferde es tun, um sich auf den Beinen zu halten.

Er steckte vorsichtig die Füße in den Entwässerungskanal und hielt sich mit beiden Händen am gerieften Rand des Stahlrohres fest. Er ließ Beine und Hüften hineingleiten und zog den Kopf ein. Die gebogenen Riefen des Abzugskanals drückten gegen sein Rückgrat, und er fühlte die kleinen Steinchen und den feinen Sand, die hineingeschwemmt worden waren. Er schob mit den Füßen die dürren Kullerdisteln tiefer in das Rohr hinein und machte es sich bequem, so gut es ging; hier wollte er bis zum Morgen bleiben. Dann würde er warten, bis jemand von Acoma vorbeifuhr, jemand, der nicht über ihn im Bilde war. Die Regierung fing nicht vor acht Uhr an zu arbeiten, und bis dahin wäre er weit weg.

Er wachte auf, als der Himmel dunkelgrau war, der Übergang von der Nacht schon begonnen hatte. Amseln flogen in Schwärmen von den Wacholdern auf; ihr Krakeelen schwoll mit dem Licht der Morgendämmerung an, und sie umkreisten rastlos flatternd ihre Schlafplätze. Der Mond war untergegangen, nur im Westen blinkten noch ein paar Sterne. Er glitt langsam aus dem Abzugskanal; die Beine waren ihm steif, weil er sie wärmesuchend an den Leib gezogen hatte. Er schlug den Kragen seiner Levisjacke um das Kinn hoch und schob die Hände in die Hosentaschen. Über dem Boden und zwischen den Bäumen war es noch dunkel, aber der Himmel wurde schon heller, über das Blaugrau zog sich in Streifen rotes Licht, wie wenn ein Bauch sich unter dem Messer öffnet. Ein matt leuchtendes Glühen drang zwischen den Rändern von Horizont und Wolken hervor.

Er musterte die Schatten sorgfältig, blickte prüfend die Holzabfuhrstraße hinauf und hinab, die von dem Bruchschiefergrat herunterkam und die Straße von Acoma kreuzte. Die ganze Nacht über war kein Fahrzeug gekommen, aber er mußte sich vergewissern, daß sie nicht irgendwo das Tageslicht abwarteten. Das hohe gelbe Reisgras und der Bruchschiefergrat zeigten keine Umrisse dunklerer Objekte, die nichts mit den Wacholdern und Yukkas zu tun hatten. Dort oben regte sich nichts. Im Westen begannen die gelben Sandsteinklippen das Licht aufzufangen. In der Ferne sah er das Windrad, wo er und Josiah die gescheckten Rinder verfolgt hatten, nachdem sie durch den Acomazaun ausgebrochen waren. Irgendwo dort herum hatte das erste graue Maultier ein giftiges Kraut gefressen und war eingegangen; die Gebeine waren wohl in dem hohen Gras um das Windrad herum verstreut. Es war noch zu früh, um an Gebeine zu denken, und wären es nur die Gebeine eines alten grauen Maultiers, aber er machte sich klar, daß die Steilwände das ganze Tal entlang voll flacher Höhlen und überhängender Felsen mit Quellen waren. Aber da waren auch noch andere Höhlen, tiefer und dunkler. Er wandte sich ab. Der trübgelbe Sandstein der Enchanted Mesa war vor der Dämmerung noch rauchig blau, und nur eine schwache Ahnung gelben Lichts streifte den höchsten Punkt der Mesa. Alle Dinge schienen dort zusammenzulaufen: Straßen und Fahrwege, Cañons mit Quellen, Felsmalereien und Schreinen, die Erinnerung an Josiah mit seinen Rindern; doch auch das andere war deutlich und stark wie das Kraut mit den violetten Blüten, das das Maultier umgebracht hatte, und die schwarzen Marken an den Steilhängen, tiefe Höhlen entlang des Tales, denen die Spanier bei ihrem Angriff auf Acoma folgten. Doch in diesem Augenblick des Sonnenaufgangs war alles so schön, alles, in jeder Richtung, war gleichmäßig und vollkommen, der Tag mit der Nacht, die Sommermonate mit dem Winter im Gleichgewicht. Das Tal umschloß diese Ganzheit, wie der Geist alle Gedanken in einem einzigen Moment zusammenfaßt.

Die Kraft kam von hier, aus diesem Gefühl. Sie war immer

dagewesen. Die Sonne im Gesicht, stand er da und dachte, vielleicht würde er es doch noch schaffen.

Er ging auf der Straße von Acoma nach Norden, bis der Abzugskanal und das Windrad außer Sicht waren. Die Sonne stieg höher, und er hörte trillernde Wiesenvögel und Trauertauben, die aus dem hohen Gras am Straßenrand riefen. Die Sonne näherte sich ihrer Herbststellung am Himmel, sank jeden Tag tiefer, überließ eine immer größere Fläche des Himmels einem unverdünnten Blau. Bevor er es hören konnte, fühlte er, daß da noch etwas anderes war; vielleicht spürte er es durch die Stiefelsohlen auf der Straße: Vibrationen eines Fahrzeugs, das sich von hinten näherte. Er blieb stehen und lauschte, bis er es hören konnte, immer noch weit entfernt; und er begann, mit dem Blick den Straßenrand nach Stellen abzusuchen, wo er sich verstecken könnte. Er wollte sich selbst einreden, er sei wieder in Sicherheit; er fühlte sich kräftig, und die Angst der vergangenen Nacht war fort. Aber da fielen ihm die Armeeärzte in ihren dunkelgrünen Regierungsautos ein, und er flüchtete von der Straße zwischen die Wacholderbäume. Er kniete hin und spähte durch die lichten unteren Zweige des Baumes; es kam ihm ewig lange vor, und seine Hände waren voll kaltem Schweiß, als endlich der kleine Lastwagen auftauchte. Er fuhr sehr langsam, der Motor heulte im ersten Gang. Leroys Lastauto. Leroy und Harley. Sein Magen entkrampfte sich, und er fühlte sich gelöst. Lächelnd war er plötzlich den Tränen nahe; denn sie waren in einem Augenblick gekommen, wo er Freunde am nötigsten brauchte. Er kam hinter dem Wacholder hervor und winkte mit hoch über den Kopf erhobenen Armen.

Harley lehnte sich über den aufgestützten Ellbogen aus dem Fenster. Er trug ein über und über mit roten und weißen Blüten gemustertes, kurzärmeliges Haweiihemd und hatte eine Sonnenbrille in der Brusttasche. Leroy trug ein altes Armeehemd,dessen Ärmel an den Schultern abgeschnitten waren. Tayo wußte, warum Harley fuhr; Leroy war so betrunken, daß ihn, als er für Tayo die Tür öffnete, der Türgriff vom Sitz und halb zu Boden zog. An den Türgriff geklammert, schwankte Leroy auf dem Trittbrett hin und her, bis Tayo ihn festhielt und ihm wieder hineinhalf.

»Danke, Kumpel«, sagte Leroy, starrte glasig vor sich hin und sank schlaff auf den Sitz.

Harley griff in den großen Einkaufsbeutel und holte eine Dose Bier heraus. Er gab Tayo den Öffner. »Kommst gerade zurecht zu unserer Party«, sagte er.

»Ach.«

»Wir feiern den Tag, wo wir Soldaten geworden sind. Wann habt ihr euch eigentlich verpflichtet, du und Rocky?«

Tayo schüttelte den Kopf; plötzlich fühlte er sich flau und schwindlig. Er war erschöpft; allein davon, Leroy in das Lastauto zurückzuschieben, mußte er schwitzen und schwer atmen.

»Weiß ich nicht mehr«, sagte er, die Worte herauszwingend. Er hielt immer noch das Bier in der einen Hand und den Öffner in der anderen. Harleys Atem roch nach Wein, seine Augen waren blutunterlaufen; er fuhr jetzt schnell und redete dabei unaufhörlich.

»He, Mann, mach's doch auf! Trink doch endlich! Wir feiern eine Party!« Harley stieß Leroy den Ellbogen in die Rippen. »Mach du's ihm auf!«

Leroy griff unsicher nach Öffner und Bierdose. Bei einer plötzlichen Bewegung riß er Tayo den Öffner aus der Hand, so daß er auf den Boden fiel.

»Ach, so 'ne Scheiße!« Leroy brachte die Wörter nur noch undeutlich heraus.

»Ich hol ihn schon.« Tayo stieg das Blut zu Kopf, und er tastete auf dem Boden blindlings nach dem Öffner herum. Er gab ihn Leroy und lehnte sich mit geschlossenen Augen schweratmend zurück.

»He! Bist du krank oder sowas?«

Tayo schüttelte den Kopf. Harley mußte die Gerüchte gehört haben, die Emo in Umlauf gesetzt hatte.

»Bloß müde, weiter nichts.«

Bei Spurrinnen oder Schlaglöchern nahm Harley das Gas nicht weg, und der Lastwagen holperte heftig auf und ab. Leroy sackte schwer gegen Tayo. »Verflucht nochmal, Harley!« brüllte Leroy, »ich krieg sie nicht auf, wenn du so fährst!«

»Quatsch! Du bist zu besoffen, drum kriegst du sie nicht auf! Gib her! Laß mich mal!« Harley ließ das Lenkrad los und griff nach Öffner und Bierdose; er beugte sich über das Lenkrad und hielt es mit der Brust fest, während er Löcher in die Dose schlug. Das Bier kam in einem schaumigen Strahl herausgespritzt. Harley schob die Dose Tayo auf den Schoß. Er preßte die Hand fest darauf. Sein Hemd und seine Hose waren vom Bier durchnäßt. Leroy lachte; Bier tropfte ihm vom Gesicht. Harley hatte den Gashebel voll durchgetreten. Der Lastwagen schwankte von einer Straßenseite zur anderen, schleuderte Steine und Kies hoch, die gegen die Unterseite des Wagens prasselten.

»He! Willst du's nun trinken oder verkleckern?«

Leroy lachte, während Tayo sich abmühte, die Dose an den Mund zu bekommen, ohne Bier zu verschütten oder gegen das Armaturenbrett geworfen zu werden. Der Schaum war warm; er biß ihn in die Zunge.

»Leute, ihr habt wohl einen ziemlichen Vorsprung vor mir, was?«

»Haben die ganze Nacht einen draufgemacht«, sagte Leroy und klappte die Augen auf und zu, bemüht, Tayo schärfer zu sehen. »Sind die ganze Nacht rumgefahren, he, Harley, stimmt doch?«

»Hör nie auf 'nen Besoffenen«, sagte Harley zu Tayo. »Dieser Typ erinnert sich an gar nichts mehr. Heut nacht waren wir in Gallup.«

Tayo versuchte, Harley ins Gesicht zu sehen, als der das sagte, aber Harley sah in die andere Richtung, über den Ellbogen hinweg zum Fenster hinaus. Er trank wieder einen Schluck warmes Bier und versuchte ruhig zu überlegen. Der Lastwagen war von Süden gekommen, die Straße von Acoma herab, wie konnten sie also die vorige Nacht in Gallup gewesen sein, es sei denn, sie hätten den Karrenweg genommen und wären von hinten herum an MacCartys vorbei über die Mesa gekommen? Aber sie blieben fast immer auf der 66, wo alle zehn, fünfzehn Meilen, oder »jede Sechserpackung«, wie Harley gern sagte, eine Bar stand. Harley und Leroy waren seine Kumpel. Seine Freunde. Aber er fühlte innerlich etwas Furchtbares, und sein Herz klopfte jetzt heftig auf Leroys Worte hin, sie wären »die ganze Nacht herumgefahren«; sie waren aus derselben Richtung wie er gekommen, hinter ihm her, waren ihm gefolgt. Er packte die Dose fester, bemüht, das Zittern aus seinen Händen zu pressen.

Er trank das Bier aus und warf die Dose aus dem Fenster. Er sah nach hinten und beobachtete, wie sie aufprallte und im hohen Gras und den Kullerdisteln am Straßenrand verschwand. Er atmete tief und schloß die Augen. Er mußte sich entspannen und diese Gedanken festhalten, bevor sie sich in alle Richtungen zerstreuten wie eine Herde Schafe. Diese Jungs waren seine Freunde.

Leroy fummelte an der nächsten Bierdose herum. »Zu stinkbesoffen, krieg sie nicht mehr auf! Muß mich ein bißchen ausnüchtern, dann kann ich wieder welche aufmachen.«

Tayo machte ihm ein Bier auf. Er machte auch für sich eins auf und lehnte sich zurück. Das Bier drängte sein Gefühl zurück und beruhigte sein Herzklopfen. Die Bewegung des Lastwagens und das Bier wirkten beschwichtigend; der Stahl und das Glas sperrten alles aus. Der Himmel, das Land waren jetzt weit weg; Bäume und Hügel strichen am Glas der Frontscheibe vorbei wie im Kino. Es wäre leicht, sich in diesem Bereich hier zu verlieren, wo die Vergangenheit, schon die nur wenige Stunden alte Vergangenheit, plötzlich ihre Macht verlor und wie ein verschwommener Traum erschien, verglichen mit diesen Empfindungen: der Bewegung, der Vibration der Räder auf der Straße, der Wärme des Biers im Bauch und dem behaglich engen Fahrerhaus um sie herum. Hier würde er ausruhen und nicht an die vorige Nacht denken. Er mußte eine Weile ausruhen und nicht an die Geschichte oder Zeremonie denken.

Sonst würde es ihn verrückt machen oder sogar mißtrauisch gegen seine Freunde; und ohne Freunde hatte er keine Chance, die Zeremonie zu vollenden.

Sie hatte schon einmal recht gehabt, als sie ihm riet, die Quellen zu verlassen. Also würde er sich mit Harley und Leroy herumtreiben; das würden alle verstehen: herumkutschen, mit seinen Kumpeln saufen. Da würden sie nicht argwöhnisch sein; sie würden ihn nicht für verrückt halten. Er wäre einfach noch so ein versoffener Indianer, weiter nichts.

Er erwachte schwitzend. Die Sonne schien durch die Frontscheibe, und die Fenster waren hochgekurbelt. Der Lastwagen parkte am Fuß eines felsigen, mit Chollakaktus bewachsenen Hügelchens. Harley und Leroy waren weg. Die Hitze im Fahrerhaus machte ihn matt und träge. Er kurbelte die Scheibe herunter und steckte den Kopf hinaus. Das erbrochene Bier lief die Wagentür hinab in das dürre Unkraut. In seinem Kopf hämmerte es, und er hatte Durst. Er stieg aus dem Wagen und konnte sich kaum aufrechthalten; seine Beinmuskeln waren steif. Er sah sich suchend nach Harley und Leroy um. Das Land war trocken, und die Hügel waren mit dunklem Lavafels bedeckt. Die Erde war hier bis zum grauen Lehm abgetragen, und tiefe Arroyos durchschnitten das Tal zwischen den Mesas der Länge nach. Das waren die Hügel nordwestlich von Cañoncito. Er setzte sich auf einen großen grauen Stein neben einem Chollakaktus. Gräulichgrüne Salzmelde hatte die Flächen zwischen dem Zickzack der großen Arroyos erobert. Weit im Süden konnte er eine einzelne große Baumwollpappel sehen, das einzige klare Grün in diesem Tal. Sie wuchs am Rand des tiefsten Arroyos, ihr Wurzelgeflecht lag frei, eine einzige Wurzel in der Erde hielt sie noch aufrecht. Das Ufer des Arroyos war so tief unterspült, daß ein starker Windstoß den großen Baum umstürzen mußte.

Ein trockener heißer Wind strich rastlos den Cañon auf und ab, schüttelte die Salzmelde und fegte Staub über die Reifenspuren. Bei jedem Schritt schmerzte ihm der Kopf, Schockwellen von der Berührung des Fußes mit dem Boden, aufgefangen und aufgezeichnet auf einer Schädeltrommel. Er suchte nach Fußspuren. Er lauschte, und nichts war zu vernehmen außer dem Geräusch des Windes wie das eines dicht über den Boden steichenden Falken, schwirrende Schwingen des Windes, die längst vergangene Jahre zurückriefen und die mit ihnen vergangenen Menschen, zur flüchtigen Rückkehr für die Dauer eines Windstoßes. Das Gefühl hielt nur so lange an wie das Geräusch, aber er wollte mit ihnen ziehen, wollte fortgeweht werden. Jetzt fiel es ihm schwer, das Gefühl zurückzurufen, das die Geschichten begleitete, das Gefühl in den Geschichten von Ts'eh und dem alten Betonie. Leichter war es, die Gerüchte nachzuempfinden und ihnen zu glauben. Verrückt. Ein verrückter Indianer. Sieht Dinge. Bildet sich Dinge ein.

Die Sonne war heiß, und der Schweiß kribbelte ihm den Kopf herab wie kleine schwarze Ameisen. Da sah er ihre Fußspuren hügelaufwärts laufen; er sah die kleinen und größeren Steine, die ihre Füße gelockert und verschoben hatten, und in den Abdrücken der Stiefelabsätze das zertretene trockene Gras.

Tayo war schon halb den Hügel hinauf, bevor er stehenblieb; jäh traf es ihn in den Leib und schwoll in einer einzigen Woge bis zur Brust hinauf: er wußte mit einem Mal, daß sie nicht seine Freunde waren, sondern sich gegen ihn gewandt hatten, und die Erkenntnis machte ihn innerlich hohl und trocken wie die Schale der Heuschrecken. Er war sich nicht sicher, weshalb er weinte, ob wegen ihres Verrats oder weil sie für ihn verloren waren. Dann hörte er von der Kuppe des Hügels her leise und eintönige Stimmen. Es war ihm nicht recht, daß sein Herz so hämmerte, denn er konnte deshalb nichts verstehen, aber sein Kopf war klar und seine Beine waren fest. Die Angst erinnerte ihn an wichtige Dinge. Er stieg den Hügel hinab, darauf bedacht, keine Steine ins Rollen zu bringen oder in die dürren Kullerdisteln zu treten. Er wußte, weshalb er sich schwach und übel gefühlt hatte; er wußte, weshalb er das Gefühl verloren hatte, das Ts'eh ihm gegeben hatte, und weshalb er die Zeremonie angezweifelt hatte: das hier war ihr Reich, und er war verwundbar.

Er klappte die Haube des Lastwagens auf und zerrte an den Zündkabeln, versuchte sich zu erinnern, wie die Jungs in Übersee die Armeejeeps kurzgeschlossen hatten. Er griff unter den Wagensitz und fand einen rostigen Schraubenzieher. Die Drähte waren ein verwickeltes Knäuel, und seine Hände zitterten. Sein Mund war trocken, und seine Zunge klebte an den Lippen, als er sie befeuchten wollte. Er blickte zur Hügelkuppe hinauf, dann sah er sich am Himmel und im Cañon um. Die Sonne sank schon, aber die Hitze tanzte noch über die Salzmelde im Cañon. Er schob den Schraubenzieher in die Hüfttasche und rannte los.

Als sie vor Jahren zum ersten Mal zu den Leuten gekommen waren, die auf den Siedlungsparzellen von Cebolleta wohnten, hatten sie nicht gesagt, was für ein Mineral es war. Sie fuhren Autos der US-Regierung, und sie zahlten dem Siedlungsverband fünftausend Dollar, damit man zu den Probebohrungen, die sie vornahmen, keine Fragen stellte. Die trüb orangefarbigen Sandsteinmesas und die Cañons dazwischen waren in jenem Jahr trocken; seit die Regierung des Territoriums New Mexico die nordöstliche Hälfte des Siedlungsgebietes übernommen hatte, war ohnehin nicht mehr genug Land da, um die Rinder zu erhalten. Es war völlig abgeweidet; der Regen fraß große Arroyos in den grauen Lehm, und die Salzmelde machte sich breit. Dort gab es sowieso nichts, was die Menschen hätten gebrauchen können, weder Silber noch Gold. Die Dürre hatte inzwischen die meisten Rinder umgebracht, deshalb war es ganz egal, wenn auf eine Quadratmeile um das Grubengelände herum der Zutritt streng verboten war, hohe Stacheldrahtzäune das Gebiet umgrenzten und Schilder in Spanisch und Englisch vor dem Betreten warnten.

Im zeitigen Frühjahr 1943 begann das Wasser unterirdischer Quellen in die Grube einzubrechen. Sie schafften von Albuquerque auf Tiefladern große Pumpen und Kompressoren heran. Die mächtigen Lastwagen versanken bis über die Achsen im Flugsand, und man stellte Männer aus Bibo und Moquino an, die Zwillingsreifen freizuschaufeln und die Lastwagen mit Ketten an dem starken Abschleppwagen zu befestigen, der dann kam. Aber später im Sommer soff die Grube wieder ab, und diesmal schickte man keine Pumpen oder Kompressoren. Sie hatten eine genügende Menge von dem, was sie brauchten, und die Grube wurde geschlossen, aber die Stacheldrahtzäune und die Wachposten blieben noch bis zum August 1945. Inzwischen bekamen sie das Uran woandersher, und es war nicht mehr streng geheim. Große graue, geschlossene Lastwagen kamen und schafften die Ausrüstung fort. Sie ließen nur die Stacheldrahtzäune zurück, die Hütte des Wächters und das Loch in der Erde. Die Leute von Cebolleta holten sich das Bauholz und Blech von der Hütte, aber mit dem Stacheldraht konnten sie nichts mehr anfangen; die letzten knochigen Rinder, die in den Cañons umhergestreift waren, waren in erstikkenden sommerlichen Staubstürmen umgekommen.

Hitzewellen überliefen ihn, und seine Beine und Lungen waren Dampf ohne Empfindung; nur seine Erinnerung an Laufen und Atmen hielt ihn in Bewegung und am Leben. Er stolperte und rannte hinter der Sonne her, er folgte ihr nicht, sondern wurde von ihr durch Arroyos und über Mesas und Hügel geschleppt. Bei Sonnenuntergang lag er am Fuß einer langen Mesa im Sand und fühlte, wie die Hitze sich aus der Luft und aus seinem Körper in die Erde zurückzog. Der Wind kam auf, und er erschauerte.

Er kroch durch den Stacheldraht. Die Dämmerung wich allmählich der Dunkelheit. Über dem dicken grünen Moos, das den eisernen Wassertrog unter dem Windrad ausfüllte, schöpfte er sich Wasser ab. Das Wasser war noch warm von der Sonne und schmeckte bitter. Er saß auf dem Trogrand und blickte über den breiten Cañon zu dem dunklen Grubenschacht. Vielleicht bekam das Wasser diesen Geschmack vom Uran. Der Sandstein und die Erde, die sie aus dem Innern der Mesa geholt hatten, lag zu Haufen aufgetürmt, in langen Reihen, wie frische Gräber.

Die alte Großmutter hatte es ihm erzählt, als er noch krank und schwach in dem abgedunkelten Zimmer lag. Sie kam hereingeschlurft und setzte sich auf seinen Bettrand. »Mir ist etwas eingefallen«, sagte sie. »Es geschah, während du weg warst. Ich mußte wieder mal aufstehen und auf den Nachttopf gehen. Es war noch dunkel; alle anderen schliefen noch. Aber als ich aus der Küche zu meinem Bett zurückging, kam ein Lichtblitz durchs Fenster. So groß, so hell, daß sogar meine alten, trüben Augen ihn sehen konnten. Er muß den ganzen Südosthimmel ausgefüllt haben. Ich dachte, ich kann wieder die Sonne aufgehen sehen, aber er verlosch wieder, und inzwischen bellten alle Hunde in der ganzen Gegend, wie damals, als der Bär am Müllhaufen herumgestöbert hat. Du weißt doch noch, Jungchen, wie sie bellten, ›Meine Güte‹, sagte ich mir, ›ich hätte nie gedacht, daß ich noch mal so etwas Helles sehen würde.‹« Sie tätschelte ihm beim Sprechen den Arm, klopfte die Geschichte mit der Hand hervor. »Dein Tantchen hat mich ausgelacht, als ich ihr erzählte, was ich gesehen hatte. Aber später am Tag kam Romero vorbei. Er sagte, er hätte es auch gesehen. So hell, daß es ihn einen Moment blendete; später konnte er es dann immer noch blitzen sehen, wenn er die Augen zumachte.« Sie schwieg eine Weile, als bemühte sie sich, die richtigen Worte zu finden.

»Weißt du, die Sache, die ich da sah, habe ich nie verstanden. Später stand etwas darüber in der Zeitung. Das Stärkste auf dieser Erde. Größte Explosion, die es je gab – das hat die Zeitung geschrieben.« Sie schüttelte den Kopf langsam hin und her. »Jetzt möchte ich bloß wissen, warum, mein Enkel. Warum haben sie so ein Ding gemacht?«

»Ich weiß nicht, Großmutter«, hatte er damals geantwortet. Aber jetzt wußte er es.

Er war so nahe daran gewesen, so lange darin verwickelt gewesen, daß die Einfachheit der Sache ihn tief in die Brust traf: Trinity Site, wo sie die erste Atombombe zündeten, lag nur dreihundert Meilen südostwärts, bei White Sands. Und die streng geheimen Laboratorien, wo die Bombe erschaffen worden war, lagen tief in den Jemez Mountains, auf Land, das die Regierung dem Cochiti Pueblo weggenommen hatte: Los Alamos, jetzt nur hundert Meilen nordöstlich von ihm, immer noch von hohen Elektrozäunen umgeben und von der Goldkiefer und dem gelbbraunen Sandstein des Jemez-Bergcañons, wo schon immer der Schrein der Zwillingspumas gewesen war. Es hatte kein Ende; es kannte keine Grenzen; und er war an dem Schnittpunkt angekommen, wo das Schicksal aller Lebewesen und sogar der Erde niedergelegt war. Aus den Dschungeln seiner Träume wußte er, weshalb die japanischen Stimmen sich mit Lagunastimmen gemischt hatten, mit Josiahs Stimme und Rockys Stimme; die Linien der Kulturen und Welten waren in flachen dunklen Linien auf feinem hellem Sand gezeichnet und liefen in der Mitte der Sandzeichnung der abschließenden Hexenzeremonie zusammen. Von dieser Zeit an waren die Menschen wieder ein einziger Familienverband, vereinigt durch das Schicksal, das die Vernichter für sie alle planten, für alle Lebewesen; vereinigt durch einen Todeskreis, der Menschen in zwölftausend Meilen entfernten Städten verschlang, Opfer, die nie diese Mesas gekannt hatten, die nie die zarten Farben der Felsen gesehen hatten, in denen sich ihr Untergang zusammenbraute.

Er ging langsam zum Grubenschacht hinüber, und das Gefühl wurde erdrückend: dort wurde das Muster der Zeremonie vollendet. Er kniete hin und fand einen erzhaltigen Brocken. Der graue Stein war mit staubig gelbem Uran gestreift, hell und lebendig wie Pollen; Adern aus rußigem Schwarz bildeten mit dem Gelb zusammen Linien, formten Bergketten und Flüsse über den Stein. Aber sie hatten diese schönen Gesteinsbrocken tief aus der Erde geholt und in einem gräßlichen Muster ausgelegt, die Vernichtung in einem Maßstab verwirklicht, den nur *sie* erträumt haben konnten.

Er weinte vor Erleichterung, als er endlich das Muster sah, die Art und Weise durchschaute, wie sich alle Geschichten zusammenfügen – die alten Geschichten, die Kriegsgeschichten, die Geschichten der anderen –, um zu der Geschichte zu werden, die noch erzählt wird. Er war nicht verrückt; er war nie verrückt gewesen. Er hatte die Welt nur so gesehen und gehört, wie sie war: ohne Grenzen, über alle Entfernungen und Zeiten hinweg nichts als Übergänge.

Er drehte sich um. Der Mond stieg über der letzten Mesa auf, die er von Osten her überquert hatte. Ein Übergang stand unmittelbar vor der Vollendung: die Sonne überschritt den Zenith zur Winterstellung am Himmel, einer Stellung, wo die Gebete langer Winternächte die langen Sommertage voll neuen Wachstums heraufbeschwören würden. Heute nacht würden die alten Priester darum beten, die Kraft möge die unbeirrte Bewegung der Sterne fortsetzen. Aber auch andere würden heute nacht am Werk sein, Gegenbewegungen auslösen, um das Universum in einen großen Strudel einzusaugen und von einem schwarzen Schlund auf ewig verschlingen zu lassen, und ihre Diagramme in schwarzer Asche auf Höhlenwänden würden das Ende bezeichnen, ein Ende bewegungsloser, toter Sterne. Aber er sah das Sternbild am Nordhimmel, und der vierte Stern stand direkt über ihm; das Muster der Zeremonie stand in den Sternen, und das Sternbild zeichnete eine Karte der Berge in den Richtungen, die er für die Zeremonie eingeschlagen hatte. Jeder Stern stand für eine Nacht und einen Ort; dieses war die letzte

Nacht und der letzte Ort, wenn die Dunkelheit der Nacht und das Licht des Tages sich im Gleichgewicht hielten. Sein Schutz war dort am Himmel, er lag in der Stellung der Sonne, im Muster der Sterne. Er brauchte nur diese Nacht zu vollenden, die Geschichte nur noch für wenige Stunden aus der Reichweite der Vernichter zu halten, und ihre Hexerei würde sich gegen sich selbst und gegen jene wenden.

Pfeilknabe stand auf, nachdem sie fort war.
Er folgte ihr in die Hügel
hinauf zum Ort der Höhlen.
Die anderen warteten.
Sie hielten den Reifen und
tanzten viermal
um das Feuer.
Der Hexer stieg durch den Reifen
und rief, er wolle ein Wolf sein.
Sein Kopf und Oberkörper wurden haarig wie ein Wolf,
aber der untere Körper war noch menschlich.
»Da stimmt etwas nicht«, sagte er.
»Der Ck'o'yo-Zauber gelingt nicht,
wenn jemand uns zusieht.«

Die Scheinwerfer tauchten plötzlich von Nordosten her auf, winzige Lichtpunkte, zwinkernd, wenn das Fahrzeug über die Straße holperte. Die Härchen in seinem Nacken sträubten sich, aber er redete sich selbst zu: auch viele Siedler und weiße Rancher benutzten diese Straße. Er würde bald wissen, ob das Fahrzeug weiter nach Westen fuhr oder nach Süden auf die sandige, unkrautüberwucherte Straße abbog und auf die Grube zukam. Es überlief ihn kalt, als die Scheinwerfer, größer geworden, einbogen und offensichtlich die Straße herabkurvten; er konnte jetzt das Brummen des Motors hören. Sie kamen.

Er rannte an dem Schacht vorbei zu den großen Felsbrocken, die der Bulldozer von der Mündung weggeschoben hatte. Die Nacht wurde kälter; er konnte seinen dampfenden Atem im Mondlicht sehen. Er kletterte über Felsblöcke, so groß wie Güterwagen, und quetschte sich in einen hohlen Raum zwischen ihnen. Dort war es warm, der Sandstein hielt noch die Sonnenhitze. Er beugte sich vor und drückte die Stirn an die schmale Öffnung, so daß er alles sehen konnte.

Er erwartete Leroys kleines Lastauto, aber als das Fahrzeug um die letzte Kurve vor der Grube bog, sah er, daß es ein Personenwagen war. Einen Moment lang dachte er, es wären vielleicht Siedler, und er spannte seine Muskeln, bereit, hinabzuspringen, sie durch Winken zum Halten zu bringen und sich mitnehmen zu lassen. Aber das Geräusch des Autos hatte etwas allzu Bekanntes, das Geräusch eines kaputten Schalldämpfers, das er schon einmal gehört hatte. Emo.

Jemand stieg aus und klappte die Motorhaube auf. Die andere Tür öffnete sich, und noch zwei stiegen aus. Er konnte Stimmen hören und das Geräusch auf den Boden plätschernden Wassers. Er erkannte Pinkies Lachen. Er roch Feuer und sah drei Gestalten, die sich über ein Feuerchen beugten. Es loderte plötzlich auf, und er sah ihre Gesichter. Leroy, Pinkie und Emo. Aber Harley fehlte. Sie speisten das Feuer mit dürren Kullerdisteln, hielten sie hoch über dem Kopf und umkreisten das Feuer, bevor sie sie hineinwarfen und die Kullerdisteln zu feurigen Bällen aufflammten, die das Gelände rings um das Windrad erhellten, wo der Wagen geparkt war. Sie ließen eine Flasche kreisen, und Leroy taumelte, als er den alten Stacheldrahtzaun entlangging und Kullerdisteln sammelte, die sich im untersten Drahtstrang verwickelt hatten. Pinkie hämmerte auf die Motorhaube ein, und das metallische Dröhnen hallte am Sandstein jenseits des engen Tales wider.

Tayo taten die Knie und Ellbogen weh, wo er sich gegen den Sandstein drückte. Er ließ sich auf den Bauch fallen und zog den Kopf von dem Spalt zwischen den Felsen zurück. Die Vernichter. Sie würden die ganze Nacht dableiben, das wußte er, und dafür wirken, daß die Dürre das Land versengte, das Vieh tötete, die Maispflanzen und die Melonen in den Gärten verkümmern ließ, damit das Volk für die Lügen immer anfälliger wurde; und die jungen Leute würden fortziehen, in Städte wie Albuquerque und Gallup, wo die Bitterkeit sie überwältigen würde, und sie würden ihre Hoffnung und schließlich im Trinken sich selbst verlieren.

Die Hexerei würde die ganze Nacht am Werk sein, damit das Volk nur die Verluste – das verlorene Land und die verlorenen Menschenleben – seit der Zeit sah, als die Weißen kamen; die Hexerei würde so wirken, daß dem Volk weisgemacht wurde, nur den Weißen und nicht der Hexerei die Schuld zu geben. Sie würde so wirken, daß die Menschen die Geschichte der Schöpfung und des Fortbestands der fünf Welten vergaßen; auch die alten Priester würden sich fürchten, sich an das Ritual klammern und keine neuen Zeremonien mehr machen wie bisher immer, so, wie sie immer noch jedes Jahr neue Lieder zum Büffeltanz machten.

Emo riß das windschiefe Gerüst der Wächterhütte ein und warf die Bretter aufs Feuer. Die Flammen weiteten den Lichtkreis aus. Pinkie ließ den Reifenhebel fallen; er klapperte vom vorderen Kotflügel zu Boden. Sie standen hinter dem Auto, ließen die Flasche kreisen, nahmen tiefe Schlucke, wiesen zum Grubenschacht hinüber und zu den Felsen, wo er sich versteckte. Er fragte sich, ob sie wußten, daß er dort war, oder ob sie nur etwas anderes planten. Er fragte sich, ob sie ihm nachgespürt hatten wie einem durstigen Tier, sicher, ihn in der Nähe der einzigen Wasserstelle in dieser Gegend zu finden.

Er war hungrig und fühlte sich wackelig und schwach. Er hatte nicht mehr gegessen, seit Ts'eh gegangen war, und hatte das ganze Bier erbrochen. Die Wärme schwand allmählich aus dem Stein; seine Levisjacke war dünn, und er merkte, wie die Kälte durch die abgewetzten Stellen an den Ellbogen und unter den Armen eindrang. Jetzt hatte er sie gesehen, und er war sich ganz sicher; er konnte umkehren und dem Volk berichten. Er war nicht in der Verfassung, ihnen entgegenzutreten. Er nahm wahr, wie langsam der Mond aufging, und krümmte die Schultern gegen die Kälte zusammen. Er hätte schon Glück, wenn er in dieser Nacht überhaupt den Heimweg schaffte.

Er blickte zu ihnen hinab. Wenn er nicht über ihre Hexerei Bescheid gewußt hätte, hätten sie ihn vielleicht getäuscht. Seit der Zeit, als der illegale Verkauf von Schnaps an die Indianer begann, hatten die Leute auf Holzabfuhrstraßen und Schafcampstraßen in den Hügeln draußen getrunken. Sie standen um das Feuer herum, ließen billigen Wein im Kreis gehen; Pinkie zerschlug die leere Flasche am Wassertrog. Weit und breit auf der Reservation fand man kreisrunde verkohlte Feuerstellen, von Seitenstraßen abbiegende Reifenspuren und, seit die Männer aus dem Krieg zurück waren, zerbrochenes Flaschenglas. Der Hals wurde ihm eng. Womöglich irrte er sich. Harley hatte ihm voriges Jahr geholfen; er war gekommen und hatte ihn wieder in Bewegung gebracht. Er war erschöpft; die Angst und das viele Rennen an diesem Tag und in der Nacht vorher hatten ihn geschwächt. Er mußte ausruhen. Diese Zeremonie zehrte an seinem Durchhaltevermögen. Er vermochte jetzt nichts mehr zu empfinden, weder für Josiah oder Rocky noch für die Frau. Vielleicht hatten die anderen Navajos recht damit gehabt, was sie über den alten Betonie sagten.

Emo und Pinkie hielten ihn hier fest; Pinkie fand den Reifenhebel wieder und hämmerte damit auf die Motorhaube. Der Klang ging ihm durch Mark und Bein und erregte in ihm eine Wut, wie er sie seit dem Tag, als er auf Emo einstach, nicht mehr erlebt hatte. Das war der Klang der Hexerei: so schmetterte er durch die Nacht, schrill und kalt wie schwarzes Metall. Es war der hohle Klang seiner Alpträume; sogar die Stimmen erkannte er wieder. Er hielt sich die Ohren zu und knirschte mit den Backenzähnen.

Das Hämmern brach mit dem Schrei ab. Er rutschte rasch nach vorn, schürfte sich dabei die Knie am Felsen auf. Die Kofferraumklappe stand offen, und sie standen darum herum. Die

Schreie kamen aus dem Kofferraum. Er preßte die Stirn an den Felsen, bis er dessen Abdruck auf der Stirn spürte. Er drehte den Kopf und hielt das Ohr an den Felsspalt, verzweifelt bemüht, das Geräusch zu erfassen. Harley. Er beobachtete, wie sie ihn in das Licht der Glut zerrten. Pinkie ließ etwas in die Glut fallen, und das Feuer flammte auf; es war Harleys rotweiß bedrucktes Hawaiihemd, aber gleich darauf verfärbte das Feuer den weißen Druck blutrot. Leroy und Emo streifte ihm die Jeans ab, und Pinkie warf sie ins Feuer. Harley krümmte und wälzte sich auf dem Boden; seine Hände und Füße schienen gefesselt zu sein. Pinkie warf seine Stiefel ins Feuer; ihre Sohlen machten dicken schwarzen Rauch, und der Feuerschein wurde vorübergehend dunkler. Harley schrie wieder auf, und diesmal kletterte Tayo aus seinem Versteck zwischen den Felsblöcken heraus. Er hörte Gelächter, und als er um die Ecke des Felsblocks blickte, erstarrte ihm das Herz in der Brust, und er nahm seinen eigenen keuchenden Atem nicht mehr wahr. Im Mondlicht konnte er Harleys Körper am Zaun hängen sehen, wo sie ihn aufrecht zwischen die Stränge des Stacheldrahts geflochten hatten. Harleys braune Haut war so blaß geworden wie der matte Sandstein im Mondlicht, und Tayo sah Blut auf seinen Schenkeln und Fingerspitzen glänzen.

Er zog den Schraubenzieher aus der Hüfttasche. Er fühlte den Holzgriff und die scharfen Kanten am anderen Ende. An den Boden geduckt folgte er den langen Schatten, den die aneinandergereihten Haufen des Grubenabraums warfen. Er wußtewas sie da taten; Harley hatte versagt, und alles, was Tayo zugedacht gewesen war, traf jetzt Harley. Die Vernichter konnten auf keine Weise verlieren; in jedem Fall hatten sie ein Opfer und eine Leiche. Er war so nahe, daß er sie hören konnte.

»Wir haben gesagt, du sollst auf ihn aufpassen. Wir haben gesagt, du sollst dableiben.«

»Wir haben es dir gesagt. Wir haben es dir gesagt, und jetzt weißt du, was du dir eingebrockt hast.«

Pinkie hielt sein Bein fest, und Leroy schnitt ihm die Kuppe des großen Zehs ab. Harley schrie heiser auf; der Laut lief in ein Stöhnen aus.

»Schrei doch!« sagte Emo. »Schrei so laut, daß er dich hören kann.«

Der Schraubenzieher lag ihm schlüpfrig in den Händen. Ihm wurde speiübel davon, Harleys Leib in dem durchhängenden Stacheldraht krampfhaft zucken zu sehen, dazu die Hände und Messer, so begierig auf Menschenfleisch. Er kämpfte gegen einen bitteren Geschmack aus dem Magen an; der Schweiß lief ihm unter den Armen hervor und folgte den Furchen seiner Rippen. Er mußte die Arme fest an die Seite pressen, um das Zittern zu unterdrücken.

Sie hatten einen Papierbeutel, in dem vorher die Weinflaschen waren. Emo hielt ihn so, daß seine Handfläche den Boden des Beutels stützte, denn der war blutgetränkt, und um die blutenden Streifen menschlicher Haut herum begann sich das braune Papier aufzulösen. Emo nahm den Beutel in die andere Hand und zeigte Harley seine blutige Handfläche; aber Harleys Augen waren geschlossen, und er schien Emos Worte gar nicht aufzunehmen.

»Schau her, du Mischling! Weißer Hurenbalg! Du kannst dich vor dem hier nicht verstecken! Schau her! Harley, dein Kumpel.«

Emo sprang mit einer Flasche Wein vor; der Wein spritzte vor Harleys Füßen auf den Boden, und anders als das Blut, das in glänzenden Klumpen auf dem Sand gerann, versickerte der Wein dünn und rasch.

»Trink doch, Kumpel!« sagte Emo und stieß Harley die Flasche in den Mund. Das Glas verursachte an den Zähnen ein sprödes knirschendes Geräusch, und Tayo hörte Harley stöhnen. Er schloß die Finger um den Schraubenzieher und preßte ihn, bis er ein Teil seiner Hand war. Er erkannte, daß Harley darauf gefaßt gewesen war; ihm wurde klar, daß Harley gewußt hatte, wie es enden würde, wenn er das Opfer nicht auslieferte, das Emo benannt hatte. Aber Tayo konnte es nicht mehr länger ertragen. Er war sicher, den Verstand zu verlieren, wenn er sie nicht aufhielt und damit all das Leiden und Sterben, das sie verursachten – die verbrannten und zerrissenen Menschen, und die vor den Bars in Gallup schlafenden kleinen Kinder. Er war nicht stark genug, um weiter dabeizustehen und zuzusehen. Lieber würde er selbst sterben.

Er wußte, er könnte Emo erreichen, ehe Pinkie oder Leroy ihn daran hindern konnten. Sie waren betrunken. Emos Worte klangen verschliffen und undeutlich. Pinkie war neben Leroy torkelnd auf die Knie gesunken und kauerte am Feuer.

Er stellte sich die Konturen von Emos Schädel vor; der Armeeschnitt ließ an den Schläfen eine dünne Knochenwand frei, Knochen, der sich ein wenig durchbiegen würde, bevor er unter dem Stoß der Stahlschneide brach.

Der Wind kam unerwartet und fachte die Glut zu gelben Flammen an; Leroy sprang zurück und taumelte schwer gegen Pinkie. Pinkie stieß ihn weg, und Leroy fiel hin.

Beschissener kleiner Schwuler!« Leroy schleuderte ihm mit dem Fuß Sand ins Gesicht, und Pinkie stürzte sich auf ihn. Emo stand dicht dabei, das Fett unter seinem Kinn schob sich beim Grinsen zu Falten zusammen. Der Widerschein des Feuers malte zwei blitzende gelbe Augen auf seine Brille. Der Wind jagte Wolken über den Himmel, und wenn sie über den Mond zogen, rollten Dunkelheit und Licht hin und her wie die auf der Erde ringenden Männer. Der Sand, den ihre Füße aufwirbelten, trieb wie eine flatternde Fahne im Wind.

Der Wind kühlte seinen Schweiß ab. Jetzt war die Zeit gekommen. Aber seine Finger waren taub, und er fummelte ungeschickt mit dem Schraubenzieher, als er sich die Hände warmzureiben versuchte. Keiner konnte Emo helfen. Aber Tayo kniete weiter im Schatten. Leroy hatte ein Knie auf Pinkies Kehle, und er konnte heiser-erstickte Laute hören. Emo lachte laut, wies auf den starr herabhängenden Körper, der sacht mit den Windböen schwankte, dann wies er auf Leroy, der auf Pinkies Kehle kniete.

Der Mond war hinter einer Wolkenbank verschwunden. Er glitt zwischen die Felsblöcke zurück. Es hatte auf Messers Schneide gestanden. Die Hexerei hätte die Geschichte beinahe nach ihrem Plan beendet: beinahe hätte Tayo den Schraubenzieher Emo in den Schädel gestoßen, wie die Hexerei es gewollt hatte, um das Nachgeben der Knochen und Häute zu genießen, wenn sich der Stahl ins Gehirn bohrte. Ihr tödliches Ritual für die herbstliche Sonnenwende wäre durch ihn vollendet worden. Er wäre ein weiteres Opfer gewesen, ein betrunkener indianischer Kriegsteilnehmer, der eine alte Fehde zu Ende brachte; und die Armeeärzte hätten gesagt, dieser Ausgang hätte sich schon lange angedeutet, seit seiner Entlassung aus der Nervenabteilung im Kriegsteilnehmer-Krankenhaus. Die Weißen hätten den Kopf geschüttelt, eher stolz als bedrückt darüber, daß eben nur ein Weißer in ihrer Welt überleben konnte und diese Indianer es anscheinend nicht schafften. Daheim hätte das Volk dem Alkohol die Schuld gegeben, der Armee und dem Krieg; die Schuld, die sie den Weißen gaben, würde nie der heftigen Erbitterung im eigenen Leib gleichkommen, mit der sie die größte Schuld sich selbst vorbehalten würden, daran, daß sie einen von ihnen nicht hatten retten können.

Er kauerte zwischen den Felsblöcken und lehnte den Kopf gegen den Felsen, um zum Himmel aufzublicken. Große Wolken bedeckten den Mond, aber die Sterne konnte er noch sehen. Er war an einem Schnittpunkt mehrerer Muster angekommen; er konnte sie jetzt deutlich erkennen. Die Sterne waren immer mit ihnen dagewesen, hatten seit unvordenklichen Zeiten existiert, und dort wurden sie alle zusammengehalten. Unter diesen selben Sternen waren die Menschen von White House im Norden herabgekommen. Sie hatten Berge wandern und Flüsse ihren Lauf ändern und sogar wieder in der Erde verschwinden sehen; aber immer waren diese Sterne dagewesen. Also geht die Geschichte mit diesen Sternen auf dem alten Kriegsschild weiter; sie gehen weiter, dauern fort, bis die fünfte Welt endet, dann vielleicht noch darüber hinaus. Nur eines: es ist nie leicht gewesen.

Sie hoben die Leiche in den Kofferraum und schlugen die Kofferraumklappe und die Wagentüren zu. Die roten Schlußlichter schwanden in der Ferne; der kreideweiße Aschering verschmolz mit dem Mondlicht. Der Wind blies böig über die Reifenspuren und die Abdrücke menschlicher Schultern und Hände; und es blieb nichts zurück als zerbrochene Flaschen und eine schwarze Stelle auf der Erde, wo das Feuer gebrannt hatte.

Jetzt wollte er dorthin zurückkehren, wo sie ihm die Pflanze gezeigt hatte. Er wollte die Samen für sie einsammeln und sie mit großer Sorgfalt in der Nähe von Sandhügeln auslegen. Das Regenwasser würde sanft einsickern, und die feinen Häutchen würden nicht zerbrechen noch zerreißen, bevor winzige Finger, Wurzeln und Blätter in alle Richtungen heraustrieben. Die Pflanzen würden dort wachsen wie die Geschichte, stark und durchscheinend wie die Sterne.

Sein Körper war von Erschöpfung verzehrt; er blieb in Bewegung, und seine Knochen und seine Haut taumelten hinter ihm her. Er träumte mit offenen Augen, er läge in eine Decke gewickelt hinten auf Josiahs Maultierkarren, der die sandige Ebene unterhalb des Paguate Hill überquerte. Chollakaktus und Wacholder erschauerten im Wind, und die Hinterteile der zwei grauen Maultiere waren Zwillingsmonde vor ihm. Josiah fuhr den Wagen, die alte Großmutter hielt ihn im Arm, und Rocky flüsterte: »Mein Bruder.« Sie brachten ihn heim.

Der Kreosot- und Teergeruch der Eisenbahngleise weckte ihn aus seinem Traum. Die Schlacke machte unter seinen Stiefeln hohl knirschende Geräusche. Er war einen langen Weg mit ihnen gegangen, aber seine eigenen zwei Füße waren es, die ihn hergebracht hatten. Er stieg über die stählernen Schienen und kletterte den Eisenbahndamm in Richtung zum Fluß hinab. Als er die Feuchtigkeit des Flusses spürte, begann er zu laufen. Die Sonne drängte schon gegen die grauen Hügel am Horizont an und warf gelbes Licht über die Wolken, und der gelbe Flußsand war mit den gebrochenen Schatten der Lärche und der Flußweide gesprenkelt. Der Übergang war vollendet. Im Westen und auch im Süden hatten sich die Wolken mit runden schweren Bäuchen für die Morgendämmerung zusammengezogen. Es war nicht nötig, aber es war richtig, und auch wenn der Himmel wolkenlos gewesen wäre, war das Ende dasselbe. Das Ohr für die Geschichte und das Auge für das Muster waren die ihren; das Gefühl war das ihre: wir sind aus diesem Land gekommen, und wir sind die seinen.

In der Ferne konnte er mächtige Diesel-Lastwagen die Fernstraße 66 an Laguna vorbeidröhnen hören. Die Blätter der großen Baumwollpappel waren blaßgelb geworden; das erste Sonnenlicht traf die Blattspitzen in der Krone des alten Baumes und ließ sie golden aufstrahlen. Sie waren immer geliebt worden. Da dachte er an sie; sie hatte ihn immer geliebt, sie hatte ihn nie verlassen; sie war immer dagewesen. Er überquerte den Fluß bei Sonnenaufgang.

Kolibri und Fliege dankten ihr.
Sie brachten den Tabak dem alten Bussard.
»Da ist er. Wir haben ihn endlich, aber
es war gar nicht so leicht.«
»Okay«, sagte Bussard.
»Kehrt zurück und sagt ihnen,
ich werde die Stadt läutern.«

Und das tat er –
erst nach Osten hin,
dann nach Süden hin,
dann nach Westen hin
und schließlich auch nach Norden hin.
Alles kam wieder in Ordnung
nach all dem Ck'o'yo-Zauber.

Die Gewitterwolken kehrten zurück,
Gras und Pflanzen fingen wieder zu wachsen an.
Es gab Nahrung,
und die Menschen waren wieder glücklich.

So sagte sie ihnen:
»Von jetzt an
erspart euch solche Scherereien.

Es ist nicht so leicht,
die Dinge wieder einzurenken.
Denkt daran,
wenn wieder mal
ein Ck'o'yo-Zauber
in die Stadt kommt.«

Im Mittelpunkt des Kivas stopft der alte Ku'oosh Brennholz in den bauchigen Ofen. Der neue Fußboden aus Adobelehm trocknete noch, und die Haarrisse waren noch nicht mit Mörtel verstrichen. Die Tünche war erst teilweise aufgetragen, und die Wandbilder des Kivas waren von der weißen Tontünche verschleiert, noch nicht für die Winterzeremonien nachgemalt. Die alten Männer wiesen nickend auf einen eisernen Klappstuhl, auf dessen Rückenlehne mit der Schablone weiß »St. Joseph Mission« aufgemalt war. Er setzte sich und überlegte, wie weit der Stuhl von dem Gemeindesaal gewandert war, bevor er in den Kiva kam. Er sah sie alle an, die auf den Holzbänken ringsum an den Wänden des langen Kivas saßen. Sie nickten ihm zu, und als Ku'oosh mit dem Feuer zufrieden war, setzte er sich zu ihnen. In der südwestlichen Ecke standen Kisten und Truhen, von Planen bedeckt, um sie vor uneingeweihten Augen zu schützen.

Es brauchte viel Zeit, ihnen die Geschichte zu erzählen; sie unterbrachen ihn oft mit Erkundigungen nach der Örtlichkeit und der Tageszeit; sie fragten, aus welcher Richtung sie gekommen war, und welche Farbe ihre Augen hatten. Während er dort saß, das Gesicht nach Südosten gerichtet, ging ihm auf, daß die vier Fenster entlang der Südwand des Kivas eine besondere Beziehung zu dieser Spätherbststellung der Sonne hatten.

A'moo'ooh, du sagst, du hast sie gesehen,
vorigen Winter
oben im Norden
mit Berglöwe,
dem Jäger.

Den ganzen Sommer
war sie im Süden
bei Acu.

Sie begannen alle zu weinen,
die alten Männer begannen zu weinen.
»A'moo'ooh! A'moo'ooh!«
Du hast sie gesehen.
Wir sind wieder
gesegnet.

Zu Mittag brachte eine Großnichte der alten Großmutter Ku'oosh zwei Schmalzeimer. Der Dampf aus dem einen roch nach Schmorfleisch mit rotem Chili; der andere war voll Ofenbrot und Stücken in der Pfanne gebackenen Brotes. Sie ließen den Eimer mit Schmorfleisch im Kreis gehen und benutzten Brotstücke, um das Fleisch herauszufischen und die Chilisoße aufzutunken. Als sie fertig waren, folgte er ihnen in den Hintergrund des Kivas, wo die aus einem Flaschenkürbis gearbeitete Schöpfkelle auf dem Wassereimer schwamm; er trank als letzter, und nachdem er getrunken hatte, schürte Ku'oosh das Feuer und warf die Schöpfkelle in die Flammen.

Als die Sonne fast bis zur Mitte des Westfensters herabgesunken war, standen sie auf. Sie gingen nach Hause, um auszuruhen und zu Abend zu essen; später, nach Einbruch der Dunkelheit, kämen sie wieder, erklärte ihm der alte Ku'oosh. Er könne Wasser haben, aber kein Essen; er dürfe den Kiva nicht verlassen. Ku'oosh zeigte ihm einen alten emaillierten Nachttopf mit Deckel. Er sagte, das Wasser müsse er aus der hohlen Hand trinken.

Sie wickelten auseinander
die tote Haut,
die Kojote über ihn
geworfen hatte.

Sie schnitten sie auf,
Bündel um Bündel.

Jedes Übel,
das ihn umstrickte,
wurde in Stücke
zerschnitten.

Man fand Harley und Leroy zusammen zwischen den großen Felsblöcken unterhalb der Straße, die von Paguata Hill herkam. Der kleine alte GMC-Lastwagen war zerdrückt und umschloß sie wie der glänzende Metallsarg, den das Amt für Kriegsteilnehmer für jeden von ihnen kaufte. Auf diese Weise war es nicht viel anders, als wären sie auf Wake Island oder Iwo Jima gestorben: die Leichen waren bis zur Unkenntlichkeit verstümmelt, und die Särge waren plombiert. Am Morgen der Beerdigung schoß eine Ehrenwache aus Albuquerque Salut; zwei große Fahnen deckten die Särge völlig zu, und es sah aus, als hätten sich die Menschen aus dem Dorf versammelt, um nur die Fahnen zu beerdigen.

Tantchen redete jetzt so mit ihm, wie sie es in all den Jahren mit Robert und der alten Großmutter getan hatte, in einem ganz leicht anklagenden Ton, der sich zwischen ihren Worten ständig hervorzudrängen suchte. Doch nachdem der alte Ku'oosh vorbeigekommen war, fiel ihr Blick von seinem Gesicht ab, als gebe es dort nichts mehr zu überwachen. Aber sie sagte, jetzt nähmen die Frauen in der Kirche sie nach der Messe oder vor dem Lotteriespiel beiseite und fragten sie, wie sie es nur all die Jahre geschafft habe, die ihr auferlegten Kümmernisse zu ertragen. Und sie erzählte der alten Großmutter, die neben ihrem Ofen mit der ganz auf »Heiß« gedrehten Einstellscheibe döste, und Tayo, der seine Jagdstiefel fettete: »Ich sag ihnen: ›Leicht ist es nicht. Es ist nie leicht gewesen‹, sag ich ihnen.«

An diesem Morgen kam sie mit triumphierender Miene von der Messe.

»Pinkie hat's erwischt, er ist tot«, sagte sie und unterließ es sogar, die anderen daran zu erinnern, sie habe das schon die ganze Zeit vorausgesagt, seit er damals diese Schafe verloren hatte, als er auf ihrem Schafcamp war.

»Wie ist es passiert?«

»Ja, was ist passiert?« sagte die alte Großmutter, aus dem Schlummer aufgeschreckt, und setzte sich aufrecht hin.

»Er war auf Sarracinos Schafcamp gerade beim Abwaschen.«

»Ach was, der alte Faulpelz», sagte die alte Großmutter. »Der soll beim Abwaschen gewesen sein?«

»Weißt du noch, daß ich dich gewarnt habe, Tayo? Ich hab dir gleich gesagt, ich will nicht, daß diese Bande mit ihrer Sauferei und Krakeelerei auf unserer Ranch rumlungert.«

»War Emo dabei?« fragte Tayo.

»Er war ja derjenige! Er hat's getan! Pinkie stand da und spülte in einer Schüssel auf dem Herd das Geschirr. Die anderen saßen um den Tisch herum und tranken. Es heißt, die leeren Bierdosen und Weinflaschen hätten überall rumgelegen. Jedenfalls sollen sie dann mit dem Gewehr rumgespielt haben, das Sarracino dort zu liegen hat.«

Die alte Großmutter scharrte mit den Pantoffeln und klapperte mit dem Stock gegen das Stuhlbein. »Kannst du Tayo mal das Geld aus meiner Brieftasche geben? Ich glaube, in meinem Ofen ist das Öl bald alle.« Sie schloß die obersten Knöpfe an ihrem alten schwarzen Sweater und zog sich den Schal fest ums Kinn.

»Mama«, sagte Tantchen, »ich versuche dir gerade zu erzählen, daß der arme Pinkie auf der Stelle tot war. Hinten in den Kopf geschossen. Außerdem hat Robert ihn gerade gestern gefüllt.«

Die alte Großmutter tat, als hörte sie nicht, was Tantchen sagte. »Ist er im Gefängnis?«

»Das FBI hat erklärt, es sei ein Unfall.« Tantchen schüttelte den Kopf. »Nach dem ganzen Kummer, den er uns gemacht hat – damals mit Tayo –, aber ich habe gehört, sie haben ihn fortgeschickt. Sie haben ihm gesagt, er soll sich nie wieder hier blikken lassen. Der Alte hat es gesagt. Sie haben es ihm gesagt.«

Tantchen machte eine Pause. »Ich hab gehört, er ist nach Kalifornien«, sagte sie.

»Kalifornien«, wiederholte Tayo leise, »das ist das Richtige für ihn.«

Die alte Großmutter schüttelte bedächtig den Kopf und schloß wieder die trüben Augen. »Ich glaube, ich werde alt«, sagte sie, »denn dieses ganze Treiben um Laguna herum kann mich nicht mehr aufregen.« Sie seufzte und legte den Kopf an die Lehne. »Mir ist, als ob ich diese Geschichten schon mal gehört habe – bloß die Namen klingen anders.«

Wirbelnde Dunkelheit
begann ihre Reise
mit ihrer Hexerei,
und
ihre Hexerei
kehrte sich gegen sie.

Ihre Hexerei
ist in ihren Bauch
zurückgekehrt.

Ihre eigene Hexerei
ist ringsumher um sie
zurückgekehrt.

Wirbelnde Dunkelheit
kehrte zurück zu sich selbst.
Sie behält all ihre Hexerei
für sich.

Sie öffnet nicht die Augen
mit ihrer Hexerei.

Sie ist erstarrt von der Wirkung
der eigenen Hexerei.

Vorläufig ist sie tot.
Vorläufig ist sie tot.
Vorläufig ist sie tot.
Vorläufig ist sie tot.

Sonnenaufgang,
nimm diese Opfergabe an,
Sonnenaufgang.

Assia Djebar im Unionsverlag

Weißes Algerien
Mit ihren Erinnerungen an die Toten Algeriens beschwört Assia Djebar ein genau beobachtetes Bild der neueren Geschichte Algeriens, an der sie selbst engagiert teilhat. 240 Seiten, gebunden

»›Weißes Algerien‹ ist eine grandiose literarische Reise ins Reich der Toten, ein dichter Text weit weg von Anklage und schnellem Engagement, kompliziert zu lesen, doch hochspannend, voller Liebe und Trauer, Zärtlichkleit und Härte.« *Facts, Zürich*

Fern von Medina
Dieses Buch ist mehr als die Korrektur einer über Jahrhunderte verzerrten Tradition. Es ist auch die Rehabilitierung der islamischen Frau und ihrer Geschichte. 400 Seiten, gebunden

»Ein Buch für Menschen, die nachdenken wollen.«
Moslemische Revue, Soest

Fantasia
Ein Roman wie ein Film, eine Autobiographie wie ein Geschichtsbuch. Berichte von der Eroberung Algeriens im neunzehnten Jahrhundert vermischen sich mit Erinnerungen an eine Kindheit in der verschlossenen Welt der Frauen. 336 Seiten, UT 31

»Assia Djebar schreibt für die Frauen, aber nicht gegen die Männer.«
Tages-Anzeiger, Zürich

Die Schattenkönigin
Isma und Hajila – zwei gegensätzliche Frauen des gleichen Mannes. Ihre Geschichten verknüpfen und lösen sich, ein Geflecht revoltierender Sinnlichkeit. 224 Seiten, UT 11

»Ein Sich-Einmischen in gesellschaftspolitische Dinge, ein Anschreiben einer kämpferischen und kunstvollen Dichterin gegen reaktionäre, religiös geprägte Forderungen.« *Frankfurter Rundschau*

Bestellen Sie unseren kostenlosen Verlagsprospekt:
Unionsverlag, Rieterstrasse 18, CH-8059 Zürich

Sahar Khalifa im Unionsverlag

Das Tor
Palästina heute: Ein differenzierter, selbstkritischer Roman über den Alltag der Intifada, vor allem der Frauen.
208 Seiten, gebunden oder als UT 68

Memoiren einer unrealistischen Frau
Das Leben ist ihr ein Talisman, der sich erst nach vielen Kämpfen offenbart. – Dieser sehr persönliche Roman hat durch seine Offenheit in der arabischen Welt Aufsehen erregt.
192 Seiten, UT 54

Die Sonnenblume
Jerusalem: Die Frauen leiden besonders, weil auch die Revolutionäre die Zukunft besingen und der Moral der Vergangenheit nachhängen.
440 Seiten, UT 5

Der Feigenkaktus
Nach jahrelangem Aufenthalt in den Ölstaaten kehrt Usama, ein junger Palästinenser, mit einem militärischen Auftrag in seine Heimat zurück. Der Roman spielt in allen Sphären, die das Leben der Palästinenser heute bestimmen.
240 Seiten, UT 3

Yaşar Kemal im Unionsverlag

Zorn des Meeres
Ein alter Mann und das Meer: Der Fischer Selim jagt auf dem Marmarameer seinem Traum nach. Gleichzeitig wird ein jugendlicher Mörder durch ganz Istanbul gehetzt. 480 Seiten, gebunden

Memed, mein Falke
Memed, der schmächtige Bauernjunge, wird zum Räuber, Rebell und Rächer seines Volkes. Ein Roman, der selbst wieder zur Legende wurde. 344 Seiten, UT 2

Die Disteln brennen – Memed II
Der zweite Band der Memed-Tetralogie: Memed kehrt zurück.
400 Seiten, UT 12

Das Reich der Vierzig Augen – Memed III
Kann sich Memed von den Märchen und Mythen, die sich um ihn ranken, befreien und wieder Mensch werden? 816 Seiten, gebunden

Der Wind aus der Ebene – Anatolische Trilogie I
Wenn der Wind die Disteln aufwirbelt, ist für das ganze Dorf im Taurusgebirge die Zeit gekommen, in die Ebene auf die Baumwollfelder zu ziehen. 376 Seiten, UT 7

Eisenerde, Kupferhimmel – Anatolische Trilogie II
In einem anatolischen Dorf wird ein uraltes Stück Menschheitsgeschichte Realität. Ein Heiliger entsteht. 472 Seiten, UT 17

Das Unsterblichkeitskraut – Anatolische Trilogie III
»Ich wollte zeigen, daß der Mensch nicht nur in der realen Welt lebt, sondern ebensosehr auch in seinen Träumen. Denn wenn das Leben ihn so hart an den Abgrund führt, dann muß er sich, um zu überleben, eine Welt der Mythen und Träume schaffen.«
446 Seiten, UT 35

Tschingis Aitmatow im Unionsverlag

Aug in Auge
Aitmatows Erstling, ein Jahr vor »Dshamilja« erschienen. Auf solche Weise war von Armut und Kriegsnot im Hinterland noch nicht geschrieben worden. 112 Seiten, UT 30

Der weiße Dampfer
»Er hatte zwei Märchen. Ein eigenes, von dem niemand wußte. Und ein zweites, das der Großvater erzählte. Am Ende blieb keines übrig. Davon handelt diese Erzählung.«
160 Seiten, gebunden oder als UT 25

Abschied von Gülsary
Der Hirte Tanabai und sein Prachtpferd Gülsary haben ein Leben lang alles geteilt: Arbeit und Feste, Siege und Niederlagen, Sehnsucht und Enttäuschung. 216 Seiten, UT 16

Der Richtplatz
Awdji Kallistratow, der ausgestoßene Priesterzögling, geht auf die Suche nach den Wurzeln der Kriminalität – eine Reise, die ihm zum Kreuzweg wird. 464 Seiten, UT 13

Du meine Pappel im roten Kopftuch
Iljas, der Lastwagenfahrer, will das verschneite Pamirgebirge bezwingen. Dabei verspielt er die Liebe seines Lebens und verstrickt sich in den Fängen seines Stolzes. 168 Seiten, UT 6

Tschingis Aitmatow/Daisaku Ikeda
Begegnung am Fudschijama
Ein Dialog über persönliche Erfahrungen, Erinnerungen, Hoffnungen und Ängste. In Ikeda hat Aitmatow den Partner gefunden, vor dem er Bilanz über Leben und Werk ablegen konnte.
400 Seiten, gebunden
